글 : 츠키카게

일러스트 : 치코

비탄의 망령은 은퇴하고 싶다

Nageki no bourei ha intai shitai

~최약 헌터에 의한 최강 파티 육성술~

12

제 1 왕 녀
노라 코드

제 2 왕녀
아리샤 코드

《천변만화》
크라이 안드리히

고저 차가 있는 건물을 온몸으로 달리고,
점프하고, 기어 올라가는 그 모습은 확실히 볼 만했다.
선두는 노라 씨, 10미터 뒤에서
공주님이 쫓아가고 있다.

코드 왕
크로스 코드

"아무것도 걱정할 필요는 없어. 비극은 일어나지
않을 거야. 왜냐하면 우리가 있으니까. 안타깝게도
임금님의 죽음은 막을 수 없지만, 뒷일은
맡기도록 해."

12

비탄의 망령은
Nageki no bourei ha intai shitai
은퇴하고 싶다
~최약 헌터에 의한 최강 파티 육성술~

C O N T E N T S

제12부
왕위 계승전
Chapter XII "GAME OF THRONE"

Prologue　대기

　고기동 요새 도시 코드. 레벨 9 인정 시점의 일환으로 이 도시에 잠입한 지 벌써 열흘이 지났다.

　이번에 내가 맡은 임무는 이 도시를 움직이는 왕과 왕족(나쁜 귀족들이 도시 시스템을 악용하라며 강요하고 있는 모양이다)을 보호해서 코드 밖으로 내보내는 것이다. 기한은 도시가 예전에 보유하고 있던 기동 능력을 되찾고 세계를 정복하러 나서기 전까지. 그야말로 레벨 9 인정 시험에 어울릴 만큼 위험하기 짝이 없는 임무다.

　하지만, 나는 굳이 말하자면 임무보다는 코드라는 도시 그 자체에 흥미진진했다.

　고도 물리 문명 시대의 보물전이며 이런저런 일이 생겨서 기동된 모양인 이 도시가 지닌 시스템은 기존의 어떤 국가와 비교하더라도 훨씬 뛰어나다. 아직 이 도시에 대해 그렇게까지 잘 아는 건 아니지만, 지금 시점에서도 최소한 도시에 사는 사람들의 의식주를 시스템이 맡아주고 있다는 사실은 알고 있다.

　사람이 일을 하지 않아도 사회가 돌아간다. 이런 도시가 또 있을까? 아니, 뭐, 그런 기능이 있으면 글러먹은 사람들만 늘어날 것 같긴 한데…… 설마 고도 물리 문명이 멸망한 이유가 그건가?

　그 밖에도 코드에서는 주어진 클래스에 비례하는 식으로 다종 다양한 시스템을 이용할 수 있는 모양이다. 모처럼 이렇게 멀리까지, 이런저런 위험부담을 떠안고 왔으니 뭘 할 수 있을지 시험해보는 것도 재미있을 것이다.

물론 임무가 최우선이라는 건 굳이 말할 필요도 없다. 관광을 하거나, 고도 물리 문명의 보구를 찾는 등의 우선도는 낮다는 뜻이다. 하지만, 이번에 나는 어떤 의미로 내가 할 일을 마친 상태다.

왕족 중 한 명, 아리샤 왕녀의 근위가 되었고, 노라 왕녀와 만나기도 했다.

코드의 왕족은 코드 왕과 왕자, 왕녀, 모두 합쳐서 일곱 명이니 함께 의뢰를 받은 레벨 8 헌터, 《파군천무》 카이저 지그루드와 《야연제전(리틀 위치)》 사야 크로미즈, 그리고 나까지 셋에서 나누면 한 명당 두 명. 남은 코드 왕 몫은 의욕이 있는 카이저와 사야가 반씩 한다고 가정하면 내 담당 분량은 끝난 거나 마찬가지다. 어쩌다 보니 이유는 알 수 없지만 붙잡혀 있던 《뇌제》── 무제제 이후로 알고 지내게 된 크라히까지 구해냈으니 더 이상 뭔가 하는 건 일을 너무 열심히 하는 거라고도 할 수 있다.

카이저와 사야에게도 일을 남겨둬야지.

내가 지금 해야 할 일은 카이저와 사야, 두 사람이 일을 마치는 걸 가만히 기다리는 것이다.

그런데 가만히 있기만 해도 되는 상황에서 신기하게도 그것조차 좀처럼 달성하기 힘든 것이 이 레벨 8 《천변만화》라는 남자다. 온 힘을 다해 아무것도 하지 않아야만 한다.

················다들 나에게 너무 의존한다고. 실력이 좋으니까

알아서들 하란 말이지.

그런 의미로 임명된 이 근위라는 직책……. 아리샤 왕녀———
공주님을 지켜본다는 건 정말로 나와 안성맞춤일지도 모르겠다.

크라히를 구해내고, 무사히 공주님과 만나게 해주고 나서 하룻
밤이 지났다.

공주님 방 앞에 덱 체어를 꺼내고, 거기에 누워서 멍하니 공주
님의 일상생활을 바라보고. 그렇게 아무것도 하지 않기를 하고
있자니 크라히가 동료들을 데리고 왔다.

크라히가 일을 마치고 바캉스 기분이던 내 앞으로 와서는 열기
를 띤 목소리로 말했다.

"그래서, 크라이. 내가 할 수 있는 일이 있을까?"

이런, 이런, 실력이 좋은 사람들은 틈만 나면 일을 하려고 한다
니까. 덱 체어까지 꺼내서 누워있는 내 모습이 보이지도 않아?

크라히 뒤에는 자주 그 행동에 휘말렸을 쿨 일행이 미묘한 표
정으로 따라와 있었다. 새로운 멤버인 엘리제는 없는 것 같은데,
그런 부분까지 진짜——— 엘리자와 똑같네.

쿨 일행의 표정은 얼마 전보다 긴장이 가신 것처럼 보였다. 크
라히가 감옥에서 풀려나자 어깨에 들어갔던 힘이 빠진 모양이다.

냉정하게 생각해 보니 파티의 리더가 감옥에 갇힌다는 건 꽤 위
험한 사태지.

어쩔 수 없기에 몸을 일으켜서 크라히를 보았다.

"할 수 있는 일? 크라히의 실력이 있다면 뭐든지 할 수 있잖아.
마음대로 해도 돼."

"!! 진짜 씨, 오빠느은, 정말 멋지고, 강하지만요오, 루샤는, 마음대로 하게 두지 않는 게 좋을 것 같아요오……."

루샤가 조심조심 손을 들고 달달한 목소리로 그렇게 말했다. 크라히, 잘 따르는 여동생까지 이런 말을 하게 만들다니…… 그리고 너, 예전에는 좀 더 공격적이었던 것 같은데. 성장한 거야?

그 말을 듣고 크라히가 어깨를 으쓱이고는 입을 열었다.

"뭐, 아무튼. 우리 멤버들이 네 의견을 듣는 게 나을 거라고 해서. 어찌 됐든, 나는 아직 이 도시에 대해 아무것도 몰라. 일단 네 목적인 왕자, 왕녀 이름 정도는 알고 있지만———."

"…………그것만 알면 충분하지."

"?!"

잘 생각해 보니 난 왕자, 왕녀들의 이름을 전부 알진 못하네. 딱히 알고 싶진 않지만…….

일단 크라히를 갑자기 임무에 참가시키는 건 별로 좋은 생각이 아닐 것 같긴 하다. 카이저나 사야가 보기에는 갑작스럽게 모르는(게다가 강한) 마도사(마기)가 끼어든 꼴일 테니까.

최소한 상황을 설명할 수 있는 내가 동행해야……………… 아니, 크라히라면 괜찮으려나?

"딱히 아직 뭔가 해줬으면 하는 일은 없지만………… 왕족을 안전하게 데려오는 것도 할 수 있어? 왕족이라면 누구든 상관없긴 한데……."

이제 전부 크라히에게 맡기고 싶다. 반쯤 농담 삼아 그렇게 말하자 크라히가 눈을 동그랗게 떴다.

하지만, 크라히가 뭔가 말을 꺼내기도 전에 쿨이 당황한 듯이 끼어들었다.

"그렇게 사소한 심부름을 부탁하는 것처럼 말하지 말아주세요! 아, 아무리 그래도 너무 힘들 거라고요. 크라히 씨가 풀려났다는 건 이미 널리 알려졌을 테고, 경계도 하고 있을 테니까———."

역시 안 되려나? 일과로 공부를 하고 있던 공주님이 쿨의 새파랗게 질린 표정을 보고 눈을 반짝이고 있다.

……우선, 차례대로 할 수 있는 일을 해나갈까.

나는 공주님의 방을 가로막고 있는 문을 가리키며 물었다.

"그럼…… 크라히, 너 말이야……………… 이 문, 열 수 있어?"

미지의 금속으로 이루어져 있는 저 문은 척 보기에 그렇게까지 튼튼해 보이진 않지만, 전임자인 도적이 파괴하려다가 흠집 하나 내지 못한 물건이다. 내가 공격해도 똑같다는 건 굳이 시험해 볼 필요도 없겠지만, 크라히라면 어떻게 해볼 가능성이 있을 것이다.

뭐, 공주님을 해방한다 해도 카이저와 사야가 일을 마칠 때까지는 기다려야만 하겠지만———.

"흐음………… 그렇군. 전문 분야는 아니지만, 시험해 볼까."

팔을 걷어붙이고 문 앞에 선 크라히와 왠지 모르게 불안한 표정을 짓는 동료들.

크라히는 눈을 감고 몇 초 동안 심호흡을 하는 눈을 크게 떴다.

빛나는 칠흑의 눈동자. 나보다 조금 더 긴 까만 머리카락이 약간 떠올랐고, 번개 에너지가 그 육체에 깃들었다.

온몸에서 튀는 보랏빛 번개. 감옥에서 덤벼든 병기는 이 상태의 크라히를 제대로 건드리지조차 못했다. 코드라는 도시가 번개에 약하다면, 그는 문의 기믹을 파괴해서 열 수도 있을 것이다.

외투를 걸치고 있는데도 알아볼 수 있을 만큼 단련된 육체. 냉정하게 나와 비교해보니 크라히와 나는 머리카락 색과 성별 정도밖에 공통점이 없는 것 같다.

크라히가 눈부시게 빛나며 팔을 뻗었다.

그리고——— 그 문이 손가락 끝에 닿기 직전에 뒤로 크게 뛰었다.

꿍음이 복도를 뒤흔들었다. 루샤가 날카로운 비명을 지르며 귀를 막았다.

나는 그제야 공주님 방문 주위에 수많은 총탑이 돋아났다는 걸 눈치챘다.

총탑이 소리도 없이 움직이고는 크라히를 노리고 총알을 토해냈다. 사출된 총알은 마치 빛나는 폭풍 같았다.

너무 큰 소리와 진동 때문에 머리가 어질어질했다. 가끔 소리가 사라진 이유는 아마 허용할 수 없을 만큼 큰 소리를 세이프 링 (결계지)이 차단해주었기 때문일 것이다.

그러고 보니까, 예전 근위였던 바이커의 부하들은 문을 공격했다가 잿더미가 되었지………… 잊고 있었네. 열라고 했다고 곧바로 부수러 나선 크라히 쪽에도 문제가 있긴 하지만요.

크라히의 몸놀림은 훌륭했다. 내 동체시력으로는 전혀 포착할 수 없을 정도로 빠르게 날아든 총알을 몸놀림만으로 피하고 있다.

　피한 총알은 신기하게도 벽과 바닥에 빨려들어 가듯이 소실되었다. 건물은 파괴하지 않게끔 설정된 모양이다.

　하지만, 문제가 한 가지 있다. 복도가 그렇게까지 넓지 않다는 점이다. 이대로 여기 있다가는 휘말릴 것이다.

　쿨 일행은 이미 복도를 뛰어가고 있었다. 몸을 웅크리고 있던 루샤는 즈리가 끌고 갔다.

　재빠르게 도망친 쿨이 집요하게 공격당하고 있는 크라히에게 소리쳤다.

　"크라히 씨, 도망치시죠! 물리적인 탄환 상대로는 불리해요!"

　"크윽………… 아니, 아직, 이야. 아, 직, 아직 멀었다고오오오오오오오오!!"

　크라히가 포효한 것과 동시에 온몸에 깃든 빛이 더욱 강해졌다. 지팡이도 들지 않은 채 단련된 육체를 지닌 크라히는 도저히 마도사로 보이지 않았다.

　하지만, 탄환의 폭풍은 크라히가 접근하는 걸 일절 용납하지 않았다. 크라히가 이판사판으로 문을 향해 날린 번개가 중간에 천장과 바닥에 빨려들어 사라졌다.

　왠지 좀 힘들 것 같네………….

　아니, 아까부터 번개가 파직파직거리면서 이쪽으로 날아오는 게 엄청 무섭다. 아슬아슬하게 닿지 않은 건지 세이프 링은 발동되지 않았지만, 예전에 몇 번이나 체험한 적이 없었다면 비명을 질렀을 것이다.

문 건너편에 있던 공주님도 눈을 크게 뜬 채 굳어 있다. 이제 그만하자, 그만.

"역시 문을 부수는 건 '사락사락'이어야만 하는 건가……."

사야의 사락사락이 뭔지는 모르겠지만 말이지. 아무튼, 뚫을 수 없다면 더 이상 공격하는 건 소용이 없다.

"크라히, 이제 됐어. 대충 알았다고."

그런데 잘도 피하네.

세이프 링이 없는 나였다면 첫 번째 공격에 피떡이 되었을 텐데, 역시 실력으로 무제제에 출장한 남자는 다르구나.

크라히가 내 말을 듣고 몇 미터 뒤쪽으로 뛰면서 문으로부터 거리를 벌렸다.

———하지만, 방위 시스템은 크라히를 포기하지 않았다.

크라이를 쫓아가듯이 바닥에서, 천장에서, 총탑이 주르륵 돋아났다. 변환 자재의 방위 시스템. 그렇구나, 이거 골치 아프겠어. 고레벨 보물전에도 이렇게 악랄한 함정은 거의 없다.

예상하지 못한 전개에 쿨 일행이 깜짝 놀라고 있다. 크라히가 공격을 피하기 위해 쿨 일행 쪽으로 뛰고, 총알이 그 뒤를 쫓아갔다. 나는 그저 눈을 깜빡이는 것밖에 할 수 있는 일이 없었다.

문 근처에 돋아나 있던 총탑은 사라졌다. 서둘러 공주님에게 물어보았다.

"…………공주님은 말이야, 저거 멈출 수 있어?"

공주님은 내 말을 듣고 눈을 깜빡이다가 고개를 천천히 저었다.

"저건, 왕이 정한 거."

진짜로…………? 왠지 미안하네, 크라히.

너무 성급하게 굴다가 실수해버렸다. 그럴 생각은 아니었다고, 진짜야.

죄송합니다아아아아아아아아아아아아아아아아아아아아아아!

"저거, 어디까지 쫓아가는 거야?"

"범위는, 이 건물 안."

"하아아아아아아아아아아아아아아아아아아아아아아앗!!"

복도를 섬광이 내달렸다. 소리가 들리지 않은 이유는 세이프 링이 차단해준 덕분일 것이다. 소리만으로도 이미 세이프 링을 일곱 번이나 썼는데…….

섬광이 사라진 순간, 복도 좌우를 차지고 하고 있던 큰 창문 일부에 녹아내린 듯한 구멍이 크게 뚫려 있었다.

크라히가 망설임 없이 큰 구멍으로 몸을 날렸다. 여기, 엄청 높은데…….

뚫린 큰 구멍이 단숨에 수복되었다. 속도가 장난이 아니다.

"크라히 씨이이이이이이이이이이이!!"

"오, 오빠아아아아아아아아아아아아아아아아!!"

쿨 일행이 급하게 창문 근처로 뛰어가서 아래쪽을 들여다보았다. 아무래도 방위 시스템은 크라히만 표적으로 삼았는지, 좀 전까지 집요하게 공격을 가하던 총탑은 전부 사라졌다.

무시무시한 방위 시스템이다. 쿠트리가 이쪽을 보면서 메마른 목소리로 말했다.

"이, 이봐, 이봐, 나으리, 터무니없는 짓은 하지 말라고. 아무리 최저인 나라도 정색하거든? 뭐, 우리 리더는 이 정도로 죽을 만한 녀석이 아니지만."

"……………네 캐릭터, 꽤 마음에 드는 것 같아."

"…………돌아오면, 방위 시스템은, 몇 번이든, 발동돼."

문에 달라붙어서 이쪽 상황을 보고 있던 공주님이 조용히 가르쳐 주었다.

이제야 감옥에서 풀려났는데, 이제 이 건물에 들어오지 못한다는 사실이 확정되어 버렸다.

미안, 크라히. 진짜로 미안해. 엎드려 빌면 용서해 주려나?

쿨 일행이 크라히의 상황을 확인하려는 건지 시끌벅적하게 나갔다.

나도 무사하다는 걸 확인하러 가야지——— 덱 체어에서 일어서자 공주님이 방안에서 문을 탕탕 두드리며 밝은 미소를 짓고는 말했다.

"크라이, 슬슬………… 간식 시간."

"…………방위 시스템을 어떻게든 해결하면 줄게."

공주님은 초코바를 정말 좋아한다. 보아하니 코드에는 초코바가 존재하지 않는 모양. 얼마나 좋아하냐면 초코바를 위해서 차단되어 있던 물질 전송 시스템을 부활시킬 정도로 좋아한다.

그래도 설마 이런 상황에서 초코바를 먹고 싶어 하다니, 정말 대담하네…… 이런 것도 왕녀의 자질이라고 해야 하나? 대상이 초코바만 아니었다면 솔직히 감탄했을 텐데.

공주님은 한동안 눈을 깜빡이고 있다가 왠지 아쉬운 듯이 말했다.

"확인해봤는데, 왕이 기각했어. 왕이 정한 규칙을 왕이 어기는 건 백성에게 본보기가 되지 않는대. 권한을 조금 느슨하게 만들어준 직후기도 하고."

공주님이 술술 대답했다.

호오………… 너, 왕에게 연락할 수 있구나. 처음 듣는 이야기인데? 유폐당했는데 어떻게 초코바를 보낼 수 있게끔 한 건가 싶었는데, 왕에게 부탁했구나.

냉정하게 이 도시의 시스템을 생각해 보니 납득이 된다. 공주님보다 높은 사람은 왕밖에 없으니까.

"그래도 애초에 초코바를 보낼 수 있게끔 만들어준 것도 규칙 위반 아니야?"

"규칙의 무게가, 다르니까. 왕족을 공격하려는 건 큰 죄야. 왕족이 많은 지식을 얻는 건 유용하고. 초코바는 이익이 컸어. 왕도 아마, 신경 쓰였을 거야."

설마 초코바가 코드에서 이렇게 높은 평가를 받게 될 줄이야, 어떤 신산귀모라 해도 예상하지 못했을 것이다. 이야깃거리가 될 것 같네. 무사히 의뢰를 마치고 제도로 돌아간다면 말이지만.

나는 한숨을 쉰 다음, 진지한 표정으로 이상한 말을 하는 공주님에게 말했다.

"그래서, 코드 왕한테 초코바는 보냈어? 신경 쓰였을 거라면서?"

"…………………어?"

이건 어떻게 해야 할까.

코드의 중심, 왕만이 존재를 허락받는 왕탑.

그 꼭대기층에서 당대 코드 왕, 크로스 코드는 당황하고 있었다.

더욱 강한 코드의 왕을 만들어내기 위한 계획은 지금까지 순조롭게 진행되고 있었다.

《뇌제》를 둘러싸고 벌인 충돌에서 아이들이 보여준 수완은 크로스의 기대 이상이었다.

온갖 수단을 동원해서 강력한 말을 손에 넣으려 한 둘째 노라의 정열과, 그것을 막기 위해 예비의 근위를 이용하려 한 첫째 앵거스의 지모, 그리고 독자적인 생각으로 앵거스 편을 든 셋째 토니.

아마 누가 다음 왕이 되더라도 코드는 크게 바뀔 것이다.

안타깝게도 붕어 이후에 다음 대 왕이 정해진다는 시스템상 크로스가 신생 코드의 모습을 볼 수는 없겠지만, 지금 시점에서 그들 세 사람은 틀림없이 크로스의 시대에 왕 후보였던 자들보다 뛰어나다.

예상하지 못했던 것은 이제 와서 연락을 하게 된 예비———.

여섯째, 아리샤 코드의 존재뿐이다.

왕족이 전멸했을 때를 대비해서 인간 제조 기술을 통해 크로스의 유전자만으로 만들어진 딸.

크로스가 저번에 아리샤의 요구를 받아들여 권한의 동결을 약간 느슨하게 풀어준 것에는 큰 이유가 없다.

왕족이 무사한 채 왕위 교대 시기가 다가온 지금, 그녀의 역할은 반쯤 끝났다.

연락이 올 때까지는 존재조차 잊고 있었다. 요청을 들어준 이유를 굳이 따지자면, 장난 삼아일까.

귀족들의 의도에 따라 태어나고, 탑 꼭대기층에 감금당한 채 도시의 교육을 받으며 성장한 아리샤가 무슨 생각을 하고 있는지 약간이나마 흥미를 품었다. 그것뿐이다.

첫 번째는 장난삼아 받아들여 주었다. 하지만, 두 번째는 없다.

"방위 시스템을 해제해줬으면 좋겠다고? 시시한 요구로군."

어째서 그런 메시지를 보낸 건지는 알고 있다.

이곳 코드에서 일어나는 일 중 왕이 파악하지 못하는 것은 없다.

하지만, 그러한 요구를 들어줄 이유는 없었다.

크로스의 계획에 아리샤의 움직임은 존재하지 않는다. 어디서 숨어든 건지 능력 평가가 겨우 4에 불과한 남자가 가명을 써서 《뇌제》를 구하러 온 것도, 그 신청에 따라 도시 시스템이 《뇌제》를 해방시킨 것도, 그리고 그렇게까지 《뇌제》를 고집하던 노라가 《뇌제》를 포기한 것도, 전부 예상하지 못했다.

사고에 대한 대처 능력도 왕의 자질 중 하나다. 크로스는 왕위 쟁탈전에 직접적으로 관여할 생각은 없지만, 《뇌제》가 막대한 능력을 지니고 있으면서 위험하고 파격적인 존재라는 건 분명했다.

그렇다. 예전에 크로스가 왕위에 오른 직후에 코드를 습격했던, 탐색자 협회의 뛰어난 마도사들처럼. 그 때문에 크로스는 즉위하자마자 왕이 평생 한 번밖에 쓰지 못하는 권능―― '왕명(그랜드 코드)'을 발령하게 되었다. 어쩔 수 없었다고는 해도 씁쓸한 기억이었다.

지금 이 도시는 크로스의 왕명에 의해 마도사가 힘을 발휘하지 못하는 곳이 되었다.

《뇌제》는 예외적인 마도사였지만, 코드는 이미 그 능력을 분석하여 대책을 마친 상태다. 실제로 아리샤의 방문을 《뇌제》는 뚫지 못했다. 만약 탐색자 협회에서 《뇌제》급 마도사를 더 보낸다 해도 코드의 전투 병기 앞에서는 아무것도 하지 못할 것이다.

그럼에도 뇌제를 막은 것은 변칙적인 존재가 아리샤에게 다가가게 둘 이유가 없기 때문이다.

바깥 세계를 제대로 알지도 못하는 예비가 《뇌제》를 이용해서 뭔가 할 수 있을 것 같진 않지만――.

크로스에게 기각당하자 아리샤가 담담하게 근위(자칭 크라이 안드리히)에게 보고하고 있다. 그 표정에 불만 같은 건 보이지 않는다.

근위도 딱히 그 대답을 듣고 분노한 것 같지는 않았다. 모처럼 구해낸 《뇌제》가 자신 때문에 죽을 뻔했는데, 대체 무슨 생각을 하고 있는 걸까.

아무리 뛰어난 코드의 시스템으로도 사고를 자세하게 읽어낼 수는 없다. 왕명이 남아 있다면 코드의 모든 능력을 결집하여 그런 시스템을 구축할 수 있었을지도 모르겠지만――.

확인을 마친 다음, 크로스는 띄워두었던 아리샤 일행의 영상을 껐다. 예비의 기이한 행동만을 신경 쓰고 있을 상황이 아니다. 지금 이 순간에도 아이들은 왕위를 두고 책략을 펼치고 있다.

그리고, 저번에는 왕위 계승 타이밍에 탐색자 협회가 쳐들어왔다.

이번에도 비슷한 일이 일어나지 않을 거라는 보장은 없을 것이다. 앵거스의 책략으로 인해 탐색자 협회의 움직임은 제한되었을 테고, 경계도 하고 있지만, 즉위 직후에 왕명을 쓰는 일은 두 번 다시 없어야만 한다.

도시의 상황을 다시 확인하려던 참에 크로스의 머릿속에 다시 메시지가 들어왔다.

보낸 사람은——— 아리샤 코드.

질색하며 메시지를 확인한 크로스는 자기도 모르게 소리쳤다.

"?! 뭐, 뭐라고? 초콜릿, 이라고?!"

크로스의 눈앞에 조용히 구멍이 뚫리더니, 예비가 집착하던 알 수 없는 간식이 올라왔다.

숫자는 한 개. 꼼꼼하게 포장지를 벗겨둔 채, 마치 보물처럼 받침대 위에 놓여 있었다.

메시지에는 한마디, '아리샤가 위대하신 코드 왕께'라고 적혀 있었다.

왕의 몸에 조금이라도 해를 끼칠 우려가 있는 것들은 전송시킨 시점에서 튕겨 나가지만(물론 애초에 크로스에게 물체를 보낼 수 있는 자는 거의 없다), 보아하니 이 까만 물체는 완전무결하게──── 평범한 간식인 모양이었다.

코드의 시스템도 위험한 물질이 아니라는 걸 나타내주고 있다.

어쩔 수 없이 그 알 수 없는 간식을 집어들었다. 맡아본 적 없는 신기하고 달콤한 냄새.

애초에 크로스는 단것을 그렇게까지 좋아하는 편이 아니다. 시스템을 이용해서 바보 같은 짓을 한 아리샤의 모습을 다시 한번 뇌리에 떠올린 왕은 자기도 모르게 눈을 크게 떴다.

거기에 떠오른 것은 수십 개나 되는 초코바를 끌어안고 방긋방긋 웃고 있는 아리샤의 모습이었다.

"저, 저렇게 많이 있는데도 보낸 건 단 하나인가……."

아니, 딱히 필요 없긴 하다. 하지만 정말 지금까지 본 적도 없는 간식이다.

어쩌면 바깥 세계를 알고 있던 아버지──── 초대 코드 왕이라면 알고 있었을지도 모르겠지만────.

크로스는 한동안 간식을 바라보고 있다가 입에 넣을 생각이 도저히 들지 않아서 바닥에 휙, 내던졌다.

"초콜릿, 이라. 흥…… 바깥 세계는 뒤처진 줄 알았다만, 의외로 코드에 없는 것도 많을지 모르겠군."

《천변만화》. 모든 것을 꿰뚫어 본다고 하는 레벨 8 헌터.

신묘한 계책으로 작전을 몇 번이나 성공시키며 곤란한 의뢰들을 수없이 해결하고 제블디아에서 두각을 드러낸 그 헌터의 이름이다. 쿨이 그 이름을 이용해 《비탄의 악령(스트레인지 프리크)》이라는 것을 만들자고 생각한 이유 중 하나는, 전투 능력 같은 것과는 달리 신산귀모는 눈으로 봐서 알아채기 힘들기 때문이다.

들키지 않을 줄 알았다. 크라히 안드릿히는 척 보기에도 뛰어난 재능을 지니고 있었기에 가짜 《천변만화》에는 안성맞춤이었다. 실제로 무제제에 참가하게 된 그때까지는 전부 잘 풀리고 있었다. 제블디아에 갈 예정도 없었고, 그 누구도 의심하지 않았다.

하지만, 지금은 확실하게 이해할 수 있다. 그때까지 들키지 않았던 건 그냥 운이 좋았을 뿐이었다.

그리고——— 《비탄의 악령》 같은 것을 만든 건 더할 나위 없는 실수였다.

책략 능력을 초짜들이 알아챌 수 없다는 건 그냥 착각에 불과했던 것이다.

쿨도 자신의 작전 입안 능력에는 자신이 있었지만——— 진짜는 그렇게 어설픈 수준이 아니었던 것이다.

초짜조차 그 남자의 작전이, 행동이, 의미를 알 수 없다는 것 정도는 이해한다. 말도 안 된다는 생각을 하게 될 것이다.

그리고——— 그 책략이 가져다 준 결과를 보고 깜짝 놀랄 것이다. 그래왔을 것이다.

진짜 신산귀모란 순수하게 결과 뒤에 따라붙은 평가였던 것이다.

그리고 이번에 《천변만화》가 한 행동 또한 갑작스러우면서도 의미를 알 수가 없었다.

방위 시스템으로부터 도망쳐서 창문 밖으로 뛰어내린 리더를 급하게 쫓아갔다. 이동용 작은 방을 통해 전속력으로 건물 밖을 향해 뛰어나갔다. 바깥으로 나갔을 때, 마침 도로에서 웅크리고 있던 크라히가 일어섰다.

온몸에 두르고 있던 번개가 스윽, 사라졌다. 크라히가 외투를 툭툭 털고는 한숨을 내쉬었다.

금속제 도로——— 크라히가 착지한 곳이 번개로 인해 까맣게 그을려 있었다.

원래 마도사는 육체 면으로는 허약한 법이다. 하지만, 크라히 안드릿히는 그렇지 않다.

무제제에서 패배한 이후로 크라히 안드릿히는 수행에 전념했다. 보구 지팡이를 잃은 그의 전투 능력은 일시적으로 떨어졌지만, 지금 《뇌제》는 무제제 때보다 강하다.

그 이유 중 한 가지가 마도사로서는 이질적으로 단련된 육체다.

보구 지팡이를 잃고 떨어진 전투 능력을 메꾸기 위해 개발한 전술. 번개 마술을 자기 강화에 이용함으로써 그 육체 기능은 고층 건물에서 뛰어내렸는데도 생채기 하나 입지 않을 만큼 강해졌다.

보아하니 방위 시스템도 건물 밖까지는 공격하지 않는 모양이었다.

《비탄의 악령》의 리더는 자신이 조금 전까지 있었던 건물 꼭대기층을 올려다보고는 살짝 한숨을 쉬었다.

"큰일이네, 손맛이 전혀 달라. 적어도 '뇌창천멸신래화'를 쓸 수 있었다면 문도 뚫을 수 있었을 텐데………… 나도 아직 미숙하구나."

갑작스럽게 습격당한 것을 불평하지도 않고, 무제제 때도 사용했던 오의 중 하나인 오리지널 마술의 이름을 말하는 크라히. 쿨이 호흡을 가다듬고 입을 열었다.

"…………만약 쓸 수 있었다 해도 그런 걸 썼다면 방안에 있던 아리샤 왕녀까지 까맣게 타버렸겠죠."

크라히 안드릿히는 강하긴 하지만, 뭐든지 너무 단순하게 생각하는 구석이 있다. 그런 부분이 신산귀모로 유명한 진짜와 가장 큰 차이라고 할 수 있을 것이다.

다행히 크라히는 큰 부상을 입지 않은 모양이었다. 아니, 아마 괜찮을 거라 생각했기에 《천변만화》도 그런 말을 꺼냈겠지만——.

쿨보다 늦게 즈리 일행이 건물 안에서 뛰쳐나왔다. 루샤가 달달한 목소리를 내며 크라히 곁으로 뛰어갔다.

"오빠!! 괜찮아요오?!"

"아~, 정말, 진짜 나으리도 하는 짓이 너무 갑작스러워서 곤란한데."

쿠트리가 머리를 긁으며 그렇게 말했다. 이름을 바꾸고 파티에 들어오기 전부터 바가지 연금술사로서 산전수전 다 겪어온 그녀도 요즘 상황에는 조금 힘들어하는 모양이었다.

자신을 끌어안은 루샤를 그대로 내버려 두고 있던 크라히에게 쿠트리가 살짝 헛기침을 하고 말했다.

"아~, 리더, 왕녀가 말해줬는데, 아무래도 당신은 이제 두 번다시 저 건물에 들어가지 못하는 것 같아. 방위 시스템을 어떻게하기 전까지는 말이지."

"…………왕족을 보호해 오라고 하질 않나, 방위 시스템이 지키고 있는 문을 열라고 하질 않나, 그 사람이 요구하는 건 정말엉망진창이네요. 레벨 8이 보기에는 별것 아닌 부탁일지도 모르겠지만요……."

게다가 자세한 설명 같은 걸 전혀 해주지 않았으니, 아무리《뇌제》크라히 안드릿히라 해도 무거운 짐이라고 할 수밖에 없다. 크라히는 강하지만, 어디까지나 전투 능력만 놓고 보았을 때 이야기다.

사무적인 부분이나 사전 조사 같은 것들은 쿨 일행이 맡고 있다. 그리고 쿨 일행에게는 레벨 8의 요구를 들어줄 수 있을 만한능력이 없다. 어찌 됐든, 쿨 일행은 며칠 동안 온 힘을 다했는데도 감옥에 갇힌 크라히를 구해낼 아이디어가 하나도 떠오르지 않았으니까.

"케케케…… 이렇게 된 거, 뭘까? 리더. 나으리가 한 말 때문에쫓겨났잖아. 불평하진 못할 텐데."

쿠트리가 나쁜 꿍꿍이라도 불어넣는 듯 말했다. 크라히의 실력이라면 왕족을 보호하는 건 힘들겠지만, 코드에서 도망치는 것정도는 할 수 있을 것이다.

하지만, 그와 동시에——— 이런 상황에서 크라히가 도망친다는 선택을 한 적은 한 번도 없다.

이곳에서도 마찬가지였는지, 크라히는 망설임 없이 고개를 저었다.

"아니, 아직이야. 아직 수행의 성과를 보여주지도 못했고, 빚을 갚지도 못했어."

"그래도 어떻게 할 건데? 밖에서 부를 때까지 대기하고 있어봤자 우릴 부르진 않을 텐데……."

즈리가 한숨을 쉬며 그렇게 말했다. 그것은 체험담이었다.

'천변만화'는 쿨 일행을 구해준 뒤에 자신을 도와줘야겠다는 말을 하긴 했지만, 실제로 직접 도움을 요청한 적은 한 번도 없다. 그동안 했던 조사도 자발적으로 한 것이다.

이건 그냥 상상이지만, 상대가 크라히라 해도 그건 마찬가지일 것이다. 애초에 그는 신산귀모를 뽐내기만 하는 게 아니다. 전투 능력 면에서도 크라히가 완패한 여우 가면 쓴 남자와 대등한 수준 이상으로 맞서 싸웠다.

그런 헌터가 다른 누군가의 힘을 필요로 하는 상황이 생길지, 꽤 의심스럽다.

그런 남자에게 빚을 갚을 생각이라면 솔선해서 움직일 수밖에 없다.

크라히는 한동안 턱에 손을 대고 생각에 잠겨 있다가 말했다.

"그래………… 크라이는 누구든 좋으니 왕족을 보호해 와달라고 했지. 그것부터 착수해볼까."

"?! 오빠, 진심인가요오? 지금 왕족은 왕위 교대를 앞두고 있어서 경계심 맥스인데요?"

제1장   첫 떼쓰기

고기동 요새 코드 제1에어리어. 왕이 사는 도시 중심의 탑과 가장 가깝고, 가장 드넓은 범위를 자랑하는 에어리어의 중심에 그 거대한 건물이 존재하고 있었다.

현재 왕의 지위에 가장 가깝다고 하는 제1왕자 앵거스 코드의 거점은 코드 전역에 존재하는 건물들과는 달리 성 같은 모습이다.

주위보다 한층 더 높은 곳에 자리 잡고 있으며, 제1에어리어에 들어오면 가장 먼저 그 모습이 눈에 들어온다. 그리고 앵거스가 바깥 세계에서 가지고 온 서적을 기반으로 도시 시스템을 이용해 직접 만들어낸 그 성은 앵거스의 권위를 나타냄과 동시에 앵거스 진영의 중추 전력이기도 했다.

성의 최심부, 옥좌의 방에서 앵거스 코드는 자신의 오른팔인 진 고든에게 보고를 받고 있었다.

"계획은 문제없이 진행되고 있단 말이지."

"예. 우리 진영 소속에게는 권한 한계까지 병기를 제조하게 하고 있습니다. 바깥에서 영입한 자들의 훈련까지 포함해서 지극히 순조롭습니다."

코드의 자원은 결코 무한한 것이 아니다. 그 리소스를 자유롭게 쓸 수 있는 건 왕뿐이고, 그 이하 클래스는 나머지를 나눠 쓰게 된다.

사용할 수 있는 리소스는 클래스에 따라 정해져 있다. 왕족이 쓸 수 있는 리소스는 모두 같기에 승패는 그 부하의 리소스———왕족에게 협력하는 귀족의 숫자에 따라 정해진다 해도 과언이 아니다. 그렇기에 현재 가장 많은 귀족들의 지지를 받고 있는 앵거스가 가장 유력하다는 것이다.

　리소스를 이용하는 방식은 다양하다. 식량, 의류, 잡화, 건물, 무기, 기장병을 제조할 때도 사용하며, 시설을 수리할 때도 사용한다. 앵거스는 수염을 만지작거리며 만족스럽게 고개를 끄덕였다.

　"코드의 무기는 하계의 원숭이들에게는 분수에 넘치겠지. 하지만, 대충 봐주다가는 노라의 기사에게 패배할지도 몰라. 그 녀석의 기사는 코드산이니까. 이쪽의 핵심은 카이와 사이야지만, 잡병이라도 많이 모으면 방해 정도는 할 수 있을 거다."

　"그렇습니다. 노라 왕녀의 방침은 정말 흥미롭죠. 《뇌제》가 그쪽 수중에 떨어졌다면 골치 아파졌을 겁니다. 하지만, 그럴 가능성이 사라진 지금, 전하의 우위는 굳건합니다."

　"기장병과 무력화 가스를 낭비했으니까. 방심할 수는 없지."

　노라 코드는 리소스를 사용해서 코드 시민을 강화하는 것에 대해 연구했다.

　그 결과가 기장병을 뛰어넘는 성능을 자랑하는 강인한 강화 기사단이다.

　오랫동안 연구한 끝에 태어난 강화 인간으로 이루어진 기사들은 스태미너, 신체 능력, 코드 병기를 다루는 전투 기술, 그 모든 것을 높은 수준으로 겸비하고 있다. 설마 일반 시민을 그렇게까

지 강화할 줄은 앵거스도 상상하지 못했다.

앵거스는 노라처럼 강화 인간을 만들지 못한다. 하지만, 그 대신 앵거스는 병기를 연구했다.

앵거스의 성이 넓은 이유는 내부에서 다양한 병기를 만들어 내기 위해서이며, 그 연구 중 가장 뛰어난 것이 도시 평가 10000 이상인 인간을 기절시키는 무력화 가스였다.

노라도 잘 움직이고 있긴 하지만, 전력을 따지면 앵거스 쪽의 우위는 굳건할 것이다. 카이와 사아야가 아군이 된 것이 무엇보다 크다. 유일하게 우려가 되는 점이 있다면——— 카이와 사아야를 붙잡는 데 모아두었던 무력화 가스를 거의 다 써버렸다는 점일 것이다.

무력화 가스에는 비용이 많이 들며 많이 모으려면 오랜 시간이 걸린다. 왕이 붕어하기 전에는 모으지 못할 것이다.

앵거스는 말없이 도시 시스템에 접속해서 병기의 제조 상황을 확인하고는 진에게 물었다.

"요즘 제조 효율이 떨어졌는데? 무슨 일이 생겼지?"

"예. 한 달 정도 전부터 지맥으로부터 빨아들이는 마나 머티리얼의 양이 서서히 줄어드는 모양이라…… 그 영향입니다. 지맥에 무슨 일이 생긴 건지도 모르겠습니다만…… 지금 조사할 수 있는 범위 이내에서는 원인을 찾아내지 못했습니다. 다행히 각하의 리소스만 줄어든 것이 아니라 조건은 모두 마찬가지입니다."

"그렇군…… 전부 왕위부터 손에 넣고 생각할 문제인가."

코드의 리소스는 마나 머티리얼에 많이 의존하고 있다. 방치할 수는 없지만, 지금 어떻게 할 수 있는 문제도 아니다. 원인을 조사하기 위해서는 우선 코드의 기동 능력을 부활시켜야 한다.

"노라 이외의 움직임은 어떻게 되었지?"

"토니 왕자는 여전하고, 모리스 왕자는…… 결전형 병기 제조에 힘을 쏟기 시작한 모양입니다."

"……모리스, 이 자식. 명검을 손에 넣어봤자 휘두를 자가 겁쟁이여서는 의미도 없을 텐데."

앵거스는 눈살을 찌푸리며 경멸하듯이 말했다.

모리스 코드는 왕족들 중에서도 제일 소심하다.

겁이 많고, 왕이 바뀐 뒤에 처형당할 것을 두려워하고 있다. 척 보기에도 왕의 그릇은 아니며 지금까지 눈에 띄는 움직임을 보이지 않았지만, 이제야 움직이기 시작한 모양이다. 아마 왕위 교대가 다가오자 겁을 먹었을 것이다. 지금까지는 앵거스에게 협력하는 위치에 있었지만, 막상 이렇게 되고 나니 자신의 선택에 자신감이 없어진 것이다. 어느 정도는 예상했던 범위 이내다.

결전형 병기란 앵거스가 제조하고 있는 다양한 병기와는 달리 소수 정예형으로, 특수하며 강력한 병기다.

하지만, 모리스는 후원해주는 귀족이 별로 없기 때문에 사용할 수 있는 리소스도 그렇게 많지 않다. 숨어서 도망 다니는 모리스 따위는 앵거스의 적이 되지 못한다. 게다가 이제야 제조하기 시작했다니———.

"뭐, 모리스에게는 이미 손을 써 두었지. 형을 거역하는 어리석은 동생에게는 벌을 줘야 하니까."

"마지막으로 자칼리 왕자 말입니다만…….."

"아, 그 녀석의 정보는 됐다. 그 녀석은 모리스만도 못해. 광견은 왕이 될 수 없다고."

앵거스는 코웃음 친 다음 계속 말했다.

"아마 아직 하급 백성들하고 놀고 있겠지. 하급 백성 따위는 아무리 많이 동료로 받아봤자 상대가 되지 않아."

제4왕자 자칼리 코드는 모리스보다 더 뒤처지는 지지 기반밖에 없는 남자다.

애초에 형과 누나가 네 명이나 있는 자칼리가 왕위를 차지하기 위해서는 매우 뛰어난 자질이나 행운이 필요했지만, 그 남자에게는 둘 다 없었다. 그리고 얼마 안 되는 지지층 귀족도 쫓아냈다.

어리석은 남자. 꽤 예전부터 자취를 감추기는 했지만, 어디 있는지는 대충 알고 있다. 도시 시스템을 이용해서 찾을 수는 없으나 그런 상황에서도 찾을 방법은 있다.

그 남자가 왕이 되려면——— 앵거스의 위협이 되려면 엄청난 비장의 수가 필요할 것이다.

있을 수 없는 일이지만, 만약 《뇌제》급이 동료가 된다 해도 그 남자는 승리할 수 없다.

그렇게 생각하던 앵거스는 진에게 물었다.

"그러고 보니 예비 진영은 어떻게 되었지? 《뇌제》는 뭘 하고 있나?"

"네. 《뇌제》는 그 이후로 아리샤 왕녀의 근위가 된 모양입니다. 노라 왕녀가 접촉하는 낌새는 없습니다. 정말로 포기한 모양이더군요."

"좋은 흐름이야. 노라의 수중에 없는 《뇌제》 따위는 두렵지도 않다고."

왕에게 권한을 동결당한 아리샤는 자칼리 이상으로 경계할 가치가 없다. 우선 왕위 쟁탈전 테이블에 앉지도 못했다.

귀족들이 탄원해서 태어난 왕족의 예비이니 당연하다고도 할 수 있겠지만———.

예비의 근위가 《뇌제》에게 손을 뻗으려 했을 때는 놀랐지만, 그럴 수도 있을 것이다.

그 근위의 정보도 확인해 두었다. 종합 평가가 4인 남자다. 《뇌제》를 구해내기 위해 가명으로 잠입한 남자——— 어떻게 코드로 들어온 건지는 모르겠지만, 그건 나중에 차분히 조사해보면 된다.

"아리샤 왕녀는 정보를 차단하지 않았습니다. 마음대로 상황을 살펴볼 수 있을 겁니다."

"볼 가치도 없지만………… 조금 신경 쓰이는군."

예측하지 못하는 변수는 최대한 줄여야만 한다. 적어도 요즘 예비의 움직임은 앵거스가 세운 계획에서 벗어나 있다.

앵거스는 한숨을 크게 쉬고는 눈앞에 아리샤 코드의 상황을 띄웠다.

그런데, 정말로 초콜릿이 마음에 든 모양이네.

나는 어이가 없는 마음 절반, 감탄하는 마음 절반으로 입가에 묻혀가며 초코바를 먹어대는 공주님을 보고 있었다.

그 모습은 지금까지 만났던 어떤 왕녀들보다 어린애 같았고, 고귀함은 요만큼도 없었다. 아무리 나라도 왕에게 보내준다고 하길래 건넨 초코바를 거의 혼자 독점해버릴 줄은 몰랐다.

뭐, 딱히 상관없긴 한데…… 너무 많이 먹으면 밥을 못 먹게 된다고.

트레저 헌터 중에는 단것을 싫어하는 사람이 꽤 있다. 실제로 《비탄의 망령(스트레인지 그리프)》 멤버 중에서 단것을 좋아하는 건 나밖에 없고(참고로 시트리는 단것을 싫어하면서도 과자를 만드는 걸 좋아한다), 《시작의 발자국(퍼스트 스텝)》 전체로 따져도 단것을 좋아하는 사람은 소수파다.

단것 동료가 늘어나는 건 기쁜 일이다. 하지만, 왕녀에게 과자를 이렇게 먹여도 되는 걸까………… 뭐, 이미 줘버렸으니 고민해봤자 소용이 없겠지만, 어쩌면 나는 공주님에게 주면 안 되는 걸 줘버린 건지도 모르겠다.

나는 덱 체어를 소파로 변형시켜서 거기 앉은 다음, 볼을 붉히며 다람쥐처럼 초코바를 입에 가득 넣은 공주님을 바라보면서 말했다.

"뭐, 상관없지만 말이지. 소중히 먹어, 방금 준 게 마지막이니까."

"?! 으읍………… 우욱……!! …………코, 콜록, 콜록!! ?! 어?! 뭐, 뭐라구?"

공주님은 내가 한 말을 듣고 목이 막혔는지 울상을 지으며 기침했다. 아~, 입안에 잔뜩 넣으니까…….

혹시 공주님을 감금한 사람도 지금 같은 모습을 보면 그녀가 무해하다고 판단하고 바깥으로 내보내 주지 않을까?

공주님이 문의 창문에 이마를 툭, 대고는 이쪽을 보며 말했다.

"마, 마마…… 마지…………막?"

"응. 내가 가지고 있는 건 그게 마지막이야."

"???!"

그야 그렇지. 내 보구는 초콜릿을 잔뜩 넣을 수 있는 매직 백(시공 가방)이지, 한없이 꺼낼 수 있는 보구가 아니다. 당연하지만, 넣어둔 분량을 전부 꺼내면 더 이상 꺼낼 수가 없다.

제도에 있을 때는 자주 보충했고 다른 간식도 잔뜩 있었기에 수량을 신경 쓴 적은 없었는데. 아무리 그래도 요즘은 너무 많이 먹거나 줘버렸다. 제도로 돌아가면 다시 박스로 사야겠네…….

"초…… 코…………."

공주님은 굳은 채 풀 죽었다. 그렇게 말해도 말이지…………나한텐 이제 없으니까.

그래도 예전이라면 모를까, 요즘은 초콜릿이 딱히 드물지도 않고 대중적인 과자다. 코드에는 없더라도 바깥 도시라면 어디서나 팔고 있다. 아무리 그래도 밖으로 사러 나갈 수는 없겠지만. 이 도시에는 지금, 외부에서 온 사람들이 많이 있다. 그중 누군가가 가지고 있을 가능성은 있을 것이다.

"혹시 바깥에서 온 사람이 가지고 있을지도 모르긴 한데———."

"!! 정말로?!"

"그래도 혼자서 바깥을 돌아다닐 수는 없으니까………… 위험하기도 하고, 믿고 있던 크라히 일행도 공주님의 방위 시스템에게 쫓겨나 버렸고………… 아니, 딱히 공주님 때문인 건 아니지만."

"……………다, 다른, 근위는?"

………그러고 보니 깜빡 잊고 있었네. 근위 숫자엔 하한선이 있었지?

혹시 찾아와야만 하나? 바이커 일당 중 누군가가 부족한 근위는 기장병으로 보충된다고 했는데, 그건 언제 보충되는 거지?

아무리 그래도 감옥에 다시 한번 가는 건 힘든데.

질색하고 있자니 마치 타이밍을 재고 있었던 것처럼 천장에서 목소리가 들렸다.

『공주님, 크라이 안드리히. 그 고민, 제가 해결해드리죠.』

"어?"

올리비아 씨의 목소리다. 작은 방의 문이 열리고 공주님의 시종장인 올리비아 씨(와 집사장인 쟝 씨)가 당당하게 걸어왔다.

올리비아 씨의 가슴에 달려 있는 카드에 그려진 별의 숫자는 여전히 한 개였다. 공주님이 클래스를 강등시켰을 때는 안색이 새파래졌었는데, 다시 정신을 차린 건가?

"아, 다행이네. 조금 걱정했거든. 그렇게 새파랗게 질려서 도망치길래———."

내가 손을 들어 인사하자 올리비아 씨가 혀를 차며 나를 노려보았다.

"닥쳐, 크라이 안드리히. 그 이후로 네 행동은 전부 조사했습니다. 네가 우리를 함정에 빠뜨렸다는 사실은 이미 알고 있어요. 예전 근위인 바이커 일행이 전멸한 것도 전부 너 때문이라는 것도요! 그래요. 전부 공주님의 근위 리더가 되기 위해서였겠죠!"

"어……?"

말이 너무 심해서 나도 모르게 멍해져 버렸다. 아무리 그래도 방금 그 말은 지나친 착각이다.

나는 아무것도 하지 않았다. 딱히 짐작 가는 것도 없다. 바이커 일행은 멋대로 전멸했을 뿐이다.

올리비아 씨는 공주님의 방문 앞에 무릎을 꿇고는 조금 떨리는 목소리로 사과했다.

"공주님, 저번에 무례한 짓을 저지른 점, 매우 실례가 많았습니다. 하지만…… 한 번만 무례를 속죄할 기회를 주실 수는 없을까요? 저는 분골쇄신해서 공주님을 섬길 생각입니다."

눈을 동그랗게 뜬 채 올리비아를 내려다보는 공주님에게 쟝 씨도 나서서 말해주었다.

"공주님, 올리비아는 지금까지 잘 섬겨주었습니다. 그녀가 한 행동은 용납되지 못할 행위이긴 합니다만…… 한 번만 기회를 주셔도 좋을 것 같습니다."

쟝 씨의 클래스는 올리비아와는 달리 여전히 5다.

뭐, 공주님이 했던 그 행동은 정말 예상하지 못하긴 했다. 지금까지 자기 일을 열심히 해 왔다면 한 번 정도는 기회를 줘도 좋을 것 같다.

공주님은 눈을 깜빡이다가 왠지 모르겠지만 내 쪽을 보며 물었다.

"………어떻게 생각해?"

쟝 씨가 깜짝 놀라 눈을 크게 떴다. 무릎을 꿇고 있던 올리비아 씨도 어깨를 떨었지만, 놀란 건 나도 마찬가지다.

쟝 씨가 나보다 오랫동안 공주님을 섬겼는데도 나에게 의견을 묻다니……… 이런, 이런. 일을 제대로 하지 않으면 쓴맛을 본다는 거구나.

올리비아 씨도 쟝 씨도 열심히 일해왔다고는 해도 최소한이었던 것 같으니까…… 그러니까 초코바에게 지는 거라고.

하지만 동료가 늘어나는 건 좋은 일이다. 지금의 올리비아 씨라면 분명히 열심히 일해줄 것이다.

"음……………………… 사죄가 어설프네. 시범을 보여줄까?"

"?! 무, 무슨———."

가르쳐주마. 마음이 담긴 사죄란——— 이렇게 하는 거라고!

나는 제자리에 무릎을 꿇고는 빠르게 엎드려서 빌었다.

"죄송합니다아아아아아아아아아아아아아아아아아아아아아아아아아! 부디, 부디…… 이 우둔한 올리비아를 용서해 주세요, 공주니이이이이이이이이이이이이이이이이임!"

한심하면서도 애수가 느껴지는 내 목소리가 복도에 울려 퍼졌다.

그 뒤에 나올 말은…… 기회를 한 번 달라고 했던가? 공교롭게도 나는 기회를 원했던 적이 없기 때문에 그런 말을 한 적은 없다. 뭐, 그런 부분은 자기가 생각하는 대로 말하지 않으면 의미가 없으니까…….

그 누구도 아무런 말이 없었다. 내가 멋지게 엎드려 비는 모습에 반한 모양이다. 해낸 듯한 느낌이 든다.

요즘은 엎드려서 빌 기회도 줄어들긴 했지만, 오랜만에 멋지게 엎드려서 빌었다.

나는 일어서서 옷자락을 툭툭 턴 다음, 떨고 있는 올리비아 씨에게 말했다.

"자, 해 보라고? 상대방의 신발이라도 핥으려는 듯이 고개를 제대로 숙이는 게 요령이야."

"끄…… 윽…………… 으윽…………."

올리비아 씨가 얼굴을 새빨갛게 물들인 채 떨고 있다. 쟝 씨도 정색하는 표정을 짓고 있다.

자존심이 있는 사람들은 힘들겠네. 나는 자존심이 없어서 얼마든지 고개를 숙일 수 있는데.

보다 못한 건지, 공주님이 올리비아 씨를 빤히 보면서 여전히 진지한 표정으로 말했다.

초코바를 먹을 때와는 다른 사람 같은 표정이다.

"……알았어. 그래서, 무례를 속죄할 방법이 뭔데?"

"네, 네. 바이커 일행을 대신할 새로운 근위 후보를 데리고 왔습니다. 바깥에서는 무투파로 유명했던 모양이라——— 전투 능력도 그럭저럭 강하고, 혼자서 바깥으로 탐색을 보내도 문제가 없는 자들입니다. 종합 능력도 크라이 안드리히보다 훨씬 높습니다. 공주님께 앞으로도 도움이 될 겁니다."

올리비아 씨는 나를 슬쩍 노려보고는 그렇게 말했다. 가시가 돋힌 말투다. 그러고 보니 나를 추방하려고 했을 때 새로운 근위를 찾았다고 했던 것 같은데.

지금 필요한 인재이긴 하다. 혹시나 초코바를 가지고 있을지도 모르고.

공주님이 발끈한 듯한 표정으로 말했다.

"…………당신은, 내가 정한, 서열에, 불만이 있는 거야?"

"그, 그렇지는———."

보아하니 공주님은 평소에 초코를 좋아하는 왕녀지만, 상하 관계에 대해서는 엄한 모양이다. 더 이상 올리비아 씨를 괴롭히면 가엾을 것 같다. 평범한 사람이라면 내 무능함을 보고 불평하는 게 당연하기도 하고.

"공주님, 자, 진정해."

조금 도와주자. 나는 공주님이 마음을 풀게끔 커다란 별이 달린 카드——— 클래스 6의 증표를 꺼내서 올리비아 씨의 머리를 찰싹찰싹 때리며 말했다.

"그렇게까지 말한다면 기대해도 되겠지? 올리비아. 도움이 되는 인재로 좀 부탁할게? 나와는 달리 도움이 되는 인재를 말이야."

"네, 네에……………… 데, 데리고 와!"

올리비아 씨의 목소리를 듣고 쟝 씨가 한숨을 쉬고는 돌아보았다. 긴 통로 끝에 있던 문이 열리고 올리비아 씨가 찾아냈다는 근위들이 들어왔다.

그 근위들은 바이커 일행 못지않게 험상궂게 생긴 사람들이었다. 숫자는 다섯 명으로 많은 편이 아니고 몸집도 큰 편이 아니었지만, 허리에 차고 있는 커다란 칼이 정말 그럴싸했다. 남자들 중 네 명은 온몸에 붕대를 감고 있었다.

산적(밴디트)인가? ……잘 생각해보니 그렇겠네. 이 도시에 들어오는 건 기본적으로 범죄자니까.

아니, 아직 이야기도 못 나눠보긴 했지만———.

선두에 서 있던 눈매가 사나운 남자가 싱글거리며 다가왔다.

그 미소에서는 품성이 느껴지지 않았다. 잠깐만, 정말로 괜찮은 거야?

"헤헤…… 지명을 받아서 왔습니다. 공주님. 우리는 이름난 용병단, 레벨 6 헌터도 쓰러뜨린 적이 있는 돈턴 패밀리라고. 숫자만 늘려서 설치던 바이커 같은 녀석들하고는 비교도 안 돼. 우리가 근위가 되면 안심해도 좋아, 전부 해결해《천변만화》아아아아아아아아아아아아아아아아아아아아아아아아아아아아아아아아아아아???!!"

"?!"

그 남자들은 내 얼굴을 보자마자 뒤쪽으로 멀리 물러났다.

좀 전까지 얼굴에 달라붙어 있던 미소는 곧바로 험상궂게 변했다. 재빨리 칼을 뽑아 든 뒤에 겨누고 있지만, 팔다리가 조금씩 떨리고 있었다.

뭐, 그런 상태로도 내가 절대로 이길 수는 없겠지만 말이지…….

음, 어디서 만났더라? 얼굴을 차례대로 확인해 보았지만, 전혀 기억이 안 난다. 돈턴 패밀리, 돈턴 패밀리란 말이지…… 음~,

어디선가 들어본 것 같기도 하고, 아닌 것 같기도 하고…… 범죄자들 이름을 하나하나 기억하다 보면 그렇지 않아도 부족한 내 기억 용량이 가득 차버릴 테니까.

그렇게 아무래도 상관없는 걸 기억할 거라면 차라리 클랜 멤버들 이름을 기억하는 게 낫겠지.

그래도 틀림없이 만난 적이 있을 것이다. 나는 하드보일드한 미소를 지으며 말했다.

"아, 오랜만이네. 이런 곳에서 만나다니, 우연인데? 잘 지냈어?"

"윽…… 이, 이런 말은 못 들었다고, 올리비아! 설마, 멍청하고 얼빠진 데다 적과 아군을 구별도 못할 정도로 무능하다는 리더가 그《천변만화》였다니!!"

"?! 아니, 그게 대체 무슨 소리죠?!"

올리비아 씨의 날카로운 목소리. 공주님은 눈을 동그랗게 뜨고 있긴 하지만, 왠지 즐거워 보인다.

뭐든지 즐길 수 있다는 건 좋은 거지…….

"우리는 빠지겠어! 이런 녀석하고 맞붙으면 목숨이 아무리 많아도 부족하다고!"

"지, 진정——— 더 이상 쓸데없는 말 하지 말고 입 다물어! 이 남자는 종합 평가가 4인데요?!"

"내, 내가 알 바냐고! 당신은 승강장에서 이 남자의 힘을 보지 못했으니까 그렇게 태연할 수 있는 거야!"

나는 그 말을 듣고 손을 탁 쳤다.

자세히 살펴보니 이 사람들, 여기로 오던 도중에 승강장에서 갑자기 덤벼들었던 녀석들이잖아. 어쩐지 왠지 귀에 익은 목소리다 싶었지.

내가 기억해줬으면 한다면 크라히나 여동생 여우 정도의 임팩트는 있어야지. 정말……. 그렇다면 저 부상은 '사락사락' 때문에 입은 건가?

사락사락은 정말 정체를 알 수가 없으니까.

일단, 이 사람들은 근위로 삼고 싶지 않은데. 언제 또 마음이 바뀌어서 덤벼들지도 모르고.

나는 씨익 웃고는 두 팔을 들어 올리고 말했다.

"한 번 더 사락사락해줄까아아아?"

"히익…… 미, 미안하다. 당신에게 덤빌 생각은 없다고! 우리는 이 여자에게 속아서———."

"…………이번에는 봐줄게. 나도 바쁘니까…… 이제 나쁜 짓 하면 안 된다?"

"……………큭!!"

돈턴 패밀리 일당이 얼굴을 시뻘겋게 물들인 채 거품을 물고 도망쳤다.

세이프! 나는 숨을 내쉬고는 비꼬는 듯한 미소를 지었다.

"잔챙이로군."

이런, 이런, 한 번 당한 정도로 도망치다니. 진짜로 골치 아픈 녀석들은 내 이름을 알면서도 오히려 노린다고. 그리고 한 번 당한 정도로는 포기하지 않아.

그런 의미에서 저 사람들은 그나마 괜찮은 범죄자일지도 모르겠다. 괜찮은…… 범죄자라니…… 그게 뭐지?

뭐, 사락사락의 자극이 너무 강했을 가능성도 있지만 말이지…….

데리고 온 근위 후보들이 추태를 보이자 올리비아 씨가 깜짝 놀라고 있다.

"이, 게…… 대체…… 바이커에 필적하는 평가를 보이던 남자들이 얼굴을 본 것만으로도 도망치다니――― 너는 대체…………아니, 대체 뭐 하러 이 도시에――――."

저 사람들이 진짜로 바이커 일행하고 비슷할 정도로 강했던 건가? 바이커 일당이 의외로 약했나?

그리고 이 도시에 뭐 하러 왔냐고? 홋…… 방심하다 보면 가끔 잊어버리게 되는 건 비밀이야.

카이저와 사야 님 만만세다. 나는 살짝 헛기침을 하고는 올리비아 씨에게 말했다.

"뭐, 사소한 이야기는 나중에 하자고. 지금 문제는 어떻게 공주님의 초콜릿을 조달할지잖아. 돈턴 패밀리? 는 안 되겠고, 뭔가 좋은 아이디어 없어?"

"…………왠지 머리가 아프기 시작하네요. 시간을 좀 주시죠."

올리비아 씨가 악몽이라도 꾼 것 같은 표정으로 머리를 누르며 떠나갔다. …………몸조리 잘해.

공주님이 눈살을 찌푸리며 올리비아 씨의 뒷모습을 바라보고 있다. 하지만 아직이다. 시종장은 안 되겠지만, 집사장이라면 좋은 아이디어가 있을지도 모른다. 나는 혼자 남은 쟝 씨를 보고 물었다.

"쟝 씨는 뭔가 좋은 아이디어 없어?"

"…………그, 그렇군요………… 어흠, 어흠."

쟝 씨가 크게 헛기침을 했다. 잘 살펴보니 쟝 씨의 안색도 올리비아 씨와 비슷할 정도로 좋지 않았다.

그건 그렇고, 올리비아 씨는 나를 해고하려다가 클래스를 강등 당했는데 전혀 반성하지 않은 것 같네. 뭐, 최종적으로는 전부 내가 잘못한 것 같긴 하지만, 지금 나는 공주님을 완전히 먹이로 길들인 상태다. 의도적으로 그런 건 아니지만. 왕녀를 보호할 준비는 완벽하다. 공주님이 내가 아니라 올리비아를 선택할 일은 없을 것이다.

애초에 올리비아 씨도 그렇고, 쟝 씨도 너무 비즈니스적이라고. 충성심이 부족해.

항상 몸을 갈아가며 일하는 제블디아 황제의 근위, 프란츠 씨를 본받으렴.

"…………그렇군요. 초콜릿? 이라는 게 뭔지는, 모르겠습니다만…… 어흠, 어흠. 그건 정말 코드의 도시 시스템으로도 손에 넣지 못하는 겁니까? 제가 보기에는 이 세계에 그런 것이 존재할 것 같지는 않습니다만……."

……그렇구나, 버튼을 누르기만 해도 뭐든지 나오는 이 도시에서 초콜릿만 그 대상에서 제외된다는 건 수수께끼일지도. 찰흙 모양 간식이나 초콜릿이나 큰 차이는 없을 테니까. 원료인 카카오가 없을지도 모르겠지만, 그 정도는 어떻게든 할 수 있을 것 같다.

공주님은 내놓지 못하는 것 같지만 그녀는 어디까지나 유폐된 처지라 쓰지 못하는 도시 시스템도 있을 테고, 그중에 초콜릿을 손에 넣기 위한 시스템이 존재할 가능성을 부정할 수는 없다.

"쟝 씨, 나이스한 의견이야. 초코를 가지고 있는 사람을 찾는 것보다 더 효율적일지도 몰라."

초콜릿 찾기라니, 왕족을 보호하는 것보다 훨씬 더 의욕이 생기는 것 같다.

"그렇, 군………… 너, 그런 이유로, 내가 있는 곳에, 온 거냐…….."

새빨간 조끼에 까만색 짧은 바지. 얼마 전에 감옥에서 만났을 때와는 달리 허리에 검을 찬 스타일인 노라 씨는 내 말을 듣고 마치 두통을 참는 듯이 눈가를 누르며 그렇게 말했다.

나는 좌우에서 강인한 기사들이 둘러싸고 있는 와중에 무릎을 꿇게 된 상태로 미소를 지었다.

어디 있는지는 모르겠지만, 노라 씨가 있는 곳으로 가는 건 간단했다. '거미'를 불러내서 행선지를 말하니 알아서 데려다주었다. 역시 도시 시스템이다.

유일한 오산은…… 수상한 사람 취급을 받아서 붙잡혀버린 거라고나 할까.

노라 코드의 거점은 공주님의 건물과는 비교도 안 될 정도로 커다란 건물이었다. 주위에는 감옥에서도 보았던 기사들이 잔뜩 있어서 척 보기에도 살벌하다.

나는 거미가 도착한 것과 동시에 주위에 있던 기사들에게 붙잡히는 꼴을 당하게 되었다. 뭐, 냉정하게 생각해보니 당연하긴 하다. 바깥 세계에서도 갑자기 왕족을 만나러 가면 붙잡힐 테니까. 공격당하지도 않고 노라 씨가 있는 곳으로 끌고 와준 것만으로도 운이 좋았다고 해야 할 것이다.

노라 씨는 다리를 꼬고 거대한 강철 옥좌에 거만한 태도로 앉아 있었다.

끌려온 나를 보는 눈빛은 마치 쓰레기나 벌레를 보는 듯한 느낌이었다. 지금까지 사람들이 나를 쓰레기나 벌레를 보는 듯한 눈빛으로 본 적이 없었다면 아무리 나라 해도 깜짝 놀랐을 것이다.

내 목적을 듣고 몸을 떨고 있던 노라 씨가 앙칼진 목소리로 마치 협박하듯이 말했다.

"너하고, 나는, 친구가 아니거든? 주제를 알라고!"

"응, 그래, 그렇지. 그치만…… 내가 알고 지내는 사람들 중에서 시스템을 제일 잘 알 것 같은 사람이 노라 씨니까……."

"…………에휴우우우우우우우. 진짜, 에휴우우우우우! 무지한 건 정말 악질이야. 애초에 친구이기 전에, 명색이 예비의 근위인 너는 나하고 적대 관계거든?! 그건 알아?!"

"아니, 그래도 우리는 적대할 생각이 없으니까…………."

정 뭐하면 제국의 비보, 거짓말을 꿰뚫어 보는 『트루 티어즈(진실의 눈물)』를 써도 좋다. 나는 기본적으로 무해하다고. 운이 좀 안 좋을뿐이지.

노라 씨가 내 말을 듣고 세차게 혀를 찼다.

"……………쳇. 종합 평가 4 녀석. 목숨을 걸고 《뇌제》를 구하러 오지만 않았다면 너 같은 건 쓰레기통에 버려줄 텐데."

……………아무리 나라도 쓰레기통에 버려진 적은 없네.

그런데 이렇게 노라 씨의 거점에 와보고 새삼 느낀 건데…… 노라 씨는 전혀 유폐당하지 않은 것 같거든? 탐협 본부에서 들은 이야기하고 전혀 달라.

뭐, 의뢰 내용하고 현장에 차이가 있는 건 자주 있는 경우고, 불평해봤자 소용없긴 한데…… 혹시 유폐당해 있다가 우리가 오기 전에 귀족들을 물리친 건가? 이 왕녀님이라면 그럴 수도 있겠는데. 공주님하고는 전혀 다르니까.

옆에서 대기하고 있던 강인한 기사가 노라 씨에게 물었다.

"노라 님, 처치할까요?"

"으…… 안 돼. 이 녀석은 근위니까, 처치하면 왕의 뜻을 어겼다고 간주당할 가능성도 있어."

"하, 하지만, 그냥 풀어줄 수는————."

"……그렇지. 설마 근위를 적진에 혼자 보내는 바보 같은 방법이 존재했다니…… 뭐, 그럴 이유도 없으니까 바보 같은 방법이지만. 이것도 나름대로 왕의 분노를 살 가능성도 있고…….."

뭐라고 해야 하나, 당황하게 만들어서 미안하네. 그래도 내가 적대할 생각이 없다는 건 사실이다.

"미안해. 다음에는 크라히를 데리고 올 테니까."

그렇게 이름을 말한 순간, 노라 씨의 눈썹이 움찔거리며 떨리더니 표정이 일그러졌다.

몸에서 뿜어져 나오는 패기에 한순간 위축된 나에게 노라 씨가 땅속에서 울리는 듯한 목소리로 말했다.

"그건…… 교섭이라도 하려는 건가? 까불지 마! 그 이름을 두 번 다시 꺼내지 않도록 해. 너 따위가 이 노라 코드와 교섭하다니, 바보 취급하는 것도 정도가 있지. 다음에 또 그런다면 근위 따위는 상관없이─── 갈가리 찢어주겠어."

"죄송합니다."

그 박력에 나는 곧바로 엎드렸다. 오늘 두 번째.

노라 씨는 진심이다. 화가 난 사람에게는 엎드려 비는 게 제일이다.

엎드린 채 땅바닥을 빤히 보고 있자니 머리 위에서 한숨 소리가 크게 들렸다.

"이제 됐어. 꼴사납네. 얼른 고개를 들어."

거봐, 올리비아 씨. 제대로 사과하면 통한다고.

"…………정말로 미안해. 악의는 없다고. 아니, 애초에 잘 생각해보니까 크라히는 방위 시스템에게 습격당해서 어디로 가버렸으니 데리고 못 왔겠네."

"?! 뭐어?! 뭐 하는 건데!!"

건물 밖에는 없었으니 어디 다른 건물에라도 갔을 것이다. 쿨 일행도 함께 갔으니 무슨 일이 생기면 연락할 테고.

노라 씨를 보호하는 건 크라히에게 맡기도록 하자. 그녀는 내게 좀 벅찬 것 같아.

그런데 노라 씨에게 부탁하지 못한다면 어떻게 해야 하나……

힘없는 표정으로 끙끙대고 있자니 노라 씨가 화를 다스리는 듯이 심호흡을 한 번 크게 하고는 이쪽을 노려보며 말했다.

"…………얼른 그 초콜릿이라는 걸 내놔. 도시 시스템에 조회해줄게. 결과가 나오면 얼른 돌아가서 《뇌제》를 찾으라고."

"어? 그래도 돼?! …………아, …………안 가지고 왔는데."

"?! 너, 너…… 나를 바보 취급하는 거야? 현물도 없이, 대체 어쩌라는 건데!! 어엉?"

노라 씨가 옥좌에서 일어나 발을 동동 굴렀다. 그렇긴 하죠…… 그래도 괜찮아, 공주님에게 보내달라고 하면 되니까. 내가 가지고 있던 걸 전부 줬으니 아직 남아있을 테고…….

가상 단말기를 띄워서 공주님에게 얼른 초코바를 보내달라고 메시지를 보냈다.

노라 씨의 매서운 시선을 받으며 5분 정도 기다리다가 받은 공주님의 답장은 매정했다.

『이제 없어.』

꽤 많이 줬을 텐데, 이거 웃을 수밖에 없겠네. 공주님, 초콜릿을 너무 좋아하잖아.

"이제 없어. 이제 없다네. 후후후후…………."

"큭………… 너만큼 이 노라 코드를 열받게 한 건 이 코드에 존재하지 않아! 너만큼 무능한 남자도 본 적 없고! 아니, 무언가가 결여되어 있으니까 《뇌제》를 구하려 한 건가…… 이런 남자에게 《뇌제》를 넘겨버리다니…… 오히려 과거의 나 자신을 용서할 수가 없어!"

"노, 노라 님, 냉정해지시길…… 몸이 상하십니다! 이런 남자가 하는 말에 귀를 기울이시면———."

기사들이 얼굴을 시뻘겋게 물들인 채 끙끙대는 노라 씨에게 다가갔고, 그녀는 기사들을 뿌리쳤다.

그녀의 분노가 한계에 달하기 전에 얼른 이곳을 떠나는 게 좋을지도 모르겠다.

"일단 돌아갈게요."

"뭐 하러 온 건데! 빌어먹을! 만나줄까 생각했던 나 자신을 용서할 수가 없어! 왕위 쟁탈전을 준비하느라 바쁜 와중에!"

"왕위 쟁탈전…………?"

익숙하지 않은 단어다. 눈을 동그랗게 뜬 나를 보고 노라 씨는 피곤하다는 듯이 옥좌에 앉았다.

"…………아무리 나라도 그것까지 설명해줄 기력은 없어. 얼른 사라져. 다음에 올 때는………… 《뇌제》를 데리고 오라고."

아까하고 말이 전혀 다른데…… 뭐, 상관없지.

뭐든지 우선순위를 매기는 게 중요하다. 노라 씨는 유폐당하지 않은 모양이니 보호할 차례는 마지막이면 될 것 같다. 카이저나 사야랑 합류하면 가르쳐줘야지.

설마 돌아다니면서까지 정보를 수집해버릴 줄이야. 내게도 일단은 레벨 8 헌터로서의 자각이 있었다는 건가?

일어서다가 문득 생각이 나서 노라 씨에게 물었다.

"그러고 보니까, 현물 초콜릿이 있으면 어떻게든 제조도 할 수 있는 거야?"

노라 씨 말고도 시스템을 쓸 수 있는 사람을 만날지도 모르니까.

오늘 나는 착실하다. 확인해야 할 것을 확인해야 할 때 하고 있다. 의뢰를 받은 트레저 헌터로서 정상적인 활동이다. 내가 이렇게 착실했던 게 대체 언제 이후로 처음이지(자화자찬)?

좀 피곤해질 정도네.

"…………글쎄? 물건에 따라 다르다는 말밖에 못 해. 확인해보니 리스트에는 없었으니까 지금 시점에서는 만들지 못하는 것 같은데…… 리소스만 있으면 어떻게든 될 가능성은 있어."

노라 씨는 피곤한 듯한 표정으로 가르쳐 주었다.

"하지만, 지금의 생활 기반을 만든 건 초대 코드 왕이야. 초대 코드 왕은 '도시의 씨앗'을 기동시킨 다음 '왕명'을 사용해서 많은 사람들이 생활할 수 있는 시스템을 지닌 요새 도시를 만들어냈어. 코드가 표준으로 생성하는 자원은 초대 코드 왕이 정했다고 하니까…… 클래스 8 권한으로도 불가능할 가능성도 있지. 이곳 코드의 도시 시스템 중에는 클래스 8로도 어떻게 해볼 수가 없는, 부자연스러운 점이 몇 가지 있는데………… 아무튼, 근간을 어떻게 해볼 수 있는 건 왕뿐이야."

나는 고개를 끄덕이면서 노라 씨의 이야기를 들었다.

그렇구나, 그렇구나…… 이해가 잘 안 되는 단어가 이것저것 나왔지만, 중요한 건 한 가지일 것이다.

코드 왕이라면 초코바를 만들 수 있다. 이거지!!

문제는 유폐당한 것 같은 코드 왕이 그런 행동을 할 수 있을지 여부인데, 뭐, 시험해보는 건 공짜니까.

　공주님에게 초콜릿을 보내는 건 허락해주었고, 공주님은 딸이다.

　의외로 부탁하면 들어주지 않을까?

　"유익한 정보 고마워. 바로 공주님에게 가르쳐줄게!"

　맞다, 한 가지 확인하는 걸 깜빡했네. 나는 돌아가기 전에 만에 하나를 위해 노라 씨에게 물었다.

　"맞다, 마지막으로 묻고 싶은 게 있는데…… 카이저하고 사야라는 사람을 찾고 있거든, 몰라?"

　노라 코드에게 아군은 없다. 형제자매는 다들 왕위를 두고 경쟁하는 적이고, 파벌의 귀족들은 무슨 일이 생기면 곧바로 돌아설 자들뿐이다.

　그렇기 때문에 노라는 결코 자신을 배신하지 않는 최강의 말들을 만들어냈다. 리소스를 쏟아부은 강화인간은 틀림없이 코드 최강의 존재이고, 그들을 근위로 임명하고 특권을 줌으로써 클래스 8의 간섭도 튕겨내는 전사가 된 것이다.

　한 왕족이 임명할 수 있는 근위의 숫자에는 제한이 있다. 기장병조차 뛰어넘는 능력을 지닌 병사들을 모아 근위 기사단을 편성

한 노라는 틀림없이 코드에서도 최대 파벌 중 하나라 할 수 있을 것이다.

현재 문제는 그 밉살스러운 오빠———— 앵거스 코드뿐이다.

당대 코드 왕의 장자이기 때문에 가장 먼저 준비를 시작할 수 있었던, 노라 코드의 가장 큰 적.

그 파벌에 가장 많은 귀족들이 협력하는 것도 준비 기간이 길었기 때문이지만, 안타깝게도 그 재능에 대해서는 인정할 수밖에 없었다.

왕족이 사용할 수 있는 리소스는 막대하다. 일반인들은 그것을 효과적으로 활용할 수가 없다. 감옥의 규칙을 덮어쓸 때도 노라는 한 수 뒤처졌다. 시스템에 대한 이해는 앵거스가 조금 더 뛰어나다.

지금까지는 승부가 팽팽한 것처럼 보인다. 병사들에게 힘을 쏟아부은 노라와 병기에 힘을 쏟아부은 앵거스. 아무리 강력한 병기가 있다 해도 그것들을 다루는 병사들의 질이 안 좋다면 제대로 써먹을 수가 없다.

하지만, 그 남자가 그 사실을 이해하지 못할 리가 없다.

앵거스는 코드 전체를 끌어들여서 외부에서 이민을 받는 계획을 시작했다. 그렇게 이민 온 자들에게 만들어 낸 병기를 쥐여주고 말로 부려먹을 셈이겠지만, 그냥 생각하기에는 지금까지 코드가 거래해온 자들이 노라의 연구 성과보다 더 뛰어날 것 같진 않았다.

우수한 전사를 선정해서 데려온 다음 말로 삼는 것 정도는 고려하고 있을 것이다── 그렇다, 《뇌제》를 손에 넣고 아군으로 끌어들이려 했던 노라처럼.

왕의 붕어는 멀지 않았다. 이미 당대 코드 왕은 오랫동안 노라와 다른 아이들에게 모습을 드러내지 않았고, 연락도 하지 않았다.

이미 승부는 시작되었다. 생각해야 할 것들은 얼마든지 있다.

그때가 오기 전에 앵거스── 그리고 토니와 다른 클래스 8 들의 병력을 조금이나마 줄여야 하는데──.

갑자기 나타난 불청객── 크라이 안드리히라 자칭하는 청년을 보낸 노라는 한숨을 크게 쉬었다.

"조금 피곤하네. 그 남자는 대체 뭐지?"

"……어차피 4점인 남자이니 내버려 두셔도 될 것 같습니다."

"노라 남께서 신경 쓰실 만한 존재는 아닙니다. 명령만 내려주신다면 규칙에 저촉되지 않는 범위 내에서 그 남자를 멀리 보내게끔 지시하겠습니다만…………."

근처에 있던 근위들이 신경 써주며 말을 걸어주었다. 노라는 파리라도 쳐내는 듯이 손을 저었다.

"쓸데없는 배려는 필요 없어. 그 남자는 《뇌제》와 관계가 있다고. 지금 멀리 보내는 건 좋은 방법이 아니야."

그 남자가 뭘 하러 온 건지, 노라는 모른다. 본인은 예비를 위해 바깥세상의 과자를 만들 방법을 찾고 있다고 했지만── 아무래도 상관없다.

바깥에서 온 평가 4인 남자. 그 점수는 이곳 코드에서 무언가를 하기에는 너무 약하다. 《뇌제》 때처럼 특수한 사정이 있지 않는 한, 그 남자가 노라를 방해할 수는 없다.

그리고 예비와 친하게 지낼 이유도 없다. 왕이 몸소 권한을 동결한 세상 물정도 모르는 왕녀 따위는 도움이 되지 않는다. 무능한 아군은 때때로 유능한 적보다 더 골치가 아픈 법이다.

그때, 근처에서 시스템에 접속해 있던 근위 리더를 맡은 남자가 고개를 들었다. 노라가 중용하여 레벨 6 클래스를 부여한 귀족이다.

"노라 님, 확인해 보았습니다만, 그 남자가 말했던 카이저와 사야라는 자는 도시 시스템에 등록되어 있지 않습니다."

"그래…… 그 남자의 말투는 여기 있다는 걸 확신하는 것 같던데……."

눈살을 찌푸리며 혼잣말을 했다.

사람을 찾는 걸 도와줄 생각은 없지만, 그런 말을 남기고 가니 조금 신경 쓰이는 것도 사실이었다.

크라이 안드리히는 《뇌제》 크라히 안드릿히를 구해내기 위해 왔다.

그렇다면 어째서 찾는 사람이 또 있다는 말을 꺼낸 걸까?

생각해볼 수 있는 가능성으로는——— 그 남자에게 동료가 있다는 패턴이다.

함께 《뇌제》를 찾으러 왔다가 코드 안에서 따로 떨어져 버린 동료가.

새삼 생각해보니 아무리 속 편한 남자라 하더라도 혼자서 이곳 코드에 뛰어들 만큼 어리석지는 않을 것 같다. 그리고 함께 들어

온 동료는 《뇌제》의 동료이기도 할 것이다. 그리고 그 동료들은 《뇌제》와 함께 붙잡힌 덤 같은 녀석들보다 훨씬 강한 동료, 진짜 동료일 가능성이 크다.

이곳 코드에서는 모든 것이 도시 시스템에 의해 관리되고 있다. 시민의 이름이 검색되지 않을 리가 없다. 하지만, 뭐든지 예외는 있다.

노라는 팔짱을 끼고 잠시 생각하며 눈을 감았다. 곧바로 대기하고 있던 근위에게 지시를 내렸다.

"……내가 조사해 볼게. 너희는 대 병기 프로그램을 계속 진행해. 앵거스가 뭘 내보내더라도 대처할 수 있게끔——— 이 노라 코드가 왕이 되기에 어울린다는 걸 증명하라고."

"분부 받들겠습니다."

눈을 감은 채 도시 시스템에 접속했다.

클래스 8이 도시 시스템으로 할 수 있는 건 막대하다. 머릿속으로 흘러든 막대한 정보를 취사선택하고, 시민 리스트를 대충 훑어보며 이름이 없다는 걸 확인한 다음, 노라는 출입국 관리국에 접속했다.

크라이 안드리히는 《뇌제》를 구해내기 위해 이민해서 들어왔을 것이다. 그가 찾는 사람들도 마찬가지로 외부에서 들어온 자——— 용병일 가능성이 크다.

시민 리스트는 방대해서 확인하는 데만도 시간이 오래 걸리지만, 용병은 그에 비해 훨씬 적다.

외부에서 용병을 모으는 계획을 주도한 건 앵거스다. 노라는 거의 관여하지 않았다. 하지만, 만약에 은폐해두었다 하더라도 뭔가 흔적 정도는 찾아낼 수 있을 것이다.

우선 봐야 할 것은 그 남자와 같은 시기에 입국한 녀석들이다.

당시 출입국 관리국의 영상을 띄우고, 종합 평가가 높은 자들의 데이터를 띄웠다. 입구 영상을 띄우고 은폐의 흔적을 찾아보았다. 제대로 조사하기 시작하려 한 순간, 갑자기 연락이 왔다.

연락한 자의 정보를 보고 자기도 모르게 눈을 크게 떴다.

조작해서 회선을 열자 눈앞에 어떤 남자의 상이 떠올랐다.

호화로운 옥좌에 앉은 남자――― 노라의 오빠이자, 차기 왕위를 두고 경쟁하는 최대의 적. 앵거스 코드.

최근 몇 년 동안은 한 번도 얼굴을 마주치지 않았던 남자다.

오랜만에 본 오빠는 저번에 보았을 때와 비교해도 거의 달라지지 않았다. 코드의 노화 방지 기술은 매우 뛰어나다. 아마 수명으로 인해 죽기 직전까지 앵거스는 지금 모습 그대로일 것이다.

눈살을 찌푸린 노라에게 앵거스가 거만한 미소를 지으며 말했다.

『오랜만이구나, 노라. 내 여동생아.』

"흥. 갑자기 연락하다니, 무슨 용건이지? 네놈, 한가한가?"

앵거스도 노라와 마찬가지로 지금이 가장 중요한 시기일 것이다.

그럼에도 불구하고 절대로 한데 뭉칠 수 없는 상대에게 연락을 하다니―――.

노려보는 노라에게 앵거스가 살짝 한숨을 쉬었다.

『왜 그렇게 짜증을 내는 거냐? 노라. 내가—— 차기 코드 왕이 몸소 항복 권고를 해주려 하는데——.』

"큭…… 항복…… 권고, 라고?!"

너무나도 거만한 말이었기에 노라는 말문이 막혔다. 앵거스가 강적이긴 하지만, 지금 시점에서 노라와의 차이는 그렇게까지 크게 벌어지진 않았다.

노라가 연구한 강화인간의 성능을 얕잡아보는 걸까? 하지만 이 밉살스러운 오빠는 만약에 그렇게 생각하더라도 무의미하게 도발하지는 않을 남자다.

그 말의 진짜 의미를 생각하는 노라를 보고 앵거스가 뜻밖이라는 표정을 지었다.

『뭐야, 상상했던 것보다 우둔하구나, 노라. 내가 무슨 말을 하는 건지 이해하지 못했나? 아무래도 내가 너를 과대평가한 모양이구나. 나는 가르쳐주기 위해 연락했다. 네가 찾고 있는 두 사람은 이미 내 손 안에 있다고 말이야.』

"…………뭐, 라고?"

찾고 있는…… 두 사람? 설마, 카이저와 사야 말인가?

외부에서 전사를 초빙하려 한 앵거스는 출입국 관리국에 강한 영향력을 지니고 있다. 노라가 이민자 리스트를 띄운 것을 눈치 채고 연락했을 것이다.

하지만, 이 오빠는 착각하고 있다. 두 사람을 찾고 있는 건 노라가 아니다. 노라는 조금 신경이 쓰여서 조사했을 뿐, 딱히 그 두 사람에게 용건이 있는 건 아니다.

솔직하게 가르쳐줄 생각도 없지만…… 침묵하는 노라에게 앵거스가 자신있게 말했다.

『네 수고를 덜어주마. 내 계획을 너무 늦게 눈치챘구나, 노라. 카이는 가면에 의한 지배가 어설픈 상태로도 기장병 10대를 상대할 수 있다. 사아야는 기장병 50대를 부수고도 멀쩡했지. 강화인간 기사단 따위는 상대도 되지 않아. 그 녀석들은━━━《뇌제》급이다.』

"윽…………?!"

좀처럼 믿기 힘든 말이었다. 노라가 만들어낸 강화인간은 기장병 못지 않은 전투 능력을 지니고 있지만, 최고 걸작인 한 사람도 기장병 10대를 동시에 상대하긴 힘들다. 게다가 50대를 부수고도 멀쩡하다는 건 코드의 병기를 이용하더라도 절대로 불가능하다.

아무래도 크라이가 찾던 사람이 《뇌제》의 동료일 거라는 노라의 추측은 맞았던 모양이다.

《뇌제》급……이라. 크라히 안드릿히가 코드를 공격하는 모습을 보았을 때, 노라는 그 힘과 아름다움에 마음을 빼앗겼다. 설마 동료들도 비슷한 수준일 줄이야.

애초에 이상하다는 생각이 들긴 했다. 보통 헌터는 비슷한 수준인 상대와 파티를 짤 텐데, 《뇌제》의 동료들이 그렇게 약하다니━━━.

하지만, 크라히가 붙잡힌 시점에서 그런 걸 예측할 수 있을 리가 없었다. 애초에 《뇌제》의 습격은 앵거스가 예상하지 못했을 텐데. 그 동료 두 사람이 들어온 것은(정확히 말하자면 크라이도 들어왔지만), 그냥 행운이나 마찬가지일 것이다. 앵거스가 두 사람을 확보할 수 있었던 것도 출입국 관리국에 영향력을 지니고 있었기에 노라보다 먼저 눈치채고 두 사람을 확보할 수 있었던 것이다. 그저 그뿐이다.

행운으로 왕이 된다. 당대 코드 왕이 가장 싫어하는 일이다.

차기 코드 왕을 목표로 삼는 자로서 그런 짓을 결코 인정할 수는 없다.

《뇌제》급을 두 명이나 뺏긴 건 뼈아프지만, 상대방에게 강력한 전사가 있다는 사실을 알게 되었으니 노라도 쓸 수 있는 방법이 있다. 가능하면 쓰지 않고 끝내고 싶었던 비장의 수가.

노라는 악취미 같은 옥좌에 앉아 있는 앵거스를 노려보고는 당당하게 미소를 지으며 말했다.

"할 이야기는 그것뿐인가? 앵거스. 그 정도 근거로 나를 굴복시키려 하다니, 우스운 걸 넘어서 배꼽이 빠지겠군. 왕위를 손에 넣으면 의자로 부려먹어주지."

『……뭔가 생각이 있는 모양이구나, 노라. 설마 그게——— 감옥 최심부에 봉인되어 있는 그건 아니겠지?』

"윽……."

여전히 머리가 잘 돌아가는 남자다. 겨우 이 정도 대화만으로 그것까지 눈치챌 줄이야.

슬쩍 다가서면서도 자세히 캐내는 완벽주의인 남자. 그게 앵거스 코드라는 남자였다.

앵거스가 머리를 벅벅 긁고는 한숨을 쉬었다.

"그만둬. 그건 역대 봉인 지정 중에서도 최악 중의 최악, 코드의 시스템도 통하지 않는 부조리다. 나도 써먹을 생각이 없다. 《뇌제》와는 달리 그건 우리에게 원한이 있으니까. 왕의 힘이 있다면 거느릴 수 있을지도 모르겠다만――― 상대가 아무리 단골 상대였다고는 해도 받아들인 걸 후회할 정도다."

그건 위험하긴 하다. 만반의 상태인 《뇌제》조차 뛰어넘을 만한 괴물. 번개라는 코드의 약점을 두르고 있는 《뇌제》와는 또 다른 이질적인 천적. 《뇌제》가 유폐되어 있던 독방 안쪽에 유폐되어 있는 그것은 도시 시스템에 의한 평가조차 튕겨낸 일종의 언터처블이었다.

하지만, 그렇기 때문에 그 존재는 앵거스에게 있어서도 쉽사리 간과할 수는 없을 것이다.

감옥의 시스템에 대해서는 노라가 조금 더 뛰어나다. 강화인간을 만들면서 감옥에 몇 번이나 드나들었기 때문이다. 그리고 노라에게는 아직 《뇌제》에게 쓰지 않은 가면이 남아 있다.

그것에게 통할 거라는 확신이 없는 게 문제이긴 하지만―――.

앵거스가 마치 타이르는 듯한 말투로 말했다.

『나를 더 이상 실망시키지 마라, 여동생아. 모리스나 자칼리처럼 말이다. 거느리지 못하는 자나 무능한 자를 써먹는 건 왕으로서 너무나도 어울리지 않는 짓이다.』

"…………네놈이 그렇게까지 돌봐주는 걸 좋아할 줄은 몰랐다, 오라버니. 시시한 일에 정신이 팔려서 몰락하지 말도록 하라고."

『……그래야지. 역시 적은 완전히 뭉개서 굴복시켜야만 하니.』

앵거스는 더욱 진한 미소를 드리우고는 마지막까지 깔보듯이 말한 다음 통신을 끊었다. 여전히 불쾌한 남자다.

뭐, 그래도 심정을 이해하지 못하는 건 아니다. 앵거스는 당대 코드 왕의 장자다. 왕의 방침에 따라서는 그대로 왕위를 이어받는 형태가 되었더라도 이상할 게 없는 존재니까.

하지만, 왕은 차기 왕 후보로 아이들을 추가로 다섯 명 낳았고, 각자 절차탁마하기를 바라며 그걸 위한 시스템을 마련했다. 예비를 제외하고 모든 왕족이 각자 파벌을 가지게 된 것은 우연이 아니다.

노라가 왕이 된다면 앵거스는 죽어줘야 할 것이다. 그 남자는 이 도시의 시스템을 잘 알고 있다. 적의를 품은 상태로 그냥 내버려 두기에는 너무나도 위험하다.

그리고, 아마 앵거스도 비슷한 생각을 하고 있을 것이다.

왕위 쟁탈전 시스템상, 처음부터 손을 잡을 수는 없다고 해도 너무 허무하기 짝이 없다.

무심코 한숨을 쉬고 있자니 노라의 눈앞에 다시 앵거스의 모습이 떴다.

보아하니 회선을 닫는 걸 깜빡하고 있었던 모양이다. 또 뭔가 용건이 있는 건가?

퉁명스러운 표정을 짓고 있던 노라에게 앵거스가 인상을 쓰며 말했다.

『그러고 보니…… 한 가지 확인하는 걸 깜빡했군. 노라, 그 예비의 근위와 무슨 이야기를 했지?』

"…………무슨 이야기를 하든 내 마음일 텐데. 네놈하고 무슨 상관이 있나?"

크라이의 동향까지 감시하고 있었나? 노라의 거점을 감시할 수는 없다. 노라와 크라이의 대화를 엿들을 수 있을 리는 없으니 크라이가 노라에게 가는 모습을 보고 있었을 것이다.

앵거스가 노라에게서 《뇌제》를 빼앗기 위해 크라이를 이용한 건 틀림없다. 본인에게는 이용당한다는 자각이 없는 것 같았지만──── 뭐, 그건 이미 납득한 일이다.

경위가 어찌 됐든, 크라이에게는 노라보다 먼저 《뇌제》를 구해 낼 권리가 있었다. 《뇌제》의 독방 앞에 도착한 그 순간까지 노라는 자신이 《뇌제》를 양보할 거라는 상상조차 해본 적이 없었지만──── 친구를 구하기 위해 가명까지 써서 이곳 코드에 목숨을 걸고 뛰어든 크라이를 형제조차 믿지 못하는 노라가 어떻게 방해할 수 있을까.

노라는 유대감으로 이어진 두 사람을 보고 가면을 쓰면서까지 《뇌제》를 손에 넣고 왕위 쟁탈전의 말로 이용하려 했던 자신이 어리석다고 느낀 것이다.

지금까지 노라는 자신의 감정에 따라 왕족으로서 군림해 왔다. 그렇기에 그 순간에도 자신의 감정에 따랐다. 그저 그뿐이다.

하지만, 불쾌하다는 건 마찬가지다. 결과적으로 앵거스의 꿍꿍이대로 되어버렸으니까.

노려보면서 대답을 기다리던 노라에게 앵거스는 뜻밖에도 한숨을 쉬며 말했다.

『상관은 없지. 상관은 없다만…… 한 가지, 이건 순수한 호의로 하는 말인데──── 그 남자와 더 이상 엮이지 마라. 바보가 옮는다.』

"…………."

무심코 입을 다물었다. 그 남자가 약간 멍청하다는 것 정도는 눈치채고 있었다. 그렇지 않다면 적대 관계인 노라에게 초콜릿을 제조해달라고 부탁하러 올 리가 없다. 《뇌제》를 구하기 위해 코드에 잠입한 것까지 고려하면 적어도 머리가 매우 평화에 찌든 것 같다.

『그 남자는 정말로 우둔하다. 아무런 생각도 없지. 의미를 알 수 없는 짓만 하고…… 감시해봤자 소용이 없다. 머리가 아파진다고. 오히려 뭘 높게 봐줘서 4점이나 받은 건지────. 예비 따위는 아무래도 상관이 없다만, 그런 남자가 근위로 왔다는 건 동정이 되는군. 뭐, 반대로 《뇌제》를 데리고 있어봤자 아무것도 못할 테니 우리에게는 형편 좋은 일이야…… 무능한 아군만큼 불필요한 건 없지. 아니, 그 남자는 절대로 아군이 아니다만────.』

앵거스는 짜증 난다는 듯이 중얼거리고 있다. 신기하게도 냉정하지 못한 모습을 보이고 있기에 놀라웠다.

하는 말 자체는 대충 찬성하지만──── 그 남자가 앵거스에게도 무슨 짓을 한 건가?

앵거스는 더 이상 아무런 말도 하지 않고 통신을 끊었다. 노라는 한동안 앵거스가 한 말의 의미에 대해 생각했지만, 이해가 잘 되지 않았기에 일단 아리샤 코드의 거점 상황을 띄웠다.

왕이 아리샤 코드를 유폐하기 위해 만든 탑. 그 꼭대기층 방의 광경이 노라의 눈앞에 선명하게 떠올랐다.

그리고, 눈앞에 전개된 광경을 보고 노라는 그녀답지 않게 입을 떡 벌렸다.

거기에 뜬 것은 거의 가구가 없고 자그마한 방. 그 바닥에 엎드려 고개를 크게 숙이고 있는 아리샤 왕녀의 모습이었다.

이…… 이게 대체…… 뭘 하고 있는 거지?

예비는 방에서 나갈 권리를 받지 못하긴 했지만, 여차할 때를 대비해서 도시 시스템에게 교육을 받고 필요한 만큼 건강한 생활을 해왔을 것이다.

자신이 왕족이라는 자각도 있을 것이다. 왕족이 고개를 숙이다니, 믿기지 않는다.

그리고 굳어 있던 노라의 귀에 크라이의 목소리가 들어왔다.

『안 돼! 그렇게 수준 낮게 엎드려 빌면 안 된다고, 공주님! 자세가 어설퍼, 그래선 코드 왕이 초콜릿을 만들어주지 않을 거야! 좀 더 손바닥을 땅바닥에 제대로 붙이고! 시범을 보여줬잖아! 모처럼 노라 씨에게 좋은 정보를 듣고 왔는데——— 애초에 공주님이 초코바를 전부 먹었다고 거짓말을 해서 이렇게 된 거거든?』

예비가 고개를 들었다. 형제 중 누구와도 닮지 않은 초록색 눈동자. 그 눈동자가 노라 쪽을 힐끔 보고는 곧바로 문 앞에서 버티고 서 있던 크라이를 돌아보고 중얼중얼 대답했다.

『머, 먹었다고 하진 않았어. 없다고 했을 뿐. 보낼 분량이, 없었을 뿐………….』

『……그건 변명이라고 하는 거야, 정말………… 뭐, 노라 씨도 왕에게 부탁하라고 했으니까 상관없긴 하지만.』

"윽?! …………이봐, 나는, 그런 말을, 한 적이 없다고!"

그 말을 들은 노라는 전율했다.

설마 이 남자, 코드 왕에게 직접 초콜릿이라는 걸 제조해달라고 부탁할 셈인가?

믿기지 않는다. 노라는 도저히 할 수 없는 짓, 그야말로 신조차 두려워하지 않는 소행이다. 머리가 평화에 찌든 수준이 아니다. 대체 이 남자는 절대적인 코드의 왕을 뭘로 보는 걸까.

앵거스가 마지막으로 남긴 말이 어떤 뜻인지 이제야 이해가 된다.

이 남자는―― 엉망진창이다. 엮여서는 안 된다. 바보가 옳는다. 혹시나 노라에게 불똥이 튀어서 코드 왕의 분노를 사게 될 가능성도 있다. 그렇게 되면 노라는 끝장이다.

노라는 영상을 끄고는 앵거스도 두려워하지 않았던 자신이 식은땀을 흘리고 있다는 사실을 눈치채고는 깜짝 놀랐다.

앵거스에게 대책을 세워야만 하지만, 그보다 우선해야 할 것이 생겼다.

그 남자는 노라가 왕에게 부탁하라고 했다는 말을 지껄였다. 꽤 오랫동안 왕에게 연락을 취하지 않았지만, 이대로 가다가는 위험하다. 어떻게든 해명을 해야―――.

노라 씨에게서 유익한 정보를 얻고 공주님의 건물로 돌아왔다.

　의기양양하게 귀환한 내 눈에 들어온 것은 이제 없다고 했던 초코바를 간식 시간도 아닌데 먹고 있는 공주님의 모습이었다.

　한순간, 뭐가 뭔지 알 수가 없었다. 항상 다른 사람들이 어이없어하는 나를 어이없게 만들다니, 역시 왕족이라 그런지 거물이다. 숨기는 척 해봤자 이미 늦었다고······.

　초코를 입에 묻힌 채 초코바를 감춘 공주님을 보며 한숨을 쉬고 말했다.

　"공주님, 너 말이야······ 뭐, 상관없긴 한데."

　"······이, 이건······ 내, 거!"

　공주님이 문 앞에서 물러나며 작은 목소리로 힘차게 선언했다.

　초코바를 숨기고 있었다고 혼낼 생각은 없었다.

　아니, 나는 딱히 더 이상 초코바를 얻을 수 없더라도 상관이 없다. 제도로 돌아가면 어디에서나 파는 거고. 나는 초코를 정말 좋아하지만, 초코 중독은 아니니까 한 달 정도 안 먹는다 해도 아무렇지 않다. 내가 일부러 노라 씨에게 초코에 대해 물어보러 간 건 공주님을 위해서——— 나아가서는 그녀를 보호하기 편하게 만들기 위해서였다. 한가했기 때문이기도 하지만.

　애초에 이제 와서 공주님에게서 초코바를 회수한다 해도 노라 씨에게 가지고 갈 이유는 별로 없다. 나는 이미 원하는 정보를 손에 넣었다.

정말, 이번에 나는 도대체 어떻게 되어버린 걸까. 찾아내고 싶었던 걸 나 혼자 발견해버리다니…… 너무 유능해서 나 자신이 두렵다고.

"공주님, 초코바를 만들 방법을 알아냈어. 노라 씨가 가르쳐준 건데………… 왕이라면 만들 수 있을지도 몰라대."

"흐엑?!"

공주님이 눈을 크게 뜨고는 내 얼굴을 빤히 바라보고 나서 눈을 깜빡거렸다.

아무리 공주님이라고 해도 이 아이디어는 상상하지도 못했을 것이다.

만족하면서 고개를 끄덕이고 있자니 공주님이 조심조심 물었다.

"그, 그래서…… 어쩌라고?"

"? 왕에게 부탁하는 거지. 연락할 수 있다며?"

애초에 처음부터 왕에게 부탁해야 했다. 이 도시에서는 왕이 가장 큰 힘을 지니고 있으니까.

유일한 문제는 의뢰인이 가져다준 귀족들이 왕을 유폐했다는 정보지만, 노라 씨처럼 어느 정도 자유롭게 지내고 있는 사례도 있으니 시험해보는 건 괜찮을 것 같다.

공주님이 한순간 놀라다가 쥐어 짜낸 듯한 목소리로 말했다.

"…………큰 사명과 책무를 짊어진 위대한 코드 왕에게 그런 걸 부탁할 순 없어……."

초코바를 받으려고 왕에게 연락했던 주제에, 용케도 그런 말을 하는구나.

"나는 초코바를 안 먹고 참을 수 있으니까 딱히 상관이 없지만 말이지."

"크⋯⋯⋯⋯⋯⋯ 크라이는, 사욕을 위해서 왕을 번거롭게 하려는 거야?"

뭐, 무슨 말인지는 알겠어. 아무리 나라도 사욕을 위해서 왕에게 부탁을 할 순 없지. 왕은커녕, 거크 씨 같은 사람 상대로도 꽤 힘드니까.

하지만, 이번 건만 놓고 보자면 사정이 조금 달라진다. 나는 팔짱을 끼고 한숨을 쉬며 말했다.

"무슨 말인지는 알겠는데, 왕이라고 해도 아버지잖아. 아버지 상대라면 부탁할 때는 부탁하지."

뭐, 아버지에게 뭔가 부탁한 적은 없지만⋯⋯ 내게는 아버지 이전에 능력 있는 여동생이 있으니까!

곤란할 때는 서로 돕는다. 가족이나 친구라는 건 원래 그런 법이다.

공주님은 곤란하다는 듯이 힘없는 표정을 짓고 있다가, 잠시 침묵한 뒤에 안심한 듯이 가슴을 쓸어내리고 말했다.

"⋯⋯⋯⋯부탁해봤는데, 안 된다고 했어. 역시, 그건 왕이 할 일이 아니야."

그렇구나, 그렇구나⋯⋯.

"그건 부탁하는 방식을 잘못 잡은 거야."

"어⋯⋯⋯⋯?"

"뭔가 부탁할 때는 제대로 엎드려서 빌어야지, 안 그러면 OK 받을 것도 못 받는다고."

자랑은 아니지만, 나는 지금까지 화가 난 의뢰인들 앞에서 수없이 엎드려 빌어왔다. 그런 쪽 스킬은 일류라고 자부한다. 어쩌면 엎드려 빌기라는 스킬에 마나 머티리얼을 흡수당했을 가능성도 있다(의미불명).

요즘은 별명이 너무 유명해져버린 탓에 엎드려 비는 경우도 줄어들었지만, 실력은 녹슬지 않았다. 그 사실은 공주님도 올리비아 씨에게 보여준 시범을 보았으니 이해하고 있을 것이다.

노라 씨에게도 엎드려 빌었고, 오늘은 정말 엎드려 비는 것과 인연이 있는 날이구나.

공주님이 몸을 부들부들 떨면서 물었다.

"?! 그, 그 이상한 자세를 내가 하는 거야?"

"엎드려 비는 건 사죄 중에서도 최상급이야. 일부러 굴욕적인 자세를 보여줌으로써 성의를 나타내는 거지. 이 세상에 엎드려 빌어서 해결하지 못할 건 하나도 없어. 자, 해봐!"

"…………."

공주님은 각오를 다진 듯이 심호흡을 하고는 느릿느릿 바닥에 무릎을 꿇었다. 그대로 천천히 두 손을 뻗었다. 역시 날마다 체조를 해서 그런지 체간은 단련된 모양이었다.

하지만, 그 동작에는 아직 쑥스러워하는 느낌이 있었다. 엎드려 비는 것의 요령은 거리낌 없이 팍팍 나서는 것이다. 단숨에 하지 않으면 균형을 잃을 가능성이 있으니까.

나는 손뼉을 두 번 치고 나서 55점 정도인 엎드려 비는 모습을 보여준 공주님을 응원했다.

"자, 등을 웅크리지 말고 자세를 똑바로 잡아! 팔의 각도가 어설프잖아, 각도가! 나도 예전에는 자주 연습했다고, 일단 10번만 해보자!"

무릎을 꿇고, 바닥에 머리가 닿을 정도로 고개를 크게 숙인다. 잠시 후, 공주님이 비통한 목소리를 쥐어 짜냈다.

"부탁드립니다. 저를 위해서 초콜릿을 만들어 주세요. 이렇게 빕니다."

"응, 그래, 꽤 재능이 있는데. 올리비아 씨보다는 훨씬 나아. 좋아, 그럼 실전을 해보자."

공주님은 왕녀인 것 같지 않을 정도로 순순했다. 그리고, 배우는 것도 빠르다. 일반인이 좀처럼 흉내 낼 수 없는 수준으로 엎드려 비는 모습을 본 나는 매우 만족하며 고개를 끄덕였다.

바닥에 엎드려서 뒤통수를 보여주고 있는 공주님의 모습에서는 신기하게도 고귀함이 느껴졌다.

이건 내가 결코 재현할 수 없는 그녀의 강점이다.

분명 이렇게 엎드려 빌면 수없이 많은 사람들이 엎드려 비는 모습을 보았을 코드 왕도 납득해줄 것이다.

공주님이 내 말을 듣고 비틀비틀 몸을 일으켰다. 반짝이며 빛나는 보석 같은 눈동자. 하얀 피부에 땀이 배어 있었다. 그녀가 나를 보고 조용히 물었다.

"이러면…… 정말로 잘 될까?"

"잘 되지, 잘 돼. 자랑은 아니지만, 나는 엎드려 비는 재주만으로 레벨 8까지 올라간 거나 마찬가지니까."

"레벨, 8……?"

정말로 자랑이 아닌 이야기였네. 그래도, 굳이 말하자면 내가 엎드려서 빌면서 무마한 건 나 자신의 실수만이 아니다.

예전에는 루크와 리즈가 일으킨 문제도 남몰래 엎드려 빌면서 해결해 왔다. 그립네.

공주님이 갈라진 목소리로 말했다.

"…………잘 되지 않으면, 어떻게 하지?"

"잘 되지 않을 경우는 잘 되지 않았을 때 생각해도 돼. 일단 엎드려서 빌자고. 일단엎이야."

"…………이것도 초콜릿을 위해서, 초콜릿을 위해서……."

공주님이 자기 자신을 타이르는 듯이 그렇게 중얼거리고는 심호흡을 크게 했다.

공주님은 척 보기에도 긴장하고 있었다. 볼은 붉게 물들었고, 팔다리가 조금씩 떨리고 있다. 그녀는 계속 이 방에 유폐되어 있었다. 뭔가 도전할 기회는 거의 없었을 것이다.

따스한 눈빛으로 지켜보던 내 앞에서 문득 공주님의 떨리던 몸이 멈췄다.

그 눈동자가 어떤 곳──── 공중을 바라보았다.

아무래도 그녀는 실전에 강한 타입인 모양이다. 이제 공주님은 긴장하지 않는다.

공주님의 씩씩한 목소리가 이쪽까지 울린다.

"부탁드립니다, 위대하신 코드 왕이시여, 저를 위해서———
초콜릿을 만들어 주세요. 이렇게 빕니다."

공주님이 다리를 구부리더니, 자연스러운 동작으로 무릎을 꿇
었다. 쭉 편 등. 조용히, 깔끔한 자세를 유지하면서 깊게 숙인 고
개. 거의 예술적으로 엎드려 비는 모습을 보고 나는 무심코 말문
이 막혔다.

———그 조용한 동작에는 왕에 대한 경의와 사죄가 확실하게
담겨 있었다.

연습할 때도 깔끔한 동작이었지만, 이번에는 격이 달랐다.

자신의 생사를 건 듯한 건곤일척의 엎드려 빌기, 100점 만점 중
120점이다!

궁극의 엎드려 빌기, 신들린 엎드려 빌기다. 공주님은 엎드려
빌기의 천재다. 엎드려 빌기 프린세스다.

나는 어느새 그 아름다운 엎드려 빌기를 보며 눈물을 머금고 있
었다.

공주님——— 완전히 나를 뛰어넘었구나. 이게 제자의 독립을
지켜보는 스승의 심정인가?

어째서일까, 고맙다는 마음이 가슴 한가득 퍼져나갔다.

그리고, 고개를 숙이고 있던 공주님이 고개를 들지도 않고 말
했다.

"⋯⋯⋯⋯⋯⋯⋯아, 안 된, 대⋯⋯⋯⋯."

"⋯⋯어?"

사람의 마음도 없는 거야, 코드 왕! 이렇게 멋지게 엎드려 비는 모습을 보고도 부탁을 거절하다니———.

너무나도 믿기지 않는 말이었기에 되물었다.

"······제대로 못 본 거 아닐까?"

공주님은 고개를 들고 비틀거리며 일어섰다. 얼굴이 새빨갛게 물들었고, 그 두 눈에는 눈물을 머금고 있었다. 세차게 문에 달라붙으면서 따지려는 듯이 소리쳤다.

"봤, 다, 고! 분명히, 봤어! 나는, 알아! 어떻게 할 거야?! 크라이, 분명히 괜찮을 거라고 했잖아?! 책임, 져!!"

공주님이 이렇게까지 감정을 전면적으로 드러낸 건 이번이 처음이다. 그 박력에 무심코 뒷걸음질 쳤다.

"그, 그렇게 당황하지 말고····· 뭔가 착각한 건지도 모르니까······."

"착각한 건! 크라이잖아!! 초콜릿~!!"

"으, 응, 그래, 그렇지. 그런데, 이상하네····· 엎드려 빌기는 최강일 텐데."

혹시 코드 왕은 엎드려 비는 걸 싫어하나? 이런 적은 처음이라고.

공주님이 무릎을 끌어안고는 원망스럽다는 듯이 이쪽을 올려다보았다. 아무리 그래도 책임감이 느껴진다. 다른 방법을 내놓아야 할 것이다. 하지만, 사실 나는 이미 엎드려 빌기를 대신할 방법을 알고 있다.

문제는 내가 그 방법에 대해 잘 모른다는 점이다.

하지만, 엎드려 비는 게 실패한 이상, 다른 방법이 없다. 가능하면 쓰고 싶지 않은 방법이었지만————.

나는 눈살을 찌푸린 다음, 이쪽을 올려다보며 대답을 기다리고 있던 공주님에게 말했다.

"사실———— 한 가지 더 있어. 코드 왕이 부탁을 들어주게 만드는 방법."

"윽?! 아, 아직, 포기하지 않았어? 나는, 왕에게 부탁하는 게 아니라, 초콜릿을 손에 넣을 다른 방법을 알고 싶은데……."

그건 안 된다. 이제 와서 방침을 전환한다면 공주님이 엎드려 빈 게 허사가 된다.

아니, 초콜릿 같은 건 바깥에서 얼마든지 손에 넣을 수 있으니까 조금만 기다리면 안 되나? ……………이제 와서 따질 문제가 아니겠구나.

나는 공주님의 눈을 똑바로 바라보면서 미안한 마음을 담아 말했다.

"떼를, 쓰는 거야."

"떼를………… 쓴…… 다?"

"정말 꼴사납게 굴면서 어쩔 수 없이 원하는 걸 들어주게 되는 느낌으로. 왕녀와 어울리는 방식이 아니라서 미안해."

떼를 쓴다.

예전에, 어렸을 때 리즈가 자신의 의견을 밀어붙일 때 쓰던 방식이다.

그녀가 진심으로 떼를 쓰면 나도, 안셈도, 루크조차도 백기를 들 수밖에 없었다. 시트리와 루시아의 어이없어하는 시선을 보면서도 태연하게 떼를 쓰는 그녀는 당시에 무적이었고, 리즈의 부모님도 골치 아파했다. 뭐, 리즈가 떼를 쓰던 기간은 그렇게 길지 않았지만, 지금은 본인을 포함해서 아무도 그 이야기를 하지 않는 일종의 금기가 되었다.

그런 의미에서는 무슨 일이 있더라도 분노하는 정도로 끝나는 지금 리즈는 어엿한 언니가 되었다고 할 수 있을 것이다. 리즈는 정말 착하다, 착해.

문제는 내가 떼쓰기의 기초에 대해서도 전혀 모른다는 것뿐이다. 엎드려 비는 것과는 달리 어떤 식으로, 어떤 말을 해야 하는지, 나는 공주님에게 말로 설명해줄 수가 없다.

거기엔 논리보다는 열량이나 감정 같은 게 필요하니까.

내 제안을 들은 공주님은 무슨 소리를 하는 건지 이해가 안 된다는 듯이 의아한 표정을 지었다.

그렇게 우아한 엎드려 빌기를 보여준 그녀가 과연 코드 왕을 움직일 수 있을 정도로 떼를 쓸 수 있을까…… 적어도 리즈가 있었다면 가르쳐줬을 텐데─── 아니, 안 되려나?

공주님이 눈을 깜빡이며 고개를 갸웃거렸다.

"누가………… 누구한테, 떼를 쓰는데?"

곤란하네…… 시범을 보여주고 싶긴 하지만, 진짜 떼를 쓰는 게 어떤 건지 알고 있는 내가 어설픈 흉내를 보여줄 수도 없고…… 뭔가 좋은 방법이 없을까?

주위를 두리번거리며 둘러보았지만 뭔가 찾아낼 리도 없었다.

어설프게 떼를 쓸 바에는 차라리 엎드려 빌기로 밀어붙여야 하나? 아니면 공주님의 잠재능력에 걸어봐야 하나?

망설이고 있자니 문이 열렸고, 크라히를 따라 급하게 나갔던 루샤가 돌아왔다.

그녀가 달달한 목소리로 외치며 이쪽을 향해 뛰어왔다.

"진짜 씨이이! 오빠가 찾아냈어요. 쿨 씨가 그러던데요오, 이게 작전대로라는 게 정말인가요오?"

"……기다리고 있었어, 선생님."

"흐에?! 어? 서…… 선생님?"

루샤는 눈을 동그랗게 뜨고 고개를 갸웃거리는 약삭빠른 모습을 보여주었다.

공주님은 능력이 뛰어나다. 관찰해본 결과 학습 능력이나 운동 능력 모두 나보다 좋고, 성격은 노라 씨보다 훨씬 온화하고, 나 같은 아랫사람이 하는 말을 들어주는 도량도 있다.

유일한 약점은 세상 물정에 조금 어둡다는 점일 것이다. 바깥 세계에서는 공주님도 평범한 사람이 될 테니 앞으로 보호하게 될 그녀도 어느 정도 무리하게 밀어붙이는 법을 이해해야만 한다.

다행히 나는 지금까지 경험한 것들을 통해 무리하게 밀어붙이는 방법을 알고 있다.

뭐, 나에게는 실력이 좋고 협력적인 소꿉친구와 여동생이 있어서 별로 써먹을 기회는 없지만———.

문 건너편, 유일하게 활동을 허락받은 방에서 공주님이 긴장한 표정으로 말했다.

"저, 정말로, 내가 하는 거야?"

"뭐, 하지 않아도 되지만 말이지………… 그래도 바깥 세계에서는 원하는 거나 하고 싶은 게 있으면 자기 힘으로 어떻게든 해야만 하거든. 바깥 세계에서는 다들 하는 행동이야."

"…………진짜 씨, 진짜 씨는 정말로오, 이런 방법으로 지금까지 해온 건가요오? 왠지 들었던 이야기랑 다른 것 같은데…………."

루샤는 눈살을 찌푸리며 반신반의하는 표정으로 나를 올려다보았다. 아니, 때만 쓰면서 지금까지 해온 건 아니지만, 뭐 비슷한 거나 마찬가지지. 이번에는 다른 방법도 없을 것 같고.

공주님은 한동안 심호흡을 하고 있다가 문에서 물러선 다음, 어떤 곳을 바라보았다.

아마 거기에서 코드 왕이 보고 있을 것이다.

말로 표현하기 힘든 긴박감이 얼마 전까지 천진난만한 모습만 보여주던 공주님에게서 느껴졌다. 그리고——— 공주님은 손을 맞잡고는 어리광부리는 목소리로 말했다.

"아빠아, 아리샤…… 초콜릿을 만들어줬으면 좋겠어. 평생의 부탁이야! 안 돼?"

고개를 갸웃거리며 애교와 함께 공중을 바라본 공주님.

…………꽤 하네, 루샤에게 배울 때는 정말 싫어했으면서.

자존심을 버린 그 모습에서는 왕족의 관록이 느껴졌다(의미불

명). 스승인 루샤도 눈을 동그랗게 뜨고 있다. 그만큼 그 '응석'은 완벽했다.

그 훌륭한 '엎드려 빌기'가 통하지 않았던 코드 왕에게 그게 통할지는 모르겠지만━━━.

"⋯⋯⋯⋯진짜 씨. 저도 지금까지 했던 행동을 좀 돌아볼까 하는 생각이 들었어요오."

자기가 시켜놓고 반성하지 말라고! 공주님이 너무 가엾잖아!

공주님은 한동안 고개를 갸웃거린 채 굳어 있다가 금방 붉게 물들었던 얼굴이 더욱 빨개졌다. 이미 목덜미까지 새빨개진 상태다. 구슬 같은 눈물이 흘러내렸다.

아무래도 루샤가 전수해준 '응석'이 통하지 않은 모양이었다. 루샤가 분명히 할 수 있을 거라길래 기대했는데⋯⋯ 그리고 그 사실은 드디어 각오를 다질 수밖에 없다는 의미를 지니고 있었다.

공주님은 세상 물정을 잘 모르지만, 최소한의 상식이 있고, 감정도 있다.

과연 공주님은 정말로 초콜릿을 위해 최종 수단을 쓸 수 있을까?

그리고, 침을 삼키며 지켜보고 있던 나와 루샤의 눈앞에서 공주님이 제자리에 주저앉았다. 그리고 바닥 위에 드러누운 채 고개를 마구 저으며 팔다리를 버둥거리고 소리쳤다.

"싫~어~! 아리샤, 초콜릿 먹고 싶다고오! 초~코~올~리~잇~! 아~빠~! 초~코~올~리~잇~!!!!! 먹~고~싶~어~!"

방안에 공주님이 혼신의 힘을 다해 떼를 쓰는 목소리가 울려 퍼졌다. 엎드려 빌던 때와는 전혀 다른 어린애 같은 목소리.

그 '떼쓰기'는 정말 꼴사납고 훌륭한 떼쓰기였다. 하지만, 초콜릿을 먹고 싶다는 마음은 별로 느껴지지 않았다. 아무리 재능이 넘치는 공주님도 떼쓰기 재능은 없었던 모양이다.

아마 공주님은 자포자기하는 심정이 된 모양이다. 이렇게까지 한 이상, 이제 와서 물러날 수는 없다는 뜻이다.

예전에 리즈가 떼를 쓸 때는 이 정도가 아니었다. 진흙탕 안에서도 아무렇지도 않게 떼를 썼고, 데굴데굴 굴렀고, 달라붙었고, 옷을 벗기 시작하는 경우도 있었다. 무적이다.

지금 리즈는 어엿한 언니가 된 것이다(두 번째).

떼를 쓸 때의 요령은 상대방이 요구를 받아들일 때까지 반복하는 것이다. 나는 당장에라도 마음이 꺾일 것 같다는 느낌을 표정에 드러내고 있는 공주님에게 용기를 주기 위해 소리쳤다.

"공주님, 꼴사나운 느낌이 부족해! 좀 더 부끄러움을 버리고, 보여주라고! 효과가 있어! 틀림없이 효과가 있다고!"

"대단하네요오…… 진짜 씨, 일단 말씀드리는데………… 저는 저런 짓은 한 적 없거든요오? 정말이거든요오? 아니, 오빠에게 저렇게 꼴사나운 모습을 보여줄 수 있을 리가 없잖아요? 저는 이래 봬도 꽤 아가씨거든요오?"

떼쓰기 쪽으로는 별로 도움이 되지 않았던 루샤가 그렇게 말했다.

뭐, 가르친 입장에서 이런 말을 하기는 좀 그렇지만, 평소에 창피해하는 마음이 있으면 떼쓰기 같은 건 못하니까. 아무리 나도 떼를 쓰진 못한다. 떼를 쓸 거라면 차라리 엎드려 비는 게 낫지.

하지만, 지금은 공주님을 응원해야겠다. 지금 그녀는 모든 걸 버리면서 싸우고 있으니까.

눈을 크게 뜨고 공주님의 용감한 모습을 제대로 망막에 새겨넣으며 응원했다.

"힘내라, 힘내라, 공주님! 얼마 안 남았어! 자, 물건 같은 것도 던지고!"

『네, 네놈이냐아아아아아아아아아아아아아아아아아아아아아아아아아아아아아아! 예비에게 이상한 짓을 시키는 게!』

"?!"

"흐엑?!"

갑자기 어디선가 목소리가 들리자 나는 무심코 눈을 크게 떴다. 루샤가 몸을 움찔거리며 주위를 둘러보았고, 발버둥 치던 공주님이 굳었다.

?? 뭔데? 방금 그거?

뒤쪽을 확인했지만, 우리 말고 다른 사람은 없었다.

사람이 없는데도 목소리가 들리다니…… 게다가 들어본 적이 없는 목소리였다.

………………뭐, 상관없지. 마음을 다잡고 움직임을 멈춘 공주님을 격려했다.

"공주님, 자, 왜 멈춘 거야! 모처럼 잘 되고 있는데!"

"어? ??! 초…… 초~코~올~리~잇~!"

『그만두지 못할까!!』

그것은 마치 번개가 바로 근처에 떨어진 듯한 일갈이었다. 목

소리와 동시에 강한 현기증이 나를 덮쳤다.

───그리고 그게 사그라들었을 때, 나는 아무것도 없는 하얀 공간에 혼자 서 있었다.

같이 있었던 루샤도, 떼를 쓰고 있던 공주님도 온데간데없었다.

애초에 방이나 복도 자체가 없다. 내 몸이 간신히 보이긴 했지만, 그것 말고는 아무것도 없다. 새하얗다. 이게 대체 어떻게 된 걸까…… 갑작스러운 사태로 인해 눈을 깜빡이고 있던 나에게 하늘에서 목소리가 내려왔다.

『지금 당장 예비에게 저 행동을 멈추라고 해라! 못 봐주겠다!』

"…………누구신지?"

『…………내 이름은 크로스 코드. 이곳 코드의 왕이다.』

크로스 코드. 이곳 코드의 왕. 그 단어를 듣고 나는 눈을 크게 떴다.

코드의 왕은 내 보호 대상 중 한 명이다. 그리고 가장 보호하기 힘들 거라 생각했던 상대였다.

어찌 됐든, 코드 왕은 이곳 코드의 도시 시스템에게 가장 우대받는 사람이니까.

당연히 왕족을 유폐하고 있는 모양인 우리의 적, 귀족들에게도 중요한 사람일 터. 가장 삼엄하게 지키고 있을 거라는 상상이 된다. 그런데 딸인 공주님이라면 모를까, 나에게 연락을 하다니 너무나도 뜻밖이다. 그리고 쿨 일행이 모아온 정보에 따르면 왕은 한동안 모습을 드러내지 않았을 뿐만 아니라 목소리를 들은 사람조차 없다고 한다. 코드 왕과의 접촉은 의뢰를 진행하는 데 있어서 가장 큰 허들이 될 거라 생각했다.

아무리 나처럼 무능한 사람이라도 지금 이 상황이 이상하다는 것 정도는 안다.

…………정말 이 목소리가 코드 왕인가? 수상한데.

반신반의하는 내게 코드 왕이라고 자칭한 목소리가 말했다.

『지금 당장 예비에게 저 어리석은 행동을 멈추라고 해라! 저게 일단은 코드의 왕족이라는 사실은 알고 있을 텐데? 무슨 짓을 시키더라도, 나는, 절대로, 초콜릿을 생산하진 않을 거다!』

"자, 자자, 진정하시고, 아버님."

『누, 누누, 누가, 아버님이냐!! 코드의 왕족을 바깥의 왕족과 마찬가지일 거라 생각하지 마라! 애초에 예비 편을 들어주면 다른 자들에게 본보기가 되지 않는단 말이다!』

그런데, 예비라는 건 혹시 공주님 얘기인가? 바이커 일당도 아리샤 왕녀가 예비라고 하긴 했는데, 아무리 그래도 그런 호칭으로 부르는 건 너무 심하잖아.

이 사람이 진짜로 공주님의 아버지라면 딸을 그런 식으로 부를까?

오히려 너무나도 차가운 그 호칭은 목소리의 주인이 아버지가 아니라고 증명하는 것 같기도 하다.

나는 지금까지 왕족을 여러 명 만났지만, 자기 딸을 그렇게 대하는 사람은 한 명도 없었다고.

참고로 우리 부모님은 친아들인 나보다 양녀인 루시아를 더 귀여워했을 정도다.

그야 그렇겠지. 내가 부모님 입장이었어도 그랬을 테니까!

자, 그렇다면, 이 목소리가 코드 왕이 아니라면 대체 누굴까.

제일 가능성이 큰 건 왕을 감금한 자들의 동료일 것이다. 그리고 뭐가 뭔지 잘 모르겠지만, 이렇게 연락을 하는 걸 보니 공주님의 떼쓰기가 효과를 발휘하고 있다는 뜻이다.

역시 떼쓰기는 무적이구나!

나는 어깨를 으쓱이고 나서 하드보일드하게 말했다.

"예비가 아니라고. 아리샤야. 진짜로 아버지라면 그렇게 부르면 안 되잖아."

『……뭐라고?』

"초콜릿 정도는 만들어줘도 되잖아. 딱히 닳는 것도 아니고. 아버지가 딸을 위해서 과자를 만들어 주는 것 정도로는 아무도 불평하지 않는다니까."

『큭………… 우리 사정도 모르고…… 이 4점 녀석. 나는, 이곳 코드의, 왕인데? 그 명령을 거스르는 게 무슨 의미인지, 알고 하는 말이겠지?』

코드 왕이 한순간 말문이 막혔다가 나를 협박하는 듯이 말했다.

이런, 이런, 안타깝네. 그런 협박에 겁을 먹을 내가 아니라고.

나는 지금까지 많은 왕족들을 만났기에 알고 있다. 진짜 왕은——— 배포가 좀 더 크다고.

애초에(노라 씨와 만났을 때도 똑같은 인상이었지만) 이 사람이 하는 말은 감금당해서 시키는 대로 하는 사람의 말 같지 않다.

뭐, 그래도 지금 쓸데없이 이 자칭 왕의 적의를 부추길 이유는 없을 것이다.

내 목적——— 의뢰에 대해서도 당연히 이야기하진 않을 것이다. 지금 내가 해야 할 일은 카이저와 사야가 제대로 의뢰를 달성해줄 때까지 어떻게든 버티는 것. 이 상대가 적일 가능성이 큰 이상, 나는 경계하지 않게끔 행동해야겠다.

그리고 솔직히 공주님이 초콜릿에 푹 빠진 건에 대해서는 나도 조금이나마 책임을 느끼니까.

이대로 가다가는 보호한 뒤에 영향이 생길 것 같으니 슬슬 어떻게든 해야겠다는 생각이 들었다.

"알았어, 알았다고. 시키는 대로 안 하겠다고는 안 했잖아? 공주님도 초콜릿을 너무 많이 먹는다는 생각이 들긴 했으니까——."

『?! 예비에게 이상한 걸 준 건 너일 텐데?』

"그, 그렇게 될 줄은 몰랐다고. 그리고 예비가 아니라 아리샤라니까."

부잣집 아가씨가 서민의 음식에 푹 빠진다는 이야기를 가끔 듣곤 하는데, 설마 공주님이 그렇게까지 초콜릿에 집착하게 될 줄은 몰랐다.

그렇게 순순하고 항상 방긋방긋 웃던 공주님이 갑자기 초코바가 이제 없다는 거짓말을 할 정도니까. 감정 표현이 풍부해지는 건 좋은 일이지만, 이대로 가다가는 의뢰를 무사히 달성한다 해도 거크 씨와 탐색자 협회의 높은 사람들에게 혼날지도 모른다.

"그래…… 크로스 씨? 는 우선 이 상황을 해결해줘. 내가 공주님의 주의를 다른 곳으로 돌릴 테니까. 한동안 초콜릿을 먹지 않으면 원래대로 돌아올 것 같거든…… 중독성이 있는 것도 아니고."

애초에 초콜릿은 맛있고 나도 좋아하긴 하지만, 세상에서 제일 맛있는 음식은 아니다. 바깥 세계에는 더 맛있는 음식이 이것저것 있고, 코드 안에도 있긴 할 것이다.

지금 공주님은 새로운 자극으로 인해 흥분했을 뿐이다. 계속 유폐되어 있었으니까.

『흐음…… 하지만 이 상황을 만든 건 네놈일 텐데. 어떻게 해결하라는 거냐?』

"음…………."

지금 공주님은 자포자기한 상황이긴 하다. 초콜릿을 위해 자존심을 버렸다.

나도 효과가 있다면서 쓸데없이 격려를 해버렸으니 지금 같은 공주님을 달래는 건 꽤 힘들지도 모르겠다. 그때, 나는 좋은 생각이 났다.

"일단 허락해주면 차분해질 것 같은데………… 만들어 주긴 하겠지만 초콜릿을 연구하는 데 시간이 오래 걸린다고 하면 되지 않을까?"

『…………어쩔 수 없나. 쓸데없는 수고를 들이게 만들다니.』

"미안, 미안, 어떻게든 설득할 테니까."

보이지 않는 상대에게 고개를 꾸벅꾸벅 숙이며 사과하던 내게 자칭 코드 왕이 살짝 코웃음 치며 말했다.

『네놈이 하는 말은 믿을 수가 없다만——— 네놈은 이 나라에 온 이후로 코드에 대해 한순간도, 요만큼도 적의를 품지 않았다.

코드 시민조차 극히 드물게 감지되는 적의를 말이다. 네놈은 그냥, 능력이, 없을 뿐이다! 내가, 지금까지 봐 왔던, 그 누구보다도, 말이다. 설마, 내가 죽기 전에 네놈처럼 무능한 자에게 말을 걸게 될 줄이야―――.』

아니…… 그렇게까지 말할 정도는 아니지 않나? 나도 이래 봬도 열심히 살았단 말이야.

그리고 뭘 보고 무능하다는 거지? 이래 봬도 평소보다 많이 움직이고 있는데.

"…………나는 왕족을 보호하러 왔다고."

『아무 말도 하지 마라, 알고 있다. 코드에 들어온 이후에 네놈이 한 말과 행동을 전부 도시 시스템에게 분석하게 했다. 네놈은 이 도시에 온 뒤 흐름에 몸을 맡긴 채 아무런 생각도 없이 움직였을 뿐, 아무것도 하지 않았다! 바이커와 노라는――― 멋대로 자멸했을 뿐이지. 앵거스의 계획은 알고 있다만, 탐협도 네놈 같은 남자를 보낼 정도로 어리석진 않겠지. 쓸데없는 말과 행동에 휘둘리지 말라고 앵거스와 다른 녀석들에게 잘 말해두마.』

……설마 솔직하게 말했는데도 믿어주지 않을 줄이야, 나는 대체 뭐지?

"응……? 계획……? 앵거스?"

『…………………네놈이 알아도 될 일이 아니다. 네놈은 내가 말한 대로만 해라. 알겠나?』

"아, 네…………."

다시 강한 현기증이 들었다. 정신을 차리고 보니 나는 원래 있던 곳으로 돌아와 있었다.

세이프 링을 확인해 보았지만 발동된 듯한 낌새는 없었다. 마법도 아니고 공음석이나 메일과도 다른 코드의 기술인가? 의식에 간섭하는 기술일 것 같은데, 정말 무시무시한 도시다.

눈을 크게 뜨고 이쪽을 보고 있던 루샤가 조심조심 말을 걸었다.

"?? 저기이…… 지, 진짜 씨, 방금, 사라졌었죠? 어디 다녀오셨나요오?"

……보아하니 통째로 사라졌던 모양이다. 이 도시는 대체 어떻게 되어 있는 거야?

세이프 링이 발동되지 않을 만도 하네.

전이는 대마법일 텐데 말이지…… 최대한 주목받지 않게끔 해야겠어.

뭐, 됐고.

"아니, 아무것도 아니야. 왕이랑 가볍게 이야기를 나누고 왔을 뿐이라고."

"?! 네에에에에에에에에에에에에에?! 어, 어떻게요오?"

그건 내가 물어보고 싶은데. 간신히 하드보일드한 미소를 짓고 있자니 공주님의 방에서 당황한 느낌이 섞인 목소리가 들렸다.

좀 전까지 땅바닥을 뒹굴면서 떼를 쓰고 있던 공주님이 벌떡 일어나서는 문에 달라붙었다.

크게 뜨고 있는 초록색 눈동자. 그녀가 깜짝 놀란 듯이 말했다.

"크라이!! 오, 오케이래! 초콜릿! 코드 왕이!"

"응, 그래, 그렇지."

"시간이 오래 걸리니까, 금방은 안 되는 모양이지만! 괜찮대! 믿기지 않아!! 꼴사나운 짓을 한 보람이 있어!"

"으, 응, 그래, 잘됐네……."

응, 그래, 그렇지. 그렇게 되겠지…….

아무래도 그 목소리의 주인은 내 제안을 진짜 왕에게 제대로 전달해준 모양이다.

몇 번이나 통할 방법은 아니겠지만, 일단 시간은 벌 수 있었다.

이렇게 기뻐하는데, 초콜릿을 만들어 주겠다는 이야기가 거짓말이라는 걸 알면 얼마나 슬퍼할까.

그래도 괜찮아, 금방 카이저와 사야가 구하러 와줄 테니까. 이제 내가 공주님의 주의를 초콜릿에서 다른 쪽으로 돌리기만 하면 완벽하겠네.

흥분한 듯이 말을 걸던 공주님의 표정이 의아해하는 느낌으로 바뀌었다.

그리고 나를 지긋이 살피듯 올려다보면서 고개를 갸웃거렸다.

"크라이? 별로 기쁜 것 같지 않은데? 이제부터, 얼마든지 초콜릿을 먹을 수 있는데……."

초콜릿을 마음대로 먹을 수 있다는 것에 전혀 끌리지 않는 건 아니지만——— 자, 어떻게 설득해야 할까.

나는 한숨을 쉬고 나서 완전히 초콜릿에 매료당한 공주님의 주의를 다른 곳으로 돌리기 위해 어깨를 으쓱이며 말했다.

"뭐, 나도 기쁘긴 한데, 바깥에는 초콜릿보다 맛있는 게 잔뜩 있거든."

"·················어??"

무지라는 것은 정말로 무서운 것이다.

코드 왕의 전달 사항을 확인한 앵거스 코드는 코웃음 쳤다.

코드 왕은 이 도시에서 최강의 존재다. 도시의 모든 것은 왕의 일부이고, 앵거스 같은 사람들은 그 힘을 빌리고 있는 것에 불과하다.

앵거스는 코드 왕의 친아들이지만, 철이 들었을 무렵부터 부모의 모습을 거의 본 적이 없다. 아들인 앵거스조차 직접 만나서 이야기를 한 적은 거의 없을 정도로 절대불가침의 존재.

그것이 이 나라의 왕이었다. 거기에 일반적인 부모 자식 같은 관계는 존재하지 않는다.

지금까지 왕족을 포함하여 코드에 살고 있는 모두가 그 분노를 사지 않게끔 세심한 주의를 기울여 왔다. 거친 성격으로 시민들에게 두려움을 사던 노라조차 그걸 지켜 왔다.

그런데 설마 바깥 세계에서 온 자가 이런 상황에 그 금기를 어길 줄이야.

코드 왕은 평등하다. 적어도 앵거스가 알기로는 클래스 8 세력도에 영향을 끼치지 않게끔 주의하는 것처럼 보였다.

그런데 설마 왕위 계승과는 상관이 없는 예비의 근위라고는 해도, 그가 하는 말에 현혹당하지 말라고 일부러 전달 사항까지 보낼 줄이야………… 엄청나게 바보 같은 짓을 저지른 모양이다.

크라이 안드리히의 무능함은 앵거스가 보기에도 도가 지나치긴 했다.

명색이 주인인 아리샤 코드에게 엎드려 비는 연습을 시킬 줄이야——— 그리고 어째서 그런 사고에 도달했는지, 생각하고 싶지도 않다.

왕이 말한 대로 무시하는 게 제일일 것이다.

아리샤 코드의 진영은 절대로 앵거스의 적이 되지 못하니, 생각해봤자 아무런 소용도 없다.

그러기보다는 전력을 모으거나 노라, 토니의 동향, 모리스에게 보낸 '그 여자'의 상황을 주시하는 게 훨씬 더 건설적일 것이다.

앵거스가 지배하는 에어리어 한구석. 기장병을 비롯한 병기의 시운전도 진행하는 실험장에서 앵거스는 근위들과 함께, 중심에 서 있는 한 남자를 보고 있었다.

카이. 코드 바깥에서 왔으며, 도시의 평가 시스템에서 사상 최고에 가까운 득점을 기록한 남자.

단련된 육체와 정신을 겸비했고, 포박당한 상태로도 앵거스를 위협했던 걸물. 지금은 가면을 씌워서 정신을 속박한 상태지만, 기장병을 맨몸으로 파괴한 그 신체 능력은 건재하다.

카이와 사아야의 성능 테스트를 맡은 진이 씨익 웃으며 설명하기 시작했다.

"이미 스스로 파괴한 육체는 거의 완전히 회복되었습니다. 분석과 훈련도 문제없이 진행 중입니다. 가면의 효과도 아무런 문제가 없습니다."

"그렇군…… 당연하지. 보고해라."

카이의 능력은 뛰어나다. 외부에서 들어온 전투 전문 용병들과 비교해도 차원이 다르다.

하지만, 카이의 가치는 뛰어난 능력뿐만이 아니었다.

중요한 것은 그 능력의 근간이 어디에 있는지다.

앵거스의 말을 듣고 진이 계속 이야기했다.

"분석한 결과, 카이가 지닌 힘의 비밀은 그 독자적인 발놀림에 있는 것 같습니다. 그의 발놀림과 몸놀림은 강인한 기장병을 다가오게 하지 못하며, 또한 기묘한 매력을 뿜어내고 있습니다."

"매력?"

"네, 다른 말로 표현할 수가 없기에 애매한 표현이 되긴 합니다만——— 매력입니다. 육안으로 그의 전투를 본 자는 시선을 빼앗기고 멍하니 서 있을 수밖에 없습니다. 기장병에게는 통하지 않습니다만——— 노라 왕녀의 강화 기사에게는 효과가 있을 겁니다. 강화 기사의 군세를 상대하기에 더할 나위 없는 능력일 겁니다."

"흐음…………."

좀처럼 이해하기 힘든 설명이지만, 진은 뛰어난 남자다. 이 남자가 이렇게 보고할 수밖에 없다는 건 사실일 것이다.

질문을 멈추고 카이 쪽을 보았다. 카이는 앵거스의 시선을 받으면서도 꿈쩍도 하지 않았다. 가면의 힘으로 인해 정신이 완전히 봉인된 것이다.

가면 같은 건 씌우지 않는 게 더 강하지만, 언제 우리에게 이빨을 들이밀지 모르는 무기는 믿을 수가 없다.

어쩔 수 없는 조치였다.

"성능 테스트 255를 시작하겠습니다."

진의 호령에 따라 훈련장 안에 있는 벽이 꿈틀댔고, 매끈한 총탑들이 잔뜩 나타났다. 실탄을 사출하는 병기가 아니라 대상만 한정해서 태워 없애는 광학 병기다.

총기, 화기를 소환하는 것은 귀족 계급이라면 누구나 지니고 있는 권리다. 물질탄, 광학 병기의 차이가 있긴 하지만, 왕위 쟁탈전에 도전하려면 원거리 무기에 대처하는 건 필수라 할 수 있다.

앵거스가 다루는 병기는 리소스를 사용해서 오랜 시간에 걸쳐 연구한 특제 무기다. 그 위력은 강화인간 기술로 내구도를 높인 노라의 병사들도 낙엽처럼 쓸어버릴 것이다.

"…………갑옷은 필요 없나? 애초에 무기를 쥐여준다는 이야기는 어떻게 되었지?"

"보시면 알 겁니다."

멍하니 서 있던 카이를 향해 신호도 없이 병기가 발사되었다.

빛이 사방에서 날아들었다. 카이의 움직임은——— 몸을 회전시키며 스텝을 밟는 것뿐이었다.

무심코 눈을 크게 떴다.

카이에게 날아든 열선이 전부 마치 마법처럼 사라져버렸다.

틀림없이 명중하긴 했다. 한 것처럼 보인다. 하지만, 카이의 육체에는 그을린 자국 하나도 없었다.

척 보기에 그 움직임은 가볍게 춤을 추는 것처럼 보였다. 하지만 겨우 그것만으로 연구를 거듭하여 강화한 코드의 병기를 무효화하다니, 저게 대체 어떤 원리일까?

그 뒤를 이어 춤추는 카이를 향해 기장병 다섯 대가 접근했다. 튼튼한 장갑과 괴력, 뛰어난 학습 능력을 지니며 코드의 적을 제거하는 일기당천의 기장병에 대해, 카이는 딱히 반응을 보이지 않았다.

주먹이 날아들자 카이는 팔을 교차시켰다. 그것만으로도 무게가 수백 킬로는 되는 기장병의 몸이 공중으로 높게 날아갔다.

한시도 눈을 떼지 않았던——— 눈을 뗄 수가 없었던 앵거스도 무슨 일이 일어난 건지 알 수가 없었다.

진이 설명해 주었다.

"아무래도 카이는 힘을 쓰는 재주가 매우 뛰어난 것 같습니다. 그리고 그것을 독자적인 전투 스타일로 승화시킨 거겠죠. 학습 능력이 뛰어난 기장병들도 저건 흉내 내지 못합니다. 중심 이동을 통해 기장병들의 힘을 이용해서 날려버리는 모양입니다. 카이에게는 무기 따윈 방해만 될 겁니다."

"상대방의 힘을 어느 정도 이용한다고 해도 열선은 사라지지 않을 텐데. 그건 어떻게 설명할 거지?"

"그건…… 마나 머티리얼의 힘입니다. 그는 아마 마나 머티리얼로 육체의 일부를 극단적으로 강화시켰을 겁니다. 손바닥이나 팔꿈치 같은 곳 말이죠. 그 밖에도 스캔한 결과, 몇 군데에서 이상한 힘이 발휘되는 것을 확인했습니다."

다시 말해, 저 남자는 단순히 단련한 맨손으로 열선을 없앴다는 뜻인가?

예상하지 못했던 말이었기에 앵거스는 눈살을 찌푸렸다. 카이의 힘을 해석하면 기장병이나 외부에서 끌어들인 병력을 강화할 수 있을 줄 알았는데, 아무래도 그건 힘들 것 같다.

뛰어난 재능과 끊임없는 노력으로 얻은 힘일 것이다.

하지만, 중요한 건 그게 아니다. 카이를 비장의 수로서 얼마나 효과적으로 활용할 수 있을지가 중요하다.

"카이와 《뇌제》가 싸운다면 누가 이기지?"

"상황에 따라 다릅니다. 하지만, 코드의 계산에 따르면 카이가 우세할 것으로 보입니다. 무엇보다 카이는 번개에 내성이 있습니다."

진이 그렇게 말한 것과 동시에 기장병들이 손을 뻗었다.

두 팔 끄트머리에서 거세게 튀는 보랏빛 번개. 거대한 번개가 뿜어져 나가자 카이는 망설임 없이 뛰어들었다.

파직파직, 거친 소리가 들렸다. 기장병이 땅바닥에 내동댕이쳐졌다.

거기 남은 것은 번개를 맞고도 여전히 멀쩡한 카이의 모습이었다.

《뇌제》의 습격은 앵거스가 짠 계획에 없던 사건이었지만, 그와 맞먹는 남자를 손에 넣은 것은 행운이라고 할 수밖에 없을 것이다.

"문제는 노라가 봉인 지정을 자기 말로 삼을 경우지. 상대 쪽 에이스를 쓰러뜨리지 못하면 뒤엎어질 가능성이 있으니까. 그 밖에도 몇 가지 우려되는 점이 있긴 한데——— 사아야 쪽은 어떻지?"

"사아야 쪽은…… 아직 능력의 해석이 끝나지 않았습니다. 실제로 써봐야 합니다만."

"……흐음. 해석을 계속 진행해라. 그 능력은 반드시 필요해. 하지만 실제로 시험해 보는 건…… 시기상조로군."

비장의 수는 하나로는 부족하다. 만반의 준비를 하려면 최소한 수비와 공격, 두 개는 필요하다. 병사들의 숫자나 병기의 숫자는 다른 진영보다 더 많을 거라는 자신이 있긴 하지만, 대비를 지나치게 한다고 문제 될 건 없다.

앵거스에게 있어서 코드 왕의 지위는 결승점이 아니다. 왕위에 오른 뒤에는 코드의 전력을 이용해서 바깥 세계로 치고 나가야만 한다. 그러기 위해서 외부 조직과 은밀하게 연계해왔으니까.

"아슬아슬할 때까지 훈련을 시켜라. 가면을 씌운 상태에 적응하게 만드는 거다. 그리고 모리스에게 보낸 그 여자는 어떻게 되었지?"

"보아하니 전하의 계획대로 모리스 왕자가 근위로 임명한 모양입니다."

"……홍. 너무 예상대로라 시시하군. 겁쟁이는 이렇게 조종하기 쉬운 법인가?"

진이 보고하자 앵거스는 따분하다는 듯이 코웃음 쳤다.

왕위 계승전은 왕이 붕어하기 전부터 시작된다. 외부에서 영입한 자들 중에는 카이나 사아야 말고도 실력자가 몇 명 있지만, 그 대부분이 앵거스 진영과 관계가 있는 자들이다.

　겁이 많은 모리스에게는 특별한 실력자를 보내주었다.

　모리스는 왕의 그릇이 아니지만 지닌 권한은 앵거스와 마찬가지다. 내버려 두기에는 너무 위험하다.

　지금쯤 모리스는 자신의 근위가 앵거스가 채워둔 목줄이라는 사실도 모르고 안심하고 있을 것이다.

　솔선해서 움직이지 않는 자에게 행운이 내려온다는 형편 좋은 이야기는 있을 수 없는데도.

　앵거스는 미소를 짓고는 진에게 명령을 내렸다.

　"무슨 일이 생기면 보고해라. 때가 되기 전에 조금이나마 아군을 늘려야 하니까."

　"네. 잡일은 맡겨만 주십시오. 전하의 계획을 반드시 완수하겠습니다."

　대체 무슨 짓을 한 거지…… 그 남자. 왕이 직접 보낸 전달 사항을 보고 노라는 어이없어해야 할지 감탄해야 할지 알 수가 없었다.

　왕이 직접 주의를 준 건 처음 있는 일이다. 애초에 코드 왕은 평소에 도시의 통치를 클래스 8들에게 맡기고 어지간해서는 참견하지 않는다.

전달 사항에는 그 남자가 무슨 짓을 저질렀는지에 대해 전혀 적혀 있지 않았지만, 그 내용을 보아하니 그 남자가 왕에게 뭔가 말도 안 되는 짓을 저질렀다는 걸 느낄 수 있었다.

이제 그 남자는 앵거스를, 노라를, 그리고 왕을 어이없게 만든 것이다. 그 남자는 분명 코드 사상 최고로 무능하지만, 그냥 무능하기만 해서는 이렇게 되진 않을 것이다.

용케도 아직 처리당하지 않았구나.

게다가 그 남자는 왕은 물론이고 왕족과 접촉할 권리조차 없을 텐데———.

노라 코드의 방. 의자에 몸을 기댄 노라 옆에서 왕이 보내온 전대미문의 메시지에 대해 이야기를 듣고 있던 근위가 단정한 눈썹을 찡그리며 물었다.

"노라 님, 어떻게 하실 겁니까?"

"…………그러게."

왕이 보낸 전달 사항에는 크라이의 시시한 말과 행동에 휘둘리지 말라는 왕족들을 향한 주의가 적혀 있었다. 그건 당연히 노라가 크라이에게 《뇌제》를 양도한 건 또한 포함되어 있을 것이다.

그 충고를 순순히 받아들인다면 가장 좋은 수단은 그 남자를 완전히 차단하는 것이다. 노라의 권한이라면 크라이의 접촉을 완전히 막고 노라가 지배하는 에어리어로 드나드는 것을 물리적으로 금지하는 것도 간단하다.

노라는 그 가능성을 잠깐 생각하면서 다리를 반대쪽으로 꼰 다음, 살짝 한숨을 쉬었다.

"무시할 수는 없지. 어찌 됐든,《뇌제》의 친구니까."

"……외람된 말씀입니다만, 노라 님께서는《뇌제》를 포기하시지 않으셨습니까?"

"말로 삼는 건 포기했어. 하지만, 그렇다고 해서 관계를 끊을 필요는 없잖아?《뇌제》는 틀림없이 이곳 코드에 있으니까."

근위로 삼는 것이 불가능하더라도 거래하기에 따라서는 그 힘을 빌리는 것도 가능할 것이다. 하지만, 그러려면 크라이 안드리히와 원활한 관계를 맺을 필요가 있다.

그 남자는 코드 왕이 말한 대로 틀림없이 무능하다.

하지만, 그와 동시에——— 틀림없이 중요 인물이다.

노라는 그 남자의 말과 행동 탓에《뇌제》에게 가면을 씌우는 것을 포기하긴 했지만, 후회하진 않는다.

크라이는《뇌제》의 친구이자《뇌제》를 구해내기 위해 목숨을 걸고 코드에 잠입한 남자이며, 그에게는《뇌제》와 동격인 동료가 두 명이나 있다.

그리고 그는 앵거스가 말했던 카이와 사아야에 대한 정보도 가지고 있을 것이다. 능력과 약점에 대해서도 알고 있을지 모른다. 그것만으로도 관계를 유지할 가치가 있는 것이다.

그 남자는 무례하기 짝이 없지만, 적은 아니다. 적이 아니라면 그 힘을 빌릴 수도 있을 것이다.

"협력 관계를 맺으려 해도 미끼가 필요하겠군요."

"미끼 같은 게 없더라도 고개를 끄덕일 것 같긴 한데…………
흥. 그 남자는 예비의 근위야. 전부 끝난 뒤에 예비의 목숨을 보
장해주면 되겠지."

예측하지 못한 사태로 인해 왕족이 전멸했을 때를 위해 예비로
서 태어난 아리샤 코드는 역할을 마치면 처분당할 운명이다.

하지만, 그렇다고 그녀에게 반드시 처분당해야만 하는 이유가
존재하는 것도 아니다.

처음부터 그럴 예정이었을 뿐이다. 살아있는 것보다는 죽는 게
조금이나마 더 나으니까.

그녀가 처분당하는 이유는 겨우 그 정도였고, 그것은 노라가
뒤엎을 수 있는 운명이었다.

물론, 노라가 왕위에 오를 수 있다면 말이지만.

"그런데…… 근위라고 해도 그 남자는 외부 사람이고─── 근
위가 된 지 얼마 지나지도 않았습니다. 조건을 받아들일까요?"

"뭘 보고 있었던 거야? 그 녀석은 친구를 구하기 위해서 이런
곳까지 왔잖아?"

그것은 크라이 안드리히가 적이 아니라고 딱 잘라 말할 수 있
는 큰 이유 중 하나였다.

그 남자는─── 어설프다. 노라가 지금까지 만나왔던 어떤 사
람보다 어설프고, 별다른 신념도 없고, 아마도─── 어리석고
선량할 것이다. 마치 전쟁이라는 것을, 싸움이라는 것을, 적의라
는 것을, 전혀 알지 못하는 것처럼.

그렇기 때문에 그 남자는 감옥에서 노라에게 자기 차례를 양보

하려 했고, 조금 곤란해졌다고 해서 적인 노라에게 도움을 요청하려 왔다.

그렇기에 손을 잡을 수 있다. 앵거스나 토니와 손을 잡는 것보다, 조금이나마 좋은 지위를 확보하려고 호시탐탐 상황을 지켜보고 있는 귀족들과 손을 잡는 것보다는 훨씬 낫다.

"앵거스는 크라이에게 질색하고 있어. 아마 내가 크라이와 손을 잡는 건 계산이 빠른 앵거스도 예상하지 못하겠지. 왕이 보낸 전달 사항도 있고."

"………."

근위는 노라가 한 말에 아무런 대답도 하지 않았다. 하지만, 그 무뚝뚝한 표정으로 무슨 생각을 하고 있는지는 느껴졌다.

이 충실한 남자는 노라가 감옥 때처럼 크라이의 말과 행동에 휘둘리지 않을지 걱정인 것이다.

불안해할 만도 했다. 크라이의 무능함은 뭔가 하나라도 노라에게 유리한 짓을 하면 죽어버린다고 생각할 것 같은 앵거스가 충고를 해줄 정도니까.

"나도 알아. 평등한 협력 관계를 맺을 생각은 없어. 주도권은 넘기지 않을 거야. 내가 위고, 그 남자가 아래. 예비의――― 아리샤의 상황을 감시해, 지금 당장. 이제 시간은 별로 안 남았으니까."

앵거스의 말이 사실이라면 지금 상황에서 아무것도 하지 않고 왕위 쟁탈전이 시작될 경우, 노라의 승리는 꽤 의심스러워진다. 《뇌제》급 두 명을 포함한 앵거스의 군세에 맞서서 노라의 기사단이 쉽사리 이길 수 있을 거라 생각할 정도로 노라는 자만하지 않았다.

싸움을 유리하게 진행하기 위해서는 한 수가 더 필요하다. 《뇌제》가 아군이 되어준다고 해도 한 수 더.

"봉인 지정…… 흥. 위험부담이 크긴 하지만…… 가만히 앉아서 패배할 때까지 기다릴 수는 없지."

외부 조직의 의뢰를 받고 코드 감옥 최심부에 가두어둔 특별한 수감자.

불확정요소에 의존하는 건 피하고 싶었지만, 어쩔 수가 없다.

다행히 《뇌제》에게 쓰지 않았던 가면도 남아있다. 시험해 볼 가치는 있을 것이다.

어쩌면, 세계는 내가 생각했던 것보다 자유로운지도 모르겠다.

아리샤 코드는 태어나서 처음으로 교육 시스템이 가져다준 상식에 의문을 품고 있었다.

아리샤는 태어난 이후로 한 번도 이 방에서 나간 적이 없다. 나갈 필요성을 느낀 적도 없었다.

필요한 것은 전부 주어졌고, 교육도 받았다. 그것은 의문을 품을 여지가 없는 그 위대한 코드 왕의 결정이었기 때문이다.

하지만——— 이번에 크라이가 한 제안과 코드 왕의 대응은 아리샤에게 있어서 충격적이었다.

아리샤의 상식으로는 코드 왕의 결정은 절대적이다. 자비를 베풀어달라고 애원할 수는 있더라도, 떼를 쓰거나 고집을 부리는 게 통할 상대가, 통해도 되는 상대가 아니었다.

크라이의 제안을 실행했던 건 첫 번째로 시도했던 엎드려 빌기 때문에 반쯤 자포자기하는 심정이었기 때문이다. 아리샤가 좀 더 냉정했다면 그렇게 무례한 짓은 저지르지 않았을 것이다.

설마. 아리샤 자신도 그런 게 통할 줄은 몰랐다. 그렇게 시시한 '떼쓰기' 때문에 코드 왕이 의견을 뒤엎을 줄이야.

아리샤의 상식으로는 천지가 뒤집어지더라도 있을 수 없는 일이었다. 하지만, 결과를 놓고 보면 아마 아리샤가 잘못 생각했던 거였고, 바깥에서 온 크라이가 옳았던 모양이다.

지금도 도시 시스템의 교육에 큰 문제가 있다고 생각하진 않는다. 왕족에게는 왕족으로서의 책무가, 의무가, 배워야 할 것들이 있다.

하지만, 그와 동시에 견식을 넓혀야만 한다는 생각도 든다.

코드 바깥에는 코드에서 배울 수 없는 것들이 있다.

근위인 크라이는 바깥 세계에 '초콜릿'보다 더 맛있는 게 잔뜩 있다고 딱 잘라 말했다.

그렇다면 아리샤는 그것을 알아야만 한다.

이 위대한 코드를 보다 좋게 만들기 위해서, 뛰어난 것을 찾아 코드에 도입하는 것이다.

그것은 왕족의 의무 중 하나라고 할 수 있다. 할 수 있을 것이다.

아리샤는 방에서 나갈 수 없다. 그것은 왕이 정한 대전제다.

하지만 그럼에도 할 수 있는 일은 있을 것이다.

예를 들어 크라이에게서 정보를 모아 보고서를 작성해서 왕에게 보내는 것. 아리샤의 보고서가 유익하다고 판단되면 왕은 그 정보를 토대로 코드의 기능을 움직여줄 것이다. 아리샤의 꼴사나운 모습을 보고(아마도) 가엾다는 마음을 품고 초콜릿 연구를 시작해준 것처럼.

떼쓰는 모습을 본 왕의 변심과 크라이가 마지막으로 남긴 경악스러운 사실로 인해 흥분이 가라앉지 않은 채로 하룻밤 동안 생각한 다음, 아리샤는 나름대로 향후의 행동 방침을 정했다.

아리샤에게는 시간이 있었다. 아리샤의 스케줄은 도시 시스템이 정해두었지만 교육 커리큘럼은 거의 끝났고, 건강 유지를 위한 체조는 시간이 그렇게 오래 걸리지 않는다.

돌이켜보면 크라이가 근위로 온 건 정말로 더할 나위 없는 행운이었다.

초콜릿이라는 멋진 간식을 먹을 수 있게 된 것을 비롯해서 새로운 지식이 잔뜩 늘었다. 근위가 기장병뿐이었던 무렵이나 바이커 일행이 들어왔을 때와는 전혀 다르다.

무엇보다 크라이가 온 이후로 아리샤에게 시선이 쏠리는 경우가 확실히 많이 늘었다.

아리샤의 방은 클래스 4 정도의 권한만 있으면 누구나 들여다볼 수 있게 되어 있지만, 지금까지 아리샤의 방을 들여다본 사람은 거의 없는 거나 마찬가지였다. 그런데 지금은——— 그런 사람이 자주 보인다. 아리샤는 알고 있다. 그리고 방을 들여다보는 사람들 중에 아리샤와 동격인 권한을 지닌 자가 존재하는 것도.

그래서 딱히 무언가 달라지는 건 아니지만, 주목을 받으면 자연스럽게 힘도 들어가게 된다.

아침에 일어나서 날마다 하는 루틴을 진행한다. 하지만, 머릿속에는 앞날에 대한 것들로 가득 차 있었다.

이미 해가 떠올랐는데도 불구하고 크라이는 방 앞에 있는 침대에서 꿈쩍도 하지 않고 잠들어 있다. 요즘 며칠 동안은 아리샤가 일어날 때 맞춰서 일어났는데, 아리샤를 감시하는 자들이 늘어난 것과 반비례하는 것처럼 기상 시간이 늦어지고 있다.

애간장이 타는 마음으로 먹은 아침밥은 별로 맛이 없었다. 애초에 초콜릿과 비교하면 맛이 없긴 하지만, 무심코 인상을 찌푸리게 되었다.

체조를 마치고, 아침 식사를 마치고, 아침 공부를 끝낸 뒤에도 크라이는 일어날 낌새를 보이지 않았다.

얼마나 오래 자는 걸까. 정말…… 주인을 기다리게 만들다니, 말도 안 되는 근위다. 떼를 써줄까…….

그런 생각을 하고 있자니 아리샤의 머릿속에 어떤 알림이 떴다.

금속이 바닥을 두드리는 발소리.

문이 열리고, 순백색에 날씬한 형태를 한 기장병이 규칙적인 발소리를 내며 다가왔다.

왕족 근위용 특별 사양 기장병——— 통칭 근위 기장병. 도시 시스템이 아리샤의 근위가 규정 숫자를 채우지 못하고 보충할 낌새도 없다고 판단하고는 기장병을 배치한 것이다.

그 숫자는 23대. 아리샤는 오랜만에 기장병을 보고는 자연스럽게 한숨을 살짝 쉬었다.

불과 얼마 전까지 아리샤의 근위는 기장병뿐이었다. 만족하고 있었다고 해야 하나, 딱히 불만은 없었지만, 크라이와 그가 데리고 온 근위에 비하면 기장병은 기능적이긴 해도 재미가 느껴지지 않았다.

기장병들은 말없이 아리샤의 방을 지키려는 듯이 통로에 늘어섰다.

아마 그들은 아리샤의 방에 침입자가 생기면 신속하게 제압해 줄 것이다. 하지만, 잡담을 해주지는 않고, 아리샤 쪽을 보지도 않는다.

근위 기장병은 특제품이다. 코드를 지키는 다른 기장병들과는 성능이 다르다.

그러나 그들은 아리샤의 명령에 따라 움직이긴 해도, 반대로 말하자면 명령하지 않는 한 움직이지 않는다. 그리고 아리샤에게는 딱히 내릴 만한 명령이 없었다.

심심하다. 보고 있어도 재미가 없다. 두근거리지 않는다. 예상을 벗어나지 않는다. 근위 기장병을 보고 있자니 불만이 한없이 솟구칠 것 같았기에 아리샤는 심호흡을 크게 했다.

놀라운 일이다. 이건 정말 놀라운 일이다.

설마 내가 코드의 완벽한 시스템에 조금이라도 불만을 품게 되다니.

어쩌면 아리샤는 이렇게 짧은 기간 동안 매우 사치를 부리게 되어버렸는지도 모르겠다.

그때 침대가 움직였고, 재미있는 근위가 몸을 뒤척이다가 그제야 침대에서 일어났다.

기장병이 이렇게 잔뜩 다가왔는데 계속 자다니, 근위로서 괜찮은 걸까?

자다 눌린 머리카락. 멍하게 있던 아리샤 앞에서 크라이가 기지개를 켜고는 느긋한 목소리로 말했다.

"공주님, 좋은 아침이야."

"…………벌써 11시, 인데…….."

"아~, 왠지 여기 오고 나서는 일찍 일어나게 되었네. 역시 침대가 좋아서 그런가?"

"?!"

이게 일찍 일어나는 거라니, 믿기지 않는다. 무슨 이런 잠꾸러기 근위가 있을까? 바깥 세계에서는 평범한 건지도 모르겠지만, 애초에 주인보다 늦잠을 자는 근위가 있어도 괜찮은 건가?

어이없어하는 아리샤 앞에서 크라이가 좌우로 늘어선 근위 기장병을 보고 눈을 크게 떴다.

"?! 공주님, 이건…………."

"……새 근위 기장병. 좀 전에 왔어."

아무래도 상관없는 이야기다. 어차피 습격당할 일도 없으니 그냥 장식품이나 마찬가지다.

얼른 다음 화제로 넘어가고 싶어 하던 아리샤에게 크라이가 근위 기장병을 빤히 바라보며 말했다.

"·················이거, 나도 써먹을 수 있어? 바깥에 나갈 때 호위로 삼고 싶은데······."

············아리샤의 호위를 맡고 있는 크라이가 다른 호위를 원한다니, 대체 무슨 뜻일까?

아니——— 잠깐만?

그때, 아리샤는 하늘의 계시를 받았다.

이거 혹시··········· 아리샤를 방 밖으로 데리고 가준다는 뜻 아닐까?

분명 그럴 것이다. 애초에 근위가 자기 자신에게 호위를 붙이려고 할 리가 없으니까.

지금까지는 바깥에 흥미가 없었다. 방에서 나가고 싶다고 생각해본 적도 없었다. 이 방을 잠근 것은 위대한 코드 왕의 결정인 것이다.

하지만, 크라이가 노력해서 아리샤에게 바깥을 보여준다고 한다면, 그 제안을 거절할 이유도 없다.

도시 바깥에는 코드에 없는 것들이 많이 있다. 하지만, 아리샤는 코드 내부에 대해서도 그렇게까지 잘 아는 건 아니다. 지식은 어느 정도 있긴 하지만, 적어도 체험은 하지 못했다.

방을 잠근 코드 왕의 결정을 뒤엎을 수 없을 것이라는 게 문제지만, 크라이가 말한 대로 했더니 안 된다고 했던 초콜릿 연구도 해주게 되었다.

아리샤는 왕족이다. 바깥을 돌아다닌다 해도 습격할 사람이 있을 리가 없겠지만, 왕족의 호위에 대해 생각하는 건 근위가 할 일이다. 그리고 명색이 근위 리더인 크라이가 근위 기장병에 대한 명령권이 자신에게 있는지 물어보는 건 부자연스럽지 않다.

크라이에게는 명령권이 없다. 원래 근위 기장병에게 명령을 내릴 수 있는 건 왕과 호위를 받을 본인뿐이다.

아리샤는 심호흡을 크게 한 다음, 도시 시스템에 접속했다.

머릿속에 흘러드는 막대한 정보를 처리하고, 자기가 할 수 있는 것, 할 수 없는 것을 구별해 나갔다.

아리샤가 지닌 왕족의 권한 중 대부분은 동결되어 있다. 왕이 필요 없다고 판단했기 때문이다.

하지만 그 동결도 저번에 아리샤가 애원했을 때 완화된 상태였다.

외부에서 물품을 보낼 수 있게 만든다. 척 보기에는 간단히 허가해 줄 수 있을 것 같지만, 그걸 가능하게 하려면 아리샤의 권한을 몇 가지 부활시킬 필요가 있었던 것이다.

왕이 필요 없다고 생각했기에 동결했다. 왕이 필요하다고 느꼈기에 동결이 해제되었다. 코드 왕은 전지전능하고 자비로우며 위대하다. 아리샤는 자신의 권리를 사용하는 데 망설임이 없었다.

그리고 왕족 직속인 근위 기장병의 관리 권한은 아리샤에게 존재했다.

아리샤는 곧바로 배속된 지 얼마 안 된 근위 기장병들의 리스트를 확인하고 그 명령권을 전부 그대로 크라이에게 이양했다. 이제 근위 기장병들은 크라이의 명령을 아리샤의 명령과 마찬가지로 판단할 것이다.

아리샤는 다시 한번 심호흡을 하면서 마음을 가라앉히고는, 기대하는 마음이 새어나가지 않게 왕족으로서의 위엄을 유지하며 크라이에게 말했다.

"모든 근위 기장병의 관리 권한을 크라이에게 넘겼어. 이러면 돼?"

크라이가 눈을 깜빡이며 늘어서 있던 기장병들을 바라보고는 말했다.

"고마워. 그런데, 저기…… 이 근위 기장병? 들은 얼마나 강해?"

설마…… 일반적인 근위 기장병은 부족하다는 건가?

근위 기장병은 평범한 기장병보다 훨씬 강하다. 카탈로그 스펙으로 따지면 코드가 지닌 인간형 병기 중에서는 상위에 들 것이다.

하지만, 그와 동시에 이 근위 기장병은 일반적인 근위 기장병에 불과하기도 했다.

아리샤가 받은 교육 시스템에 따르면 근위 기장병이란 원래 왕족이 자신의 리소스를 사용해서 개조해야 진가를 발휘하는 존재였다.

그 사실을 눈앞에 있는 청년이 알고 있었는지는 모르겠다. 하지만, 역시 근위로 선발될 만한 남자다. 보는 눈은 확실한 모양이다.

"……크라이, 당신의 책임감은 고마워. 그런데, 나에게는, 리소스가 거의 없어서……."

"어? 리소스……?"

원래 왕족에게는 코드의 자원을 사용할 권한이——— 리소스가 주어진다. 하지만 아리샤에게는 그것이 최소한의 생활을 할 만큼만 주어졌다. 그렇기에 아리샤는 왕족이면서도 혼자서는 초콜릿을 연구할 수도 없다. 왕이 그렇게 정했다. 코드의 리소스는 유한하다. 왕에게 떼를 쓰더라도 아리샤에게 추가 리소스를 주지는 않을 것이다.

크라이는 한동안 눈살을 찌푸리고 있다가 안타까워하는 듯한 표정으로 고개를 끄덕였다.

"알겠어. 일단은 그렇게 강하지 않다는 말이지…… 애초에 이렇게 잔뜩 데리고 다닐 수는 없고."

이거———— 큰일이다. 이 근위는 아리샤를 바깥으로 데리고 나가는 걸 포기할 생각이다.

일반적인 근위 기장병 정도로는 부족하다는 뜻인가? 이렇게 데리고 돌아다닐 수 없다는 건 호위 계획에 지장이 생긴다는 뜻일 것이다. 분명 개조는 안 받았어도 일기당천의 개체니까 괜찮아! 라고 말해주고 싶지만, 근위 리더가 그 정도로 의견을 바꾸지는 않을 것이다. 아리샤에게 있어서 최초의 외출이라는 것도 우려하는 점 중 하나일지도 모르겠다.

아리샤는 급하게 다시 도시 시스템에 접속했다.

"…………자, 잠깐만, 기다려……."

자신의 권한을 다시 한번 확인하고는 머리를 굴렸다. 지금까지 교육 시스템에게 배운 지식을 기반으로 자신이 할 수 있는 일을 필사적으로 찾아보았다.

아리샤에게 주어진 리소스는 정말 얼마 안 되지만, 그래도 할 수 있는 일이 있을 것이다.

무기를 들려준다. 기장병 자체를 강화시킨다. 안 되겠다, 양쪽

다 아리샤에게 허락된 리소스로는 도저히 불가능하다. 애초에 근위 기장병 23대가 배치된 것도 단순히 도시의 규칙에 따른 구제 조치이기 때문에 아리샤의 힘으로는———— 아니, 잠깐만!

아리샤는 자신의 아이디어에 한순간 숨이 막히는 것을 느끼며 고개를 들었다. 너무 생각에 집중한 나머지 열기를 띤 뇌에 오싹오싹해지는 쾌감이 스쳐갔다. 이렇게 생각에 집중한 건 처음이었다.

그래도 좋은 생각이 하나 떠올랐다. 나는 천재 아닐까.

"막 배속된 근위 기장병의 대부분을 리소스로 되돌릴 거야! 되돌린 리소스를 이용하면 무기도 만들 수 있고, 나머지 기장병을 강화할 수도 있어! 부족한 기장병은 도시 시스템이 보충해줄 거고!"

"어?"

크라이가 눈을 동그랗게 떴다. 그래도 되는 거야? 라는 말을 하고 싶은 걸까?

아리샤는 크라이가 뭐라고 말하기도 전에 딱 잘라 말했다.

"괜찮아! 규칙이 그렇게 되어 있으니까!"

괜찮진 않다. 도시 시스템의 구제 조치를 그런 식으로 이용하는 건 왕족으로서 있을 수 없는 일이다.

하지만, 가능한지 여부만 따지면 아마 가능할 것이다.

그러니 괜찮다. 전부 코드의 미래를 위해서니까.

아리샤가 망설임 없이 결정을 내리자 기장병들이 바닥에 빨려 들어 갔다. 기장병의 개조나 무기를 들려주는 건 전부 도시가 지닌 능력의 범주 안에 있다. 시간은 오래 걸리지 않는다.

23대 중 20대를 리소스로 되돌리고, 그 수치 안에서 무기와 개조 파츠를 가져온 다음, 3대를 개량해 나갔다. 구체적인 작업은 도시가 해주니 아리샤는 선택만 하면 된다. 하지만 그 선택에 따라 기장병의 성능이 크게 바뀐다. 그 작업에는 퍼즐을 조립해 나가는 듯한 기쁨이 있었다.

20대 분량의 리소스를 이용한 근위 기장병 3대의 강화는 금방 완료되었다.

기장병의 강화 시스템을 이용해본 적은 없었지만, 역시 위대한 코드다. 바닥이 열리고 강화를 마친 기장병이 올라왔다. 아리샤는 눈을 반짝이며 자신이 선택한 근위를 확인했다.

새로운 기장병은 수비에 특화된 개체다. 상대방의 무장을 해제하는 것을 목적으로 삼은 개체, 기동력이 뛰어나고 비행 능력도 지니고 있어서 도망치는 데 이용할 수 있는 개체. 그리고 교란, 정보전을 벌이기 위한 장비를 탑재한 개체. 특수한 기장병이라는 걸 나타내기 위해 붉은색, 녹색, 푸른색으로 색도 바꾸었다. 이 정도면 분명 크라이의 요구 사항도 만족시킬 수 있을 것이다.

"이건…… 대단하네."

"———윽!!"

아리샤가 디자인한 기장병 3대를 보고 크라이가 감탄한 듯이 말했다.

아무래도 새로운 기장병은 합격한 모양이다.

그리고 흥분이 최고조에 달한 아리샤에게 크라이가 방긋방긋 웃으며 말했다.

"그럼, 고맙게 빌릴게. 잠깐 바깥 상황을 보고 올 거야."

"………어?"

눈을 동그랗게 뜨고 있는 동안, 크라이가 근위 기장병들을 데리고 나가버렸다.

아리샤는 한동안 혼란스러워하고 있다가 잠시 후에 문에서 물러나 침대 위에 웅크리고 앉았다.

설마…… 미리 안전한지 확인할 필요가 있다는 건가? 그렇게까지 해야 해?

코드의 왕족인 나를 해칠 사람이 있을 리가 없는데, 걱정이 너무 많다.

허탕을 친 것 같은 기분이지만, 아직 실망하긴 이르다. 안전한지 확인하지 않으면 코드 왕도 허가를 내주지 않을지도 모른다. 그렇다면 어쩔 수가 없다.

아리샤는 곧바로 마음을 다잡고는 커다란 창문 근처로 뛰어가서 창문 너머로 건물 아래를 내려다보았다.

공주님은 배포가 크네. 이렇게 강해 보이는 기장병을 빌려주다니.

들뜬 기분으로 공주님의 건물을 나섰다. 햇빛이 마치 나를 축복하는 듯이 눈부시게 내리쬐고 있었다.

이번에 내 목적은 굳이 말할 필요도 없이 왕족들을 보호———
좀 더 자세히 말하자면 왕족들을 보호할 카이저와 사야를 보조해
주는 것이다. 하지만, 두 번째 노력 목표로서 코드에 존재하고 있
을 고도 물리 문명의 보구를 손에 넣는다는 것도 있다. 그걸 이제
야 이룰 수 있게 된 것이다.

나는 이미 코드에서 일을 많이 했다. 해야 할 일은 대충 다 했
으니 슬슬 보구를 찾으러 가도 될 것이다. 도시 관광——— 시찰
도 할 수 있으니 일석이조다.

호위가 없는 상태로 거리를 둘러보는 건 피하고 싶었지만, 공
주님의 호의로 그 문제 또한 해결되었다.

정말, 호위는 크라히에게 맡길 생각이었는데, 공주님의 건물에
들어오지 못하게 되어버렸으니………… 맞다. 하는 김에 도시
내부를 돌아다니다 보면 카이저나 사야가 나를 찾아낼지도 모른
다. 일석삼조…… 이게 신산귀모인가?

나는 이 도시에 온 이후로 보았던 어떤 기장병과도 다른 근위
기장병 3대를 돌아보고는 어깨를 툭툭 두드려주며 말했다.

"잘 부탁해, 애들아."

자, 도시를 구경하러 가자.

이 세계 도시의 문명 수준은 주변에 존재하는 보물전의 종류에
영향을 받는다.

고도 물리 문명 시대의 보물전은 별로 없기 때문에 그 영향을 받
은 도시도 별로 없다. 아마 이렇게까지 고도 물리 문명의 은혜를

받은 도시는 넓은 세계에서도 이곳 코드 정도밖에 없을 것이다.

레벨 9 인정 시험을 치르게 된 건 운이 없었지만, 결과적으로 코드라는 도시를 구경할 수 있게 된 건 불행 중 다행이라 할 수 있다.

구조는 잘 모르겠지만, 이 도시는 원래 보구나 팬텀으로 나타나야 할 기장병조차 제조할 수 있는 능력을 지니고 있다. 내가 도시 시스템에 접속할 때 쓰는 단말기도 분명 유그드라에서 잃은 스마트폰보다 고도의 물건이니, 이 도시라면 스마트폰 정도는 간단히 손에 넣을 수 있을 것이다. 그 밖에도 편리한 도구를 이것저것 손에 넣을 수 있을 게 분명하다.

호위가 있기 때문에 오늘은 거미를 불러낼 필요도 없다. 높은 건물이 여기저기 있는 제도와는 다른 경치를 바라보며 느긋하게 걸어갔다.

햇빛을 반사하지 않는 신기한 금속으로 이루어진 넓은 도로. 식물이 거의 없는 거리는 선진적이지만, 주위에는 사람이 보이지 않아서 왠지 이상한 꿈이라도 꾸고 있는 듯한 기분이 든다.

아무래도 이 코드라는 도시는 주민의 숫자에 비해 건물의 숫자가 너무 많은 것 같다. 도시 시스템이 청소를 하는 건지 어지럽혀지진 않았지만, 사람이 아무도 안 보이는 무인 건물들은 왠지 보물전처럼 부자연스러운 느낌이 들었다.

자, 우선 어디로 가야 할까. 애초에 의식주를 전부 도시 시스템이 제공해주는 이곳 코드에도 바깥 세계 같은 가게가 있을까?

적어도 레스토랑이나 디저트 가게는 필요가 없을 것 같다.

저번에 바깥에 나갔을 때는 금방 사람을 발견할 수 있었는데, 이번에는 보이지 않는다. 노라 씨가 있던 건물 주위에는 사람들이 돌아다니고 있었는데. 이 근처에는 사람들이 별로 안 사는 건지도 모르겠다.

이 도시에서는 어디에 살든 별 차이가 없을 것 같은데…………

한동안 돌아다녀 보았지만, 아무리 나아가도 경치가 딱히 바뀌지 않았다. 똑바로 걸어가도 건물, 건물, 건물뿐이고 사람은 보이지 않는다.

쿨 일행에게 연락을 해야 하나…… 그래도 이번 산책은 일이 아니라 취미로 나온 거니까.

이 근처에 있다면 데리고 다니는 것도 괜찮겠지만, 일부러 연락하는 것도 좀 껄끄럽다. 이런 상황이 되니 티노가 얼마나 고마운 존재인지 알겠는데.

계속 걷다 보니 지쳐버렸다.

나는 의자와 음료를 불러낸 다음, 큰길 가장자리에서 잠깐 쉬기로 했다.

날씨가 좋다. 따뜻한 햇살 덕분에 왠지 잠이 온다. 가끔은 햇빛을 받는 것도 중요하지.

하늘을 올려다보며 한숨을 쉬었다.

"적어도 지도가 있으면 좋겠는데…………."

그때, 뒤에서 따라온 기장병 중 한 대——— 푸른색 기체가 말없이 내 눈앞에 손을 내밀었다.

내 눈앞에 반투명한 이미지가 떠올랐다.

아니—— 그것은 지도였다. 수없이 돋아난 건물과 그 사이에 존재하는 거미들이 돌아다니는 큰길의 정교한 입체 지도.

마치 마법 같다. 그리고 떠오른 이미지 내부의 어떤 곳, 큰길 가장자리 의자에 앉은 내가 있는 걸 보고 나는 무심코 한숨을 쉬었다.

"대단하네…… 마치 『새틀라이트 가이드(헤매지 않는 도표)』 같아."

새틀라이트 가이드는 자동적으로 자신이 있는 장소 근처의 지도를 만들어주는——매핑을 해주는 양피지 보구다. 주로 보물전을 탐색할 때 매핑 수고를 덜어줘서 지극히 유용한 보구인데, 그런 보구도 입체로 이미지를 띄워주는 힘은 없다.

이게 도시 시스템인가? 그런데 입체 지도는 완벽하지 않은 것 같았다.

떠 있는 지도에는 밝은 부분과 어두운 부분이 있다. 자세히 나와 있는 부분은 밝게 표시된 일정 범위뿐이고, 그 이외는 전부 어두웠다. 어두운 부분은 건물 같은 형태는 알아볼 수 있지만, 그곳을 돌아다니는 사람 같은 정보는 나오지 않았다.

"이 큰 건물은…… 공주님의 건물인가?"

밝은 부분 중심에 존재하는 높은 건물을 본 다음, 내가 걸어온 도로를 돌아보았다.

이 높은 건물…… 공주님의 건물이구나. 틀림없어. 지도에 나온 건물의 꼭대기층 벽 일부가 투명해져 있었고, 자그마한 공주님이 밖을 바라보고 있다…… 그건 그렇고 세밀하네.

아마 이 입체 지도가 보여주고 있는 건 코드라는 도시 전체일 것이다. 그리고 밝은 부분은 그중에서도 극히 일부였다. 전체 중 10분의 1도 되지 않는다.

나는 고개를 끄덕이면서 입체 지도를 띄워준 푸른색 기장병을 보았다.

"그렇구나, 그렇구나, 이건………… 그런 거였나?"

나는 가지고 있지 않지만, 새틀라이트 가이드는 자신이 있는 곳에서 일정 범위 이내만 매핑해준다고 한다. 이 입체 지도도 비슷한 시스템일 것이다.

보구일 경우에는 범위 밖을 전혀 보여주지 않기에 도시 전체를 보여주는 시점에서 조금 다르긴 하지만…… 뭐, 입체로 보여주는 시점에서 상위호환이니까.

매핑은 모험의 기본이다. 비경을 여행할 때나 정보가 거의 없는 보물전을 탐색할 때는 필수적인 기능이다. 고레벨 헌터쯤 되면 매핑도 머릿속으로 해버리지만, 예전에는 자주 다 함께 하곤 했다. 그런 건 시트리가 잘했지. 왠지 그립네.

이곳은 도시다. 호위도 있으니 그렇게까지 위험하진 않을 것이다. 오랜만에 모험을 한 번 떠나볼까.

뭔가 좋은 걸 발견하면 호위를 붙여준 보답으로 공주님에게 가져가서 선물로 줘야겠다.

나는 우선 입체 지도에서 밝게 표시된 에어리어 밖으로 탈출하는 것을 목표로 잡고, 의자에서 일어섰다.

"뭐……? 나으리가…… 밖에 내보내 줄 거라고?"

쿠트리가 그렇게 말하자 아리샤 왕녀가 방긋방긋 웃으며 고개를 끄덕였다.

대체 어떻게? 쿠트리 스마트는 그 말을 아슬아슬하게 집어삼켰다.

이곳 코드의 시스템은 굳건하다. 쿠트리도 자신의 권한으로 허락된 범위 이내에서 다양한 기능을 써보았지만, 샛길 같은 건 찾아내지 못했다.

왕이 왕녀의 방을 잠가둔 것은 왕만 열어줄 수 있다. 코드의 건물을 구성하고 있는 자재는 믿기지 않을 정도로 튼튼해서 힘으로 돌파하는 건 거의 불가능하다. 크라히가 온 힘을 다하면 파괴할 수 있겠지만, 반대로 말하자면 그 정도가 아니면 흠집도 나지 않으며 그런 수단으로 탈출해봤자 도시 시스템에게 쫓기게 된다.

쿠트리는 아리샤 왕녀를 방에서 내보낼 방법을 전혀 짐작할 수도 없었다.

혹시 왕하고 뭔가 교섭을 한 건가?

이야기는 루샤에게 들었다. 《천변만화》가 왕녀에게 떼를 쓰게 만든 데다 중간에 갑자기 사라졌고, 왕과 대화를 나누고 온 모양이라는 이야기.

만약 동료가 알려준 정보가 아니었다면 헛소리로 치부했을 것

이다. 아니, 루샤는 얼빠진 구석도 있기에 쿠트리는 지금도 반쯤
은 의심하고 있다.

여전히 엉망진창이잖아, 그 나으리…… 별명으로《천변만화》
보다는《황당무계》가 더 낫지 않을까?

아리샤 왕녀가 유폐당한 건 그녀가 왕위 쟁탈전에서 골칫거리
가 될 수도 있기 때문이다. 쿠트리가 보기에는 조금 지나친 대응
같기도 하지만, 왕위 계승이라는 건 어떤 나라든 민감한 문제다.
특히 이 나라에서는 왕자, 왕녀가 도시 시스템상 전부 대등하니
더더욱 그럴 것이다.

그런 존재를………… 밖에 내보낸다고?

그건 이 도시에서 입에 담기도 꺼려질 정도로 위험한 말이다.
높은 권한을 지닌 자는 과거의 영상을 거슬러 올라가서 확인할
수도 있는 데다 온갖 센서가 반항의 싹이 있는지 항상 체크하고
있다.

아리샤 왕녀를 보호하는 건 왕위가 교대되는 순간, 도시 시스
템이 혼란스러워진 틈을 타서 어떻게든 할 줄 알았는데, 혹시 그
게 아닌가?

지금 단계에서 아리샤 왕녀를 밖에 내보내겠다고 하면 쓸데없
이 주위 사람들이 경계하게 되기만 할 텐데———.

"그래서, 나으리는 어디 간 거야?"

"외출 루트를 확인하러 갔어………… 금방 돌아올, 거야."

곤란하네. 루샤가 자칼리 코드와 만났다는 이야기를 하는 걸
깜빡 잊었대서 온 건데.

…………뭐, 나으리라면 굳이 말하지 않더라도 알고 있으려나.

지금까지 자칼리에게는 아리샤 왕녀를 해치려는 생각이 없다.

하지만, 그 진영에는 위험한 분위기가 감돌고 있었다.

자칼리도, 그리고 자칼리가 모은 하급 백성들도——— 다들 이상한 열기에 취해 있는 것처럼 왕이 붕어할 때를 기다리고 있다. 그 하급 백성들 중에는 자폭조차 불사하겠다는 각오를 지닌 자도 있었다.

각오를 다진 자는 강하다. 이대로 왕이 붕어한다면 대참사가 벌어질지도 모른다.

자칼리는 아리샤의 근위장인 크라이와 이야기를 나누고 싶어 하고 있다. 서두르는 편이 좋을 것이다.

"미안한데, 나으리가 돌아오면 전해줘. 우리는 그 남자가 있는 곳에 있다고."

"…………알았어."

도시 시스템으로 메시지를 보내는 건 위험하다. 메시지는 상위 권한을 지닌 자에게 감시당할 우려가 있다. 일부러 하급 백성과 접촉을 시도했고, 자칼리의 존재를 추측하고 있을 《천변만화》라면 이 말만으로도 충분히 의도를 파악할 수 있을 것이다.

쿠트리가 그렇게 부탁하자 아리샤는 왠지 따분하다는 듯한 표정으로 고개를 끄덕였다. 쿠트리는 씨익 웃고는 자신의 역할을 수행하기 위해 재빨리 그곳을 떠났다.

아리샤는 한동안 쿠트리가 나간 문을 빤히 바라보고 있다가 돌아선 뒤, 바깥을 보며 조용히 중얼거렸다.

　"…………왠지……심심해. 얼른 돌아왔으면 좋겠는데."

제2장　　파격적인 남자

그런데, 정말 흥미로운 도시구나. 적당히 휴식을 취하면서 느긋하게 길을 걸어갔다.

탐색자 협회가 두려워하고 있는 코드는 실제로 들어와 보니 상당히 쾌적한 도시였다.

걸어 다니기 매우 편하게 정비되어 있는 깨끗한 도로. 도시는 꽤 넓지만, 걷다가 해가 지더라도 걱정할 필요가 없다. 도시 시스템에 접속하면 언제 어디서나 탈것——— 거미를 불러내서 간단히 돌아갈 수 있고, 음식이나 음료를 손에 넣을 수도 있다. 건물들은 대부분 비어 있기에 적당히 들어가서 침대를 꺼낸 다음, 쾌적하게 잠을 잘 수도 있다.

그런데, 이렇게 돌아다녀 봐도 가게 같은 건 전혀 보이지 않는다. 거의 모든 생활 물자를 도시 시스템이 마련해주고 있는 시점에서 가게 같은 게 필요 없는 걸지도 모르겠지만·········· 곤란하네.

도시 시스템으로 스마트폰을 꺼내지 못한다는 건 이미 확인했다. 권한이 부족한 건지도 모르겠지만······ 도시에 대해 잘 알고 있을 것 같은 노라 씨에게 가르쳐달라고 해야 하나? 그래도 어제 초콜릿에 대해 물어보러 갔다고 혼났단 말이지. 게다가 아직 크라히가 어디로 가버렸는지가 해결되지 않았다.

이래선 뭔가 부탁할 만한 입장이 못 되는데…… 떼를 쓸 필요가 있다고. 떼를 쓸 필요가.

도로를 따라 몇십 분쯤 걸어가자 입체 지도에 어둡게 표시되어 있던 곳의 경계에 도착했다.

입체 지도를 보았지만 어두운 부분은 여전히 어두웠다. 다가가면 자세한 내용이 뜰 줄 알았는데, 아무래도 예상이 빗나간 모양이다.

보아하니 경계의 이쪽과 저쪽은 차이가 없었다. 어두워진 곳은…… 혹시 고장 난 건가?

"얘들아, 망가지지 않게끔 거기서 기다리고 있어."

모처럼 공주님에게 빌렸는데 무슨 일이 생기면 큰일이니까.

내게는 세이프 링이 있다. 근위 기장병들에게 그렇게 말하고 나서 조심조심 경계를 넘어보았다.

내디딘 발은 쉽사리 경계 건너편에 닿았다.

딱히 아무 일도 일어나지 않았고, 세이프 링이 발동된 낌새도 없었다.

역시 그냥 고장 난 건가…… 그렇게 생각하고 있자니 갑자기 목소리가 들렸다.

"여기부터는 모리스 왕자의 관할 에어리어야. 무슨 용건이지? 《천변만화》."

어느새 눈앞에 키가 큰 여자 한 명이 서 있었다. 시원스러운 목소리에 묶어 올린 검은색 머리카락. 그리고——— 조용히 빛나는 루비 레드색 눈동자.

헐렁하게 차려입은 전통복에 허리에는 긴 칼 한 자루를 차고 있었다.

척 보기에도 이 도시 사람의 차림새가 아니다.

무엇보다 그 여자는 나도 왠지 느낄 수 있을 정도로 이질적인 기척을 두르고 있었다.

"그렇구나, 그렇구나…… 모리스 왕자, 모리스 왕자라."

들어본 적 없는 이름이지만, 왕자까지 붙여서 말하니 나도 이해할 수 있었다.

그러니까, 모리스 왕자라는 걸 보면, 모리스라는 사람은 왕자라는 거지!

왕족은 왕을 제외하고 여섯 명일 테니 그중 한 명일 것이다. 내가 보호할 대상이다.

"혹시, 들어가면 안 되는 거야?"

"후후…… 그런 규칙은 없어. 하지만, 뭐든지 순서가 있는 법이잖아? 애초에 갑자기 다른 왕족의 근위가 들어오다니——— 공격당하더라도 불평할 순 없을 거야."

여자가 자연스러운 동작으로 칼을 뽑아 들었다.

요도다. 나는 한눈에 그 사실을 이해할 수 있었다.

대태도라고 불러도 될 정도로 큼직한 크기. 바닷속을 연상케 하는 깊은 푸른색 칼날. 그 칼날은 마치 젖은 것처럼 빛났고, 보고 있자니 빨려들어 갈 것처럼 조용한 빛을 뿜어내고 있었다.

보구인지 명공이 만든 건지는 모르겠지만, 틀림없는 명검이다.

그리고 여자는 느린 움직임으로 그 칼을 가로로 휘둘렀다.

키잉, 날카로운 소리가 울렸다. 그리고——— 길가에 서 있던 건물 중 하나가 반쯤 어긋났다.

눈을 크게 떴다. 베인 건물이 미끄러지듯이 떨어졌다.

핑음. 하지만 여자는 눈썹 하나 꿈쩍하지 않고 미소를 짓고 있다.

나는 굳어 있을 수밖에 없었다.

뛰어난 검사(소드맨)의 검술은 한없이 마법에 가까워진다고 한다. 특수 금속으로 이루어진 건물을 벤 그 원거리 참격은 확실히 초일류의 영역이다.

그 뒤를 이어 내가 가지고 있던 세이프 링이 발동되었다. 공격당한 것이다.

하지만 공격당한 순간을, 휘둘러진 칼날을, 나는 눈으로 보는 것조차 불가능했다.

너무나도 자연스러워서——— 굳은 채로 베일 수밖에 없었다. 현재진행형으로 공격당하고 있는데도 칼날이 보이지 않는 것이다.

몇 초나 공격당하고 있었을까. 칼을 집어넣는 소리가 들렸고, 여자가 숨을 살짝 내쉬었다.

"《천변만화》의 절대 방어. 손맛이 있는데도 멀쩡하다니…… 그것과 같은 능력일 거라 생각했는데, 아닌 모양이네."

"……가, 갑자기 무슨 짓을 하는 거야? 위험하잖아. 아니, 잊어버린 거라면 미안한데, 넌 누구야?"

세이프 링이 충분히 있어서 정말 다행이다. 세이프 링은 기본적으로 결계를 한순간만 펼칠 수 있다. 10개 이상 가지고 있더라도 연속으로 공격을 버틸 수 있는 건 10초 정도에 불과하다.

그래도 위험한 상황이라는 건 마찬가지다. 나는 내 세이프 링의 지속 시간을 대충 파악하고 있다.

만약 이 여자가 다시 한번 공격을 제대로 할 마음을 먹는다면 아마 완전히 막아내진 못할 것이다.

내가 불평하자 여자가 미소를 지었다. 하지만 눈은 웃고 있지 않았다.

마치 나를 평가하는 듯한 눈초리.

"어째서 여기 있는 건지는 모르겠지만―― 뭐, 이번에는 그냥 보내줄게. 당신에게는 '빚'이 있고, 나도 규모가 큰 일을 하고 있거든. 그리고―― 후훗………… 왕에게 혼나버릴 테니."

세이프!

뭐가 뭔지 전혀 알 수가 없다. 아무리 생각해도 눈앞에 있는 사람을 본 적은 없는 것 같다.

척 보기에도 내부 사람의 차림새가 아닌 걸 보니 바깥에서 온 범죄자일 것이다. 꽤 위험한 사람이다. 비주얼 쪽 임팩트를 고려하면 아무리 나라고 해도 한 번 만났다면 잊어버리지 않을 텐데…… 뭐, 생각이 안 나는 걸 보니 그런 거다(포기).

"그럼, 또 보자. 다음에는 뒤에 있는 그 기장병들까지 함께 베어줄게."

그러진 않았으면 좋겠는데. 여자가 무방비하게 돌아섰지만, 물론 공격 같은 걸 할 수 있을 리가 없다. 검으로 건물을 두 동강 낼 만큼 맛이 간 검사가 루크 말고도 있을 줄이야…………

정말, 이렇게 대단한 검사가 나타났는데 하필이면 루크가 없다니.

혹시 모리스 왕자는 저 여검사에게 붙잡혀 있는 건가? 내가 왕자 입장이었다면 저렇게 무시무시한 여검사가 오기만 해도 시키는 대로 할 것 같다. 모처럼 순조로웠는데, 큰 고민거리가 생겨버렸다.

일단…… 모리스 왕자를 보호하는 건 카이저와 사야에게 맡겨야겠네. 나를 알고 있는 모양이니까, 아마 언젠가 싸운 적이 있는 상대일 것이다. 《비탄의 망령》이.

나는 살짝 한숨을 쉬고는 나를 지켜줄 낌새도 없이 그냥 서 있던 기장병들을 보았다.

호위 대신 데리고 왔는데 전혀 도움이 안 되잖아………………제가 거기서 기다리라고 쓸데없는 명령을 내렸기 때문이군요. 그 여검사, 나타난 타이밍이 최악이다.

"여긴 이제 됐어. 이동하자."

모리스 왕자에게 위험한 여검사가 붙어 있다는 건 알았다.

애초에 관광을 할 거면 노라 씨가 있는 곳도 괜찮았는데.

그 근처는 꽤 붐볐으니까.

이제 걷는 것도 귀찮다. 나는 도시 시스템에 접속해서 이동하기 위해 거미를 불러냈다.

저게 《천변만화》…… '공미'를 막은 레벨 8인가. 소문 이상으로 정체를 알 수 없는 남자다.

"……이, 이봐. 곤란하다고…… 왜 다른 근위를 공격하는데! 규칙 위반이잖아?! 알기나 해? 검미!"

"…………후후후, 나도 알아, 모리스 왕자. 이쪽 에어리어에 발을 내디딘 건 그고, 그에게 이 정도는 장난도 안 될 수준이야."

뒤에서 초조한 듯한 목소리가 들리자━━━ 검미(劍尾)는 허리에 차고 있던 자신의 애도를 쓰다듬었다.

비밀 결사 '아홉 꼬리 그림자 여우(나인 테일 섀도우 폭스)'의 최고위. 제블디아를 포함한 넓은 지역을 관할하던 보스 중 한 명. 공미가 무제제 때 '대지의 열쇠'라는 보구를 둘러싸고 일으킨 사건은 아직도 기억이 생생하다.

하지만 그 뒤로 불과 몇 달 만에 상황이 크게 바뀌었다.

무제제 때 조직에는 큰 힘이 있었다. 각국의 요직에 구성원들을 여럿 잠입시키면서도 조직의 존재를 거의 들키지 않았다. 그렇기에 무제제처럼 주목도가 높은 행사에서 대대적으로 선전포고를 해서 조직의 힘을 알리고 향후 활동으로 이어나갈 계획이었던 것이다.

하지만, 그 모든 것들을 공미의 어리석은 생각 때문에 망치게 되었다.

앞으로의 활동을 위한 비장의 수 중 하나가 될 예정이었던 대지의 열쇠를 잃었고, 실제로 세계를 멸망시킬 수도 있는 보구를 발동시켰기에 대국이 차례차례 본격적으로 나서 조직을 추적하기 시작했다.

보구가 남아 있었다면 그 힘을 배경으로 견제를 할 수도 있었다. 내통자를 이용해서 각국의 대처를 지연시킬 수도 있었다. 전부 가정이 되었지만.

그 보구는 조직이 아슬아슬한 상황에 처할 때까지 써서는 안 되는 비장의 수였던 것이다.

그리고 조직은 영향력을 조금씩 넓히던 제블디아를 비롯한 여러 나라에서 철수할 수밖에 없었다. 우호 관계를 맺고 있던 비밀 조직 몇 군데에서 관계를 해소하자는 연락을 받았다. 조직에 끼친 영향은 돈으로 환산할 수조차 없다.

그리고 지금도 여전히 조직의 혼란은 가라앉지 않았다. 무엇보다 공미의 후임이 정해지지 않았다.

그런 상황에서 코드 왕의 교대 시기가 온 건 과연 행운일까 불운일까.

초대 코드 왕 시대 이후로 조직은 고기동 요새 도시 코드와 거래를 계속해오고 있었다.

코드의 도시 시스템이 지닌 힘은 훌륭하다. 기장병을 비롯한 병기와 식량 등의 제조 능력, 그리고 여러 국가를 쉽사리 멸망시킬 수 있을 만큼 강한 군사력. 그 힘은 생겨난 지 200년이 지난 지금도 변함없이 압도적이다. 현재 잃어버린 기동 능력조차 되찾는다면 빈틈도 사라진다.

실력 좋은 구성원들을 여럿 거느렸으며 각 나라와도 관계가 있는 아홉 꼬리 그림자 여우와 손을 잡는다면, 그야말로 세계 정복 또한 꿈이 아니다. 조직도 단숨에 세력을 되찾을 수 있을 것이다. 코드의 협력 요청을 받고 보스 중 한 명인 검미가 직접 온 것도 조직 내부에서 코드의 가치가 컸다는 증거다.

차기 왕에게 빚을 만들어두면 더욱 끈끈한 관계를 맺을 수 있다. 상황에 따라서는 그 이상도 기대할 수 있다.

"게, 게다가, 건물을, 베다니―――."

"괜찮아. 어차피 아무도 없으니까…… 그리고 도시 시스템으로 금방 수복할 수 있잖아?"

"그, 그야, 그럴지도 모르겠지만…………."

모리스 왕자는 주위를 두리번거리며 확인하고는 검미를 올려다보았다.

키가 작고, 항상 뭔가 겁먹은 듯이 수상쩍은 모습을 보이는 이 청년이 지금 검미의 주인이다.

눈 아래에 생긴 다크서클과 패기를 전혀 찾아볼 수 없는 외모. 그는 다가오는 왕위 쟁탈전을 두려워하며 요즘은 자주 거점을 바꾸고 있다. 왕의 그릇을 갖추고 있다는 생각은 들지 않지만, 애초에 검미의 목적은 도시 시스템의 힘뿐이다. 코드의 산하로 들어갈 생각도 없고, 위대한 왕은 오히려 방해만 될 뿐이다.

모리스 왕자를 내려다본 검미는 입가를 치켜올리며 미소를 짓더니 속삭이는 듯한 목소리로 충고했다.

"모리스 왕자, 당신은——— 왕이 되는 것만 생각해. 살해당하고 싶진 않지?"

"윽......."

검미가 살짝 겁을 주자 모리스 왕자의 얼굴에서 핏기가 가셨다.

바깥 나라에서도 가끔 일어나곤 하는 일이지만, 이 도시의 왕위 쟁탈전은 사투다. 절대적인 힘을 지닌 왕이 되지 못한 왕자, 왕녀들은 그 전까지의 관계를 전부 청산하게 된다.

쌓아온 지반은 리셋되고, 태어날 때부터 지니고 있던 클래스 8 권한——— 특권조차 잃게 된다. 그때까지 그 왕족을 왕으로 만들기 위해 따르던 진영의 귀족들조차 적으로 돌아선다.

그렇게 생각하니 코드의 왕위 계승 시스템은 정말 악랄했다. 설마 마지막에 하게 되는 것이 그때까지 쌓아온 지반의 두께와 직접적으로 관계가 없는 왕의 증표, '왕장'의 쟁탈전이라니.

"유리한 싸움이 아니긴 해. 하지만, 그게 완성되면 어떻게든 되겠지?"

"으으............."

모리스 코드는 싸움에 적합한 성격이 아니다. 자신이 없는 모습이나 겁을 먹은 모습을 감추려 하고는 있지만, 말과 행동에 그 성격이 드러나곤 했다. 모리스 왕자를 지지하는 귀족들이 극소수——— 그것도 클래스 6인 하급 귀족들뿐인 것도 그 때문일 것이다.

일발역전을 꿈꾸며 모리스 왕자가 왕이 되는 것에 미래를 건 자들. 능력이 뛰어난 자는(애초에 코드에 능력이 뛰어난 자는 별로 없긴 하지만) 앵거스 왕자나 노라 왕녀에게 붙었기에 모리스 진영 소속은 어중이떠중이나 마찬가지다.

유일하게 승산이 있다면――― 모리스 왕자가 클래스 8이 지닌 막대한 리소스를 전부 쏟아부어 제조하고 있는 결전 병기다.

코드의 도시 시스템이 제조할 수 있는 병기는 다양하다. 그리고 모리스 왕자가 선택한 것은 그중에서도 최상급 능력을 지니고 있으며――― 가성비가 가장 안 좋은 병기였다.

앵거스 왕자나 노라 왕녀가 연구하고 있는 것과는 달리, 개인을 위해서만 만들어진 개인용 병기. 단순히 리소스를 한데 집중하여 만들어진 그것은 두터운 지지층을 전제로 연구를 거듭하여 제조된 앵거스 왕자의 병기들이나 노라 왕녀의 강화 기사단조차 뛰어넘는 힘을 지니고 있을 것이다.

이 나라에서 왕을 정하는 것은 지팡이를 손에 넣는지의 여부다.

죽음의 공포에 사로잡혀서 제조하기 시작한 그것은 아이러니하게도 모든 면에서 불리한 상황인 모리스 왕자를 왕의 자리에 다가가게 해줄 수 있는 유일한 수단이라 할 수 있다.

물론, 경쟁 상대를 제치고 왕위를 얻는 것은 쉬운 일이 아니지만――― 저번 왕위 쟁탈전 때는 왕자들 중에서도 별로 두각을 드러내지 못했던 크로스 코드가 왕위에 올랐다.

무슨 일이 일어날지 모른다는 것이 왕위 쟁탈전이다.

그리고 누가 왕위에 오르더라도 거래를 유리하게 진행할 수 있는 상황으로 유도하는 것이 검미의 임무다.

모리스 왕자가 검미에게 물었다.

"그런데…… 저 남자를 알고 있는 거야? 왕이 달콤한 말에 휘둘리지 말라고 전달 사항을 보냈는데…….."

"왕자하고는 상관이 없는 일이야. 저것에 대처하는 건 내가 맡을 테니…… 그래도 불만은 없겠지?"

"무…… 물론이지. 네 실력은 믿고 있어. 기장병도, 강화 기사도, 용병들도 너를 당해내지 못할 테니…………… 어찌 됐든, 내가 개조한 근위 기장병들을 산산조각 냈잖아."

"후후후………………… 그때는 갑자기 습격한 게 잘못이지."

제일 처음 모리스 왕자와 접촉했을 때를 떠올린 검미는 입가에 미소를 드리웠다.

모리스 왕자가 이끌고 있던 근위 기장병들이 검미를 위험하다고 간주하고 무작정 공격을 가한 것이다. 그때는 놀람과 동시에 코드의 뛰어난 기술력을 깨닫게 되었다. 고레벨 헌터들 중에도 검미를 보고 그 위험성을 간파하고 곧바로 요격 태세를 취한 자는 별로 없었다.

코드의 병기와 경비 시스템은 뛰어나다. 언제 어디서든 왕족 클래스가 조금이라도 위험을 느끼면 10초도 되지 않아 기장병 군단이 달려오고, 다양한 도시 병기가 작동되어 불경한 자를 제압한다.

하지만, 10초라는 시간은 찰나의 사투를 몇 번이나 반복해온 검미에게는 너무 길었다.

이곳의 경비 시스템은 일반적인 상대만 예상하고 있었던 것이다.

고도 물리 문명 시대에 존재하던 약한 인간만. 그리고 군사력

또한 마찬가지다.

기장병을 비롯한 이 도시의 병기 중에서 검미가 위협을 느끼는 건 정말 극히 일부뿐이다. 그런 무의미한 짓을 할 생각은 없지만, 검미라면——— 아니, 고레벨 헌터급 실력자라면 접근하기만 해도 왕족을 충분히 암살할 수 있을 것이다.

현재 이곳 코드에는 실력에 자신이 있는 자들이 많이 들어와 있지만, 지금 문제가 되는 건《천변만화》뿐이다.

그 남자는 눈썹 하나 까딱하지 않고 검미의 칼날을 막아냈다. 설마, 자신의 검이 그렇게까지 쉽사리 막힐 줄이야——— 철이 들었을 때부터 검을 쥐고 이 길을 걸은 지 20년 정도 만에 처음 경험한 일이었다.

한 호흡 만에 사방팔방으로 날린 참격은 100번이 넘는다. 세이프 링을 가지고 있다 해도 막지 못하게끔 꼼꼼하게 베었는데도 불구하고 그 공격이 전부 막혔다.

처음에는 공(空)을 다루며 온갖 공격을 막아내는 공미와 똑같은 능력인 줄 알았지만, 손맛이 달랐다.

물론 온 힘을 다해 공격한 것은 아니다. 《천변만화》가 뒤에 남겨두었던 기장병이 어떻게 움직일지 몰랐기에 여유를 두고 날린 공격이긴 했지만, 지금 이 도시에 검미와 싸울 수 있는 사람이 있다면《천변만화》말고는 없을 것이다.

고생해서 몰아붙이고 붙잡은 다음, 코드의 감옥에 봉인한 '그 남자'를 제외한다면 말이지만.

검미는 이미 《천변만화》의 능력을 파악하는 것을 포기했다.

도시 시스템을 통한 스캔조차 속이는 의태. 검미에게는 그런 것을 간파할 만한 힘이 없다.

검미가 할 수 있는 것은——— 그저 베는 것뿐이다.

"…………어째서 여기 있는 건지는 모르겠지만——— 방해하게 두진 않겠어."

코드의 힘을 손에 넣는 것은 조직에게 있어서 '대지의 열쇠'와 맞먹을 정도로 규모가 큰 작전이다.

왕의 교대를 방해하게 둘 수는 없다.

코드의 도시 시스템에 있어서 왕족의 권한은 모두 평등하지만, 각자 관리하는 에어리어는 태어난 순서대로 받게 되었다. 제3왕자, 모리스 코드가 관리하는 에어리어는 왕탑에서 어느 정도 떨어진 가장자리 쪽에 넓은 범위로 존재하며, 살고 있는 주민들의 숫자도 다른 에어리어에 비해 꽤 적다.

얼마 안 되는 지지 기반과 리소스. 그리고 왕위 쟁탈전의 목적지에서 거리가 멀다는 입지적인 불리함.

하지만, 모리스 왕자가 왕이 되면 시민들이나 귀족들도 손바닥을 뒤집을 테고, 모리스 왕자의 유일한 인간 근위인 검미는 코드를 자유롭게 움직일 수 있을 만큼 큰 권세를 얻을 게 틀림없다.

모리스 왕자에게 접근한 것은 앵거스 왕자의 지시였지만, 이것도 나름대로 나쁘지 않은 지위였다.

검미는 미소를 지으며 모리스 왕자에게 물었다.

"모리스 왕자, 아까 그 남자를 코드에서 내쫓을 수 있을까? 왕에게 메시지를 보낼 수 있잖아? 만약 지금 추방할 수 있다면 정말 간단해질 텐데———.”

“그건…… 당연히 못 하지. 다른 클래스 8의 근위를 내쫓는다 니——— 그런 이야기를 해봤자 내 인상만 안 좋아질 뿐이야. 애 초에 그 남자는 왕이 보기에 별것 아닌 자니까 무시하라는 연락 이 왔다고. 시스템의 평가도 실제로 낮고.”

“…………후후후. 별것 아닌 자란 말이지.”

이곳 코드 사람들은 고레벨 헌터라는 존재를 전혀 이해하지 못 하고 있다. 게다가 공미가 발동시키려 했던 대지의 열쇠를 막은 자, 레벨 8이며 별명을 지닌 영웅을 별것 아닌 자라니——— 코드 의 도시 시스템 평가를 너무 믿는 것도 바람직하지 못할 것이다.

어차피 고도 물리 문명은 한 번 멸망한 문명이다. 과거의 유산 으로 현대를 살아가는 영웅을 잴 수는 없다.

《천변만화》가 어째서 여기 있는지는 모르겠지만, 현재 근위의 지위에 머물러 있는 걸 보니 검미와 똑같은 목적을 가지고 있을 가능성이 있다. 검미가 코드의 힘을 얻기 위해 왕족에게 접근한 것과 마찬가지로 그 남자도 코드가 힘을 휘두르는 것을 막기 위 해 왕족에게 접근했을 가능성.

그렇게 생각하니 《천변만화》가 유폐당한 아리샤 왕녀 밑으로 들어간 것도 납득이 된다.

아군이 아무도 없지만 시스템적으로는 왕위 계승권을 지니고 있는 왕녀. 혼자서 왕위를 노리는 다섯 명을 제치고 아리샤 왕녀 를 왕으로 만들겠다는 건 자신감이 너무 지나친 것 같기도 하지 만———.

"모리스 왕자, 그 남자와 아리샤 왕녀를 감시해. 무슨 일이 생기면 말해주고. 베는 건 내가 하겠지만, 그 이외를 맡아주지 않으면 곤란하니까."

《천변만화》에게는 빚이 있다. 대지의 열쇠로 자신들이 지배할 예정이었던 나라를 괴멸시키려 한 공미를 막아주었다는 빚이.

하지만, 조직을 방해한다면 벨뿐이다. 베지 못한다면 베일 때까지 계속 베어줄 것이다.

코드에서 이용할 수 있는 거미의 이동 속도는 마차와 비교도 되지 않는다. 3차원 이동은 익숙하지 않은 상황에서는 놀라겠지만, 흔들림도 거의 없이 쾌적하다.

거미는 그야말로 날아오르는 듯이 이동한 다음, 어떤 곳에서 멈췄다.

아무래도 노라 씨가 관리하는 에어리어에 도착한 모양이다.

아직 코드의 지리를 전부 파악하지는 못했지만, 노라 씨의 에어리어는 중심 쪽에 있다. 힘이 있는 자가 도시 중심쪽에 자리 잡고 있는 건 어떤 시대든 마찬가지일지도 모르겠다.

저번에는 노라 씨가 있는 건물로 직접 갔기에 이렇게 차분히 거리를 구경한 건 이번이 처음이다.

노라 씨의 에어리어도 다른 곳과 거의 다른 게 없었다. 늘어선 건물, 건물, 건물─── 굳이 차이를 들자면 간격이 공주님의 에어리어보다 더 좁다는 거라고 해야 할까.

도로도 거미가 아슬아슬하게 지나갈 정도의 공간은 확보되어 있지만, 두 대가 스쳐 지나갈 정도의 폭은 아니다. 건물과 건물 간격도 좁은 편이다. 그러고 보니 노라 씨의 건물로 가던 도중에도 거미는 지면을 뛰어가는 시간보다 벽을 뛰어간 시간이 더 길었던 것 같다.

조금 답답해 보이기도 하는 광경이지만, 공주님의 건물 근처와는 달리 여기저기에 사람들 모습이 보였다. 거미에서 내려서 조심조심 발을 내디뎠다.

누군가가 습격하려는 낌새는 없었다. 역시 좀 전에는 운이 안 좋았던 모양이다.

그때 문득 생각이 나서 남은 세이프 링의 개수를 확인했다. 그리고 나는 머리를 긁었다.

"…………큰일이네."

세이프 링을 모조리 다 써버렸다. 하나도 남김없이. 그 여검사의 공격은 정말 아슬아슬하게 멈춘 모양이었다.

운이 좋은 건지 안 좋은 건지…… 목숨이 잔뜩 있다는 게 내 특기인데, 그 특기가 사라져버렸다.

크라히라면 충전도 할 수 있겠지만…… 그 전에 누가 약하게라도 건드리면 죽어버릴 것이다.

전부까지는 아니더라도 최대한 빠르게 충전하고 싶다. 제도라면 보구에 마력을 충전해주는 걸 장사 수단으로 삼고 있는 마기가 여러 명 있었다(나는 이용하지 말라고 했지만). 이 도시에도 어디엔가 충전해주는 마도사가 있으면 좋겠는데———.

나는 함께 거미에서 내린 근위 기장병들을 돌아보고 만에 하나를 대비해 지시를 내렸다.

"얘들아, 일단 말해두는 건데, 누군가가 덤비더라도 최대한 죽이지 말고 제압해줘. 나는 딱히 전쟁을 하러 온 게 아니니까. 아, 그래도 위험해지면 제대로 구해주고."

나는 누구와도 싸울 생각이 없다. 나는 그저——— 관광을 좀 하고 싶은 것뿐이다.

기장병의 얼굴 일부가 마치 알겠다는 듯이 빛을 몇 번 뿜어냈다. 직무에 충실하다는 건 알겠지만, 그 행동은 왠지——— 맥이 빠진다. 직무에 별로 충실하지 않더라도 함께 있으면 즐거운 루크 같은 사람들과는 정반대다. 합쳐서 둘로 나누면 딱 좋을지도 모르겠다.

세이프 링이 없는 상태로 바깥을 돌아다니는 건 오랜만이다. 신중하게 가야지…….

나는 심호흡을 크게 한 다음, 건물이 모여 있는 노라 씨의 에어리어에 발을 내디뎠다.

"가게? 또냐…… 요즘 바깥에서 온 녀석들이 자주 물어보곤 하는데, 그런 건 없어. 필요한 것들은 전부 시스템이 주니까."

"요리? 그런 단어는 오랜만에 들었는데. 알겠어? 여기서는 '먹고 싶은 걸 뭐든지 도시에서 마련해준다고. 어디서 만드냐고? 그런 걸 알 필요가 있나?"

"마도사? 아, 알겠어. 형씨, 외부에서 왔지? 코드에서는 마법을 쓰지 못해."

"초콜릿? 그게…… 뭔데?"

노라 씨의 에어리어를 돌아다니면서 길을 가던 사람들에게 말을 걸었다.

반응은 대부분 비슷했다.

코드의 시민도 거슬러 올라가면 우리와는 거의 차이가 없을 텐데, 아무래도 고도 물리 문명의 도시 시스템의 지원을 충분히 받을 수 있는 생활이 이곳 코드에 독자적인 생활 양식을 가져다준 모양이다.

기장병을 데리고 탐문 조사를 하는 나에게 사람들이 신기한 걸 보는 듯한 눈초리를 보내면서도 질문에 대답해 주었다.

아무것도 하지 않아도 생활할 수 있는 데다 아무런 걱정거리도 없다. 식사도, 의료도, 주택도, 전부 도시 시스템이 제공해준다. 코드에 온 이후로 이 도시가 뛰어난 문명을 가진 것치고는 활기가 부족하다고 느꼈는데, 어떤 의미로는 이해가 될지도 모르겠다.

그건 그렇고 다들, 그렇게까지 게으름을 피우는 것 같지도 않은데…… 나였으면 틀림없이 타락해버릴 텐데, 뭐가 다른 걸까. 의욕인가?

원하는 건 아무것도 얻지 못했지만, 그렇구나, 나름대로 흥미롭다. 세계를 여행하면서 특이한 풍습을 접하는 것도 트레저 헌터의 묘미 중 하나다.

그렇게 고개를 끄덕이며 뭔가 재미있는 건 없을지 찾아 건물들 사이를 두리번거리며 걷고 있자니 갑자기 건물과 건물 틈새에서 얼굴이 슬쩍 튀어나왔다.

나타난 것은 10대 초반 정도로 보이는 여자애였다. 움직이기 편해 보이는 반바지에 온몸의 피부가 그을려 있다. 팔다리는 아직 가늘지만, 몸을 자주 움직이는지 생김새나 머리카락 색은 달라도 왠지 예전의 리즈가 생각났다. 가슴에는 별 마크가 두 개 달려 있었다.

여자애는 단말기를 손에 들고 발랄한 미소를 지으며 말했다.

"나는 루루라고 해! 오빠, 바깥에서 왔어? 뭐 하고 있어? 4점이라니, 바깥 사람들은 다들 오빠처럼 약해?"

"……내가 약한 게 아니야. 너희가 강한 거지. 뭔가 재미있는 건 없는지 찾고 있었어."

아니, 내가 약한 건 맞지만 말이지.

설마 이 도시에 있는 동안, 계속 4점이라고 불리는 건가? 웨이트 트레이닝 같은 걸 하는 게 나으려나…… 근육을 좀 단련해봐야 아무런 도움도 되진 않겠지만 말이지.

"트레이닝 같은 건 안 해? 우리는 다들 하는데?"

"어? …………트레이닝은 뭐 하러 해?"

"그야 물론 노라 님을 위해서지! 나는 말이야, 몸을 단련해서 노라 님의 기사가 될 거야! 그리고 활약하면 클래스도 올려준대! 다들 노라 님의 기사단에 들어가고 싶어서 노력하고 있는데?"

반짝이며 빛나는 눈동자. 나는 아무것도 하지 않았는데 귀족이 되어버렸는데요……. 그나저나 기사란 말이지.

바깥 세계에서도 나라를 섬기는 기사는 꽤 인기가 많은 직업이긴 한데…… 이 나라에서는 기사가 뭘 하는 거지? 외적 같은 건 없을 텐데.

그렇게 생각하고 있자니 갑자기 하늘에서 세 사람이 내려왔다.

각각 움직이기 편해 보이는 차림새를 한 소년 세 명. 그들은 재주도 좋게 도로를 구르며 충격을 줄이고는 기세를 그대로 살려 일어섰다.

위쪽을 보았지만, 뛰어내릴 만한 곳은 없었다.

어디서 온 걸까. 운동 능력이 대단하다. 힘들게 운동한 뒤라 그런지 드러난 피부에서 김이 피어오르고 있었다.

소년들은 숨을 고르고는 골목에 있던 여자애에게 다가가서 말을 걸었다.

"야, 루루. 뭐 하고 있어? 저 사람, 클래스 6이거든? ……바깥에서 온 사람 같은데———."

"괜찮아. 자자. 이 크라이 씨는 4점이라고!"

루루는 끈에 묶어서 목에 걸고 있던 단말기를 힐끔거리며 그렇게 말했다.

그거…… 칭찬인가? 그리고 초면인 사람이 내 이름을 알고 있다니, 왠지 신기한 기분이다. 이제 와서 하는 말이지만 이 나라에는 사생활 같은 게 없구나.

그때, 루루가 문득 좋은 생각이 났다는 듯이 소리쳤다.

"맞다! 오빠, 재미있는 걸 찾고 있지? 좋은 걸 보여줄게! 따라와!"

"어?"

루루가 힘껏 몸을 숙이고는 뛰어올랐다. 그리고 양쪽 빌딩 벽을 박차고 툭툭툭툭, 리드미컬하게 위쪽으로 올라갔다. 그 민첩한 모습에 나도 모르게 눈길을 빼앗겼다.

떨어지면 틀림없이 크게 다칠 텐데, 전혀 망설임 없는 움직임이었다.

평범한 사람이 할 수 있는 움직임이 아니다. 뭐, 리즈라면 할 수 있을 것이다. 티노나 루크도 할 수 있을 것 같다. 시트리나 루시아도 할 수 있겠지만…… 뭐, 앞길이 창창하다는 건 틀림없다.

내가 멍한 표정을 짓고 있자니 자자라 불린 소년을 포함한 세 사람이 바보 취급하는 듯이 코웃음 쳤다.

"왜 그렇게 이상한 표정을 짓고 있어? 이러니까 외부자는…… 바깥에는 이런 걸 할 수 있는 사람이 없을지도 모르겠지만, 우리는 노라 님을 위해서 단련하고 있으니까 이 정도는 아무것도 아니라고."

외부자라는 단어는 처음 들었는데?

살짝 숨을 쉬었다. 소년들이 일제히 뛰어가기 시작했고, 좀 전에 여자애처럼 벽을 폴짝폴짝 뛰어 올라갔다.

대단하네! 뭐, 바깥에도 그런 걸 할 수 있는 사람은 있지만 말이지. 그런데 그런 사람들은 보통 헌터 지망자고, 근처에서 흔히 보이는 소년, 소녀들이 벽을 뛰어오르는 건 아니다.

……그런데 나는 어떻게 따라가야 하지?

내가 저런 걸 못한다는 건 굳이 시험해 볼 필요도 없다.

눈을 깜빡이고 있자니 근위 기장병 중 한 대——— 녹색 기체가 뒤에서 나를 끌어안으려는 듯이 팔을 둘렀다. 뭔가 생각하기도 전에 단숨에 지면이 멀어졌다.

내가 가지고 있는 몇 안 되는 비행용 보구, 『나이트 하이커(야천의 암익)』에 필적할 정도로 엄청난 속도였다. 이 도시에서 기장병이 하늘을 나는 모습은 본 적이 없는데. 공주님, 기장병을 너무 강화시켰잖아.

나를 끌어안은 기장병은 하늘 높이 날아오른 다음, 건물과 건물 사이를 뛰어 넘어가던 여자애를 향해 급강하했다. 곧바로 건물 옥상에 들이받기 직전에 각도를 틀어서 수평 비행으로 넘어갔다.

눈앞을 빠르게 흘러가는 지면. 거친 비행에 눈이 돌아갈 것만 같았다. 하지만, 신기하게도 바람은 느껴지지 않았다. 어떤 초기술로 막아주고 있을 것이다. 이 시점에서 이 기장병은 내 『나이트 하이커』를 뛰어넘었다. 그건 브레이크도 안 듣는 데다 밤에만 쓸 수 있으니까.

내가 단숨에 따라잡자 건물 위를 시원스럽게 뛰어가던 루루 일행이 깜짝 놀랐다.

"?! 대단해! 역시 클래스 6, 그런 기장병을 움직일 수 있구나!"

"나도 기장병 가지고 싶어~! 하늘을 날고 싶어~!"

이건 빌린 거예요. 나도 가지고 싶어~! 하늘은 딱히 날고 싶지 않지만!

아이들이 건물 위를 차례차례 원숭이처럼 날렵하게 뛰어넘어갔다. 건물과 건물 간격이 좁기에 가능한 움직임이다. 잘 살펴보니 건물 가장자리에 점프대 같은 것까지 설치되어 있었다.

감탄하면서 보고 있자니 나아가고 있던 방향에 높은 건물이 나타났다. 그곳 말고는 딱히 넘어갈 만한 곳은 없었다.

아이들은 속도를 늦출 낌새가 없었다. 그뿐만이 아니라 몸을 앞으로 더 숙이며 가속했다.

어떻게 할 생각이지? 이대로 가다가는 충돌할지도 모르는데.

자기 상황은 제쳐두고 남만 신경 쓰고 있던 내 눈앞에서 아이들이 건물의 벽면으로 뛰어들었다.

"?!"

그리고 아이들은 건물을 타고 올라가기 시작했다.

당연히 생명줄은 없다. 떨어지면 크게 다칠 것이 분명한데. 신체 능력뿐만이 아니라 배짱도 대단하다.

건물을 열심히 수직으로 올라가고 있는 아이들 앞에서 나를 끌어안은 기장병이 건물 벽면 옆으로 아슬아슬하게 급상승했다. 잘 살펴보니 건물 벽면에는 잡을 수 있는 돌기가 작게 달려 있었다.

아무리 그래도 아이들이 매끈매끈한 벽을 올라갈 순 없겠지⋯⋯ 아니, 돌기가 있더라도 나는 올라갈 수 없지만.

건물 위쪽은 평평했고, 아무것도 없었다. 딱히 문도 없는 걸 보니 건물을 기어 올라오지 않는 이상, 여기에 올 수는 없을 것이다.

그리고 보니 거미를 탔을 때도 건물과 건물 사이를 뛰어다녔던 걸 보니 코드의 건물은 도로를 겸하고 있는 건지도 모르겠다.

공중에서 멈추자 아이들이 건물 위에 도착해서 올라왔다. 건물 옥상에 선 다음, 조금 흐트러진 숨을 고르고는 말했다.

"이제 도착했으니까 내려와도 돼. 이쪽으로 와!"

"형, 그건 반칙이야, 반칙."

소년 중 한 명이 입을 삐죽대며 그렇게 말했다. 근위 기장병이 나를 조심스럽게 옥상 위로 내려주었다.

높은 곳이라 그런지 바람이 세게 불었다. 바람 때문에 다리가 후들거렸다.

세이프 링이 없는 상태로 이 높이에서 떨어진다면 틀림없이 즉사할 것이다.

울타리도 없으니까 무조건 조심해야지―――.

전전긍긍하고 있던 나와는 달리 루루는 경쾌한 발걸음으로 울타리도 없는 건물 가장자리에 아슬아슬하게 다가간 다음, 손을 뻗어서 건물 아래쪽을 가리켰다.

"어때?! 이 광경, 대단하지! 직접 올라와야 볼 수 있어!! 보통은 말이야!"

"이 근처에서는 제일 높아. 그래도 노라 님의 기사단으로 뽑히려면 더 높은 건물을 올라가야 하지만―――."

"!! 호오………… 이거 대단하네."

겁내면서 루루 근처로 다가간 다음, 건물 아래를 들여다보았다.

아이들이 말한 대로 건물에서 내려다본 광경은 절경이었다. 희미하게 보일 만큼 멀리 있는 지상. 여기저기 있는 건물들은 마치 계단처럼 높이가 제각각 달랐고―――

많은 시민들이 달리고, 점프하고, 기어 올라가고 있었다.

"노라 님은 말이야, 우리가 강해졌으면 좋겠대! 그래서 이런 도

제2장 파격적인 남자　163

시를 만들어 주셨어!"

여기저기 있는 커다란 계단과 구멍, 막대기는 부자연스러웠지만, 루루에게 이야기를 듣고 나니 납득이 되었다.

그러니까 이건…… 운동장이다. 실용적인 근육, 몸을 쓰는 법을 가르치기 위해 도시 전체를 이용해서 만든 운동장. 트레저 헌터 양성용 학교 같은 곳에는 비슷한 시설이 있다는 이야기를 들은 적이 있지만, 이 정도로 규모가 크진 않을 것이다. 리즈가 보면 기뻐하며 참가할 것 같다.

"기사가 되면 아무리 원래 클래스가 낮더라도 클래스 4로 만들어준다고! 기사단 간부가 되어서 노라 님이 귀족으로 삼아준 사람도 있어!"

자자는 흥분한 듯이 말했다. 향상심 있는 아이들을 보고 마음이 갑갑해지는 건 내가 예전에 잃었던 것이기 때문일까.

그건 그렇고 이렇게 편리한 도시에 살면서도 육체 단련까지 하다니, 혹시 무적인가?

강력한 고도 물리 문명의 병기가 있는 데다 시민들의 신체 능력이 이렇게 뛰어나다면 탐색자 협회가 예전에 패배했다는 것도 조금은 이해가 될지도 모르겠다.

"그거 대단하네………… 코드 사람들은 다들 그렇게 단련하는 거야?"

운동 신경이 안 좋은 사람은 없나?

아니면 나처럼 글러 먹은 사람도 키워주는 기반이 있나?

아이들이 눈을 동그랗게 뜨고 서로 얼굴을 마주 보았다. 그리고 소년 중 한 명이 어이없다는 듯이 말했다.

"그럴 리가 없잖아, 크라이 씨. 정말로 아무것도 모르는구나? 몸을 단련하는 건 노라 님의 방침이라고. 우리는 노라 님의 에어리어 밖으로 나가지 않으니까 잘 알진 못하지만……."

"앵거스 님 에어리어에서는 기사가 아니라 무관하고 문관 시험이 있어서 거기에 합격하면 클래스가 올라가는 모양이야. 무엇보다 클래스가 올라가면 앵거스 님이 만든 무기를 받을 수 있대!"

"토니 님 에어리어에서는 귀족들이 협력해서 에어리어를 관리하고 있나 봐. 항상 사람을 모집하고 있고, 귀족이 아닌 사람들도 이런저런 일을 할 수 있대!"

그렇구나, 각각 특색이 있는 건가? 의뢰인의 정보 중에 왕족을 감금해 두고 부려먹는다는 이야기는 토니 님? 이야기일지도 모르겠다.

각자 특색이 다르면 에어리어에 따라서는 디저트 가게나 보구 상점이 있을 가능성도 있겠네. 왕족은 모두 합쳐서 여섯 명일 테니까——— 남은 건 세 명인가?

나는 하드보일드한 미소를 지으며 고개를 끄덕였다.

"나머지 세 사람은?"

"어? 아리샤 님은 형이 제일 잘 알잖아?"

…………두 명이었네. 그리고 그중 한 명은 그 위험한 여검사가 말했던 사람일 테고.

내가 묻자 아이들이 좀 전과는 달리 매우 껄끄러운 듯이 가르쳐 주었다.

"음…… 모리스 님쪽에서는 무기 사용을 금지하고 있어. 도시의 경비 시스템 출동 기준이 꽤 엄해서 조금이라도 의심을 사면 잡혀간대."

"자칼리 님 쪽은…… 그냥 소문일지도 모르겠지만, 경비 시스템이 멈춰 있대. 약육강식? 마음대로 살고 싶은 사람이 그쪽으로 가. 위험하니까 형은 안 가는 게 좋을 거야……."

그렇게 살벌한 곳도 있구나………… 아마 귀족들이 자기 마음대로 하고 있으니까 그렇겠지.

정말, 괘씸하네. 그 두 사람의 보호는 카이저와 사야에게 맡겨야겠다. 지금 알게 되어서 다행이네.

"그렇구나………… 아직 시간은 있네."

관광을 할 수 있을 것 같은 곳은 여기 말고 두 군데…… 토니 님과 앵거스 님 쪽뿐인가?

카이저와 사야는 레벨 8이다. 일도 빠르게 하겠지. 이 도시에 온 이후로 시간이 꽤 지났으니 작전도 마무리 단계에 접어들었을 것이다. 그 정도가 딱 좋을지도 모르겠다.

카이저와 사야가 전부 끝내기 전에 관광을 해야겠는데…….

"…………시간?"

"아니, 너희하고는 상관없는 이야기야. 일단 가르쳐줬으면 하는 게 있는데………… 이 근처에 보구에 마력을 충전해주는 사람은 없어?"

코드에서는 마술을 사용할 수 없는 모양이지만, 마력 충전 정도는 할 수 있을 것이다. 외부에서 들어온 사람들 중에도 보구를 가지고 있는 사람이 여러 명 있을 테고.

　우선 순위는 중요하다. 관광도 하고 싶긴 하지만, 세이프 링은 내 목숨줄이니까…….

　루루가 눈을 동그랗게 뜨고는 고개를 갸웃거리며 말했다.

　"보구? 오빠, 보구를 충전하고 싶어? 충전해주는 사람은 없지 만――― 충전소에서 충전하지 그래?"

　"어?! 충전…… 소?"

　익숙하지 않은 단어지만――― 설마, 이곳 코드에는 보구를 충전해주는 설비가 있다는 건가?

　보구는 강대한 힘을 지닌 것일수록 요구하는 마력이 많다. 고금동서, 헌터는 보구에 마력을 충전하는 것이 골칫거리였다. 보구에 마력을 넣어주는 장사까지 존재할 정도다.

　사용하지 않더라도 보구에 충전된 마력은 시간이 지나면 조금씩 빠져나간다. 마력량이 적은 헌터는 자연스럽게 강력한 보구를 쓰기 힘들어지지만, 도시가 보구를 충전해준다면 이야기가 달라질 것이다. 이곳 코드는 고도 물리 문명의 유산 같은 것과 상관없이 헌터에게 있어서 천국일지도 모르겠다.

　평화로운 나라였다면 거점으로 삼았을 텐데 말이지.

　"가장 가까운 충전소는…… 저 근처인가?"

　"어디 보자…………."

　루루가 몸을 내밀고 아래쪽을 손가락으로 가리켰다. 나도 덩달아 건물 가장자리 아슬아슬한 곳에서 아래쪽을 들여다보았다.

　―――강렬한 바람이 건물 위를 스쳐간 것은 바로 그때였다.

"윽?!"

바람이 등을 떠밀었고, 버티지조차 못한 채 몸이 쉽사리 건물 밖으로 나갔다.

하지만, 떠밀린 것은 나뿐만이 아니었다. 성인 남자인 내가 균형을 잃을 만한 바람이다. 아무리 운동 신경이 좋다 해도 나보다 가벼운 여자애가 버틸 수 있을 리가 없다.

내 앞쪽. 무슨 일이 일어난 건지 이해하지 못하고 멍하게 있는 루루의 표정이 보였다.

뒤쪽에서 소년들이 비명을 질렀다.

세계가 슬로우모션으로 보였다. 뭔가 생각할 틈도 없었다. 비명조차 지르지 못했다. 곧바로 중력에 이끌려서 몸이 낙하했다. 손을 뻗어서 루루를 잡은 건 거의 반사적인 행동이었다.

나는 루루를 끌어안고 아무것도 하지 못하며 떨어졌다. 그리고 부유감에 몸을 맡기며 이렇게 생각했다.

이거 혹시——— 죽는 거 아닌가?

평소에는 세이프 링이 있기에 떨어지는 정도는 아무것도 아니지만, 지금 나는 세이프 링을 전부 써버린 일반인이다. 정말로 레벨 8 헌터에 어울리는 실력이 있다면 이런 높이에서 뛰어내리더라도 괜찮을지 모르겠지만, 나는 어떻게 해볼 수가 없다. 만약에 내가 아래에 깔린다 해도 둘 다 추락사할 뿐일 것이다.

충전소가 어디 있는지 확인하려다가 추락사하다니, 너무하잖아················ 아니, 잠깐만, 포기하긴 아직 이르다.

지금까지 《비탄의 망령》은 몇 번이나 위기에 처했다. 하지만 모험을 도중에 포기한 적은 한 번도 없었다. 그렇다면…… 명색이 그 파티의 리더인 내가 포기할 수는 없다.

나는 엄청난 풍압 속에서 심호흡을 크게 하고는 간절히 기원했다.

마법의 재능, 지금이야말로 깨어나라아아아아아아아아아아아아아아아아아아아아아아아아아아아아아아아아아아아아아!!! 하늘을 날고 싶어, 하늘을 날고 싶어, 하늘을 날고 싶어어어어어어어어어어어어어어어어어어어어어어어어어!!

빠르게 다가오는 지면. 낙하까지 몇 초나 걸릴까――― 그저 필사적으로 마법의 재능이 깨어나길 기원하던 순간, 갑자기 몸이 중력을 거역하며 올라갔다.

"?!"

마법의 재능이 깨어난 것은 아니다. 그냥 공주님에게 빌려온 근위 기장병이 구해주러 와줬을 뿐이다. 명령하지도 않았는데 구해주다니, 정말 뛰어난 기장병이다.

녹색 기장병은 루루를 끌어안고 있던 나를 끌어안고는 곧바로 하늘을 미끄러지듯이 수평으로 이동했다. 좀 전까지 우리를 붙잡고 있던 중력도 고도 물리 문명의 힘 앞에서는 무력했다.

보아하니 건물 위에서 여자애가 손가락으로 가리킨 쪽으로 가고 있는 모양이다.

대답도 안 하면서 듣고 있긴 했구나.

그리고 소박한 의문이 하나 있는데…… 이 기장병은 날개도 없으면서 어떻게 나는 거지……?

생명의 위기에서 벗어나자 그제야 심장 고동이 차분해졌다.

나는 살짝 숨을 내쉬고 나서 아직 굳어 있던 루루에게 물었다.

"위험했네…… 그런데 충전소는 어디 있어?"

한시라도 빨리 세이프 링을 충전해야 한다.

보구 충전소에는 척 보기에 그렇게 대단한 설비가 없었다.

카운터 같은 것과 번개 마크가 그려진 상자가 놓여 있을 뿐이었다.

"그 상자에, 보구를, 넣으면, 충전해줘. 충전이 끝나면, 푸르게 빛나고."

루루는 아직 진정이 되지 않은 듯한 모습을 보이며 가르쳐 주었다. 안색은 하얘졌고, 원래대로 돌아가려면 시간이 좀 더 걸릴 것 같다.

신체 능력은 뛰어나지만, 아직 헌터만큼 수라장을 겪진 못한 것 같다.

급하게 쫓아온 나머지 아이들도 약간 새파랗게 질린 상태였다.

"저, 정말, 이제 끝장인 줄 알았어. 설마 바람이 그렇게 세게 불다니――― 지금까지는 한 번도 그런 적이 없었는데."

"크라이 씨도 정말 터무니없는 짓을 하네. 그 기장병이 제때 구해주지 못할 가능성도 있었는데 루루를 구해주기 위해서 뛰어내리다니…………."

딱히 구해주려고 뛰어내린 건 아니다. 오히려 내가 먼저 떨어졌던 것 같다.

나는 손가락에서 반지를 뺀 다음, 차례대로 충전소 상자에 넣으며 말했다.

"뭐, 결과적으로 다들 무사해서 다행이야."

아니, 평소에 그런 적이 없다면 오히려 나 때문에 루루가 떨어졌을 가능성조차 있단 말이지. 요즘 나는 머리가 잘 돌아가지만, 아무리 머리가 잘 돌아가더라도 타이밍이 안 좋은 것만큼은 어떻게 해볼 수가 없다.

루루가 옷자락을 잡고 머뭇거리며 말했다.

"좀 늦긴 했는데…… 구해줘서, 정말 고마워, 오빠…… 노라 님의 기사가 되기도 전에 죽어버릴 뻔했어."

"괜찮아, 괜찮다고. 정말, 딱히 대단한 걸 해주진 않았으니까……."

아니, 진짜로 죄송합니다…… 내 잘못이야. 전부 내가 잘못한 거라고. 그러니까 그렇게 고맙다는 눈빛으로 보지 말아주세요.

애초에 결과적으로 살 수 있었던 건 공주님이 빌려준 기장병 덕분이고, 내가 한 건 진짜로 루루를 붙잡은 것뿐이다.

아무것도 하지 않았는데 고맙다는 말을 듣는다. 몇 번을 경험해도 껄끄러운 기분이 든다.

분위기를 바꾸기 위해서 보구를 넣은 상자를 손가락으로 가리키며 자자에게 물었다.

"충전은 얼마나 있어야 끝나?"

"············이상하네. 금방 끝날 텐데····· 크라이 씨, 뭘 넣었어? 아니, 엄청 많네!"

미믹 군이 있었다면 더 많았을 거라고. 지금 가지고 있는 건 항상 차고 다니는 보구뿐이니까.

그래도 세이프 링 16개 정도면 루시아여야 충전할 수 있는 숫자이긴 하다. 전부 한 번에 충전하려고 한 게 실수였나······.

약간 반성하고 있자니 상자가 한순간 붉게 빛나더니 푸른색으로 점등되었다. 시험 삼아 세이프 링을 들어보니 충전이 완료되어 있었다. 코드의 기술은 대단하네!

이 도시에 살면 보구를 마음대로 쓸 수 있는 건가··········· 조금 끌리네.

그리고 충전소 같은 게 있으니 그 밖에도 이 도시의 독자적인 시설이 있을지도 모르겠다. 호위를 빌려준 공주님에게 반드시 선물을 가지고 가야겠는데?

"이상하네····· 왜 한순간 붉게 빛난 거지? 충전은 제대로 된 것 같은데."

뭔가 마음에 걸린다는 듯한 표정을 짓고 있던 자자에게 부탁했다.

"저기, 혹시 시간이 있으면 말인데, 이 근처를 안내해줄래? 모처럼 이 나라에 왔으니까 여기저기 둘러보고 싶거든."

역시 이 지역은 여기 사는 사람들에게 물어보는 게 제일이다. 관광을 할 수 있는 시간은 한정되어 있고, 나는 놀고 있을 시간이 별로 없다. 서둘러서 놀아야 한다(모순).

내가 그렇게 제안하자 아이들이 한동안 서로 얼굴을 마주 보다가 나를 똑바로 보며 말했다.

"그야 루루를 구해주었으니까, 당연히 괜찮긴 한데……."

"맞다! 그 대신 우리에게 바깥에 대해서 가르쳐줄래? 오빠는 바깥에서 왔지? 요즘 바깥에서 온 사람들도 많이 있어서 조금 신경 쓰였거든!"

루루가 눈을 반짝였다. 이 도시 사람들은 공주님도 그렇고 호기심이 왕성하다. 물론, 바깥 이야기를 해주는 것 정도는 아무것도 아니다. 내가 해줄 수 있는 이야기는 그리 대단하지도 않지만.

나는 충전소에 넣었던 보구를 전부 회수한 다음, 하드보일드한 미소를 지으며 말했다.

"좋아, 그 제안을 받아들일게. 그런데 이 도시에서 보구를 손에 넣을 방법은 없어?"

바깥 사람은 정말 특이하네. 그게 노라 왕녀의 영역에 사는 클래스 2 시민──── 자자가 시스템 종합 평가 4점인 크라이 안드리히를 보고 느낀 솔직한 감상이었다.

요즘 코드에는 외부에서 많은 사람들이 들어왔다. 대부분은 앵거스 왕자의 영역으로 간 모양이지만, 일부는 자자 같은 사람들이 사는 에어리어에도 왔다.

목적이 전력의 보충이었기에 그 사람들은 대부분 위협적이었고, 폭력의 기운을 두르고 있어서 한마디로 말하자면 성격이 안 좋은 사람들이었다.

새로운 이민자들의 유입은 자자 같은 사람들의 생활에 큰 영향을 끼쳤다. 거만한 태도로 거리 한복판을 돌아다니는 그 태도는 불쾌했고, 그중에는 도시에 들어오자마자 규칙을 어기고 감옥에 간 자들도 있었다.

지금 노라 왕녀의 영토에 이민자들이 거의 없는 이유는 노라 왕녀의 분노를 샀기 때문이다. 노라 왕녀의 근위가 되는 것을 꿈꾸며 절차탁마하던 자자 같은 사람들이 보기에도 당연한 결말이었다.

하지만, 우연히 거리에서 만난 크라이 안드리히는 그런 녀석들과는 모든 것이 달랐다.

위압감이 요만큼도 느껴지지 않는 분위기와 가끔 보여주는 의욕 없는 듯한 미소. 시스템 평가 4점은 자자와 아이들도 지금까지 본 적이 없는 수치였지만, 무엇보다 놀라운 것은 그 정도 평가에 불과한데도 클래스 6이라는 사실일 것이다.

클래스 6. 그것은 자자 같은 시민들에게 있어서 도저히 도달할 수 없는 숫자였다. 아니…… 요즘 잔뜩 들어온 이민자들 중에서도 클래스 6이 된 자는 한 명도 없을 것이다.

클래스 6은 하급 귀족이다. 현실적으로 평민이 목표로 삼을 수 있는 최고의 지위다.

이 도시에서 귀족이 되려면 상당한 공헌과 신뢰가 필요하다.

그 이유는 하급 귀족을 임명할 수 있는 것이 노라 왕녀를 비롯한 클래스 8 귀족들뿐이며, 임명할 수 있는 숫자가 엄밀하게 정해져 있기 때문이다.

한번 클래스 6을 받으면 돌이킬 수 없다. 한 번 올려준 클래스를 내릴 수는 있지만, 임명할 수 있는 숫자는 회복되지 않는다. 그 원칙을 무시할 수 있는 것은 위대한 코드 왕, 단 한 명뿐. 그렇기에 왕족은 어지간한 이유가 없는 한, 귀족을 만들려 하지 않는다.

좀 전에 자자는 크라이에게 기사들 중에는 귀족이 된 사람도 있다고 했지만, 노라 왕녀에게 귀족으로 임명되려면 최소한 기사단장급 지위까지 올라갈 필요가 있을 것이다. 크라이가 모시고 있는 건 노라 왕녀가 아니라 아리샤 왕녀이기에 선정 기준도 다르긴 하겠지만, 위업이라는 건 틀림없다.

자자 일행의 동료인 루루가 돌아다니고 있던 크라이 안드리히에게 말을 건 것도 정보로 떠 있던 지위와 느껴진 인상이 너무나도 달랐기 때문일 것이다. 원래 귀족에게 함부로 말을 거는 행동은 매우 친한 사이가 아니면 있을 수 없는 일이지만, 그런 건 아무래도 상관없다는 느낌이 들 정도로 그 청년은 귀족답지 않았다.

그리고 처음에 느낀 인상은 행동을 함께하고 난 뒤에도 거의 바뀌지 않았다.

대단한 구석도 있긴 하다. 아무리 성능이 뛰어난 기장병을 데리고 다닌다 해도, 바람 때문에 자기도 모르게 건물에서 떨어져 버린 루루를 구하기 위해 망설임 없이 건물에서 뛰어내리는 건 좀처럼 하기 힘든 행동이다. 평가 4라면 낙하했을 때 틀림없이 죽을 텐데——— 그런 구석이 근위로 임명된 이유라면 어떤 의미로 납득이 되긴 한다.

하지만, 그 이외의 부분에서 그 청년은 평범했다. 평범하다고 해야 하나, 멍한 구석이 있다고 해야 하나, 무슨 생각을 하고 있는지 알 수가 없다고 해야 하나…… 이민자는 한때 노라 왕녀의 에어리어에도 잔뜩 와 있었지만, 자자 같은 사람들에게 거리 안내를 부탁한 사람은 아무도 없었다. 애초에 이민자라면 일단 용병으로 와 있을 텐데, 재미있는 걸 찾아서 거리를 둘러보고 다닌다니, 얼빠진 짓이라고 할 수밖에 없다.

하지만, 자자 일행에게는 좋은 심심풀이 대상이기도 했다.

강화 기사가 되기 위한 트레이닝은 하루 종일 하는 게 아니다.

코드의 시민은 기본적으로 평생 도시 밖으로 나가지 않는다. 자자처럼 코드에서 태어나 자란 사람들에게 바깥 세계란 호기심을 자극하는 존재였다. 그리고 도시 시스템에 대해 아무것도 모르는 바깥 사람들에게 자신들의 자랑거리인 도시를 안내해주는 것도 즐거운 오락이다.

코드라고 한마디로 말해도 이 도시는 어떤 왕족이 관리하는가에 따라 에어리어마다 다양한 특색이 있다. 그리고 노라 왕녀가 관리하는 이 에어리어는 신체 능력의 강화를 추진하고 있다.

노라 왕녀가 코드의 시스템을 이용해서 추진하고 연구, 개발한 인체를 강화하는 강화인간 기술은 기장병과도 싸울 수 있을 정도로 인간을 뛰어넘은 인간을 만들어낸다. 그러기 위해서는 그 기반으로 뛰어난 신체 능력을 자랑하는 튼튼한 육체가 필요하고,

이 에어리어에는 강한 인간을 만들어내기 위해 다양한 설비가 존재한다. 달리고, 점프하고, 기어 올라가는 시설은 그 일환에 불과하다.

이곳 코드에서 보구를 손에 넣을 수 있는 곳은 한정적이다. 노라 왕녀의 에어리어에는 노라 왕녀의 기사단——— 강화 기사단에 들어가는 것 말고 보구를 손에 넣을 수 있는 방법은 한 가지밖에 없다.

자자 일행이 안내해준 곳은 한층 더 큰 건물 지하에 있는 지하 투기장이었다.

원형 투기장은 사람 대 사람의 전투는 물론 코드가 만들어낸 기장병이나 생물 병기와도 여유롭게 싸울 수 있을 만큼 넓고, 주위에는 수많은 관객석이 존재한다.

여기서 치러지는 것은 실전 형식의 훈련이다. 강화 기사단의 훈련에도 쓰이긴 하지만, 특히 정기적으로 진행되는 토너먼트는 노라 왕녀의 에어리어에서 가장 인기가 많은 이벤트이며, 그걸 보려는 목적으로 노라 왕녀의 에어리어에 사는 시민도 적지 않다.

물론 실력에 자신이 있다면 참가할 수도 있고, 좋은 성적을 거두면 강화인간 시술 대상으로 선발되어 기사단의 일원이 될 수도 있다. 자자 일행도 언젠가는 이 투기장에서 싸우게 될 것이다.

노라 왕녀의 에어리어에서 보구를 손에 넣는 방법. 그것은 정기적으로 개최되는 토너먼트에서 좋은 성적을 거두는 것이다. 좋은 성적을 거두고 얻을 수 있는 상품 중 하나가 보구다.

이곳 코드에서 시민이 도시 시스템에서 벗어난 무기나 보구를 지니려면 귀족에게 허가를 받을 필요가 있다.

　다른 에어리어는 모르겠지만, 적어도 이 에어리어에서 보구를 손에 넣으려면 토너먼트에서 이겨서 자신의 가치를 증명할 수밖에 없다.

　토너먼트에는 여러 장르가 존재한다. 실전 형식으로 싸우는 것부터 사격의 정밀성을 경쟁하는 것, 도시 시스템의 숙련도를 경쟁하는 것 등, 다양한 능력을 겨룰 수 있다. 크라이의 낮은 전투 능력은 종합 평가를 보면 알 수 있긴 하지만 어쩌면 근위가 될 수 있었던 이유, 그 힘의 일부를 볼 수 있을지도 모른다.

　자자가 그런 기대를 품고 설명하자 크라이는 눈을 깜빡이고 나서 투기장을 둘러봤다. 그리고 몸싸움을 벌이고 있는 링 안을 보고, 객석 쪽을 보고, 귀빈석에서 눈을 가늘게 뜬 채 링에 오른 자들의 실력을 평가하고 있는 강화 기사단 멤버들을 본 다음, 자자를 보며 말했다.

　"……좋아, 대충 알겠어. 그런데 경품 보구는 어떤 걸 받을 수 있는데?"

　"날마다 다르긴 한데, 검이 가장 인기가 많지. 코드가 만들 수 있는 병기는 사격 무기 위주니까 바깥에서 들어온 것들도 상품이 되거든? 보구 검을 가지고 있다는 건 일류 전사라는 증거지!"

　"검, 이라. 그렇구나, 그렇구나………… 참고로 스마트폰 같은 건———."

　"어…………? 상품은 보통 무기야. 아…… 가끔 방어구도 나오긴 하지만."

상품을 마련해주는 사람은 노라 왕녀다. 요즘은 바깥에서 단숨에 사람들이 들어왔기에 보구의 가치도 조금 바뀌긴 했지만, 외부에서 들어온 아이템은 이 도시에서 매우 귀중하다.

물품의 반입, 반출을 관리하고 있는 것은 왕족들과 왕만 임명할 수 있는 레벨 7——— 상급 귀족들이기에 자자 같은 사람들이 보기에는 정말 운이 좋지 않으면 손에 넣지 못한다.

대충 알겠다는 게 무슨 뜻일까?

고개를 갸웃거리고 있던 자자 일행 앞에서 새로운 시합이 시작되었다. 힐끔 보았는데 양쪽 다 이제 곧 강화인간으로 선발될 거라는 평가를 받은 투사의 싸움이었다.

강화인간으로 선발되는 영예를 얻을 수 있는 자는 별로 없다. 좀처럼 보기 힘든 대전이다. 평소였다면 자자 일행도 시합에 집중하고 있었을 것이다.

하지만 크라이는 한동안 치열한 시합을 보고 있다가 문득 고개를 들고는 말했다.

"좋아, 슬슬 다음 장소로 갈까."

"어?! 결과는 안 봐?"

누가 이길지 신경 쓰이는데…… 지금까지의 전적은 거의 동등했다.

양쪽 다 육체가 강화 기술을 견딜 수 있는 영역에 도달했을 것이다. 그 정도면 승패는 센스나 운, 미리 상대방을 얼마나 연구했는지에 따라 결정된다.

어느 쪽이 이기더라도 이상할 게 없을 정도로 뜨거운 싸움이다.

"저런 시합은 바깥에서 많이 봤거든. 결과가 신경 쓰이지 않는 건 아니지만, 코드는 넓고, 시간도 없으니까⋯⋯⋯⋯."

대체 무슨 말을 하는 걸까. 앞으로도 계속 이 도시에 있을 텐데, 시간도 없다니――.

아니⋯⋯ 왕이 죽으면 거리를 구경하고 다닐 여유가 없어질 거라는 뜻인가?

"에휴⋯⋯⋯⋯ 알겠어. 모처럼 멋진 시합인데⋯⋯."

자자는 한숨을 쉰 다음, 시선을 억지로 시합에서 떼어놓고 아쉬워하는 마음으로 등을 돌렸다.

그런데 이런 시합이 예정되어 있었나⋯⋯? 보통 이렇게 멋진 시합은 미리 공지를 해서 관객들을 모으는데――.

자자(루루를 포함한 소년들 그룹의 리더인 모양이다) 일행에게 도시에 대해 이것저것 정보를 물어보면서 코드를 구경하는 건 꽤 즐거웠다.

역시 코드는 코드에 사는 사람에게 물어보는 게 제일이다. 나 혼자였다면 수없이 많으면서도 비슷하게 생긴 건물 중에서 지하 투기장을 찾지도 못했을 것이다.

아무래도 노라 씨는 정말로 싸우는 걸 좋아하는 모양이다.

자자가 안내해준 곳도 훈련장이나 투기장, 사격장 같은 전투 관련 시설뿐이었다. 그리고 노라 씨의 에어리어에 사는 시민들은 밤낮으로 시간을 투자해서 자신을 단련하고 있는 모양이었다. 이렇게 편리한 도시 시스템이 있는데도 자기 단련을 게을리하지 않는다니, 나 대신 헌터가 되면 좋겠는데.

여기저기 안내를 받던 도중에 해가 저물기 시작했다. 제도의 밤도 밝지만, 코드의 밤은 더욱 밝다.

노라 씨의 에어리어 중심부 같은 길에는 아직 시민들이 많이 돌아다니고 있다.

하루 종일 돌아다닌 탓에 이제 지쳤다. 거친 운동을 한 것도 아닌데 돌아다닌 것만으로도 지치다니, 내 몸이지만 정말 허약한 것 같다.

결국, 노라 씨의 에어리어에서는 보구를 손에 넣을 수 없었다. 토너먼트에서 이겨서 얻을 수 있는 상품은 굳이 생각해볼 필요도 없이 얻는 게 불가능하고, 애초에 무기나 방어구 보구는 이번 목적이 아니다.

준다면 받긴 하겠지만…….

나보다 몸을 훨씬 많이 움직였을 텐데도 기운이 넘치는 루루가 말했다.

"오빠, 오늘은 어디서 잘 거야? 생각 있으면 우리 집에 올래?"

"그거 좋네. 방도 남았고…… 그리고 우리에게 바깥에 대해서 가르쳐줘. 약속했잖아?"

지금 내가 머무르고 있는 것은 공주님의 건물이다. 돌아가려고 마음만 먹으면 거미를 불러서 돌아갈 수 있지만………… 뭐, 약속은 약속이니까. 하룻밤 정도는 공주님이 있는 곳으로 돌아가지 않아도 괜찮을 것이다.

"그럼, 신세를 져볼까."

"앗싸! 귀족 손님은 오빠가 처음이야!"

"아, 아니, 귀족이라고 해도 이 도시에 대해 잘 아는 것도 아니라서, 뭔가 기대해도 곤란한데."

환호성을 지르는 루루에게 급하게 말했다. 애초에 이 도시에 대해 잘 알지도 못하는데 귀족이 되어버린 시점에서 뭔가가 이상하지만…… 반쯤은 올리비아 씨에게 골탕을 먹이려는 듯이 클래스를 올렸으니까.

그리고 이 나라의 귀족에게는 뭔가 기대를 받는 역할이라도 있나? 귀족이 되어서 좋았던 건 크라히의 해방 신청을 할 수 있었던 것 정도인데———.

망설이던 나를 보고 자자가 눈을 크게 뜨고는 손을 탁 치며 말했다.

"그렇구나. 크라이 씨는 온 직후라 모르는구나. 이곳 코드에는 클래스가 올라가지 않으면 못하는 게 있어."

"나도 알아. 중죄인을 해방해 달라는 요청이잖아."

"…………왜 그것만 알고 있는 건데. 그뿐만이 아니야. 음식이나 일용품 중에도 귀족이어야만 신청할 수 있는 게 있어. 우리는 가상 단말기도 못 쓰고——— 그러니까 우리도 클래스를 올리려하고 있잖아."

그렇구나…… 다양한 기능들을 확인했을 텐데, 전혀 눈치채지 못했다. 설명을 안 해주니까.

아무래도 도시 시스템이 뭐든지 마련해주는 고도 물리 문명에서도 지위에 따라 대우가 바뀌는 건 마찬가지인 모양이었다. 코드에는 아직 모르는 게 잔뜩 있는 것 같다.

"오…… 그럼 뭘 꺼내줄까?"

"음…… 기장병!! 특훈할 때 쓸 거야! 그리고 강화 장신구———몸을 단련시키기 위한 기구지."

"노라 님이 연구해주신 능력 강화용 약이 있긴 한데…… 그건 노라 님 직속 귀족이어야만 얻을 수 있단 말이지. 기밀이고……."

…………노라 씨, 시민들이 트레이닝에 중독되었는데요.

마침 잘됐다. 도시 시스템을 쓰는 법에 대해서도 이것저것 배워야겠다.

"이상, 크라이 안드리히는 오늘, 강화 기사단을 목표로 삼은 시민의 집에서 머무르는 모양이입니다."

"…………갑자기 내 에어리어에 왔구나 했더니——— 진짜 뭐 하러 온 건데? 저 남자."

크라이를 감시하라고 명령했던 근위가 보고하자 노라는 혀를 찼다.

노라가 자랑하는 강화 기사단은 이곳 코드에서도 최고 클래스의 인재를 갖추고 있다. 그 근원은 노라가 도시 시스템의 협력을 얻어 연구한 강화인간 기술이다.

인간을 더욱 높은 영역으로 이끄는 그 기술을 사용하려면 건강하고 운동 능력이 뛰어난 인간이 필요하다. 노라의 에어리어의 운영 방침은 어떻게 해야 많은 시민들을 그 최소한의 라인까지 이끌 것인가에 중점을 두고 있었다.

병기 개발에 힘쓰고 있는 원수——— 앵거스 코드와의 차이는 연구 성과가 살아있는 인간이라는 점이다.

노라의 에어리어에는 기밀이 많다. 육체 능력을 한계까지 높여주는 설비와 보다 강인한 육체를 만들어내기 위한 식사, 영양제. 에어리어의 시민들이 누리고 있는 그 모든 것들이 노라의 연구 성과다. 그리고, 다시 말해 강화인간 기술의 기밀은 누설되기 쉽다는 뜻이다.

오랜 세월과 막대한 리소스를 사용해서 연구한 강화인간 기술을 그렇게 간단히 재현할 수 있을 것 같진 않지만, 식사와 영양제, 약품을 분석하기만 해도 강화인간 기술을 해명하는 실마리가 될지도 모른다.

기밀 누설에는 매우 신경을 많이 써 왔다. 형태가 잡히기 시작한 강화 기사단이 그걸 가능하게 해주었다. 외부에서 유입된 용병들을 대부분 쫓아낸 것도 그자들을 전혀 믿을 수가 없었기 때문이다.

에어리어에 들어온 자들의 체크는 완벽하다. 노라의 에어리어에서는 노라 에어리어의 시민으로 등록되어 있는 자에게는 특별한 식사를 주지만, 외부에서 온 자에게는 물 한 방울조차 주지 않는다. 식량의 배급 시스템을 조작해두었고, 만약에 에어리어의 시민이 뭔가 준다 하더라도 그것을 외부로 가지고 나가기 전에 제거한다. 아마 앵거스 코드도 병기를 대상으로 그렇게 하고 있을 것이다.

하지만, 애초에 외부 에어리어에서 시민이 이동해오는 경우는 거의 없다. 인원이란 힘이다. 최대한 시민의 숫자가 줄어들지 않게끔 하는 건 가장 큰 싸움을 앞두고 있는 왕족에게 있어서 당연한 일이다.

크라이 안드리히가 갑작스럽게 에어리어에 들어왔을 때는 또 시시한 부탁을 하러 온 줄 알았다. 관광을 하러 왔다는 말을 꺼냈을 때는 어이가 없어서 화를 낼 기운도 없었다.

에어리어를 구경하고 다닌다는 건 원래 허가할 수 없는 일이다. 시민들이 이용하고 있는 주요 설비는 입구를 막을 것이고, 상황에 따라서는 스파이 용의로 기사단을 보낼 만한 일이다.

이번에 그 원칙을 느슨하게 풀어준 이유는 협력 관계를 맺기 쉽게끔 하기 위해서였다.

에어리어에 들어오기 전부터 계속 감시하고 있었다. 크라이가 강화인간 기술을 훔치러 온 스파이가 아니라는 건 금방 알 수 있었다. 스파이 활동을 하러 온 자는 나름대로 비밀을 품은 표정을 짓는 법이다. 크라이 안드리히에게는 그것이 없었다. 애초에 왕위 쟁탈전에서 제외당한 예비의 근위인 크라이가 스파이 활동을 할 이유가 없고, 뭔가 알아봤자 활용할 수도 없지만————.

크라이가 자자 일행의 안내를 받으며 거리를 돌아다니는 동안, 노라는 크게 양보했다. 충전소에서는 보구에 막대한 에너지를 충전하려고 하자 발생한 경고를 어쩔 수 없이 찍어누르고 충전을 시켜주었고(충전할 수 있는 에너지는 에어리어의 리소스를 사용한다), 원래 외부 사람은 들어갈 수 없는 투기장의 입구도 통과시켜주었다. 자자 일행이 노라의 에어리어에 대해 설명해준 것도 묵인해주었다.

하지만, 그 남자는 노라의 배려를 전혀 눈치채지 못한 것 같았다.

게다가 투기장에서 진행된 대규모 시합도 보지 않고 나갔다. 아무리 외부에서 온 지 얼마 안 되었다고는 해도, 아무리 4점이라고 해도, 설마 그렇게까지 전혀 눈치채지 못할 줄이야, 이제는 어이없어할 기운도 없다. 도시의 평가 시스템이 얼마나 뛰어난지 깨닫게 된 것 같은 기분이다.

크라이의 감시를 맡겼던 근위 기사 청년이 눈살을 찌푸리며 말했다.

"아무래도 저 남자는 우리의 기술에도 전혀 흥미가 없는 것 같습니다. 투기장에서는 모처럼 노라 님께서 시합 스케줄을 변경하면서까지 최고의 시합을 마련해주셨는데요."

"흥…… 어쩔 수 없지. 우리의 기술에 그렇게까지 흥미가 없다면 더더욱 이용할 수 있겠어."

크라이의 방문에 맞춰서 노라가 이번에 조정한 것은 다음에 기사로 선발될 것으로 추측되는 가장 유력한 후보 두 명의 시합이었다. 평소부터 절차탁마하는 노라의 에어리어 시민들의 힘을 보여줌으로써 힘을 과시할 생각이었지만, 흥미가 없다면 어쩔 수가 없다. 노라가 만들어낸 것에 저렇게까지 관심을 보이지 않는 모습이 조금 짜증 나긴 하지만———.

그건 그렇고, 시민들이 단련하는 모습을 본 건 오랜만이었다.

자자와 루루 같은 아이들도 강화인간 시술을 받기 위해 절차탁마하고 있다. 그 사실은 노라가 이 에어리어를 만들기 전에 세웠던 계획이 결실을 맺었다는 뜻이다.

상황을 감안하면 자자나 루루 같은 아이들이 강화 기사로서 왕위 쟁탈전에 참가하지는 못하겠지만, 분명히 그 힘은 노라가 왕위에 오른 뒤에 도움이 될 것이다. 그 모습을 자신의 눈으로 확인하고 앵거스가 아니라 자신이 왕에 더 어울린다는 사실을 새삼 인식한 것만으로도 크라이의 행동을 지켜본 보람이 있다.

크라이는 지금, 클래스 2 시민인 자자 일행의 주거지로 이동해 있다.

노라의 에어리어에서는 비슷한 나이 또래 아이들이 모여서 생활하는 경우가 많다. 라이벌이 많은 쪽이 절차탁마하기 편하기 때문이다. 커다란 모니터에는 자신보다 종합 평가가 높은 아이들에게 둘러싸인 채 어설픈 미소를 짓고 있는 크라이의 모습이 떠 있다.

모니터 안에 있던 크라이가 가상 단말기를 조작했다.

"노라 님, 저 남자가 자자 일행의 요청을 받고 필요 신청 클래스 5 강화 장신구를 신청하는 모양입니다. 외부 사람이 노라 님의 연구 성과를 얻으려 하는 시도가 통과될 리가 없는데도───── 아니, 애초에 자자 일행도 자신의 클래스에 맞지 않는 기구를 누군가에게 부탁해서 얻으려 하는 건 명확한 위반 행위입니다만……."

근위 기사가 당황한 듯이 자자 일행의 위반 행위에 대해 덧붙여 말했다.

강화 장신구는 장착하기만 해도 항상 효율 좋게 육체를 단련할 수 있는 노라의 연구 성과 중 하나다. 그것을 달고 트레이닝을 하면 능력을 비약적으로 상승시킬 수 있지만, 고도의 기술로 만들어졌기에 클래스 5 이상 시민에게만 신청을 허가해주고 있다.

사용 자체는 금지되지 않았다고는 해도 자자 같은 사람들이 강화 장신구를 신청하는 건 노라가 정한 규칙에 어긋난다. 위반 행위라는 사실을 알면서도 크라이에게 부탁한 자자 일행도 뻔뻔하지만───.

노라는 잠시 생각하다가, 긴장한 표정으로 도구가 오기를 기다리는 자자 일행을 보고는 말했다.

"허가해줘라. 내가 아무것도 모른다고 생각하지 마라. 예전부터 상위 클래스에게 아이템을 부탁해서 받은 자가 있다는 건 나도 파악하고 있다."

너도 몇 번 그런 적이 있잖아?

노라의 시선을 받고 근위 기사 청년이 식은땀을 줄줄 흘렸다.

이 에어리어 안에서 노라가 모르는 건 없다. 항상 노라가 직접 감시하는 건 아니지만, 조건을 좁혀서 시스템에 감시를 맡기면 그만이다. 어떤 아이템을 누가 썼는지는 전부 기록에 남아있고,

그것을 거슬러 올라가 보면 몰래 횡령하고 있다는 사실 따위는 간단히 알 수 있다.

그것을 묵인하고 있었던 것은 그것이 노라에게 해를 끼치기 위해서가 아니라 기사가 되기 위해서, 즉 노라에게 도움이 되는 이유였기 때문이다.

"네, 네. 알겠습니다———."

청년이 지시를 받고 곧바로 크라이에게 강화 장신구를 보냈다.

자신이 뭘 하고 있는지도 모르는 것 같은 크라이의 멍한 표정과 눈을 반짝이는 아이들.

노라는 그중에 혼자 눈을 동그랗게 뜨고 있는 자자를 보고는 감탄한 듯이 말했다.

"그건 그렇고 이 자자라는 아이——— 머리가 꽤 잘 돌아가는구나. 좋은 눈빛이야."

낮에 크라이를 안내해줄 때부터 가끔 의아해하는 표정을 짓기도 했지만——— 이 자자라는 아이는 지금 상황이 부자연스럽다고 생각하며 위화감을 품고 있다.

충전소에서 경고 램프를 껐을 때. 시합 내용을 바꾸었을 때. 구석구석까지 노라의 눈길이 닿는 이 에어리어에서 그런 일이 우연히 발생할 수는 없다.

강화인간 기술을 받게 되는 조건은 아니지만, 노라의 근위가 되기 위해서는 머리도 잘 돌아가야만 한다.

"노라 님, 저 남자——— 시험 삼아 장신구를 차려다가 튕겨 나갔습니다."

"················어리석구나. 강화인간 기술도 누구나 쓸 수 있는 건 아닌데. 시스템 평가 4점이 저 강화 장신구를 착용할 수 있을 것 같아?"

적어도 《뇌제》의 친구라는 부분에만 가치가 있는 크라이보다는 자자가 100배는 더 노라의 근위에 어울린다. 본인은 재미있는 걸 보러 왔다고 말했는데, 이래선 크라이의 행동이 훨씬 더 우습다.

실망하던 크라이가 마구 웃어대는 아이들을 둘러보고는 다시 단말기를 조작하기 시작했다.

"?! 이, 이건······ 강화 장신구를 대량으로 신청하고 있습니다. 이래선 누군가에게 넘기겠다고 선언한 거나 마찬가지입니다. 아무리 그래도 너무 지나친 게 아닐지······."

정말로 모든 행동이 역효과만 부르는 남자다. 규칙을 모르는 것뿐이겠지만, 조금만 생각하면 그 신청이 허용되지 못할 거라는 사실은 알 수 있을 텐데.

이렇게까지 다른 왕족의 에어리어에 마구잡이로 들어와서 헤집어놓고 있다. 특권을 지닌 근위라 하더라도 반드시 엄벌을 받게 된다.

만약에 노라가 크라이를 협력자로 삼으려고 한다는 것까지 예측하고 이런 행동을 하고 있다면 이야기가 달라지겠지만, 저 남자가 아무런 생각도 없다는 건 분명했다.

"··········편의를 봐줘라."

"?! 만행을 용납하시는 겁니까?"

"상관없어. 어차피 왕위 쟁탈전은 곧 시작될 거야. 설령 저 남자가 강화인간 기술의 정보를 유출시킨다 해도 지금부터 연구를 시작해봤자 재현할 수는 없어. 그래서 요즘은 앵거스도 스파이를 보내지 않게 되었겠지. 그런 것보다는 저 남자가 협력하게 만드는 게 더 중요하다고."

지금은 협력자로서, 차기 왕으로서 도량을 보여줄 때다. 명확하게 노라를 적대한다면 모를까, 어느 정도의 규칙 위반은 눈감아줘야 할 것이다.

말도 안 되는 신청이 통과되자 혼란스러워하는 자자를 보고 노라가 추가로 지시를 내렸다.

"이 자자라는 아이에게 연락해라. 크라이가 더 이상 쓸데없는 짓을 하면서 문제를 일으키지 않게끔 감시하는 역할을 맡길 거야. 내 위광을 확실하게 이해할 수 있게끔 크라이의 행동을 유도하게 해! 아니, 잠깐——— 내가 직접 연락하겠어."

"윽?! 노라 님께서, 몸소 클래스 2, 그것도 어린애에게——— 아, 아뇨. 알겠습니다!"

왕족이 클래스 2 시민에게 연락을 취한다는 건 원래 있을 수 없는 일이다. 하지만, 이제 와서 크라이의 행동을 유도하기 위해 근위를 보내는 것보다는 이미 알고 지내는 사이가 된 아이들을 이용하는 게 더 자연스러울 것이다.

노라는 근위가 동요하는 것도 아랑곳하지 않고 입술을 낼름 핥고는 곧바로 자자에게 메시지를 보냈다.

이럴 수가, 이 사람, 초 VIP야…… 설마, 노라 님께서 직접 메시지를 보내시다니———.

자자는 화기애애한 분위기에서 동료들에게 강화 장신구를 나누어주는 크라이의 모습을 그저 멍하니 바라보고 있었다.

악몽이라도 꾸고 있는 것 같은 기분이었다.

단말기가 수신한 메시지. 그 메시지를 보낸 사람을 본 순간, 자자는 숨이 막히는 줄 알았다. 왕족이 클래스 2 시민에게 일부러 연락을 한다는 건 원래 천지가 뒤집히더라도 있을 수 없는 일이다.

처음에는 자자가 크라이에게 부탁해서 강화 장신구를 받아달라고 한 것을 꾸짖으려는 거라 생각했다.

자자가 크라이에게 강화 장신구를 받아달라고 부탁한 것은 밑져야 본전이라는 식이었다. 다른 동료들은 눈치채지 못했지만, 아무리 귀족이라고 해도 다른 왕족의 근위인 크라이가 노라 왕녀의 연구의 일부인 강화 장신구를 받으려고 시도해서 성공할 가능성은 거의 없었다. 그것이 통과된 시점에서 무언가가 이상했던 것이다.

그 이후에 크라이가 부탁하지도 않았는데 멋대로 동료들 전원 분량의 강화 장신구를 신청한 것은 기술 유출의 관점으로 보더라도, 노라 왕녀가 만든 필요 신청 레벨의 규칙으로 보더라도 말도 안 되는 행동이다.

하지만, 노라 왕녀가 보낸 메시지는 그 행동을 꾸짖는 내용이 아니었다. 정반대다.

『에어리어를 안내해주고, 노라 코드의 힘을 보여주어라. 그 남자는 중요 인물이다. 관계를 양호하게 맺을 수 있게끔 최선의 주의를 기울여라. 이쪽도 협력은 아끼지 않겠다. 모든 것이 잘 풀렸을 때는 랭크 상승을 약속하마.』

이곳 코드에서 대규모 세력을 만들어낸 앵거스 왕자와도 적대하겠다고 표명한 노라 왕녀가 관계를 악화시키지 않게끔 신경 쓰라고 말하다니, 대체 크라이는 정체가 뭘까? 종합 평가도 그렇고, 도저히 거물 같지는 않은데———.

좀 전까지는 마음 편히 말을 걸었지만, 노라 왕녀에게 연락을 받은 이후로는 어떻게 말을ㅈ 걸어야 할지 망설이게 되었다. 하지만, 왕족의 연락을 받고 수라장에 빠진 자자의 마음도 모른 채 크라이가 자자를 보며 말했다.

"이제………… 필요한 게 영양제였나? 얼마나 필요해? 영양제니까 날마다 먹나?"

"아, 아니…… 그건———."

먹기만 해도 신체 능력을 증강시켜주는 영양제는 노라 왕녀의 연구 성과 중에서도 가장 중요한 아이템 중 하나다. 신청에 필요한 클래스는 6이고, 실질적으로 기사단에 들어가지 않으면 절대로 얻을 수 없는 물건이다.

애초에 자자는 그걸 원한다는 말도 하지 않았다.

귀족이 아니니까 힘들 거라고 했을 뿐인데!

노라 왕녀는 지금도 분명히 자자를 보고 있을 것이다. 관계를 악화시키지 말라고는 했지만, 자자로서는 굳이 말하자면 더 이상 노라 왕녀를 불쾌하게 만드는 짓은 피하고 싶었다.

하지만, 크라이는 자자가 말리기도 전에 해당 메뉴를 찾아내 버린 모양이었다.

"음, 근력 증강제하고, 체력 증강제…… 이건가? 우와…… 종류가 엄청 많은데………… 뭐, 전부 받아버리면 되겠지. 이제 됐네."

"?! 오빠, 전부라니———."

"결정."

분명 아무런 생각도 없을 말을 듣고, 동경하던 강화 장신구를 보며 흥분했던 루루와 다른 동료들도 웅성대고 있다. 좀 전에 망설임 없이 전원 분량의 강화 장신구를 신청한 시점에서 어느 정도 눈치채긴 했는데, 설마 이 사람, 이 도시에서는 무제한으로 물건을 꺼낼 수 있을 거라 생각하는 건가?

아무리 코드라고 해도 무에서 유를 만들어낼 수는 없다. 이 도시의 물건은 전부 유한한 리소스를 사용해서 생성된다. 생활용품이나 식료품은 그렇다 치더라도 특별한 아이템은 그만큼 리소스를 많이 소비한다. 아무리 권리가 있다고 해도 쓸데없이 낭비하면 벌을 받을 수도 있다.

그리고 영양제는 분명히 그 특별한 아이템 중 하나다. 어찌 됐든 귀족만 신청할 수 있는 물건이다.

그럴 생각이 아니었어요, 노라 님! 막아주세요!

자자의 필사적인 기원도 허무하게 크라이의 눈앞에서 바닥이 열렸다. 루루와 다른 아이들이 급하게 크라이로부터 물러났다.

나타난 상자의 크기를 본 자자는 심한 현기증이 느껴졌다.

동료들이 다섯 명 정도는 들어갈 수 있을 만큼 커다란 상자였다.

"크라이 씨, 며, 몇 개나 달라고 한 거야?!"

"어……? 나와 있는 영양제를 모든 종류, 전원 분량인데."

공교롭게도 자자는 영양제가 몇 종류인지 모른다. 왜냐하면 클래스 2는 그 종류에 대해 알 권리조차 없기 때문이다. 강화시킬 종류에 따라 다른 영양제를 먹는다는 소문을 들은 적이 있긴 하지만, 아무래도 사실이었던 모양이다.

그걸 모든 종류, 전원 분량? 이 사람은 자자 일행에게 뭐가 필요한지조차 물어보지도 않고 망설임없이 모든 종류를 달라고 한 건가? 기사단 멤버들도 이렇게 영양제를 많이 먹진 않을 텐데.

갑자기 눈앞에 가상 단말기가 나타났고, 노라 왕녀가 보낸 메시지가 떴다.

메시지는 단 한 마디뿐.

『반드시 명령을 수행해라.』

그 한 줄의 메시지에서 느껴지는 위압감. 벌벌 떠는 자자 앞에서 크라이가 상자에서 병 하나를 꺼냈다.

크라이는 아무렇지도 않게 그 병——— 위대한 노라 왕녀의 연구 결과를 보고 있다가 대놓고 눈살을 찌푸리면서 자자를 보고는 터무니없는 말을 했다.

"자자, 뭐라고 해야 하나, 이거, 아무래도——— 독 같은데. 위기 감지 보구가 반응을 보이고 있어. 노라 씨가 만들었다고 했나? 나중에 따져야겠는데⋯⋯."

『네놈이 약하기 때문이다, 라고, 말해라. 나의 증강제를 버티려면 어느 정도의 육체 능력이 반드시 필요하다고. 까불지 마라, 내 연구 성과를 뭘로 보는 거냐, 라고 전해라!』

메시지에서 느껴지는 분노. 대체 자자에게 어쩌라는 걸까?

아니, 노라 님, 관계를 양호하게 맺으라고 했으면서⋯⋯⋯⋯.

루루와 다른 아이들이 방금 온 영양제를 조심스럽게 확인하고 있었다. 이 영양제와 장신구는 틀림없이 자자 일행이 기사가 되는 데 큰 도움이 될 것이다.

노라 왕녀는 엄격한 성격으로 유명하다. 원래는 귀족 아이들도 이렇게 아이템을 마음대로 쓸 수는 없을 것이다. 어쩌면 최연소로 기사가 될 수 있을지도 모른다.

아니, 그런 게 아니더라도——— 노라 왕녀가 직접 내린 명령을 수행하기만 하면 자자 일행의 이미지도 좋아질 것이다. 자자는 주먹을 꽉 쥐고는 각오를 다졌다.

노라 왕녀와 크라이, 두 사람의 비위를 맞출 법을 생각하고는 큰 목소리로 말을 걸었다.

"마, 맞다, 크라이 씨. 내일은——— 노라 님의 연구소를 구경하러 갈까? 노라 님의 강화 기사단을 만날 수 있을지도 모르고———."

"?! 어? 노라 님의 연구소에 들어갈 수 있을 리가 없잖아? 무슨 소릴 하는 거야?"

루루가 자자의 말을 듣고 놀라서 소리쳤다. 맞는 말이다.

일단은 일반 공개된 투기장과는 달리 노라 왕녀의 연구소는 극비 중의 극비다. 외부 사람은 물론이고 태어났을 때부터 노라 왕녀의 에어리어에서 지내고 있는 시민들도 들어갈 수 없다. 오늘 도시를 안내하는 루트 중에 연구소가 없었던 것도 그 때문이다.

하지만, 크라이는 일반적으로는 상상도 안 될 만큼 특별 대우를 받고 있다.

조심조심 단말기를 확인하자 노라 님이 보낸 답장은 '허가한다'였다.

이건 불행 중 다행이다. 이 에어리어의 시민 중에 노라 님의 연구소에 흥미가 없는 사람은 없다. 동경하던 강화 기사단을 만날 수 있을지도 모른다고 생각하니 어제까지의 자자는 생각지도 못한 행운인 것 같았다.

아마 노라 님의 연구를 직접 보면 아무리 이렇게 속 편해 보이는 크라이 씨라도 감탄할 테고——— 그렇게 되면 이미지도 좋아져서 클래스 향상도 가까워진다. 자자 일행도 연구소를 견학할 수 있어서 일석이조다.

크라이는 원래 있을 수 없을 정도로 멋진 제안을 듣고는 눈을 깜빡이고 나서 곧바로 말했다.

"아니, 연구소 같은 곳에는 흥미 없으니까 됐어. 그건 그렇고 내일은 다른 에어리어를 구경하러 갈 생각인데, 자자는 그쪽도 안내해줄 수 있어?"

코드 제2왕자, 토니 코드. 그 에어리어는 코드에서 손꼽힐 정도로 활기 넘치는 에어리어로 유명하다.

　에어리어의 우두머리인 토니 코드는 한마디로 말하자면 한량이다. 쾌활하고 싹싹하며 누구에게나 거리낌 없이 말을 거는 그 성격은 위엄이 없긴 하지만 친근하다. 화려한 색으로 도장된 개인용 거미를 여러 대 보유하고 있으며, 그것을 몰고 다니는 모습은 에어리어의 명물이기도 하다.

　그 밖에도 특색을 들자면 에어리어의 관리를 거의 전부 귀족들이 맡고 있다는 점일 것이다. 다른 에어리어에서도 어느 정도는 귀족들이 관리를 맡고 있지만, 토니의 에어리어에서는 그런 경향이 꽤 강하다.

　때와 장소에 따라서는 에어리어의 절대자인 토니가 귀족의 의견을 받아들이는 경우도 있다. 그런 태도가 토니의 에어리어로 많은 귀족들을 불러들였다. 그중에는 다른 파벌의 귀족이었던 자도 있었다.

　그것이 차기 코드 왕으로서 어울리는 행동이었는지는 알 수 없다.

　하지만, 결과적으로 토니는 코드 안에서 일정한 평가를 받고 있다. 카리스마 있는 형과 그에게 정면으로 맞서는 거센 누나를 두었으면서도, 뭐든지 무난하게 넘기는 종잡을 수 없는 왕자.

두 사람처럼 전투 관련 연구에 리소스를 투자하지 않았기에 차기 왕과는 거리가 멀다고 하지만, 귀족 중에는 토니 코드가 바로 차기 왕에 어울린다고 딱 잘라 말하는 자들도 있다.

왕탑을 포함한 중심부를 경계로 동쪽에 존재하는 자신의 에어리어에서, 특수한 기반을 쌓아 올린 남자는 오랜만에 누나가 보낸 메시지를 보고 웃었다.

"이봐, 이봐, 노라 녀석이 나에게 메시지를 보냈어. 아리샤의 근위에게 내 에어리어를 안내해줬으면 좋겠다는데. 이거 재미있게 되었네."

"……아리샤 왕녀의 근위라면 왕께서 직접 말씀하셨다는 그──."

마침 에어리어 운영에 대해 의논하러 와 있던 귀족 중 한 명이 그렇게 말하자 토니는 옥좌에 한쪽 다리를 올리고 앉으며 싱글싱글 웃었다.

"그래, 맞아. 노라가 푹 빠진 《뇌제》와 비슷한 이름으로 들어온 남자야. 꽤 재미있는 남자이긴 했지만………… 노라가 일부러 손을 쓸 줄이야. 대신 저번에 방해한 건을 그냥 넘어가 주겠다는군."

"?! 노라 왕녀가 그렇게까지 말할 정도입니까? 대체 그 남자에게 무슨……."

방해란 앵거스의 의뢰를 받고 크라이를 감옥에 데려다준 이야기일 것이다.

토니가 앵거스에게 힘을 빌려준 것은 지금 상황에서 앵거스가 가장 왕에 가깝기 때문이다.

노라와 앵거스는 배경이 다르다. 쌓아온 것이 다르다. 준비에

들인 시간도 다르다.

규모가 큰 지지층을 두었으며 조심성이 많은 형과, 성격 탓에 공포로 군림하는 감정적인 누나. 둘 다 타입은 달라도 뛰어난 사람들이지만, 그 때문에 한번 굳어진 앵거스의 우위는 무너지지 않는다. 노라가 지닌 강화인간 기술은 앵거스가 연구한 병기를 뛰어넘을 수도 있을 만큼 대단했지만, 아직 부족하다.

그래서 토니는 앵거스에게 힘을 빌려주었다. 그래서 앵거스는 토니가 힘을 빌려줄 거라 확신했다.

재미있을 것 같다는 이유나, 다른 이유도 있긴 하지만———.

토니는 왕위에 그렇게까지 흥미가 없다. 그저 지금 같은 생활이 계속 이어지면 좋겠다고 생각한다. 그리고 다음 코드 왕의 치세로 넘어가더라도 자신에게 힘을 빌려주는 자들이 학대당하지 않았으면 좋겠다고 생각한다.

"어떻게 하시겠습니까?"

"크큭…… 당연히 힘을 빌려줘야지. 그렇게 아쉬운 소리를 하기 싫어하는 누나가 부탁하잖아. 애초에 내 에어리어에 훔쳐갈 만한 기밀은——— 없어. 앵거스도 불평하진 않을 테고."

어찌 됐든 상대는 아리샤의 근위다. 앵거스는 노라가 토니에게 이런 부탁을 했다는 것조차 눈치채지 못했을 것이다. 노라는 원래 다른 왕족의 근위를 위해 움직일 만한 성격이 아니다.

토니는 입술을 낼름 핥고는 왠지 사나워 보이는 미소를 지었다.

"힘을 빌려주고 얻을 이익도 없지만, 딱히 큰 수고가 들어가는 것도 아니지. 무엇보다——— 재미있어. 크라이 안드리히의 어떤 구석에 그 누나를 움직이고 왕조차 움직이는 힘이 있는지 확인해 보자고."

"토니 전하, 잠깐만. 그 생각은 위험해!"

"응……? 아, 당신들이구나."

눈살을 찌푸리며 허가도 없이 들어온 자들을 보았다. 얼마 전에 토니의 에어리어로 도망쳐 온 용병들이다.

돈턴 패밀리라고 자칭하는 그 남자들은 척 보기에는 그냥 불량배 같지만, 실제로는 나름대로 종합 평가가 꽤 높은 전투 집단이다.

토니도 이민자를 몇 명 근위로 받아들이긴 했지만, 보유하고 있는 전력은 앵거스나 노라에 비해 매우 적다. 그렇기에 갑자기 온 돈턴 패밀리도 받아들였는데———.

팀의 리더. 건달 같은 분위기에 키가 작은 남자가 약간 날카로운 목소리로 호소했다.

"그 남자는 바깥 세계에서 악명높은《비탄의 망령》의 리더야! 지명수배당한 고레벨 헌터 출신 범죄자든, 천 명 규모의 큰 조직이든 아랑곳하지 않고 물어뜯는 흉악한 녀석이라고. 관광을 시켜주다니, 말도 안 돼."

리더의 안색에는 핏기가 없었고, 약간 그을린 얼굴에 식은땀이 맺혀 있었다.

돈턴 패밀리는 바깥에서 이름난 범죄조직일 것이다. 그런 남자들이 체면도 버리고 겁을 내며 고용주에게 호소하는《비탄의 망령》은 대체 어떤 존재일까. 돈턴 패밀리를 뛰어넘는 무투파 집단인 걸까——— 이름만 봐도 무시무시하긴 하다.

하지만, 그렇다 해도 돈턴 패밀리의 반응은 너무 호들갑을 떠는 것처럼 보였다.

들고 있던 다리를 내린 토니는 눈을 가늘게 떴다.

"그렇게 보이진 않는데. 평가는 당신들이 훨씬 높아. 그리고 악명을 떨쳤다는 것도 마찬가지지. 그렇잖아?"

"그, 그렇긴 하지. 우리는 레벨 6 헌터 파티도 해치운 적이 있으니까!"

레벨 6이 어떤 존재인지 도시 밖으로 나가본 적이 없는 토니는 모른다. 하지만, 받아들인 다른 용병들도 돈턴 패밀리를 높게 평가하는 것 같았기에 상당한 강자일 것이다.

하지만, 리더인 남자는 주먹을 쥐고 계속 소리쳤다.

"그, 그래도, 그 남자는──── 격이 달라. 이런 말을 하고 싶지는 않지만──── 그 남자는 웃기만 했는데 우리를 박살 냈단 말이다!"

"웃기만 했는데……? 훗. 당신들, 괴물이라도 본 것 같은 표정이야. 다른 사람을 착각한 거 아닐까? 그 남자는 시스템 평가로 최저점을 기록한 남자야. 그걸 의심한다는 건 코드의 도시 시스템을 의심한다는 뜻이지. 모든 전제가 무너져버려. 지금까지 평가 시스템을 속인 자는 없다고. 평가 시스템을 거치지 않은 자는 있지만."

예를 들어 앵거스가 손을 잡은 '여우'라 불리는 조직의 여자. 검미라고 자칭한 그 여자는 앵거스와 교섭해서 시스템 평가를 받지 않았다. 그리고 검미가 데리고 와서 감옥의 최하층에 수감시킨 남자 마도사. 그는 이질적인 힘으로 외부의 간섭을 전부 튕겨냈다.

하지만 크라이 안드리히는 아무런 저항도 없이 평가 시스템을 거쳤다. 매겨진 점수가 너무나도 낮다는 걸 제외하면 수상한 점은 없다.

토니가 한 말을 듣고 리더와 뒤에 있던 남자들이 화난 기색을 보였다.

"으………… 젠장. 아무도 믿질 않아!"

"괴물이라도 본 것 같다고?! 그 남자는 괴물이야! 실제로 싸워본 우리가 그렇게 말하잖아! 도시 시스템 같은 걸로 잴 수 있겠냐고!"

돈턴 패밀리가 다른 용병들에게 그런 말을 하고 다닌다는 건 알고 있었다.

그 이야기를 있는 그대로 받아들인 것은 용병 중 절반 정도에 불과했다. 하지만, 반대로 말하자면 절반은 진지하게 받아들인 것이다. 그것은 완전히 무시할 수 없는 수치다. 적어도 크라이가 《비탄의 망령》의 리더인지는 별개로 치더라도 《비탄의 망령》 자체의 평가는 눈앞에 있는 남자 말이 맞을 것이다.

함께 이야기를 듣고 있던 동료가 돈턴 패밀리를 경멸하는 눈초리로 보고 있다. 평소에 거만하게 행동하며 자신의 실력을 자랑하던 남자들이 이야기를 들은 것만으로 겁내는 모습은 봐주기 힘들긴 했다.

그건 그렇고, 그 크라이 안드리히라는 남자——— 이야기의 진위가 어찌 됐든, 정말 흥미롭다.

"뭐, 진정하라고. 지금 당장 상대하려는 건 아니야. 애초에 크라이는 지금 혼자라고, 동료들이 없어, 그렇잖아?"

"우, 우리도, 그렇게 생각했다고! 방심하긴 했지만, 그건 그런 수준의 문제가 아니었어. 실제로 싸웠다고 했지만 그건 싸움이라고 할 만한 것도 아니었다고! 지금도 들려. 사락사락 하는, 그 불길한 소리가!!"

토니가 볼 때, 크라이 안드리히는 그렇게까지 능력이 뛰어난 것 같지 않았다. 그리고 설령 능력이 있다 해도 애초에 돈턴 패밀리는 중요한 사실을 한 가지 놓치고 있다.

토니 코드는 딱히 크라이 안드리히의 적이 아니라는 사실이다. 돈턴 패밀리는 시비를 걸어버렸을지도 모르겠지만, 토니는 적대시하지 않았다. 적대하기는커녕, 감옥으로 갈 때는 거미까지 내주었다. 그런 의미로 크라이가 강한지 여부는 토니와 상관이 없다.

하지만 요즘 코드는 너무나도 시끌벅적하고, 너무나도 재미있다.

'여우' 검사와 봉인 지정. 앵거스가 손에 넣은 두 특급 전사와 《뇌제》. 어딘가에 몸을 숨긴 채 암약하고 있을 자칼리와 다가오는 왕의 붕어——— 변혁의 시기.

앞으로 어떤 싸움이 벌어질까. 그리고 토니는 그 거친 파도를 어떻게 뛰어넘을 것인가.

토니는 왕위를 적극적으로 노리지 않는다. 하지만, 눈앞에 승리가 굴러다닌다면 이야기가 달라진다.

지금까지 순조롭게 준비를 해왔더라도 정작 중요한 순간에 실수한다면 앵거스에게는 왕이 될 자격이 없다.

노라는 크라이를 노리고 있는 건가? 아마 그건 아닐 것이다. 아리샤의 산하로 들어간 《뇌제》가 목적이라고 생각하는 게 훨씬 자연스럽다. 토니는 손을 살랑살랑 흔들며 말했다.

"알았어, 알았다고. 그렇게까지 말한다면 시험해 주지. 이건 좋은 기회야. 당신들은 나서지 않아도 돼. 방법은 얼마든지 있으니까."

토니는 전투 계열 연구를 하지 않지만, 애초에 가지고 있는 리소스는 앵거스, 노라와 차이가 없다. 그렇다면 리소스를 어디에 쓴 걸까? 그는 옆에 있던 귀족을 보며 지시를 내렸다.

"이봐, 무력화 가스를 준비해. 크라이 안드리히가 이 녀석들이 말한 것처럼 대단한 존재라면 형님의 가스 따위는 통하지 않겠지."

"네. 하지만 그건 강력하니까요…… 바깥의 강자라도 버틸 수 있을지───."

"형이 자랑하는 두 사람에게도 통한 모양이니까. 하지만 반대로 말하자면 가스가 통할 경우에는 진정한 위협이 되지 못해."

토니가 리소스의 대부분을 투자한 것은─── 사람이다. 토니는 자신의 리소스를 대부분 귀족들에게 주었다.

리소스란 이 도시에서 힘 그 자체다. 힘을 지닌 귀족들 중 일부는 토니의 영지를 운영하는 역할을 맡았고, 나머지는 앵거스와 노라, 다른 진영으로 퍼져나갔다.

그렇기에 토니의 곁에는 원래 기밀인 앵거스와 노라의 연구 성과가 모여 있다.

다름 아닌 토니에게 은혜를 느끼고 있는 귀족들 본인의 손에 의해서.

앵거스와 노라는 틀림없이 그 사실을 눈치채고 있을 것이다. 그럼에도 불구하고 손을 쓰지 않는 이유는 다른 왕족의 리소스가 그만큼 두 사람에게도 매력적이기 때문이다. 함부로 관계를 끊으면 그만큼 리소스가 라이벌 진영에게 흘러가 버릴 테니 토니는 지금도 제재를 당하지 않고 있다.

"그리고 보니 형님은 두 전사를 손에 넣기 위해 무력화 가스를 전부 쓴 모양이던데. 그건 쉽사리 마련하지 못할 텐데 말이야."

"그럴 만한 가치가 있다고 본 거겠지요. 가스는 그렇게까지 써먹기 편한 무기가 아니니까요."

"야외에서는 효과가 약해지니까. 왕탑에서는 병기를 불러낼 수가 없으니 필요 없긴 하려나?"

토니에게는 아직 무력화 가스가 어느 정도 남아있긴 하지만, 왕위 쟁탈전의 추세를 결정지을 만한 물건은 아니다. 애초에 그 조심성 많은 형님이 가스 대책을 세우지 않았을 리도 없지만———.

토니는 노라에게 제안을 받아들이겠다고 메시지를 보낸 다음, 씨익 웃었다.

무력화 가스를 제대로 뒤집어쓰면 아무리 강자라 해도 버티지 못한다. 대처할 수 있든 없든, 갑작스럽게 퍼부으면 크라이 안드리히의 진정한 실력을 알 수 있을 것이다.

———그리고. 토니 코드는 작전을 실행한 결과, 눈앞에 뜬 광

경을 보고 멍하니 서서 눈을 크게 뜨고 있을 수밖에 없었다.

"말도 안 돼…… 허탕도 정도가 있지. 애초에 무력화 가스는 효과가 나타나려면 좀 더 시간이 걸릴 텐데…… 설마 비명조차 지르지 않고 기절할 줄이야……."

"이, 있을 수 없는 일이야…… 이, 이건 뭔가 잘못된 거라고! 《천변만화》의 함정이야!"

"마, 맞아. 살의조차 없이 우리를 박살 낸 저 남자가 이렇게 약할 리가 없어. 연기에 속지 말라고!"

마찬가지로 영상을 보고 멍하니 서 있던 돈턴 패밀리 멤버들이 당황한 듯이 소리쳤다.

이번 작전에 힘을 빌려준 귀족이 옆에서 보고 있다가 정말 어이가 없다는 듯이 말했다.

"노라 왕녀가 딸려 보낸 안내 담당 어린애가 더 오래 버텼군요. 가스를 눈치채고 입을 막기도 했고요."

화면에 떠 있는 것은 토니의 에어리어 건물 중 한 곳에서 쓰러진 크라이 안드리히와 어린아이들의 모습이었다.

무력과 가스는 실내가 아니면 효과가 약하다. 그렇기 때문에 실내로 들어온 순간에 방을 가스로 가득 채운 것이다.

그 결과가 이렇다. 무력화 가스는 대형 마수도 단시간에 기절시키는 물건이다. 그러니 일반 시민 상대라면 이런 결과가 당연하다고도 할 수 있겠지만, 상대가 마나 머티리얼을 흡수한 전사라면 좀 더 버틸 것이다. 앵거스가 카이와 사아야에게 사용했을 때처럼.

연기 같은 것이 아니었다. 크라이 안드리히라는 남자는 기습적으로 차오른 가스에 1초도 버티지 못했다. 도시 시스템의 눈을 속일 수는 없다.

아니, 저렇게 금방 쓰러졌으니 본인은 무슨 짓을 당했는지——아니, 무슨 짓을 당했다는 것조차 눈치채지 못했을 가능성이 크다. 지금이라면 말 그대로 어린애 손목을 비트는 것처럼 《비탄의 망령》이라는 이름을 지니고 있는 것 같은 악명 높은 집단의 우두머리를 죽일 수 있다.

토니는 혀를 차며 돈턴 패밀리의 리더를 노려보았다.

"쳇. 재미있는 걸 볼 수 있을 줄 알았더니——— 시시한 결과로 끝났군. 노라에게 변명할 내용을 생각해야겠는데…… 그런데 노라가 데리고 있는 시민은 실력이 좋군. 이번 성과는 그것뿐이야."

토니는 보았다. 의식을 잃기 직전에 노라가 딸려 보낸 어린애 두 명——— 자자와 루루가 비틀거리며 쓰러지는 크라이를 받쳐 주려 한 모습을. 곧바로 의식을 잃어서 그러지는 못했지만, 그 나이에 자기보다 연상인 남자를 지켜주려 하는 건 좀처럼 지니기 힘든 생각이다.

하지만 돈턴 패밀리의 멤버들은 여전히 크라이를 의심스러운 눈초리로 보고 있는 것 같았다.

돈턴 패밀리와 도시 시스템, 둘 중 어느 쪽을 믿어야 할까…… 하지만 이미 다른 귀족들의 돈턴 패밀리에 대한 불신감은 더할 나위 없이 커졌다.

애초에 토니 세력 쪽에서는 용병을 그렇게까지 중요하게 생각하지 않는다. 돈턴 패밀리가 《뇌제》처럼 탁월한 전투 능력을 지니고 있다면 모를까, 그렇게까지 강한 것은 아니다.

"마, 맞다, 토니 전하! 의식을 잃은 틈에 《천변만화》를 해치우자고. 무슨 일이 일어난 건지는 모르겠지만, 이건 절호의 기회야!"

…………쳇. 어차피 전투 전문 집단인 건가?

돈턴 패밀리는 정세라는 걸 전혀 고려하지 못하고 있다.

노라가 잘 봐달라고 한 손님을 죽이면 노라는 미쳐 날뛸 것이다. 근위를 처치한 것으로 인해 왕에게 받게 될 페널티는 백 보 양보해서 받아들일 수 있다 하더라도, 그 누나에게 정면으로 시비를 거는 건 위험하다. 앵거스가 왕이 되면 노라는 모든 힘을 빼앗기겠지만, 그렇기 때문에 그 누나는 왕이 결정되기 전에 확실하게 우리를 해치우려 할 것이다. 자신을 깔본 남동생을.

토니는 입을 다문 채 머릿속으로 도시 시스템에 접속했다.

영상 안에서 벽, 천장에 수많은 총탑이 돋아났다.

깜짝 놀란 돈턴 패밀리와 얼어붙은 귀족들. 토니는 신중하게 조준한 다음, 공격을 지시했다.

포구가 불을 뿜었다. 수많은 총알이 사방팔방에서 날아들었다. 연기가 단숨에 방을 가득 채웠고, 곧바로 바깥으로 뿜어져 나갔다. 영상 안의 광경을 본 돈턴 패밀리 멤버 중 한 명이 기뻐하며 소리쳤다.

"저, 저거 보라고! 저렇게 공격당하고도 멀쩡하잖아! 우리 말이 맞았지? 저 녀석은 위험하다고!"

그 말대로 모니터에는 쓰러진 채 멀쩡한 크라이가 보이고 있었다.

하지만, 토니는 눈살을 찌푸리며 말했다.

"멍청아…… 맞지 않았을 뿐이야. 잘 보라고, 아이들도 멀쩡하잖아."

"?! 어, 어째서———."

"나는 아슬아슬하게 맞지 않게끔 조준했어. 사방에서 날아드는 총알을 전부 간파하는 건 불가능하지. 생명의 위기에 처했는데도 반응을 보이지 않았다는 건——— 다시 말해 그런 뜻이야. 알겠지?"

"윽…………."

시스템에 접속해서 대상의 각성 상황 정보를 띄웠다.

도시 시스템은 모든 것을 자세히 나타내준다. 만약에 토니가 맞히지 않을 거라는 사실을 알고 있었다 해도, 기절한 척은 할 수 없다. 그 정보를 보고 귀족 중 한 명이 수염을 만지작거리며 어이없다는 듯이 말했다.

"……두 아이는 몸을 움직일 수 없는 상태지만 의식이 있었던 것 같습니다. 크라이는………… 깨어난 낌새가 없군요."

이건 오히려 놀라운 일이다. 이번에 크라이에게 퍼부은 무력화 가스는 앵거스가 카이에게 사용했던 것에 비해 농도가 훨씬 낮다. 그런데 저렇게까지 완벽하게 기절했다는 건 거의 재능이다.

손가락을 튕긴 다음, 다른 귀족들을 둘러보며 지시를 내렸다.

"실력 시험은 끝이야. 구조대를 보내라. 이번 건은 실수였다는 걸로 처리하지. 크라이는 그렇다 치더라도 노라의 시민까지 휘말리게 만들어버렸으니까. 정중하게 대접해줘야 한다? 나는———

누님에게 사과할 내용이라도 생각해 볼까."

"?!"

아직 아무도 다치지 않았기에 충분히 만회할 수 있다. 아니, 토니는 만회할 수 있게끔 움직였다.

노라의 분노도 리소스를 어느 정도 융통해주면 가라앉을 것이다. 이제 토니는 쓸데없는 시간을 허비하게 만든 녀석들에게 대처하기만 하면 된다. 본인들이 진심이라 해도 이 무능한 녀석들을 내버려 두면 악영향이 생긴다.

토니는 분노 때문인지 공포 때문인지 새파랗게 질린 돈턴 패밀리에게 웃으며 말했다.

"당신들은 해고야. 이제 크라이가 관광을 할 테니까, 당신들도 그러는 게 더 낫겠지? 당신들에게 줄 리소스는 없지만――― 어디로든 마음대로 가도록 해."

깨어나 보니 나는 커다란 침대에 누워 있었다.

낯선 방이었다. 얼룩 하나 없이 하얗고 깨끗한 천장에 몸을 감싸주면서 딱 좋게 단단한 침대.

팔꿈치를 침대에 대고 겨우 몸을 일으켰다.

내가…… 어제 어디서 잤더라…… 기억이 조금씩 돌아왔다. 맞아, 분명히…… 자자하고 루루가 다른 에어리어를 안내해주고 있었는데. 제일 활기찬 에어리어라는 말을 듣고…… 그래, 건물 안으로 들어갔는데 그 뒤가 잘 기억나지 않는다. 혹시 그 뒤에 술이라도 마셨나?

기지개를 켠 다음, 주위를 보았다. 기분은 좋았다. 하지만 무엇보다 놀라운 점은——— 전혀 졸리지 않는다는 점이었다. 수면 시간이 긴 나도 좀처럼 경험할 수 없을 정도로 최고의 기상이다.

오늘은 좋은 일이 있을 것 같네. 그런데 자자하고 루루는 어디 있지?

주위를 두리번거리고 있자니 갑자기 방 안으로 백의를 입은 아저씨가 뛰어들어 왔다.

"오오! 깨어나셨습니까! 정말로 다행입니다!"

"…………어?"

꽤 핼쑥해진 것 같은 자자가 그 뒤를 따라와서 울상을 지으며 말했다.

"다행이야…… 정말로 다행이야. 뭐, 살아있다는 건 알고 있었지만……."

"오빠! 다행이야, 이제야 깨어났구나! 오빠는 닷새나 잠들어 있었어! 우리는 금방 깨어났는데, 늦잠꾸러기구나!"

"그래…… 응?"

루루가 한 말을 듣고 나도 모르게 고개를 갸웃거렸다. 그 말의 의미를 이해하는 데 몇 초가 걸렸다.

닷새라니. 신기록을 세웠네…………가 아니라!

아무리 나라도 닷새나 잔 건 보통 일이 아니다. 방금 누워 있던 침대는 공주님 건물에서 쓰던 것과 다른 침대인 것 같은데, 이게 코드 기술의 힘이라는 건가?

그렇구나, 어쩐지 개운하게 일어났다 싶었지. 아하하하하…….

닷새나 잔 것치고는 몸은 평소에 다를 게 없는 것 같았다. 식사도 하지 않았을 텐데 배도 고프지 않고 근육이 약해진 것 같지도 않다. 혹시 코드의 침대는 그런 부분까지 보충해주는 건가? 거의 반쯤 보구나 마찬가지인데.

"잠깐 노라 님께 보고하고 올게! 크라이 씨, 멋대로 어디 가면 안 돼!"

자자가 방에서 나갔다. 백의를 입은 아저씨가 내 온몸을 확인하고는 끙끙대는 듯이 말했다.

"몸에 문제는 없으시죠? 무력화 가스의 효과는 개인차가 있긴 한데…… 닷새는 신기록입니다. 남녀노소 폭넓게 실험해보았는데, 그 실험 결과 중에도 이렇게까지 효과가 오랫동안 지속된 사람은 없었습니다. 잘 안 통하는 사람은 있었지만, 이렇게 효과가 오래 지속되는 사람이 있을 줄이야———."

무력화 가스……? 낯선 단어다. 그런 가스를 쓰지 않아도 나는 무력한데.

아무래도…… 나는 그냥 닷새 동안 잔 게 아닌 모양이다. 그야 그렇겠지.

이 도시에 오고 나서 딱히 피곤할 만한 일을 한 것도 아니고, 아무리 내가 오래 자는 사람이라고 해도 아무 일도 없는데 닷새나 잘 리가 없다. 게으름을 피우는 동안에 닷새가 지나간 적은 있지만.

침대 위에 걸터앉았다. 루루가 당황한 듯이 말했다.

"오빠, 자면 안 돼! 노라 님께서 화가 잔뜩 나셨어!"

"어? 노라 씨가 왜?"

노라 씨는 지금 상관없잖아. 내가 노라 씨의 근위라면 모를
까………….

"저도 부탁드리겠습니다. 당신을 깨우기 위해 연구할 필요가
있을지 진지하게 검토하고 있었으니까요."

"…………뭐가 뭔지는 잘 모르겠지만, 폐를 끼쳐서 미안해."

"네………… 네에………….."

내 몸은 딱히 문제가 없긴 하지만, 닷새나 잤다니 카이저와 사
야 쪽에서 뭔가 진도가 나가지 않았을지 신경 쓰이긴 한다. 레벨
8 헌터는 일을 빠르게 할 테니 한두 명 정도는 구해냈더라도 이
상할 게 없다.

한시라도 빨리 관광을 마쳐야지…… 관광을 하겠다고 구출을
늦출 수는 없으니까.

"이제야 깨어났나. 크라이 안드리히."

그때, 방안에 어떤 남자가 들어왔다. 붉은 머리카락에 하얀 정
장. 본 적이 있는 청년이다.

백의를 입은 아저씨와 루루가 급하게 길을 비켜주었다.

"!! 너는———!"

"이번에는 폐를 끼쳐버렸군. 설마 우리 방위 시스템에 걸려들
다니——— 미안하다."

그 붉은 머리카락 청년은 내 기억이 정확하다면 감옥으로 갈 때 데려다준 그 청년이었다.

충격적인 등장 장면과 충격적인 복장. 이름이 아마———.

나는 손을 탁 치고 미소를 지으며 말했다.

"TC 씨라고 했지. 아니, 아니, 저번에는 감옥에 데려다줘서 고마워. 무슨 일이 일어난 건지 잘 모르겠지만, 이제 서로 빚은 없는 걸로 하자고."

빚은 항상 없는 게 제일이다. 쓸데없는 배려를 해줄 가능성도 있으니까. 아무래도 우리는 방위 시스템이라는 것에 걸려든 모양인 것 같지만, 딱히 다친 것도 아니다. 용서해주자.

TC 씨는 내 말을 듣고 한순간 깜짝 놀란 듯이 눈을 크게 떴지만, 비꼬는 듯한 미소를 지으며 말했다.

"아니, 아니, 그럴 수는 없지. 어찌 됐든 이번 일 때문에 노라를 화나게 만들어버렸어. 아니, 우리 쪽 실수이긴 한데…… 정말, 비싸게 먹혔다고."

"토니 님, 아무리 조사를 해도 문제는 찾아내지 못했습니다. 이렇게 된 이상 개인의 문제라고 생각할 수밖에 없습니다. 이 자는 건강합니다."

"그래. 4점을 얕보고 있었군. 설마 효과가 너무 강할 수도 있다니——— 성인 남자잖아? 아니, 당신은 아무런 잘못도 없긴 한데……."

TC 씨는 한숨을 쉬고는 나에게 손을 내밀며 말했다.

"다시 자기소개를 하지. 나는 TC——— 토니 코드야. 당신의 동료들은 눈치챈 모양인데, 이 도시의 왕족 중 한 명이지. 내 에어리어를 관광하고 싶다면서…… 환영할게."

"!! 뭐라고?!"

TC…… 토니 코드. 왕족이라면 이 청년이 의뢰 대상, 보호 대상 중 한 명인가?

설마 다른 왕족을 이미 만났을 줄이야…… 그가 말한 내 동료란 아마 쿨 같은 사람들일 것이다. 정말, 눈치채고 있었다면 가르쳐주지.

일어서서 악수를 하며 말했다.

"전혀 알아채지 못했어………… 눈치가 없어서 미안해. 저번에는 고마웠어. 바깥에서 온 크라이 안드리히야. 알고 있는지는 모르겠지만, 이래 봬도 공주님——— 아리샤 왕녀의 근위고. 잘 부탁해."

"큭…… 진심으로 말하는 건지 도발하는 건지 알 수가 없군…… 당신, 역시 재미있는 남자구나."

"그런데, 이런 질문을 해도 되는 건지 모르겠지만…… 지금 귀족들이 감시하고 있어?"

내가 구출하러 온 왕족들은 귀족들에게 유폐, 감시당하고 있어서 시키는 대로 따르고 있을 것이다.

하지만 토니 씨도 노라 씨와 마찬가지로 아무리 봐도 유폐당한 것 같지는 않았고, 누군가가 시키는 대로 따를 것 같은 성격도 아닌 것 같다. 내가 그렇게 묻자 토니 씨가 눈을 동그랗게 뜨며 물었다.

"······용케도 눈치챘구나. 물론 보고 있지. 내 에어리어를 운영해주는 귀족들이 말이야. 그런데 그게 왜?"

이럴 수가·········· 감시당하고 있는 건가? 유폐당한 건 아닌 것 같지만, 의뢰 내용은 완전히 잘못된 게 아닌 모양이다.

뭐가 어찌 됐든, 이제 실제로 만나본 왕족은 세 명인가? 모두 합쳐서 일곱 명이니까 거의 절반과 접촉했다는 뜻이다. 내가 진짜로 레벨 8급 실력자였다면 귀족들을 쓰러뜨리고 도시 바깥으로 데리고 나갔겠지만······ 카이저와 사야를 찾으면 이 사실을 가르쳐줘야겠다.

나는 살짝 한숨을 쉬고는 토니 씨가 안심할 수 있도록 말했다.

"괜찮아, 걱정할 필요는 없어. 지금은 힘든 상황일지도 모르겠지만, 아마 카이저와 사야가 어떻게든 해줄 테니까."

"?? 무슨 소릴 하는 거야, 당신?"

귀족들이 감시하고 있는 상황이라 확실하게 말하지 못하는 게 아쉽다.

토니 씨는 한동안 눈살을 찌푸리고 있다가 잠시 후에 뭔가 눈치챈 듯이 나를 보았다.

"잠깐만? 카이저와 사야·········· 혹시 최근에 들어온 카이와 사아야 말인가?"

"어······? 아니, 그건 아닐 것 같은데."

"형이 자랑하던데····· 강한 전사가 들어왔다고."

아, 그럼 그 두 사람이겠네. 아무래도 둘 다 가명으로 입국한 모양인데.

역시 본명으로 들어오는 건 바람직한 행동이 아닌 모양이네(이미 늦었다).

토니 씨의 형이라면 토니 씨와 마찬가지로 왕족일 것이다. 반응이 아예 없어서 조금 불안했는데, 아무래도 둘 다 제대로 일하고 있었던 모양이다. 역시 레벨 8이야.

둘 다 같은 상대에게 간 건 뜻밖인데, 더블 부킹이라도 된 건가…… 아니면 그 형님이라는 사람이 구해내기 제일 힘든 상대인 걸지도 모르겠다.

그 사실을 알게 되었으니 내가 해야 할 일은 한 가지뿐이다.

"좋아, 그럼 바로 관광을 해볼까…… 시간도 없고. 들었어. 이 에어리어에는 다른 에어리어에 없는 것들이 이것저것 있다면서?"

닷새나 잠들어버리다니, 얼른 보구를 찾아야만 하는데, 시간을 낭비해버렸다.

"……그래, 그렇지. 우리 에어리어는 귀족들이 솔선해서 이런저런 활동을 하고 있으니 형님이나 누님의 에어리어와는 다를 거야. 돈도 있고."

토니가 손가락을 튕기자 바닥이 열리고 트렁크 가방이 올라왔다. 그 안에는 금화가 잔뜩 들어 있었다. 그것도 제블디아에서 유통되고 있는 10만길 금화다.

눈을 동그랗게 뜬 나에게 토니 씨가 뽐내듯이 말했다.

"우리가 만들었어. 당신이 가지고 있던 돈을 참고해서 말이지.

지금까지도 몇 번 본 적이 있긴 한데, 꽤 괜찮은 디자인이야. 진짜랑 똑같지?"

네, 위조였습니다. 진짜하고 똑같이 생기긴 했네요…….

"나는 바깥의 재미있는 문화를 이것저것 도입하려 하고 있는데, 아쉽게도 화폐 경제는 코드에 자리 잡지 못했어. 어찌 됐든 이 나라에서는 시민만 되면 어지간한 것들을 손에 넣을 수 있으니까. 돈을 대체할 만한 건 도시 시스템의 리소스인데, 리소스가 있으면 애초에 도시 시스템이 어지간한 것들을 마련해주지. 거래할 필요가 없다고. 참고로 물어보는 건데, 바깥 사람으로서 어떻게 생각해?"

"그 금화는 금으로 되어 있어?"

"아니, 흙으로 만들었는데."

금화 위조는 범죄라고 생각하는데요.

"꽤, 꽤나 재미있는 생각인 것 같아, 응. 그런데 나는 그런 게 아니라 다른 걸 보고 싶은데. 토니 씨네 에어리어에는 술집이나 레스토랑 같은 거 없어?"

관광할 때 가장 신경 써야 하는 것은 식사다. 《비탄의 망령》의 일원으로서(지금도 일단 일원이긴 하지만) 전 세계를 돌아다녔을 때도 식사는 얼마 안 되는 즐거움이었다.

이 도시에서는 그런 요리를 파는 가게를 아직 찾지 못했지만, 토니 씨네 에어리어가 바깥 문화를 도입했다면 가능성은 있을 것이다.

내가 그렇게 묻자 토니 씨가 팔짱을 끼고는 생각에 잠겼다.

"레스토랑과 술집 말이지. 아, 물론 알고 있어. 바깥 사람들에게도 이것저것 물어보았고, 이 도시에도 기록 정도는 있으니까. 식사를 제공하는 시설이잖아? 하지만 내가 아는 한, 이 도시에는 없는데…… 아니, 노라의 에어리어에는 비슷한 시설이 있었나? 강화인간을 만들기 위한 요리를 제공하는 설비가."

그건 내가 아는 레스토랑하고는 좀 다른데…… 먹기만 해도 강해질 수 있다는 뜻이야? 그게 진짜로 평범한 요리인가?

아무튼, 평범한 레스토랑이나 술집은 없단 말이지. 레스토랑이 없으니 디저트 가게도 없을 것이다.

공주님에게 가져다줄 선물을 뭘로 할지 고민이네…… 아무리 그래도 엿새나 지났으니 걱정하고 있을 테고.

"애초에 바깥 세계 사람이 만든 도시인데 그런 가게가 없는 건 이상하지 않아?"

"그런 걸 할 필요가 없으니까. 냉정하게 생각해 봐. 모든 것을 손에 넣을 수 있는 도시에 그런 게 필요할까? 사람의 노동력은 사람이 필요한 일에 써야지."

하긴, 이 세계에서는 일을 하지 않아도 살아갈 수 있다. 바깥 세계에도 생활을 위해 어쩔 수 없이 일을 하는 사람도 많이 있을 것이다. 필요한 것들이 전부 마련되어 있고, 화폐 경제가 성립되지 않은 도시에서 그런 가게를 경영할 이유가 있긴 할까?

나는 한동안 생각하다가 토니 씨를 보며 말했다.

"아니………… 필요한지 어떤지는 모르겠지만, 해보면 의외로 재미있을지도 모르잖아?"

"……뭐라고?"

"우리 나라에도 취미로 가게를 경영하는 사람이 얼마든지 있어. 사실 나도 언젠가는 카페라도 경영해볼까 생각하고 있거든."

특히 예전에 실력이 좋았던 헌터가 취미로 가게를 내는 경우는 적지 않다. 그런 가게는 이익을 그리 신경 쓰지 않아서 저렴한 데다 헌터 활동에 대한 조언을 받을 수도 있다.

아마 거친 일을 하며 살아왔기에 은퇴한 뒤에는 그런 평온한 삶을 원하는 거겠지만, 내가 하고 싶은 말은 사람이 일을 하는 이유는 살아가기 위해서만이 아닐 거라는 이야기다.

나도 현재 진행형으로 은퇴하고 싶어서 안달이 났지만, 헌터라는 일에서 즐거움을 전혀 느끼지 못하는 건 아니다. 즐거움이 전혀 없었다면 헌터 같은 건 이미 그만뒀을 것이다.

"세상에는 예전에 무녀였으면서 지금은 유부 가게를 하는 사람도 있어."

뭐, 매우 특수한 사례라는 건 부정하지 않겠지만.

"……그렇군. 듣고 보니 시험해 볼 가치가 있을지도 모르겠어."

"아니 됩니다, 토니 님. 비효율적이기 짝이 없습니다. 지금은 왕위 쟁탈전을 앞두고 있는 중요한 시기입니다!"

"그렇기 때문에 지금 만들어야 하잖아? 바보 같은 짓을 하려면 지금밖에 없어. 형님이 왕이 되면 그 이후에 권한을 얼마나 유지할 수 있을지 모른다고."

토니 씨는 끼어든 백의 아저씨에게 그렇게 대답했다.

나는 살짝 헛기침을 하고 나서 토니 씨에게 말했다.

"그리고. 그 왜. 온천 같은 거 있어? 커다란 욕탕에 모두 함께 들어가는 거."

"…………그 단어에 대해 알고 있긴 한데――― 그 행위에 무슨 의미가 있지? 위생 쪽으로는 도시 시스템으로 해결하고 있는데."

"내가 바깥에서 만났던 다른 나라의 왕녀는 지면을 열심히 파서 온천을 찾은 다음에 사람들을 잔뜩 불러모은다고 했어. 아무도 다가가지 못할 것 같을 정도로 깊은 숲속에 살면서."

"…………아무리 그래도, 제정신이 아닌 것 같군."

정령인(노블)의 나라――― 유그드라의 황녀인 세렌 이야기다. 그런데 듣고 보니 무거운 짐에서 해방된 이후로 그녀는 조금 폭주하는 기미가 있었다.

뭐, 그냥 내가 지금 가고 싶은 곳에 대해 말해봤을 뿐이다. 나는 쓸데없는 행동도 꽤 좋아하니까.

이러쿵저러쿵 해도 이곳 코드 또한 좋은 점은 잔뜩 있다. 루루가 안내해준 고층 건물에서 보았던 그 난잡하게 세워져 있던 건물들, 그곳을 트레이닝할 때 이용하는 시민들의 모습은 신기하게도 조화로워 보였고, 바깥에서는 볼 수 없는 멋진 광경이었다. 그리고 내가 이 도시에 와서 쾌적하게 지낼 수 있는 건 도시 시스템의 은혜를 누리고 있기 때문이다.

부족한 부분을 찾는 것보다는 좋은 부분을 찾는 게 더 기분 좋게 관광할 수 있는 방법일 것이다.

"다른 이야기이긴 한데, 토니 씨네 에어리어에서 보구 같은 걸 손에 넣을 수는 있어?"

이게 본론이다. 나는 보구를 찾기 위해서 노라 씨네 에어리어의 관광을 일찌감치 끝냈다고 해도 과언이 아니다. 나는 이 도시에 보구를 찾으러 온 거라고!

토니 씨는 내 말을 듣고 어이없다는 듯이 말했다.

"보구……라고? ……이봐, 이봐, 그것도 몰라? 보구는 전략 물자야. 코드의 모든 보구의 소유권은 코드 왕만이 지니고 있고, 클래스 8에게 공평하게 분배해 준다고. 왕족들은 그걸 필요로 하는 자들에게 빌려주지. 다시 말해서, 이곳 코드에서 보구를 손에 넣을 수 있는 방법은 왕족에게 받는 것뿐이야."

"그 보구 중에 스마트폰 같은 것도 있어?"

아니, 왕족에게 받을 수 있을지 여부는 제쳐두고 일단…….

"……물건 자체에 대해서는 알고 있긴 한데…… 그렇게 수준이 낮은 건 없지. 도시 시스템으로 비슷한 기능을 이용할 수 있는데 일부러 성능이 안 좋은 물건을 만들 필요는 없잖아?"

"응, 그래, 뭐, 그야 그렇지…………… 어?"

방금 뭐라고 했어? …………만든다고?

"도시 시스템이 제조하는 아이템들은 대부분 코드를 떠나면 제대로 작동하지 않아. 멀리 떨어진 곳에서도 문제없이 움직이는 물건, 당신들이 보구라고 부르는 물건은 왕만 만들 수 있다고. 보구를 제조하려면 막대한 리소스가 필요한 모양이야. 자세한 건 왕만 알고 있는데…… 이봐, 내 말 듣고 있어?"

말도 안 돼…… 보구의 제조는 고대부터 많은 권력자들이 연구했는데도 성공하지 못했던 일이다. 설마 이 도시에서는 보구의 제조에 성공했다는 말인가?

……뭐, 기장병을 만들 수 있으니까 이제 와서 따질 문제는 아닌가?

혹시 왕에게 부탁하면 스마트폰 하나 정도는 만들어 주지 않을까?

의욕이 좀 생기기 시작했다. 전부 잘 풀리면 마지막에 부탁해 보는 것도 괜찮을 것 같다.

그때, 토니 씨가 살짝 한숨을 쉬었다.

예전에 만났을 때는 활기가 넘쳤는데, 지금은 조금 지친 것처럼 보인다.

"에휴………… 뭐, 됐어. 우리 에어리어는 마음대로 구경해. 숨길 것도 딱히 없으니까. 에어리어 사람들에게도 당신 이야기를 전달해두지. 안내가 필요한가?"

"안내는 필요 없는데…… 이동 수단은 있으면 좋겠네. 뭔가 괜찮은 느낌인 거미 없어? 그 새빨간 거미도 멋있긴 했지만, 그렇게 큰 거 말고 혼자서 타고 다닐 수 있고 좀 더 아담한 거."

이 나라에서 일반적으로 쓰이는 거미형 탈것은 편리하긴 하지만, 너무 크다는 생각이 들었다. 도시 사람들은 잘 타지 않는 것 같고, 좀 더 마음 편히 타고 다닐 탈것이 있으면 좋겠다는 생각이 들었다.

내 말을 듣고 토니 씨가 입을 다물었다. 없으면 딱히 상관없긴 한데———.

침묵을 견디기 힘들어서 거절하겠다고 말을 꺼내려던 참에 그제야 토니 씨가 말을 꺼냈다.

"⋯⋯⋯당신, 설마 내 연구에 대해 알고 있던 건가?"

"⋯⋯⋯어?"

그렇구나, 재미있는 남자였어. 토니 코드는 의기양양하게 나가는 크라이 안드리히를 방의 창문으로 내려다보며 미소를 짓고 있었다.

무력화 가스를 이용해서 힘을 확인하는 건 실패했다. 하지만, 흥미로운 대상이라는 사실은 알 수 있었다.

돈턴 패밀리가 했던 말과는 정반대였지만───.

갑자기 무력화 가스에 당해서 닷새 동안이나 잠들어 있었다는 이야기를 듣고도 화를 내지 않았고, 왕족인 토니 앞에서도 존댓말을 쓰지 않았고, 두려워하는 낌새도 보이지 않은 그 태도. 4점이라는 평가를 받은 것도 납득이 된다.

그런 반응은 무능하든 유능하든, 어지간한 거물이 아니고는 보이지 않을 것이다.

게다가 그 남자가 말한 내용도 토니가 보기에는 꽤 신선했다. 효율을 따지자면 있을 수 없는 선택이긴 하지만─── 아마 바깥 세계는 효율과는 인연이 없는 모양이다.

정말 유익한 시간이었고, 특히 재미있는 건 마지막에 크라이가 토니에게 한 말이다.

아담한 1인용 거미. 그것은 토니가 리소스를 대부분 귀족들에게 나누어준 뒤에 남은 리소스로 연구하던 물건이었다.

거미는 좋다. 최고다. 토니의 마음을 완전히 사로잡은 물건이다. 이 도시에는 그 밖에도 성능이 뛰어난 이동 수단이 몇 가지 있긴 하지만, 토니는 여러 다리를 이용해서 도시 안을 이리저리 이동할 수 있는 거미를 사랑했다.

도색은 원래 할 필요가 없다. 자신을 지킬 기능도 필요 없다. 왕족은 마음대로 도시의 경비 시스템을 이용할 수 있으니까———— 하지만, 그럼에도 불구하고 토니 코드는 그것을 거미에게 탑재했다. 크라이를 감옥에 데려다줄 때 썼던 새빨간 거미가 제일이지만, 토니는 그 이외에도 많은 거미를 소유하고 있다.

왕위 쟁탈전에 힘을 쏟지 않고 리소스를 놀이에 허비하고 있는 것이다. 도락가라고 불리는 게 당연할 것이다.

"그런데 토니 님, 그런 남자에게 연구 성과를 주시다니…… 이목이 쏠리게 되면 골치 아파질 겁니다."

"뭐, 형님은 아무 말도 하지 않을 거야. 내가 적으로 돌아서지 않는 한은 말이지. 그리고 시승은 할 필요가 있었어."

그 형은 토니를 높게 평가하고 있다. 높게 평가하고 있다는 건, 경계하고 있다는 뜻이다.

토니가 왕위 쟁탈전을 위해 준비하기 시작하면 곧바로 짓밟으러 나서겠지. 수많은 귀족들과 이어져 있는 토니를 노라 이상으로 골치 아프다고 판단할지도 모른다.

하지만, 지금까지 그럴 예정은 없다. 그 형은 매우 안정적이다. 그가 만들 코드는 틀림없이 지금보다 더 강해질 것이다. 바깥 세계로 침공한다는 것도 지금처럼 효율에 특화된 상태로 그저 전력을 모으기만 하는 상황보다는 재미있을 것이다. 변화, 토니는 그것을 원한다. 그 변화로 인해 더욱 재미있어진다면 더욱 좋다.

"게다가 그건 아직 미완성일 텐데요. 너무 위험해서 실제로 이용하긴 힘들 텐데⋯⋯ 정말로 괜찮으시겠습니까?"

"일단 식사를 하는 곳부터 시험해 볼까? 그 남자 말이 맞아. 시험해보지 않으면 재미있는지 아닌지도 모르긴 할 테니까."

토니 씨가 빌려준 것은 내가 상상했던 것 이상으로 작은 거미였다.

크기로 따지면 지금까지 탔던 거미의 5분의 1도 안 될 것이다. 장갑도 없고, 다리도 겨우 3개 뿐인 아담한 크기. 좌우로 튀어나온 막대기 같은 핸드를 잡고 의자 같은 부분에 걸터앉아서 등자에 발을 디디면 그것이 기승 자세다.

토니 씨 말로는 소형이긴 하지만 속도는 일반적인 거미와 비슷한 정도로 낼 수 있다고 한다. 아직 완성품도 아닌 것 같은데 빌려주다니, 토니 씨는 정말 좋은 사람이다.

이 소형 거미는 1인승――― 억지로 타도 두 명까지만 탈 수 있는 것 같기에 자자 일행에게는 공주님이 빌려준 근위 기장병을 이용하라고 했다. 비행 능력이 있는 기장병은 녹색 한 대뿐이지만, 자자와 루루는 어린아이이기 때문에 각각 팔로 끌어안으면 날 수 있을 것이다.

"오빠, 정말로 그 거미를 탈 거야? 토니 씨의 반응을 보니 안전 기준에 못 미치는 것 같던데."

"……크라이 씨는 의외로 배짱이 좋단 말이지. 크라이 씨가 잠들어 있는 동안 우리가 어떤 심정이었는지 상상이 돼? 진짜로 죽는 줄 알았어. 왕족에게 있어서 클래스 2인 우리는 쓰레기나 마찬가지니까. 토니 님은 그렇다 치더라도 노라 님에게 처분당할 가능성도 있었으니까."

기장병에게 안겨 있던 루루와 자자가 이쪽을 보며 각각 말을 걸었다. 너희 둘에게는 정말 폐를 많이 끼친 것 같네. 내가 잠든 사이에 계속 붙잡혀 있었을 테고…….

"괜찮아, 토니 씨도 그렇게 이상한 걸 건네진 않았을 테고, 노라 씨도 자자를 처분하진 않을 거야. 너희는 딱히 잘못한 게 없으니까."

"…………크라이 씨는 정말 낙천적이구나. 진짜로 그런 부분은 고치는 게 나을걸? 오히려 불경하니까. 아니, 아무렇지도 않게 노라 님하고 토니 님을 노라 씨, 토니 씨라고 부르는 시점에서 이미 불경하지만."

"그렇게 따지면 노라 씨나 토니 씨 같은 사람들을 조종하는 사람이 더 불경하지."

"…………뭐?"

아…… 무심코 말실수를 했네. 방금 그 말은 취소.

이곳 코드에서는 언제 어디서 누가 내 말과 행동을 감시하고 있을지 모르니까.

"어, 그러니까…… 핸들을 잡고 움직이라고 생각하면 되는 거였나?"

생각만으로 기동시키다니 대단한 기술이긴 하지만, 보구를 기동시킬 때는 흔한 방법이라 조금은 익숙하다.

숨을 한 번 들이마신 다음, 핸들을 잡은 손에 힘을 주며 움직이라고 생각했다.

그리고── 나는 소리를 저 멀리 따돌렸다.

한순간 무슨 일이 일어난 건지 알 수가 없었다. 비명을 지를 틈도 없었다.

찰나의 가속. 부유감과 온몸에 느껴지는 풍압. 경치가 맹렬한 속도로 흘러갔다.

나는 필사적으로 핸들을 잡고 있을 수밖에 없었다. 가로막고 있는 게 없기 때문에 그렇게 느껴지는 건지도 모르겠지만, 대형 거미보다 훨씬 더 빠른 것 같다. 다리가 3개 밖에 없을 텐데, 대체 어떻게 된 거지?!

토니 씨의 에어리어에는 본인이 말했던 것처럼 사람들이 많이 있었다.

길을 가던 사람들이 당황한 모습이 내 동체시력으로도 간신히 보였다.

사고가 따라잡지 못한다. 지금까지 다양한 이동 수단을 경험했지만, 이건 틀림없이 최악이다.

이 속도로 방향을 전환할 수 있을까? 그제야 그 생각에 도달한 것은 건물의 벽이 코앞으로 다가온 순간이었다.

눈을 감고 세이프 링을 소비하는 걸 각오한 내 앞에서 몸이 위쪽으로 기울었다.

눈을 떠보니 소형 거미가 건물을 미끄러지듯이 뛰어 올라가고 있었다.

관성은 어떻게 된 거지? 토니 씨는 대체 무슨 생각으로 이런 거미를 빌려준 거지? 너무 크레이지해서 웃긴다. 아니, 뭐, 상쾌한 느낌이긴 하거든? 벽에 부딪히지 않았으니 '나이트 하이커'보다는 성능이 더 좋을지도 모르겠다.

고층 건물을 겨우 몇 초 만에 돌파한 소형 거미는 기세를 그대로 살려서 공중으로 솟구친 다음, 중력에 이끌려서 단숨에 낙하했다. 아무래도…… 비행 능력은 없는 것 같네.

세차게 지면에 낙하한 소형 거미는 몇 번 탄력 있게 튀어 오르고 나서 아무 일도 없었다는 듯이 달려가기 시작했다.

그러고 보니까…… 어떻게 멈추는지 물어보질 않았네.

"오빠, 대단해~! 나도 해보고 싶어! 그거, 위험하지 않아?!"

"위험하지, 않은 것처럼, 보여? 그래도, 이걸 타면, 에어리어를 금방, 볼 수 있잖아?"

"……방금 든 생각인데, 크라이 씨는 목숨 아까운 줄 모르는구나."

자자가 허세를 부리는 나를 제정신인지 의심하는 듯한 눈초리로 보았다.

바로 옆에서 기장병에게 안긴 루루와 자자가 나란히 날고 있었다.

이 소형 거미와 비교하면 기장병에게 안겨서 나는 건 쾌적할 것이다.

"그런데 이렇게 보니까 토니 님의 에어리어도 좋은 곳이구나! 난 노라 님의 에어리어 밖으로 나온 게 이번이 처음이야!"

"돌아다니는 거미의 숫자가 다른데. 토니 님이 거미를 좋아한다는 건 유명했는데, 무슨 심정인지 알겠어."

왜 내가 아니라 너희가 관광하는 거야? 겨우 고개를 들고 풍압 때문에 눈을 가늘게 뜨고는 경치를 보았다.

속도가 엄청나다는 건 마찬가지였지만, 듣고 보니 거미가 많은 것 같긴 했다. 그중에는 토니 씨가 타고 다녔던 것처럼 색이 다른 거미도 있었다.

"토니 님은 일을 잘 해낸 사람에게 거미를 주는 모양이야. 도장을 변경한 특제 거미지. 보통은 귀족도 개인용 거미를 손에 넣기 힘드니까 정말로 명예로운 일인가봐. 게다가 크라이 씨가 받은 건 본 적도 없는 거미니까, 더 대단해. 왜 토니 님이 그걸 준 건지는 모르겠지만."

그건…… 나도 신기하긴 해. '나이트 하이커'를 만든 사람도 그렇고, 빠르게 움직이는 탈것에는 브레이크를 달면 안 된다는 규칙이라도 있나?

온 힘을 다해 핸들을 잡은 채 버티고 있지만, 방심하면 떨어져 버릴 것 같다. 세이프 링도 있으니 얼른 떨어지는 게 더 행복할지도 모르겠지만…….

거미가 다시 건물의 벽을 뛰어 올라가기 시작했다. 그때, 자자가 아연실색하며 소리쳤다.

"크, 크라이 씨! 큰일이야, 이 방향——— 왕탑이라고!"

…………어?

눈을 동그랗게 떴다. 그러던 와중에도 거미는 멈추지 않았다.

이유가 뭘까, 이 건물——— 좀 전보다 경사가 조금 있는 것 같다.

소형 거미가 순식간에 건물 벽면을 돌파했고, 그대로 공중으로 뛰어올랐다.

긴 체공 시간. 그리고 나는 자자가 한 말이 무슨 뜻인지 이해했다.

탁 트인 시야, 눈앞에——거대한 건물——탑이 보였다.

지금까지 이 도시에서 봐 왔던 건물들보다 거대한 탑이, 햇빛을 반사하며 싸늘하고 조용하게 자리 잡고 있었다. 주위는 탁 트여 있었고, 건물 같은 것은 아무것도 없었다. 척 보기만 해도 그 탑이 특별하다는 걸 알 수 있었다.

탑의 벽면에 늘어서 있는 수많은 포탑. 상공을 선회하는 커다란 새 여러 마리. 지상에는 지금까지 본 적도 없을 만큼 많은 기장병들이 늘어서 있었다. 그중에는 감옥에서도 보았던 대형 기장병 또한 포함되어 있었다.

멈춰 있던 기장병들이 일제히 움직이기 시작하며 이쪽을 올려다보았다. 척 보기에도 감옥보다 몇 배나 많은 경비다.

포탑이 움직이며 이쪽을 조준했고, 커다란 새들이 선회하며 이쪽으로 진로를 바꾸었다. 기분 나쁜 예감이 들었다.

"크라이 씨, 거기는 왕의 에어리어야, 들어갈 수 없어!"

멀리서 들리는 자자의 목소리. 포구가 일제히 불을 뿜었고, 시야가 빛으로 감싸였다. 하늘에서 번개가 쏟아져 내리자 소형 거미의 움직임이 한순간 멈췄다. 그리고——— 나는 공중으로 힘차게 날아가 버렸다.

"오빠, 괜찮아?!"

"괜찮아."

".............어떻게 괜찮은 건데?"

도로에 대자로 뻗어있던 나에게 루루와 자자가 허둥대며 뛰어왔다.

아무래도 추격당하지는 않을 모양이다. 도로 가장자리에는 좀 전까지 타고 있던 소형 거미가 넘어져 있다.

루루가 내 팔을 잡아당겨서 일으켜 세워주었다.

"이런, 이런, 죽는 줄 알았네."

"어떻게 살아있는 거야? 왕의 영역을 침범하면 단번에 아웃일 텐데……."

자자가 조심조심 하늘을 보았다. 하늘에서는 거대한 기계새들이 떠다니며 이쪽을 빤히 보고 있었다. 도로에는 보이지 않는 경계선이라도 있는 것처럼 기장병들이 늘어서 있었다.

아마 경계선을 넘어서면 덤벼들 것이다. 물론, 넘어갈 생각은 없다.

방금 그건 사고라고, 사고.

자자가 혼란스러운 듯이 머리를 감싸며 말했다.

"분명히 이상해. 어째서 처형당하지 않은 거야?! 어째서 덤벼들지 않는 건데?! 애초에 왜 그 거미는 왕의 에어리어 앞에서 멈추지 않은 거야?! 코드의 모든 기계는 왕의 에어리어를 침범하지 않을 텐데! 우리를 데려다준 기장병은 제대로 멈췄는데─── 크라이 씨, 대체 무슨 짓을 한 거야?!"

"자, 자, 진정해⋯⋯ 봐준 거겠지. 아마 내가 일부러 그런 행동을 한 게 아니라는 사실을 이해해줬을 거야. 날아가 버리면서 바로 왕의 영역 밖으로 나온 것도 그 이유일지도───."

내 추측을 듣고 자자가 고개를 마구 흔들고는 내 눈동자를 들여다보며 말했다.

"크라이 씨, 그건 아니야. 나가지 않았어⋯⋯ 나가지 않았다고. 우리는 제일 먼저 들어가면 안 되는 성역에 대해서 배워. 여기는 아직, 왕의 영역, 이라고!"

그거⋯⋯⋯ 이상하긴 하네. 그래도 공격당하지 않는 걸 보니 유예를 준 모양이다.

"자자, 지금은 얼른 나가자. 임금님이 화를 내기 전에───."

"루루 말이 맞아. 관광은 끝이야, 얼른 돌아가자."

더 이상 골치 아픈 일은 사절이다. 나는 넘어져 있던 소형 거미

쪽으로 달려가서 본체를 들어올렸다.

무슨 재료로 이루어져 있는지, 소형 거미는 내가 들어 올릴 수 있을 만큼 가벼웠다. 루루가 아직 멍하게 서 있던 자자의 뺨을 때려서 정신을 차리게 했다.

이제 관광은 충분하다. 알게 된 것도 이것저것 있고, 시간도 꽤 많이 지나버렸다.

더 이상 무슨 일이 생기기 전에 공주님에게 돌아가야겠다.

왕의 에어리어에서 나와서 거미를 부른 다음에 기다리고 있자니 어디선가 근위 기장병들이 돌아왔다.

보아하니 진짜로 왕의 에어리어 밖에서 대기하고 있었던 모양이다.

거미에 타고 나서야 숨을 돌렸다. 이제 편히 쉬다 보면 거점으로 돌아갈 수 있을 것이다.

맞다, 그러기 전에 자자와 루루를 노라 씨의 에어리어에 데려다 줄 필요가 있지 않나?

이대로 가다가는 자자와 루루가 공주님의 에어리어에서 걸어서 돌아가게 된다.

나는 좀 전부터 안색이 좋지 않았던 자자에게 말했다.

"돌아갈 때 노라 씨네 에어리어에 들를까?"

"?! 어?! 어떻게, 알았어? 들렀으면 좋겠다는 거?!"

자자는 호들갑을 떨면서 놀랐다. 이봐, 이봐, 내가 그런 배려도 못할 것 같아?

오랜만에 하드보일드한 미소를 지으며 폼을 잡았다.

"그런 건 굳이 말하지 않아도 알아. 나는 바깥에서 신산귀모로 유명했다고."

"아하하, 오빠, 재미있다~!"

"……………."

루루는 거짓말이라고 생각했는지 웃어댔고, 자자는 입을 다물어버렸다.

그러게, 겨우 이 정도로 신산귀모라니, 웃기지? 애초에 나는 신산귀모라는 말을 듣는 것 자체가 악질적인 농담이라고 생각하는데———.

자자는 한동안 의심이 가득한 눈초리로 나를 보고 있다가 잠시 후에 작은 목소리로 고맙다는 인사를 했다.

"……고마워, 크라이 씨. 실은 노라 님이 계속 데리고 오라고 연락했거든."

……어? 노라 씨가? 왜?

그러고 보니 내가 깨어났을 때도 자자가 노라 씨에게 연락한다고 했었지. 나는 노라 씨가 아니라 공주님의 호위인데——— 뭐, 사소한 건 따지지 않겠지만.

노라 씨도 일단은 공주님과 마찬가지로 보호 대상이니까. 토니 씨가 해준 이야기를 통해서 카이저와 사야가 잘 하고 있다는 건 확인했으니 나도 조금이나마 일을 하는 척을 해야겠다.

거미가 낯익은 새빨간 건물 앞에 도착했다. 거미에서 내린 다음에는 자자가 재촉하는 듯이 내 손을 잡고 건물 안으로 들어갔다.

노라 씨의 본거지에는 여전히 팽팽한 분위기가 감돌고 있었다. 저번에는 갑자기 기사단에게 구속되었으니까 그나마 낫지만, 사방에서 쏠리는 적의가 담긴 시선은 빈말로도 기분이 좋지는 않았다.

자자가 한 말에 따르면 노라 씨의 거점에 머무는 것을 허락받은 사람은 기사들 중에서도 일부라고 한다. 자자와 루루가 목표로 삼고 있는 노라 씨의 측근 중의 측근이다. 상위 멤버는 노라 씨의 근위로도 임명받아서 귀족 클래스가 되었다고 하니 정말로 엘리트인 모양이다.

그런 위협하는 시선을 받으면서도 나는 아무런 생각이 없었다. 오히려 안심이 들기까지 했다. 왕족의 근위는 원래 이래야지.

건물 꼭대기층, 옥좌의 방에서 노라 씨가 기다리고 있었다. 처음 만났을 때 입고 있던 새빨간 드레스 차림. 드세 보이는 생김새라 그런지 그 모습에서는 왕녀라기보다는 여왕 같은 위엄이 느껴졌다.

자자와 루루가 그 모습을 보고 엎드렸다. 나도 따라서 엎드리기 전에 노라 씨가 말했다.

"자자, 루루, 안내하느라 고생이 많았다. 그리고 토니의 에어리어에서는 험한 꼴을 당한 모양이더구나, 크라이. 하지만, 자업자득이다. 모든 왕족이 나처럼 마음이 넓다고 생각하면 큰 오산이지."

"뭐가 뭔지 잘 모르겠지만 착오가 있었던 모양이라서. 험한 꼴을 당했다고 해야 하나, 그냥 잠들어 있었을 뿐인데……."

건강에는 지장이 없는 것 같으니 사소한 걸 따질 생각은 없다.

아니, 깊게 파헤치고 싶지 않다.

"안심해라. 토니 녀석에게는 두 번 다시 이런 일이 없게끔 타일러 두었어. 토니는 예전부터 이상한 짓을 저지르는 남자였으니까. 용서해줘라."

"? 용서하고 뭐고, 딱히 신경 안 쓰는데……."

노라 씨의 눈썹이 움찔거리며 움직였고, 입가가 일그러졌다. 하지만 그녀는 곧바로 마음을 다잡은 듯이 계속 말했다.

"그런데, 나의 에어리어를 견학한 모양이다만, 어땠지? 너와는 인연이 있었으니까…… 특별 대우를 해주었다. 그렇지? 자자."

"네, 네………… 귀족도 얻을 수 없을 만큼 많은 아이템을 저희에게 주신 것, 노라 님의 온정에 깊은 감사를 드립니다. 그리고 투기장을 견학할 수 있게 허가해주시고, 연구소 견학 허가까지 내주셔서."

"어? 연구소 같은 곳을 견학했던가?"

내가 눈을 동그랗게 뜨자 노라 씨가 일어서서는 나를 노려보며 소리쳤다.

"윽…… 허가를 내줬는데 네가 가려고 하지 않았단 말이다! 이 어리석은 자 같으니! 이곳 코드에서도 최첨단인 나의 강화인간 기술 연구소 견학을 흥미가 없으니까 됐다는 말로 거절하지 마라! 내 온정을 대체 뭘로 보는 거야!"

……왠지 죄송하네요. 연구소 견학 같은 건 굳이 말하자면 시트리가 좋아하거든. 내가 좋아하는 건 디저트 순례야.

노라 씨가 왠지 초조한 듯이 땅바닥을 차고는 나를 향해 손가락을 들이밀고 선언했다.

"아, 정말, 번거롭군. 회유 따위는 나의 패도에 필요 없어. 크라이 안드리히, 단도직입적으로 말하마. 이 노라 코드에게 협력해라. 그러면 예비의 목숨은 보장하겠어!"

좀 전과 온도 차이가 너무 커서 나도 모르게 눈을 동그랗게 떴다.

갑자기 무슨 말을——— 아니…… 감옥에서 보인 모습을 감안하면 원래 모습인가?

자자와 루루가 엎드린 채 겁을 먹고 있다.

노라 씨의 눈동자는 마치 육식 짐승처럼 번득이고 있다. 나는 잠깐 생각하다가 대답했다.

"좋아."

"시간은 주지 않겠다. 네게는 이미 충분히 시간을 주었…………뭐라고?"

"좋아."

아니, 감옥에 갔을 때도 든 생각인데, 노라 씨는 대체 왜 나를 적이라고 판단한 거지?

나에게 있어서 노라 씨는 적이 아니다. 보호 대상이다.

"그러니까, 다시 말해…… 《뇌제》도 협력하게 만든다는 뜻인데? 괜찮겠어?"

"응, 그래, 그렇지. 상황에 따라서 말이겠지만………… 크라히는 의외로 전부 날려버리는 것밖에 능력이 없거든?"

뭐, 노라 씨가 전부 날려버리고 싶어 할 가능성도 꽤 있긴 하지만.

"말도 안 돼…… 너, 그렇다면 대체 무슨 이유로 나를 방해하려고———."

노라 씨가 중얼거리고 있다. 언제 내가 노라 씨를 방해했다는 거지? 순서도 확실하게 양보하려 했는데…… 그때, 한 가지 신경 쓰이던 게 생각났다.

"그런데, 노라 씨, 한 가지 조건이 있어."

"!! 하하하하하, 그렇구나, 역시나! 이 노라 코드에게 조건을 내걸다니, 참으로 오만불손하군. 하지만, 일단은 들어보겠어. 말해봐."

노라 씨는 마치 물을 만난 물고기처럼 크게 웃어댔다.

대체 왜 조건이 있다는 말을 듣고 그렇게 기뻐하는 건지는 모르겠지만, 대단한 조건은 아니다.

"지위? 아니면 리소스? 아, 보구를 원한다고 했었지."

지위나 리소스?는 필요없다. 보구는 가지고 싶지만, 지금 하고 싶은 말은 그게 아니다.

"아니, 그렇게 어려운 건 아니야. 공주님을 예비라고 부르지 말아줬으면 좋겠거든."

"…………뭐라고?"

자칭 코드 왕이라는 사람에게도 말했지만, 정말 지독한 호칭이다.

설령 공주님이 진짜 예비라고 해도 자매니까 다른 호칭으로 불러줄 수도 있을 텐데.

"시시한 조건이군. 그렇다면 내가 예비를 뭐라고 불러야 하지?"

…………어?

"……………'정말 귀여운 아리샤'?"

내 농담에 분위기가 얼어붙었다.

노라 씨도, 근처에서 대기하고 있던 근위들도, 자자와 루루까지 입을 다물었다.

"……그, 그건── '정말 귀여운'까지 붙여서 불러야 하나?"

"……당연하지. 매번 붙여야 해."

"그, 그런 짓을, 할 수 있겠나!! 네놈은 나를 뭘로 보는 거냐! 예비를 대체 뭘로 보는 거냐!"

노라 씨는 얼굴을 시뻘겋게 물들인 채 입술을 떨며 소리쳤다. 나는 하드보일드한 미소를 드리우며 말했다.

"예비가 아니야, '정말 귀여운 아리샤'잖아? 아니, '정말 귀여운 여동생 아리샤'로 할까?"

"?! 나에게 치욕을 줘서 뭘 어쩔 셈이지?!"

아니, 딱히 뭘 어쩔 생각은 없는데…… 나는 예비라는 호칭이 신경 쓰였을 뿐이지만, 이왕이면 지금까지 악질적인 호칭으로 불렸던 걸 만회할 만한 호칭으로 불러도 좋을 것 같으니까(의미불명).

"노라 씨는 공주님의 언니니까 언니로서의 입장을 제대로 보여 줘야지. 간단하잖아? 노라 언니가 되는 거라고."

"윽………… 뭐, 라고?!"

"노라 님! 부디 진정하시길───."

노라 씨는 김이 피어오를 만큼 얼굴을 시뻘겋게 물들였고, 근위들이 달려왔다.

귀여운 아리샤라고 부르라는 건 반쯤 농담이었는데, 농담이라고 말하기가 껄끄러워져 버렸다.

분노인지 수치심인지, 어깨를 떨고 있는 노라 씨에게 근위들이 우르르 몰려갔다. 다들 키가 크고 훈남인 데다 날씬한 마초다. 노라 씨의 취향일지도 모르겠다.

푸른색 머리카락의 훈남 기사가 노라 씨에게 말했다.

"노라 님! 저 남자가 한 말은 전부 말도 안 되는 소리입니다!"

"굳이 말할 필요도 없어! 정말이지."

"하지만……《뇌제》의 힘이 필요하다는 건 사실입니다. 지금은 분노를 꾹 참으시고———."

"뭐, 뭐라고?!"

뭔가 시작되었네. 눈을 동그랗게 뜨고 있던 내 앞에서 기사들과 노라 씨가 말다툼을 벌이기 시작했다.

"호칭을 바꾸는 것뿐, 호칭을 바꾸는 것뿐입니다, 노라 님! 이 부족한 베멜, 여동생이 있습니다. 오빠이긴 합니다만, 노라 언니가 되시는 데 도움을 드릴 수 있을 겁니다!"

"무슨 말을 하는 건가! 베멜 경! 오빠와 언니는 전혀 다르잖나! 노라 님, 저는 누나와 여동생이 있습니다. 외람된 말씀입니다만, 저에게 맡겨주신다면 반드시 노라 님께서 진정으로 훌륭한 언니가 되실 수 있을 겁니다."

"저는 누나나 여동생이 없지만, 이상은 있습니다. 노라 님, 이상적인 언니야말로 위대하신 노라 님께서 목표로 삼으신 패도와 통하는 부분이 있을 겁니다."

"저에게 맡겨 주십시오!"

"지금은 참으실 때입니다. 왕위를 위해서입니다!"

"저 남자의 제안을 받아들이시죠!"

"아리샤 왕녀에게 진정한 언니를 보여주시죠!"

"''노라 님!!''"

노라 씨가 눈을 한껏 크게 뜨고는 부들부들 떨면서 나를 보았다.

아니………… 저 사람들은 나 때문에 움직인 게 아니잖아. 그들을 기사단으로 뽑은 건 노라 씨고, 나는 딱히 부추기지도 않았다고. 뭐 때문에 그렇게 화가 난 건데…….

기사단을 동경하던 자자와 루루도 갑자기 내 의견에 합세하기 시작한 기사단을 보고 깜짝 놀란 모양이었다.

그리고 각자 제멋대로 떠들어대기 시작한 기사단을 보고 견딜 수가 없었는지, 노라 씨가 날카로운 목소리로 외쳤다.

"시시시, 시끄러워어어어어어어어어어어어어어어어어!"

"윽?!"

좀 전에 비해 위엄 같은 것이 조금 줄긴 했지만 아직 충분히 무서운 성난 목소리. 기사들이 한 발짝 뒤로 물러섰다. 노라 씨는 부모님의 원수라도 보는 것처럼 이쪽을 노려보며 소리쳤다.

"알겠다아아, 크라이 안드리히. 훌륭한 언니든 뭐든 내가 되어 주겠단 말이다!"

반쯤 자포자기한 거 아닌가? 노라 씨.

내 경험상, 자포자기하면 제대로 풀리는 일이 없다.

"하지만, 그런 걸 원한다면 《뇌제》만으로는 부족하지! 네놈은 나 대신 감옥 최하층에 있는 봉인 지정을 회유해줘야겠어!"

"봉인…… 지정……?"

낯선 단어를 듣고 눈을 동그랗게 뜬 나를 보고는 노라 씨가 팔짱을 끼고 씨익 웃으며 말했다.

"외부 조직이 데리고 왔지만 손을 써볼 수가 없었던 범죄자야! 처분하는 건 아깝다는 이유로 감옥에 가두어 둔 그 《뇌제》를 뛰어넘는 괴물――― 앵거스도 회유를 포기했고, 도시 시스템조차 무효화하는 이능력자라고! 어때, 겁이 나나?!"

"아, 네."

범죄자들하고만 거래해서 그런지 이 도시의 인재 중에는 멀쩡한 녀석들이 없네.

"그 남자에게는 아무것도 통하지 않아. 붙잡히기 직전에 자신에게 마법을 건 모양이라 말이지. 감당을 못하게 된 조직이 코드로 데리고 왔지만, 아직 대처할 방법을 찾아내지 못했어. 네놈이 만약에 그 봉인 지정의 능력을 뚫고 회유할 수 있다면 훌륭한 언니가 되라는 제안도 받아들여 주마!"

"그럴 수가…… 노라 님, 그런 조건은 달성하지 못할 게 뻔합니다!"

"다시 생각해 주십시오, 노라 님! 이 남자는 4점이란 말입니다!"

"시시시시시끄러워어! 네놈들이야말로 정신 차려라! 그러고도 나의 기사단이냐! 그리고…… 어떠냐, 크라이! 할 거냐?!"

아니, 뭐, 시도해 보는 것만이라면 딱히 상관없는데…… 아무리 감옥에 갇혀 있어서 안전하다고 해도 혼자서 그렇게 위험한 시도를 하고 싶진 않아. 크라히를 데리고 가야겠네.

"그거 지금 당장 해야만 해? 크라히를 데리고 가고 싶은데."

"안 돼! 지금 당장, 다녀와라! 거미를 준비해 주마! 지금 당장!"

노라 씨는 소리를 지르며 그런 터무니없는 말을 했다. 왠지 캐릭터가 바뀐 것 같은데.

이제 슬슬 밤이 될 텐데………… 감옥도 문을 닫지 않을까? 아니, 오늘은 이제 돌아가고 싶은데, 왠지 돌아갈 수는 없을 것 같네.

반쯤 포기하고 있던 그 순간, 얼굴을 시뻘겋게 물들인 채 소리를 지르고 있던 노라 씨의 몸이 굳었다.

그녀의 얼굴에서 표정이 사라졌다. 눈을 한껏 크게 떴다. 마치 괴물이라도 본 것처럼.

기사들이 범상치 않은 노라 씨의 모습을 보고 경계 태세를 취했다.

그리고 노라 씨는 나를 보고는 떨리는 목소리로 말했다.

"오늘은, 이만, 어서, 돌아가도록 해, 크라이."

"어? 그래도, 지금 당장 다녀오라고———."

"그 말은 취소다! 지금 당장, 전속력으로, 내 눈앞에서, 사라져! 이건, 명령이야!"

정말, 노라씨는 정말 기분파구나. 회유하라고 하다가 갑자기 사라지라고 하다니.

뭐, 사라지는 건 상관없긴 한데…… 오늘은 정말 피곤하다.

닷새 동안이나 자놓고 이런 말을 하긴 좀 그렇지만, 얼른 돌아가서 자고 싶은 기분이다.

"그럼, 이제 돌아갈게. 조만간 또 올 테니까. 크라히를 데리고."

"⋯⋯⋯⋯한동안 오지 않아도 돼. 푹 쉬렴."

노라 씨가 갑자기 왜 그러는 거지? 감정의 변화가 너무 커서 무섭네.

나는 뒤쪽을 힐끔거리면서 재빠르게 노라 씨의 옥좌의 방을 나섰다.

건물 앞에 서 있던 거미를 타고 공주님의 건물로 가라고 지시를 내렸다.

밤에도 밝은 코드 거리를 거미가 건물 사이를 뛰어넘으며 달려갔다. 역시 거미는 소형보다 대형이 더 낫구나⋯⋯⋯⋯ 알아서 이동해 주니까 안에서 잘 수도 있고.

그런데 노라 씨는 진짜로 왜 그런 거지? 갑자기 마음이 바뀐 건가? 시간이 나면 뭐라도 챙겨다 줘야겠다.

거미 내부는 혼자서 쓰기에는 너무 넓지만, 그만큼 다리를 쭉 펴고 누울 수가 있다. 진동이 거의 없는 거미 안에서 눈을 감고 있다가 중요한 것을 깜빡 잊었다는 사실을 눈치챘다.

"공주님에게 줄 선물을 깜빡했네!"

관광 겸 보구 찾기라는 개인적인 목적으로 며칠이나 자리를 비웠으면서 선물도 가져가지 않다니, 말도 안 되는 소리다. 게다가 나는 공주님의 근위고, 이번에 바깥에 나올 때는 기장병 근위까지 데리고 왔다. 공주님하고 그럭저럭 괜찮은 관계를 맺고 있는 것 같긴 하지만, 친한 사이일수록 예의를 차려야 한다.

건물을 뛰어오르려 하던 거미를 두드려서 제자리에 멈추게 했다. 바깥은 이미 완전히 어두워졌다.

"선물…… 어디선가 선물을 손에 넣지 않으면 돌아갈 수가 없는데."

가게 같은 것도 없었고, 보구도 손에 넣지 못했으니까.

일단 얻은 게 전혀 없는 건 아니다. 토니 씨의 에어리어에서는 (망가져 버렸지만) 소형 거미를 받았고, 노라 씨의 에어리어에서 자자 일행에게 받아다 준 영양제와 강화 장신구는 이미 거점으로 보내두었다. 하지만, 그런 실용품은 선물로 그다지 어울리지 않을 것이다.

"좋아, 오늘은 돌아가는 걸 포기하고 적당한 곳에서 자자."

내일, 노라 씨나 토니 씨에게 가서 선물로 줄 게 있는지 물어봐야지.

마음속으로 그렇게 결심한 순간, 갑자기 뇌를 뒤흔드는 듯한 충격이 느껴졌다.

『까불지 마라아아아아아아아아아아아아아! 얼른 돌아가라고!』

"…………어?"

정신을 차리고 보니 나는 하얀 공간에 혼자 서 있었다. 들어본 적이 있는 목소리가 천장에서 내려왔다.

『네놈을 돌려보내기 위해서, 내가, 일부러, 손을 써준 걸, 알기나 하는 거냐!』

"어………… 저기………… (자칭) 임금님!"

이 공간에 온 것은 두 번째다. 아무리 잘 잊어버리는 나도 단기간에 두 번 왔으니 잊어버리진 않는다. 루샤도 그렇게 말하던데, 이거, 진짜로 전이한 거구나…….

『이봐! 설마 내 이름을 잊어버린 건 아니겠지?!』

"뭐, 진정하라고. 우선 상황에 대해서 가르쳐줘. 손을 썼다는 게 무슨 소리야?"

나는 이름을 잘 못 외우니까…….

코드 왕은 한동안 잠자코 있다가 대놓고 혀를 차며 말했다.

『네놈을 위해서 내 영역을 침범했는데도 추격을 막아주었다! 곧바로 감옥에 가라고 바보 같은 소리를 지껄인 그 어리석은 노라에게 얼른 풀어주라고도 일렀지! 그런데도 적당한 곳에서 자겠다고?! 까불지 마라!』

"……임금님, 혹시 나를 감시하고 있어?"

『하고 싶어서, 하는 게, 아니란, 말이다!!』

이 자칭 임금님도 왠지 정서가 불안정하네. 저번에 이야기를 나누었을 때보다 더 혼나는 것 같은데. 내가 대체 뭘 했다는 건지…… 선물을 찾아서 돌아간다고 했을 뿐이잖아.

애초에 왜 이 임금님은 나를 얼른 돌려보내려 하는 거지?

갑자기 불러낸 이유를 전혀 이해하지 못하고 있던 나에게 임금님이 억누르는 듯한 목소리로 말했다.

『……울고, 있단 말이다.』

"……네?"

『아리샤가, 계속, 울고 있단 말이다! 네놈이 엿새 동안이나 자리를 비운 탓에!!』

예상하지 못했던 말에 나도 모르게 눈을 동그랗게 떴다. 임금님은 혼잣말을 하는 것처럼 중얼거렸다.

『날마다 날마다 날마다, 우는 모습을 보게 된 내 입장도 좀 생각해 봐라! 날마다 말이다?! 네놈이 잠들어서 거점을 비운 동안, 날마다! 기분이 처진다고!』

"……안 보면 되잖아."

『네놈에게는 사람의 마음이 없나?! 목소리를 억누르면서 울고 있는데?!』

알았어. 미안, 미안하다고. 이렇게 오랫동안 자리를 비울 거라고는 나도 예상하지 못했어.

그런데 공주님은 오랫동안 혼자 유폐당해 있지 않았나…….

"그래서 공주님이 울다 지쳐서 임금님에게 부탁했고, 이것저것 손을 써준 거구나."

『……부탁받진 않았다. 그 애는 나에게 하소연을 한마디도 하지 않았지. 그렇게 시시한 일로 번거롭게 하던 아리샤가 말이다?!』

그러니까, 아무런 말도 하지 않았는데 멋대로 감시하면서 손을 써준 건가?

……어라? 이 사람…… 설마 진짜 임금님인가?

그게 아니면 울음만으로 다른 사람을 움직인 공주님이 대단한 것뿐인가? 눈물은 강하니까…….

『나는, 바쁘다. 울고 있는 아리샤만 보고 있을 수는 없단 말이다! 번거롭게 하지 마라! 얼른 돌아가라! 그 눈물을 멈춰라! 알겠지?』

울려퍼지는 목소리. 강한 현기증이 느껴졌고, 정신을 차리고 보니 나는 다시 원래 있던 곳으로 돌아왔다.

거미에게 지시를 내려서 거점으로 향했다. 선물을 찾을 시간이 없지만, 어쩔 수 없다.

지금 가지고 있는 걸로 어떻게든 해야지.

빠른 걸음으로 건물 안을 나아간 다음, 승강용 방을 통해 꼭대기 층으로 향했다.

뭐라고 위로해줘야 할지 결국 생각나지 않았지만, 일단 엎드려서 빌까.

잘 생각해보니 나는 근위니까, 아무리 필요가 없다고 해도 무단으로 오랫동안 자리를 비운 건 잘못이었던 건지도 모르겠다. 아니, 오랫동안 자리를 비울 생각은 없었는데.

벽을 투명하게 만들었다. 그리고 거의 동시에 공주님의 목소리가 들렸다.

"!! 크라이, 어서 와! 어땠어?"

"음…… 다녀왔습니다?"

공주님은 벽에 이마를 바싹 붙이고 활짝 웃으며 인사했다.

어라? 울고 있던 거 아니었나?

평소 이상으로 신이 난 공주님의 모습을 빤히 바라보며 관찰했다.

잘 살펴보니 평소보다 머리카락이 흐트러졌고, 옷도 흐트러졌고, 눈도 부었다.

"어라? 울고 있다고 하던데?"

"…………………어째서, 그런 말을 하는 거야? 그런 건 눈치채더라도 말하지 않아야 하는 거 아니야?"

공주님이 입을 한순간 다물었다가 비난하듯 말했다.

공주님의 방은 단순했다. 이 시간에 존재해야 할 침대도 없다.

"크라이가, 돌아올 것 같은, 낌새가 느껴지길래, 준비했어! 일을 마치고 돌아온 신하를, 울상으로 맞이할 수는 없잖아?"

그렇구나, 그렇구나, 요즘 공주님은 왕족으로서의 자각이 있으신 모양이다.

"참고로 어떤 느낌으로 울었는데?"

"…………."

공주님은 무뚝뚝한 표정을 짓더니 곧바로 벽 쪽으로 성큼성큼 가서는 웅크리고 앉아서 고개를 숙인 뒤에 목소리를 억누르며 울기 시작했다. 그렇구나, 그렇구나. 이거………… 꽤 효과가 있을지도 모르겠다.

내가 상상했던 것보다 거센 울음소리는 아니었지만, 그만큼 쓸쓸함이 느껴진다.

'조르기', '떼쓰기'에 이어 임금님을 움직인 이 기술에 '흐느껴 울기'라는 이름을 붙여줘야겠다.

그리고 일을 마치고 돌아왔다고 하던데, 딱히 일을 하러 간 게 아니라고…….

공주님이 우는 시늉을 그만두고 돌아왔다.

문앞에 선 다음, 그녀는 처음에 만났을 때 보여주었던 미소와는 다른 미소를 드리우며 말했다.

"그래서…… 바깥은 어땠어?"

"아~, 뭐, 꽤 즐거웠어. 어떤 왕족이 관리하고 있는지에 따라 에어리어마다 특색이 있어서——— 아, 이건 선물이야."

내가 가지고 온 것들, 이제 움직이지 않을 것 같은 소형 거미와 미리 보내두었던 강화 장신구, 영양제를 건넸다.

손에 넣은 것을 일단 선물로 받은 공주님은 미묘한 표정을 짓고 있었지만, 다른 에어리어 이야기를 시작하자 금방 미소로 돌아왔다.

처음에는 부드러운 미소만 짓고 있었는데, 표정이 꽤 풍부해진 것 같다.

이야기를 대충 마치자 공주님이 말했다.

"그런데…… 크라이. 나에게는 언제 거리를 안내해줄 거야?"

"?"

공주님은 설레는 듯 나를 올려다보았다.

거리를…… 안내해달라고? 그런 이야기를 했던가?

나는 그저 보구를 찾고 관광을 하기 위해서 거리를 돌아다녔을 뿐인데——— 애초에 공주님의 방문은 열리지 않는다. 귀족들이 억지로 그렇게 시켰겠지만, 문은 왕이 잠갔고 크라히도 열지는 못했다. 공주님도 유폐당했다는 사실에 불평하는 낌새는 없었는 데——— 아니, 애초에 너, 바깥에 나가고 싶었어?

"아니, 뭐, 그건…… 그 왜, 문이 안 열리니까."

"………………어?"

공주님은 멍한 목소리를 내며 날벼락을 맞은 듯한 표정을 보였 다. 나도 똑같은 기분이야.

애초에 한 가지 중요한 사실이 있다. 지금 우리가 대화를 주고 받는 모습을 다른 사람이 보고 있을 가능성이다. 이제 와서 하는 말이지만, 내가 공주님을 바깥으로 내보내려 하면 공주님을 가두 어둔 세력에게 내가 적이라는 걸 들켜버리게 될 것이다.

뭐, 카이저와 사야가 구해줄 때까지 조금만 참으면 되니까…….

"문 같은 걸 열 수 있을 리가 없잖아, 왕이 정한 거니까. 안 그래?"

"그, 그건…… 그, 그래도! 그러면, 왜, 호위가 필요하다는 말 을 꺼낸 거야?! 나를 호위할 루트를 확인하러 갔던 거지?"

"…………공주님은 나를 너무 과대평가하는 것 같아. 애초에 문이 안 열리는데……."

"또, 똑같은 말을 반복하지 마!"

공주님이 두 눈에 눈물을 머금었다. 아니, 일단 체면상 말이지. 무사히 이 도시에서 탈출할 수 있다면 마음대로 바깥을 돌아다닐 수 있게 되니까…… 그 사실을 말하지 못한다는 게 괴롭다.

"그럼…… 나는 계속 이 안에 있어야 해?"

"······················뭐, 그게 코드 왕의 결정이라면."

"윽!!"

공주님이 충격을 받은 듯이 손으로 입가를 가렸다.

"아니, 그래도 공주님, 지금까지 계속 그런 느낌으로 살아왔으니까…… 괜찮잖아."

"_____."

공주님이 내 말을 듣고 말없이, 마치 튕겨 나간 듯이 뒤쪽으로 돌아섰다.

그리고 그대로 소리 없이 솟구친 침대에 쓰러지듯이 뛰어들어 엎어졌다.

공주님은 얼굴을 파묻은 채 몸을 떨고 있다. 혹시…… 울고 있나?

나는 급하게 문에 얼굴을 대고 소리쳤다.

"공주님, 진정해! 꽤, 괜찮아, 내가 바깥 에어리어에서 재미있는 걸 찾아서 가져다줄 테니까!"

"흑…… 흐윽…………."

"큭…… 이놈, 코드 왕! 공주님을 저렇게 울리다니, 정말 못된 녀석이군! 아니, 왕이니까 이런저런 제약이 있다는 건 알겠지만, 굳이 평생 유폐시킬 필요는 없잖아! 용서하느냐, 못하느냐를 굳이 따진다면 용서 못 한다, 코드 왕! 자, 공주님, 기운 내!"

어설프게 왕의 비위를 맞춰주면서 위로해주었다. 하지만, 공주님이 고개를 들 낌새는 보이지 않았다.

그때, 머릿속에 목소리가 울려퍼졌다.

『이놈! 누가 악화시키라고 했나! 그러고도 근위냐!』

왕의 목소리다. 마술로도 비슷한 걸 할 수는 있긴 하지만, 이 도시의 시스템은 엉망진창이다.

『아니, 나도 할 수 있는 건 했다고요. 그래도 근본적으로 어떻게 해볼 수가 없다고 해야 하나, 못하는 건 못하는 거라고 해야 하나…….』

『시끄럽다! 내 눈을 속일 수 있을 거라 생각하지 마라! 네놈은 그냥 괴롭히기만 했을 뿐이야! 한순간 아리샤의 울음을 멈추게 만들었을 때는 4점도 도움이 된다고 생각했다만─── 어째서 외부에서 들어온 녀석들이 네놈을 신산귀모라고 생각하는 건지 이해가 안 된다! 네놈에게 사람의 마음은 없는 거냐!』

『죄………… 죄송합니다.』

딸을 예비라고 부르던 남자가 할 말은 아닌 것 같은데, 사람이 바뀌었나?

나는 방의 침대에서 목소리를 억누르고 있는 공주님을 보면서 머릿속으로 대화를 나누는 데 집중했다.

『그래도 실제로 이 문제는 어떻게 할 수가 없지 않아? 이건 말이야. 애초에 나는 바깥에 내보내 주겠다고 말한 적이 없단 말이지.』

『아리샤는 그저 유폐를 잠자코 받아들이기만 했으면 되는 거였다! 그런데 네놈이 시시한 짓만 하면서 바꿔버렸어! 근위 기장병 제도를 악용하다니, 용케도 그런 생각을 했군…… 아니, '그것'도 그런 시스템의 허점을 눈치챌 만한 타입이긴 했다만─── 예상했던 것보다 머리가 더 잘 돌아가는구나. 시스템의 숙련도도 꽤 높고. 사람을 제조하는 시스템이 어째서 왕의 허가를 받을 필요가 있는 건지 이제야 이해했다.』

자칭 왕은 중간부터 이해가 잘 안 되는 말을 중얼거렸다. 분명 공주님은 내가 오기 전까지 좀 더 조용히 있었을지도 모르겠지만, 그런 걸 이제 와서 따져봤자 소용이 없다.

그리고 딱히 이렇다 할 해결책도 없는 나에게 코드 왕이 말했다.

『아리샤의 방문을 열어주는 건 불가능하다. 아리샤의 유폐는 관계자 모두가 정한 일——— 그리고 왕은 두말하지 않는다. 그것을 어기면 이상한 오해를 낳게 되지. 질서가 흐트러진다. 알겠나?』

『아, 네.』

제블디아 제국에서도 법 아래에서는 황제가 전권을 지니고 있지만, 모든 것을 황제 마음대로 할 수 있는 건 아니다. 코드도 마찬가지라는 뜻일 것이다.

공주님도 참 가엾네. 내가 코드 왕이었으면 규칙 같은 건 무시했을 텐데…… 책임감이 없다고 하면 변명할 여지가 없지만요.

그리고 코드 왕은 한동안 침묵한 뒤에 억누르는 듯이, 묵직한 목소리로 말했다.

『내가 문을 열어줄 수는 없다. 그러니 아리샤를 바깥으로 데리고 가고 싶다면 네놈이 잠긴 문을 열어라. 도시 시스템의 허점을 이용해서 말이다.』

『어…… 딱히 바깥으로 데리고 갈 생각은 없는데…… 애초에 도시 시스템의 허점 같은 건 모르니까.』

오히려 내 본심으로는 카이저와 사야가 일을 마칠 때까지 눈에 띄지 않게끔 얌전히 지내고 싶다. 모든 악의 근원인 귀족들에게 내가 탐협의 끄나풀이라는 걸 들킨다면 끝장이니까.

『윽…… 알겠나?! 네놈은 아리샤의 방문을 열어라! 나는 당연히 네놈에게 벌을 내려야만 하지만――― 아쉽게도 그걸 실행할 수는 없을 거다. 시간이 없으니까.』

뭔가 엉망진창인 말을 하고 있는데, 이 사람…….

빠르게 마구 늘어놓는 듯이 들리는 말. 아무런 대꾸도 하지 못하고 있자니 갑자기 왕의 말투가 누그러졌다.

왠지 지친듯한 목소리.

『수명이 얼마 남지 않은 나에게 더 이상 저것이 우는 모습을 보이지 마라. 알겠나? 마지막 순간에 이런 고민을 떠안게 될 줄이야, 인생이란 참으로 기이하군.』

뭔가 깨달은 듯한 말을 남기고 통신이 끊겼다.

왠지 방금 그 사람…… 진짜 왕인 것 같은 느낌이 드네. 그리고 상황을 정말 이해할 수가 없다.

나는 세계 정복을 꿈꾸며 횡포를 부리는 귀족들의 야망을 막으러 왔을 텐데, 내가 확인한 범위 안에서는 유폐당한 사람이 공주님 한 명뿐이고, 그 한 명도 유폐시킨 건 귀족들이 아니라 왕이고, 게다가 문을 열어주라고 한다. 뭐가 뭔지 알 수가 없다.

나는 한동안 생각에 잠겨 있었지만 딱히 결론이 나오지 않아 베개에 얼굴을 파묻고 있던 공주님을 보았다.

엎드려 있으니까 지금도 우는 모습은 안 보이지 않나? 왕에게 그런 지독한 태클을 걸 생각은 없다.

일단 울음을 그치게 해야 한다. 나는 문을 쾅쾅 두드리며 말했다.

"알았어, 알았다고. 공주님, 그렇게 울지 마. 문을 열어줄 테니까!"

"……흑, ……흐윽, …………어, …………어떻게?"

떨리던 몸이 한순간 멈췄고, 공주님이 엎드린 채로 고개만 살짝 움직여서 가녀린 목소리로 그렇게 물었다.

…………어떻게 해야 할까요? 시스템의…… 허점?

"그야, 당연히? 시스템의 허점?을 이용해야지."

"그런 건 불가능해. ……그리고, 위대한, 코드 왕의, 뜻을, 거역하다니———."

공주님은 더듬더듬 반론했다. 응, 그래, 그렇지. 나도 그렇게 생각해.

나는 우선 하드보일드한 미소를 지으며 자신만만하게 말했다.

"괜찮아, 괜찮아. 그게 코드 왕의 뜻이니까."

마치 그 말을 기다렸다는 듯이 공주님의 방문이 옆으로 젖혀졌다.

??! 아니…… 어? 나는 아직 아무것도 안 했는데요? 어라? 시스템의 허점은?

………………이 도시의 시스템은 허점투성이구나.

"?! ……??? 어? ………………어?"

문이 열린 기척을 느낀 건지, 공주님이 조심조심 고개를 들고는 이쪽을 보았다.

충혈된 눈. 울음을 터뜨리던 표정이 멍하게 바뀌었다.

공주님은 한동안 멍하니 있다가 침대에서 비틀비틀 일어선 다음, 이쪽으로 다가왔다.

그리고 곧바로 가까이 다가와서는 살며시 손을 뻗어 내 얼굴을 만졌다.

공주님의 손가락은 약간 차가웠으며, 떨리고 있었다. 그녀는 그 아름다운 녹색 눈을 몇 번 깜빡이고는 마치 꿈이라도 꾸는 듯이 조금 얼빠진 표정으로 고개를 갸웃거렸다.

"어……………… 어, 어떻게, 했어?"

"……시스템의 허점을 이용했지. …………시스템에 허점을 제대로 남겨둔 아빠에게도 고맙다고 해야 한다?"

이런, 이런, 정말 수고를 많이 끼치게 만드는 남자다. 최근 며칠 동안 고민거리였던 문제가 일단 해결될 낌새를 보이자 고기동 요새 도시의 지배자이자 정점인 클래스 9, 크로스 코드는 한숨을 크게 쉬었다.

크로스의 거점인 왕탑에는 오랫동안 크로스가 아닌 다른 사람이 들어오지 않았다. 아무도 없는 왕탑에 혼자 앉아 있자니 이 세계에 자기 혼자밖에 없는 듯한 착각조차 들었다.

왕위 쟁탈전이 시작되는 건 크로스가 죽은 뒤다. 아이들이 왕위를 목표로 절차탁마하는 상황을 만든 것으로 크로스가 맡고 있던 왕으로서의 역할은 반쯤 끝난 상태였다. 남은 건 크로스가 언제 죽을지, 그 문제뿐이다.

이번 왕위 쟁탈전을 위해 크로스는 오랫동안 계획을 짜 왔다. 아이를 몇 명 만들고, 어떻게 교육을 시키고, 어떤 귀족이 있는 어떤 에어리어를 줄지 전부 크로스가 정했다. 크로스의 치세 때 코드는 크게 움직이지 않았지만, 그만큼 리소스가 모였다. 기동 능력을 수복한 코드는 세계 정복을 시도했던 초대 코드 왕보다 훨씬 강한 전력을 거느리게 될 것이다.

오랫동안 맡아온 책무가 끝나가고 있다. 혼자 왕탑에서 죽음을 기다리는 것이 마지막 일이 되었다.

그래서일까, 요즘 갑자기 엮이는 일이 늘어난 아리샤의 모습을 확인해버린 이유가.

아리샤 코드. 귀족들이 애원해서 만들게 된 예비 왕족. 시스템상 왕위 계승권을 가지고 있긴 하지만, 왕위 쟁탈전과는 관계가 없을 거라고 정해둔 아이. 코드의 시스템이 크로스의 유전자를 이용해서 만들어낸 딸.

적당히 최소한의 에어리어를 주고, 그 중심에 자리 잡은 건물에 유폐시키고, 모든 관리를 도시 시스템과 귀족들에게 맡긴 뒤에 전혀 간섭하지 않았다. 모습을 본 적도, 메시지를 받은 적도 없었다.

아니, 정확히 말하자면 관계를 끊은 것만이 아니다. 흥미를 전혀 품지 않았던 것뿐이다.

자신이 정한 이번 대 코드 왕으로서의 사명은 보다 강한 코드를 보다 강한 왕에게 이어주는 것이고, 그 이외의 것에 리소스를 쏟아붓는 것은 그저 낭비에 불과하다. 아마 크라이가 쓸데 없는 짓을 하지 않았다면 크로스는 아리샤를 보지도 않고 자신이 한 일에 만족하며 삶을 마쳤을 것이다.

처음에 별생각 없이 확인했을 때 눈에 들어온 것은, 초콜릿이라는 과자를 손에 넣기 위해서 꼴사나운 짓을 했을 때와는 다르게 쓸쓸한 듯이 창밖을 바라보는 아리샤의 모습이었다.

도시 시스템에 가볍게 접속한 것만으로도 무슨 일이 있었는지 금방 알 수 있었다. 아리샤에게 쓸데없는 것을 가르쳐준 그 무능한 근위가 건물을 나서서 거리를 구경하러 간 것이다.

딱히 별일은 아니다. 오히려 리소스를 받지 못한 아리샤가 근위 기장병을 자원으로 바꿔서 개조했다는 게 더 큰 문제일 정도다. 이곳 코드의 시스템은 고도 물리 문명 시대를 완벽하게 재현하지 못한 건지 군데군데 이렇게 자그마한 샛길 같은 게 존재한다. 크로스가 왕이 아니었을 무렵에는 자주 시스템의 샛길을 찾아다니곤 했다.

이틀째. 아리샤는 침대 위에서 웅크리고 앉아서 우울하게 지내고 있었다. 교육 시스템의 커리큘럼도 평소보다 결과가 좋지 않았고, 항상 모니터링하고 있는 감정 그래프도 아리샤가 우울하다는 것을 나타내고 있었다.

사흘째. 아리샤는 침대 위에서 웅크리고 앉은 채 고개를 숙이고 있었다. 그리고 그 광경을 본 크로스는 수십 년 만에 동요했다.

고개를 숙이고 있지만, 목소리를 억누르고 있지만, 크로스는 알 수 있었다.

아리샤 코드는 울고 있었다. 누구도 보지 못하게끔, 도시 시스템의 기록에도 남지 않게끔 얼굴을 가린 채. 아마 누구에게도 걱정을 끼치지 않게끔 하기 위해서, 그리고 왕족으로서의 자각이 있기 때문에 한 행동이겠지만, 크로스가 동요한 것은 그 때문이 아니었다.

그 모습에서 기시감이 들었기 때문이다. 100년 정도 전에 봉인해둔 기억이 단숨에 되살아났다.

크로스가 왕이 아니었고, 왕이 될 거라고 자각하지도 못했던 무렵, 별로 떠올리고 싶지 않았던 기억.

어째서 지금까지 눈치채지 못했던 걸까. 머리카락과 눈의 색. 그 자세와 몸짓은 틀림없이―――― 크로스가 왕이 되기 전에 사랑했던 단 한 명의 여자와 똑같았다.

이미 완전히 잊고 있었다. 아름다운 여자였다. 심지가 굳은 여자였다. 밝고, 예의 바르고, 시스템의 샛길을 찾아내는 게 특기였고, 가끔 엉뚱한 짓을 하기 시작하고, 한 번 정하면 고집을 꺾지 않는다. 크로스가 차기 왕이 되겠다는 각오도 없었을 때 선택했던 여자는 그런 여자였다.

이별은 갑작스러웠고, 당시에는 원망한 적도 있었다. 하지만, 분노도, 슬픔도, 긴 시간이 치유해 주었다.

그저 그리움만이 잔뜩 흘러내리는 것처럼 되살아난 이유는 그 때문일 것이다.

크로스는 분명한 코드의 지배자이지만, 도시 시스템을 전부 이해하고 있는 것은 아니다. 오히려 이해하지 못한 부분이 더 많을 것이다. 시스템을 사용하기 위해 원리를 알 필요는 없기에.

유전자를 이용한 인간 제조 시스템. 크로스가 귀족들에게 부탁을 받고 여러 가지 귀찮은 순서를 거쳐 작동시켜서 아리샤를 만들어낸 그 시스템에 대해서도 모든 것을 알고 있는 건 아니다.

크로스가 실제로 했던 것은 유전자를 제공하고 시스템을 움직인 것, 그것뿐이다.

하지만, 아리샤의 모습이 예전 연인과 똑같다는 것은 우연이 아닐 것이다. 코드가 기동된 지 200년 정도, 모든 데이터는 도시에 축적되어 있다. 진행된 연구의 자취도, 생산, 소비되어 온 물품들도, 그리고 생활하던 사람들의 정보조차——— 이 도시의 시스템은 가끔 예상하지 못하게 신경을 써줄 때가 있다. 그 인간 제조 시스템의 무서운 점을——— 왕만이 그것을 기동시킬 수 있는 이유를 크로스는 이해했다.

하지만, 중요한 것은 과거가 아니다. 미래다.

현재 왕족——— 아이들은 모두 어머니가 다르다. 상대는 크로스가 왕이 된 이후에 시스템이나 귀족들에 의해 뽑게 되었다. 절차탁마시켜 더욱 강한 왕을 만들어내기 위해서는 다양성이 필요했기 때문이다. 아이를 가지고 나서 정이 완전히 없었다고 하면 거짓말이겠지만, 그래도 가장 큰 목적은 강한 왕 후보였다는 걸 부정할 수는 없다.

아리샤를 제조할 때 예전에 크로스의 연인이었던 사람의 정보가 쓰였다면, 아리샤는 단순한 예비가 아니라 유일하게 크로스가 순수하게 사랑했던 여성과의 사이에서 낳은 딸이 된다.

그 사실로 인해 무언가가 바뀌는 것은 아니다. 이제 와서 아리샤를 왕위 계승자 중 한 명으로 삼을 생각은 없다. 하지만, 심정적으로는 크게 바뀐다.

아리샤 코드는 반쯤 역할을 마친 상태다. 예비 왕족이다. 적어도 크로스는 그렇게 대했고, 다른 왕족이나 귀족들도 그렇게 대하고 있다. 리소스도 아리샤에게는 최소한만 주었고, 대우도 최소한에 불과했다. 그리고 다음 왕의 시대에서 아리샤가 어떤 대우를 받게 될지는——— 적어도 좋은 미래가 기다릴 것 같지는 않았다. 다름 아닌 크로스가 그렇게 되게끔 만들었기 때문이다.

왕은 공평하다. 지금까지 크로스는 아이들을 평등하게 대했다. 평등하게, 만나지 않았다. 왕은 자신이 정한 규칙에, 결정에 책임을 져야만 한다.

그 원칙을 바꿀 만한 시간은 남겨져 있지 않았다.

크라이에게 대처한 것도 아슬아슬한 수준이다. 노라에게 근위에게 간섭하지 말라고 전달하고, 무력화 가스를 마시게 한 토니를 꾸짖었다. 지금까지 크로스가 아이들에게 연락한 것은 사무적인 전달 사항뿐이었다. 이미 민감한 아이들은 무언가가 바뀌었다는 사실을 이해했을 것이다.

그뿐만이 아니라 어쩌다 보니 이렇게 되었다고는 해도———문까지 열어줄 줄이야. 이것은 명확한 규칙 위반이다.

크라이가 했다는 것으로 꾸미기는 했지만, 언제까지 그렇게 밀어붙일 수 있을지…….

"나는 최선을 다했을 거다. 하지만…… 이제 와서 망설임이 생길 줄이야. 내가…… 잘못했던 건가?"

메마른 목소리가 옥좌의 방에 울려 퍼졌다. 하지만, 도시 시스템은 그 질문에 대답해 주지 않았다.

"말도 안 돼…… 있을 수 없는 일이야. 무슨 일이 생긴 거지?"

코드 왕이 보낸 메시지를 본 앵거스는 몸을 떨었다.

믿기지 않는 내용이었다. 결코 용납할 수 없는 내용이었다. 몇 번을 다시 읽어봐도 잘못 읽은 것이 아니었다. 몇 번이나 심호흡을 하면서 마음을 가라앉혔다.

거기에는 시스템의 허점을 이용하는 형태로 아리샤 코드의 방문이 열렸다는 내용이 적혀 있었다.

왕이 잠근 문이 열렸다는 것 자체가 있을 수 없는 이야기이긴 하지만, 이 메시지의 본질은 그게 아니다.

그 행위에 대한 벌칙이 아무것도 적혀 있지 않은 것이다.

다시 말해, 코드 왕이 그런 행위를 암묵적으로 허용한다는 뜻이다. 아마 노라도 그렇고 토니도, 다른 왕족들도 다들 이 메시지를 보고 충격을 받았을 것이다.

"왕위 쟁탈전이 시작되기, 직전에, 이런 일이, 일어나다 니………… 빌어먹을."

현재 앵거스는 다른 왕족들보다 절대적으로 유리하다. 꾸준히 쌓아온 우위성은 그렇게 간단히 흔들리지 않는다. 하지만, 이 메시지는 왕위에 가장 가까운 앵거스에게 있어서 바람직한 것이 아니었다.

앵거스의 표정이 바뀌었다는 것을 눈치챈 진이 물었다.

"전하, 왜 그러십니까?"

"……으음. 사소한 변수가 발생했을 뿐이다. 문제는 없다. 왕도 장난이 심하시군."

부하가 묻자, 앵거스는 약간 차분한 마음을 되찾았다.

괜찮다, 아직 승리는 굳건하다. 어느 정도 상황이 바뀐 정도로 흔들리는 남자는 왕이 될 수 없다.

절대 강자에게 꼼수는 필요 없다. 이대로 순조롭게 계획을 진행해 나가서 순조롭게 왕좌를 손에 넣는다.

진은 의젓하게 행동하는 앵거스를 관찰하는 듯한 눈빛으로 빤히 바라보고 있었다.

제3장　　코드의 아이

"…………뭐? 뭐, 뭐야? 시스템의 허저엄?!"

공주님의 시종장, 올리비아 씨의 왠지 맥이 빠지는 듯한 목소리가 울려 퍼졌다. 옆에서는 마찬가지로 집사장인 쟝 씨가 완전히 얼어붙어 있었다.

두 사람의 시선 끝에 있는 것은 어젯밤에 유폐되어 있다가 자유로워진 공주님이다. 두 사람의 시선은 아랑곳하지 않고 신이 나서 창문 너머로 바깥을 내려다보고 있다. 창문에서 경치를 보기만 할 거라면 방에서도 얼마든지 그럴 수 있을 텐데, 공주님은 어젯밤부터 계속 한껏 신이 나 있었다. 체조나 공부도 일부러 방 밖에서 했고, 식사나 간식도 나와 같이 먹었다(잠만은 자기 방에서 자라고 설득했지만).

내가 일단 건물에서 나가지 말라고 말리지 않았다면 실이 끊어진 연처럼 어디론가 날아가 버렸을지도 모른다.

"와, 왕의 시스템에 허점 같은 게 있을 리가 없어, 없잖습니까!"

"아니, 대체 눈이 어떻게 되었길래 그런 걸 눈치채는 거야? 나도 시스템을 만지작거리면서 그 문에 대해 한참 조사해 보았지만 전혀 손을 댈 수도 없었는데……."

극도로 혼란스러워하는 올리비아 씨와 마찬가지로 아침에 온 즈리가 인상을 찌푸리며 말했다.

아무래도 《비탄의 악령》은 의리 있게도 내가 자리를 비운 동안, 날마다 교대로 공주님을 살펴보러 와준 모양이었다.

"뭐, 허점투성이였어. 응."

굳이 말하자면 허점이 있는 건 시스템이라기보다는 왕이지만. 내 추리가 맞다면 그건 분명 임금님이 열어줬을 거야. 허점을 이용하긴 무슨. 열지 않는다는 선택지가 없었잖아.

"…………클래스 6이 문을 열 수 있었다는 것도 문제입니다만…… 더 큰 문제는 왕이 그것을 허락했다는 점이죠. 이거…… 틀림없이, 일이 커질 겁니다."

쟝 씨가 쥐어 짜내는 듯한 목소리로 말했다. 무슨 뜻인지는 잘 모르겠지만, 그 주름 잡힌 얼굴에는 핏기가 없었다. 공주님이 바깥에 나가지 않았으면 하는 사람들이 그렇게 많다고?

공주님을 지키려는 듯이 세 대가 나란히 서 있는 근위 기장병 쪽을 힐끔 본 다음, 올리비아 씨에게 물었다.

"공주님은 계속 유폐당해 있었고, 모처럼 바깥에 나올 수 있게 되었으니까 같이 거리를 구경하고 다닐까 하는데, 괜찮을까?"

"…………이렇게까지 마음대로 했으니 제 의견 같은 건 물어볼 필요 없을 텐데요. 지금부터는 상황을 만회할 필요 같은 건 없을 거야. 이제 와서 얌전히 있어봤자 소용이 없다고."

올리비아 씨가 한숨을 크게 쉬었다.

나는 계속 흘러가는 대로 움직였을 뿐, 하고 싶은 대로 행동한 기억은 없다. 감옥에서 쿨을 발견한 건 올리비아 씨가 감옥으로 가라고 해서 그렇게 된 거고, 크라히를 구하게 된 것도 쿨 일행이 부탁해서 그렇게 된 거고, 공주님에게 초콜릿을 준 건 공주님이 흥미진진하게 바라보았기 때문이다. 내가 내 의지로 한 건 관광 정도밖에 없을 텐데.

올리비아 씨가 허리에 손을 대고 다짐을 받으려는 듯이 말했다.

"일단은 가르쳐줄게. 내가 데리고 왔던 돈턴 패밀리는 지금 토니 전하 곁을 떠나서 앵거스 전하 밑으로 들어갔어. 게다가 동조하는 동료들을 잔뜩 데리고. 무슨 뜻인지 알겠지?"

"큭!!"

"그래. 앵거스 전하의 전력이 더욱 커졌다는 뜻이야. 어중이떠중이들도 많이 모이면 얕볼 수가 없다고. 게다가 용병들은 단결해서 너를 반드시 처치할 생각이야. 꽤 원한을 산 모양이구나."

"앵거스가 누군가 싶었는데, 왕자였구나."

"윽…………?!"

다들 앵거스, 앵거스라고 하길래 대체 누군가 싶어서 조금 신경 쓰였는데, 이제야 정체를 알았다. 그러니까, 음…… 이제 몇 명째지?

우선, 뭐가 뭔지는 모르겠지만, 내 목숨을 노린다는 건 알았다. 나 혼자만이라면 기장병만 있어도 도망칠 수 있을 것 같지만, 아무리 그래도 공주님이 있는 상황에서는 전력이 부족하다.

공주님은 벌써 바깥을 구경할 생각으로 머리가 가득 차 있다. 어찌 됐든, 울 정도로 바깥에 나가고 싶었던 모양이니까.

그리고 노라 씨에게 이야기를 들었던 것도 있다. 크라히를 데리고 만나러 가야만 할 것이다.

"뭐, 우선, 크라히를 한 번 만나야겠네. 즈리, 안내해줄래?"

"그건………… 바라던 바이긴 한데………… 공주님도 데리고 갈 거야? 당신, 우리 리더가 지금 어디 있는지는 알지?"

어디 있는지 몰라도 괜찮아. 거미를 타고 마음대로 이동할 수 있는 이 도시에서 거리 같은 건 없는 거나 마찬가지니까. 나는 창밖을 바라보며 이야기를 듣지 않는 척하고 있던 공주님에게 말을 걸었다.

"공주님."

"갈 거야."

공주님은 아무 말도 하지 않았는데 곧바로 대답했다.

공주님은 지금까지 다른 사람과 거의 엮이지 않고 생활해 왔다. 태어난 이후로 계속 그 방에 있었다는 게 사실이라면, 다른 사람과 제대로 이야기를 나눌 기회도 거의 없었을 것이다.

지금도 나 말고 다른 사람과는 이야기를 하기 조금 껄끄러운 것 같다. 코드 밖으로 나가기 전까지는 어느 정도 커뮤니케이션에 익숙해지는 게 좋을 것이다. 보호해서 코드 밖으로 데리고 나가면 왕녀가 아니게 될 테니까.

대화를 나누는 법은——— 루샤에게 가르쳐달라고 하면 될 것 같다. 저번에 좋은 가문 출신이라고 스스로 밝히기도 했으니까, 분명히 지위에 맞는 예의범절도 가르쳐줄 것이다.

그렇구나, 이제야 마주 보고 이야기를 나눌 수 있게 되는 건가?

자칼리 코드는 즈리가 보낸 연락을 받고 씨익 웃었다.

하급 백성들을 모아서 만든 자칼리의 군세는 꾸준히 세력을 늘려나가고 있다. 특히 그 속도는 《뇌제》가 식객으로 오고 나서 가속되었고, 이미 예상했던 것 이상의 인원으로 부풀어 올랐다.

아무리 하급 백성이라 하더라도 승산이 없는 세력에 협력하는 건 망설이는 법이다. 이 세력의 증가는 《뇌제》의 이름이 그만큼 하급 백성들에게 있어서 희망이 된다는 증거였다.

왕위를 얻기 위해서 필요한 것은 인망이 아니다. 누구보다 먼저 왕의 증표――― '왕장'을 손에 쥐는 것뿐이다.

자칼리의 세력이 앵거스나 노라와는 비교도 되지 않을 정도로 규모가 작다는 것은 인정할 수밖에 없지만, 《뇌제》의 힘과 무장한 하급 백성들이 잔뜩 있으면 자칼리도 왕장을 손에 넣을 가능성이 충분히 있다.

《뇌제》는 협력하는 조건으로 아리샤 코드의 호위――― 크라이의 허가를 받는 것을 내세웠다.

솔직히 아리샤 따위는 신경 쓸 여유가 없지만, 《뇌제》가 그렇게까지 말하니 어쩔 수가 없다.

왕위에 오른 뒤에 아리샤의 목숨을 보장해준다고 하면 크라이의 협력도 받아낼 수 있을 것이다.

그리고 아리샤에게는 흥미가 없지만, 근위이자 《뇌제》를 구해낸 크라이에게는 흥미가 있다.

왕이 경고하게 만들 만큼 무능하면서도 왕이 잠근 아리샤의 방문을 시스템의 허점을 이용하여 열어버린 남자. 게다가 노라가 노리고 있던 《뇌제》를 가로채고도 용서를 받은 남자다.

어찌 됐든 평범한 자는 아니다. 만약 실제로 이야기를 나눠보고 유능한 것 같으면 자칼리가 왕위에 오른 뒤에 《뇌제》와 마찬가지로 높은 지위를 마련해 줄 수도 있다.

측근인 몇 안 되는 시민 동료가 자칼리에게 보고했다.

"전하, 아리샤 왕녀도 동행하는 모양입니다. 환영할 준비는 어떻게 할까요?"

"쳇. 필요없어. 지금 우리의 모습이 진정한 모습이야. 그렇잖아?"

도시 시스템을 이용해서 자칼리가 마련한 병기와 물자들이 난잡하게 쌓여 있는 방. 무장한 하급 백성들이 잔뜩 모여 경비하고 있는 방에 존재하는 자칼리의 옥좌는 다른 왕족들과 비교하면 매우 폭력적일 것이다.

하지만, 무력을 통한 코드의 전복이야말로 자칼리의 꾸밈없는 목적이다. 처음부터 왕위 쟁탈전에서 벗어나 있는 아리샤를 상대로 신경 써줄 필요가 있을까.

얼어붙은 분위기. 긴장감. 이 옥좌의 방은 항상 전장 같은 분위기로 가득 차 있다. 아리샤가 그것 때문에 충격을 받더라도 자칼리와는 아무런 상관이 없는 일이다. 만약에 받아들이지 못한다면 약간 겁을 주면 된다. 다른 왕족들처럼 자칼리를 얕본다면 벌을 주면 된다. 계속 갇혀 있던 왕녀를 상대하는 건 갓난아이의 손목을 비트는 것처럼 쉬운 일이다.

"자칼리 전하, 아리샤 왕녀 일행이 도착하였습니다."

"들여보내."

큰직한 양문형 대문이 총기를 등에 멘 경비의 손에 의해 열렸다.

들어온 사람은 움직이기 편하게끔 기장이 짧은 드레스를 입은 여자였다. 무릎까지 닿는 밝은 금발과 연녹색 눈. 자칼리와는 닮지 않은 그 모습은 왠지 덧없었고, 하급 백성이나 시민들, 그리고 자칼리와 다른 왕족들과도 다른 분위기를 두르고 있었다.

도시 시스템을 통해 몇 번 보긴 했지만, 자신의 눈으로 직접 보니 달랐다.

이것이——— 예비 왕족. 태어났을 때부터 유폐당하고, 도시 시스템에게 양육되고, 최종적으로는 처분이 결정된 소녀.

경비 중 몇 명이 그 모습에 넋이 나가 있었다. 그녀에게는 한순간의 아우라가 있었다. 뒤를 따라온 시원찮은 남자——— 크라이 안드리히(참고로 이쪽은 실제로 봐도 아무런 차이도 없었다)가 보이지 않게 되어버릴 정도의 아우라가.

그저 거기 있기만 해도 방의 분위기가 정화되는 것 같았다. 그 모습에서 말로 표현하기 힘든 짜증이 마음속에 솟구쳤다.

그것은 질투일까, 아니면 분노일까. 자기도 모르게 혀를 찼다. 다른 왕후 귀족들을 타도하기 위해 혁명을 일으키려 하고 있는 자신이 이렇게 특별한 여자와 손을 잡아야만 한다는 것은 참기 힘든 일이다.

그 예쁘게 생긴 눈동자가 방안을 보았다. 병기를 다루는 법을 배운 숙달된 정예 경비병. 방 한편에 쌓여 있는 병기와 물자가 들어있는 수많은 상자. 그리고 그 눈이 투박한 옥좌에 앉은 자칼리를 보았다.

짜증이 더욱 강해졌다. 이를 악물었다. 인내심의 한계가 다가오는 것이 느껴졌다.

그녀가 바라보면 바라볼수록, 자신이 왜소한 존재가 되는 것 같은 느낌이 들어서———.

그리고 자칼리가 목소리를 내려던 순간, 아리샤 코드는 드레스 끝자락을 잡고는 긴장한 듯한 느낌으로 인사하며 말했다.

"처음 뵙겠습니다, 자칼리 오라버니! 아리샤예요! 이렇게 실제로 만나 뵙게 되어, 아리샤는 감동으로 가슴이 한가득이네요!"

"?! 어, 어?!"
예상하지 못한 언동에 자칼리는 단숨에 짜증을 잊었다.

이런 정중한 인사를 받은 것은 처음이었다. 하급 백성들의 지지를 받기 위해 관철하고 있었던 의젓한 태도가 무너졌다. 그런 자칼리를 보고 아리샤의 표정에 마치 꽃이 피어난 것처럼 미소가 드리웠다.

그 목소리에는, 표정에는, 어두운 기색이 전혀 없었다. 공포도, 겁도 없다. 경멸하는 마음도 없고, 놀리는 듯한 낌새도 없다. 도시 시스템에 의한 감정 측정도 그런 결과를 나타내고 있다. 마치 이 세상이 100퍼센트 선의로 이루어져 있다고 믿는 것처럼———. 태어날 때부터 주위에서 경멸당하고 두려움만 사왔던 자칼리에게는 믿기지 않는 일이었다.

자칼리 주위에 있던 병사들도 비슷한 반응을 보이고 있었다. 코드의 하급 백성들은 사람 대접을 받지 못하는 자들이다. 자칼리와 비슷할 정도로 인간의 어두운 부분을 봐온 자들이다.

"바깥에 나온 지, 얼마, 안 되어서, 무례한 점이 있다면, 용서해 주세요. 자칼리 오라버니."

"…………용서하마. 그래, 용서해 주마. 아리샤 코드. 네 가엾은 처지는 알고 있다."

"!! 감사합니다, 자칼리, 오라버니. 그리고——— 저는, 오라버니의 여동생이에요. 부디 아리샤라고 불러주세요."

이게…… 이게, 여동생인가?

아버지의 얼굴은 거의 본 적이 없고, 어머니와도 곧바로 헤어졌다. 형과 누나는 왕위를 경쟁하는 상황에서 태어날 때부터 나보다 우위를 점하고 있던 존재, 밉살스러운 라이벌이자 싸울 의무가 있는 자들이다.

하지만, 아리샤는 자신보다 비참한 처지이면서도 자칼리가 넋이 나갈 것 같은 미소를 보여주고 있다. 클래스 8인데도 불구하고 왕위 쟁탈전에서 제외당한 그녀는 라이벌도 아니다.

그렇다면, 대체 뭘까?

너무 큰 충격으로 인해 대답하지 못하고 있던 자칼리에게 아리샤가 반짝반짝 빛나는 미소를 지으며 말했다.

"그리고, 저는, 가엾은 처지가, 아니에요. 이렇게, 방에서 나와서, 처음으로 자칼리 오라버니를 만날 수 있었으니까요."

지켜야 할 존재다. 아리샤의 말을 듣고 자칼리는 그런 직감이 들었다.

자칼리는 분명히 이 여동생을, 아무것도 가지지 못했고, 상황이 진행되면 처분되었을 이 여동생을, 지키기 위해 하급 백성들을 모아서 일어선 것이다. 지금까지 지킨 것은 아무것도 없었다. 하급 백성들은 동료임과 동시에 왕위에 오르기 위한 말이고, 자칼리에게 있었던 것은 없애야만 하는 상대와 빼앗아야만 하는 왕위뿐이었다.

하지만, 지금 그 이유가 생겼다. 아리샤를 지키기 위해서, 형과 누나들을 없애고 왕위를 빼앗는다.

그리고, 비극적인 운명으로부터 구해낸다. 그러기 위해서라면 어떤 수단이라도 동원한다.

"이봐."

"윽………… 네, 네, 무슨 일이십니까. 자칼리 전하."

옆에서 대기하고 있던 측근이 이제야 정신을 차린 듯이 대답했다. 꼴사나운 그 태도는 평소였다면 질책감이지만, 지금만큼은 용서해 주지. 여동생 앞이니까.

자칼리는 보란 듯이 혀를 차고는 낮은 목소리로 명령했다.

"뭐 하고 있나? 내 여동생을 환영할 준비를 해라, 지금 당장."

다가올 싸움을 대비해서 모아두었던 군량 일부를 풀어서 성대한 연회를 개최한다. 건물 지하에 만든 넓은 방에 극비리에 이야기를 해두었던 하급 백성들이 차례차례 모여들었다.

《뇌제》가 동료가 되었을 때도 환영회를 하긴 했지만, 이렇게까지 규모가 큰 연회를 개최한 것은 이번이 처음이다. 물자가 여유롭지 않기도 했지만, 자칼리에게 정신적인 여유가 없기 때문이기도 했다.

아리샤는 당황하고 있다가도 곧바로 다른 사람들과 마음을 터놓은 모양이었다. 어찌 됐든, 오빠의 편애를 제외하더라도 아리샤는 귀엽다. 왕녀로서의 아우라가 있다. 언니인 노라와는 다른 아우라가.

상대가 누구라 해도 아리샤는 방긋방긋 웃으면서 싫어하는 내색이나 경멸하는 낌새를 보이지 않았다. 밤낮으로 힘든 훈련을 하며 지쳐 있던 동료들도 순수한 아리샤의 모습에 홀딱 반했다. 이 정도면 그들도 목숨을 걸고 자칼리의 지시에 따라줄 것이다———그렇게 생각해버리는 자신을 보고 약간 혐오감이 들었다.

"아리샤, 즐기고 있나?"

"네, 자칼리 오라버니! 아리샤는 이렇게 많은 분들과 식사를 하는 게 처음이에요!"

"…………그랬구나."

계속 유폐당해 있던 아리샤에게는 그 정도의 자유도 없었을 것이다. 눈앞에 있는 요리를 진지한 표정으로 바라보고, 조심조심 먹어보고, 눈을 크게 뜨는 모습은 왠지 훈훈했다.

그때, 자칼리는 아리샤가 요리를 먹은 뒤에 병에서 약 같은 것을 꺼냈다는 걸 눈치챘다. 급하게 아리샤에게 말을 걸었다.

"?! 아리샤, 뭘 먹은 거지? 병에 걸렸어?"

"아뇨…… 이건…… 그냥 영양제예요. 제 근위가 저를 위해서 가져다주었거든요!"

"그, 그랬구나. 그렇다면 됐고…… 마음껏 먹어라. 식사도 불만이 많았지?"

"감사합니다! 그래도 불만은 없었어요. 도시 시스템이 아리샤의 건강을 고려해서 만들어 주었으니까── 크라이가 근위로 온 이후에는 식사 시간도 함께 했고요."

"……그랬구나. 그럼, 됐다. 그 남자에게는 나도 제대로 보답을 해줘야겠군."

아리샤가 크라이를 잘 따른다는 건 조금 거슬리긴 하지만, 아리샤를 구해내는 데 크라이의 공적이 크다는 건 틀림없다. 《뇌제》를 해방시켜준 것까지 고려하면 큰 빚을 졌다고 할 수 있을 것이다.

파렴치한 짓을 했다면 죽이겠지만, 도시 시스템은 그런 감정을 감지하지 않았다. 그런 의미에서도 믿을 수 있는 사람이라는 뜻이다.

아리샤가 죽을 운명이 바뀐다면 계속 그의 힘을 빌리게 될 것이다.

자칼리가 왕이 된다면 그에 맞는 지위를 마련해주어야만 한다. 자칼리는 고개를 크게 끄덕이고는 크라히 일행에게 둘러싸여서 얼빠진 미소를 짓고 있는 크라이를 바라보았다.

"흥…… 당신이 크라이 안드리히인가? 어떻게 한 건지는 모르겠지만, 일단은 여동생——— 아리샤를 구해주어서 고맙다. 이미 알고 있겠지만, 만에 하나를 위해 말하마. 나는 자칼리 코드, 이곳 코드의 다섯 번째 클래스 8이다."

"아, 네."

타오르는 것처럼 붉은 머리카락에 핏줄이 가로지르는 삼백안. 야수처럼 생긴 남자가 그 얼굴로는 상상할 수 없을 만큼 차분한 느낌으로 인사했다.

여전히 미리 아무런 설명도 받지 못한 나는 조용히 당황하고 있었다.

나는 크라히가 있는 곳으로 안내해달라고 즈리에게 부탁했는데——— 다시 말해서, 일을 빠르게 처리하는 크라히가 재빨리 왕족을 찾아주었다고 생각하면 되는 건가?

그건 그렇고…… 미리 왕족을 발견했다고 보고 정도는 해도 되는 거 아니야?

자칼리라고 자기소개를 한 그 왕족의 거점은 공주님의 에어리어에 존재하는 건물 중 한 곳, 그 지하에 있었다. 어째서 공주님의 에어리어에 다른 왕족의 거점이 있는 건지 신기하지만, 이런 곳에 숨어 있던 왕족을 발견하다니, 크라히가 지닌 헌터로서의 실력이 대단하다는 걸 알 수 있다.

그냥 당황하기만 하고, 어떻게 해야 할지 모르는 나와는 반대로 공주님은 단숨에 상황에 적응했다. 나는 건물에 들어선 순간에 중장비를 착용하고 나타난 사람들에게 둘러싸여서 정신을 차릴 수가 없었는데. 공주님에게 바깥 세계가 얼마나 위험한 건지 좀 가르쳐줬어야 했을지도 모르겠다.

그나마 다행이었던 건 자칼리 씨가 우리에게 호의적이라는 것이다. 방에 들어갔을 때, 해골을 본떠 만든 악취미 같은 칠흑의 옥좌에 앉아 있던 험상궂은 남자가 보였을 때는 어떻게 되려나 싶었지만, 그건 그냥 센스 문제였고 원래는 이성적인 사람인 모양이다. 주위에 있던 사람들도 완전 무장하고 있긴 하지만 나쁜 사람들은 아닌 것 같다.

처음에는 매우 팽팽하기만 했던 분위기도 루샤가 직접 전수해 준 공주님의 인사로 인해 금방 풀어졌고, 그 이후에는 환영하는 분위기로 바뀌었다. 루샤가 가르쳐준 인사가 왕족으로서 올바른 인사인지는 모르겠지만, 환영회까지 열어준 걸 보니 좋은 결과를 얻게 된 것 같다.

그리고 역시 자칼리 씨도 귀족이 시키는 대로 하고 있지는 않은 것 같았다. 주위에 있던 사람들도 귀족은커녕 시민권이 없는 하급 백성인 것 같았고, 굳이 말하자면 반체제 쪽으로 보인다.

잠깐만? 혹시 자칼리 씨가 탐협에 의뢰를 보낸 의뢰인 아닐까?

왕족의 권한이 있다면 탐협에 의뢰가 가게끔 손을 쓰는 것도 가능한 거 아닌가?

"혹시, 자칼리 씨가 나를 부른 사람이야?"

"······응? 뭐어? 아, 그래. 내가 너와 만나고 싶어서 불렀다. 아리샤가 같이 올 줄은 예상하지 못했다만──."

역시, 자칼리 씨가 의뢰인이구나. 그렇다면 이 약간 게릴라 같은 사람들에게 둘러싸여 있는 것도, 귀족들이 시키는 대로 하지 않고 있는 것도 납득이 된다.

벽 쪽에서 팔짱을 끼고 서 있던 크라히가 감탄하는 것 같기도, 어이없어하는 것 같기도 한 목소리로 말했다.

"혼자서 뭘 하고 있나 싶었더니 설마 잠긴 문을 열다니, 크라이, 너는 항상 내 예상을 뛰어넘는군. 게다가 힘으로 뚫어버리는 게 아니라 정공법으로······ 내 번개 마법으로도 어떻게 해볼 수가 없었는데."

"··········문의 번개 내성이 꽤 높았으니까요."

"······보통은 불가능하지. 고도 물리 문명에 정통한 사람이라면 모르겠지만······."

한동안 만나지 못한 사이에 조금 핼쑥해진 것 같은 쿨과 갑옷과 방패 때문에 다른 사람들하고는 다른 의미로 중장비인 엘리제가 말했다. 그렇구나, 그렇구나·········· 일단 크라히 일행도 잘 지낸 모양이네?

"이봐, 아리샤가 무기를 만지게 하지 마라! 위험하잖아!"

"네, 네······ 죄송합니다, 자칼리 전하. 그렇게 되었네요, 아리샤 님, 죄송합니다."

호기심이 강한 공주님이 채근해서 무기를 보여주고 있던 부하 중 한 명을 자칼리 씨가 질책했다.

좀 전부터 자칼리 씨는 공주님만 보고 있다. 역시 유폐당했던 걸 신경 쓰고 있는 모양이다.

잠자코 보고 있자니 자칼리 씨가 살짝 헛기침을 하고는 둘러대려는 듯이 말했다.

"부른 이유는 한 가지밖에 없지. 크라이 안드리히, 나에게 협력해라. 전부 아리샤를 위해서야."

"……응?"

"나에게 협력하는 하급 백성들은 이미 천 명이 넘는다. 《뇌제》의 힘이 있다면 충분히 왕위를 가로챌 가능성이 있겠지. 너는 아리샤를 구해준 근위다. 잘 봐줄 테니 내 지휘하에 들어와라."

…………어라? 왠지 처음에 들었던 이야기하고 다른데?

의뢰는 왕족의 보호와 귀족들의 횡포를 막는 것이었지 왕위를 가로채는 게 아니었을 텐데. 아니, 자칼리 씨가 왕위를 가로채고 귀족들을 내쫓아도 문제는 해결되겠지만, 그래도 이야기가 다르다.

혹시 크라히가 무슨 말을 한 건가?

크라히를 힐끔 보자, 아무것도 물어보지 않았는데도 유창하게 말을 늘어놓기 시작했다.

"뭐, 무기를 가지고 있긴 하지만 각자의 능력은 평범하다고 해야 할까. 훈련을 잠깐 같이 해봤는데, 그렇게 간단히 강해지진 않았어. 그러니 작전의 성공 여부는 적대 세력에게 달려 있을 텐데――― 잘 풀리더라도 피해가 꽤 생기겠지. 귀족들은 하급 백성이 상대라면 도시의 기능으로 태워버릴 수도 있는 모양이니."

아니, 그건 내가 물어보고 싶었던 게 아닌데?

공주님 덕분에 부드러워졌던 분위기가 크라히 때문에 심각해 져 버렸다.

"도시의 경비 시스템은 내가 막겠지만…… 완전히 막아내진 못할 거야. 크라이 안드리히, 쿨 일행에게 이야기를 들어보니 너 는── 까다로운 사건들을 수없이 해결한 신산귀모라던데."

신산귀모라는 소문이 내가 모르는 곳에서 계속 퍼져나가 네…… 나는 무력하다.

"무슨 농담인가 싶었다만── 너는 왕 말고는 절대로 해결할 수 없는 아리샤의 방문을 열었지. 그리고 너는 아리샤의 은인이 야. 지금이라면 믿을 수 있다고. 뭔가 책략은 없나?"

자칼리 씨의 표정이 진지하다. 아니, 아니, 책략이고 뭐고, 전 제부터 달라지잖아.

나는 왕족을 보호할 생각으로 왔다. 카이저나 사야도 마찬가지 일 것이다. 상황에 따라서는 전투를 벌일 각오를 하고 있긴 했지 만, 모든 것을 내팽개치고 왕위를 가로채는 건 이야기가 다르다.

애초에 그 이야기를 듣고 카이저와 사야도 동의했어?《뇌제》가 있다고 해서 너무 자신만만한 거 아니야?

헌터 일을 하다 보면 의뢰인의 마음이 바뀌는 경우는 자주 있다.

대부분 의뢰 내용보다 큰 성과를 요구하곤 하는데, 탐협은 그 런 걸 별로 좋아하지 않는다.

자칼리 씨는 내가 장소를 기억하지 못해서 가지 못했던 약속 장 소에서 카이저, 사야와 이야기를 나누었을 것이다. 하지만 카이저와 사야는 작전을 변경하겠다는 이야기를 받아들이지 않았을 것이다.

애초에 자칼리 씨의 지휘하에 들어가는 것도 별로 좋은 선택이 아니다. 나에게 고레벨 헌터급 힘을 기대한다면 즉사할 테고, 자칼리 씨 일행에게 폐를 끼치게 된다.

나는 자칼리 씨의 험악한 얼굴을 정면으로 보면서 딱 잘라 말했다.

"미안한데, 자칼리 씨의 지휘하로 들어갈 수는 없어. 책략은 없지만, 내게도 계획이 있거든."

"…………뭐, 라고?!"

자칼리 씨의 협박하는 듯한 목소리에 주위 사람들이 웅성댔다. 공주님이 눈을 동그랗게 떴고, 쿨 일행이 깜짝 놀랐다.

노려봤자 소용없어. 나는 하드보일드한 미소를 지으며 등을 쭉 폈다.

여기에는 크라히가 있다. 공주님의 근위 기장병도 있다. 세이프 링까지 있다.

"다 잘 될 거야. 사상자도 자칼리 씨의 작전보다 훨씬 적을 테고."

"…………그 계획에서 나와 아리샤는 어떻게 되지?"

이런, 이런, 대체 무슨 말을 하는 거지? 도시 시스템을 움직이는 권한을 지닌 왕족을 모두 보호해서 바깥으로 탈출시키는 계획을 짠 건 의뢰인인 자칼리 씨일 텐데. 보호한 뒤에 어떻게 될지는 탐험자 협회에게 맡기겠지만, 그렇게 험한 꼴을 당하진 않을 것이다. 어찌 됐든, '보호'니까.

나는 눈을 동그랗게 뜨고 있던 공주님 쪽을 힐끔 보고 나서, 단어를 신중하게 선택하며 말했다.

"뭐, 미래는 너희가 하기에 달렸지만…… 더 넓은 세계를 보러 다닐 수 있겠지. 이곳 코드보다 훨씬 더 넓은 세계를."

"…………"

"!! 자칼리 오라버니, 아리샤는 더 넓은 세계를 보고 싶어요! 자칼리 오라버니!"

자칼리 씨는 입을 다물었다. 곧바로 공주님이 자칼리 씨의 팔을 잡고는 흔들면서 '조르기'를 시작했다.

분명 내가 공주님이 좋아할 것 같은 단어를 선택하긴 했지만, 왠지 버릇없어지지 않았나?

자칼리 오라버니는 심각한 표정으로 공주님에게 흔들리고 있다가 잠시 후에 한숨을 크게 쉬었다.

"…………좋다. 나는 네 계획을 받아들일 수도 있다. 《뇌제》의 힘이 있다 해도 우리 작전의 승산은 결코 크지 않으니까…… 나는 그 녀석들에게 쓴맛을 보여주기 위해서라면 죽어도 좋지만, 여동생을 끌어들일 수는 없어."

"자칼리 전하?!"

쥐어 짜낸 듯한 목소리를 듣고 자칼리 씨의 동료들이 웅성댔다.

자칼리 씨는 아직 몸을 흔들고 있던 공주님의 손을 떼어내고는 눈살을 찌푸리며 나를 보았다.

"하지만, 지금 결단을 내리진 않을 거다. 네 계획을 확인하고 나서. 만약에 실패할 것 같다면 우리는 우리끼리 움직일 거다. 너는 왕족이 아니야. 자기 생각을 밀어붙이려면 그 힘을 보여라. 그러면 동료들은 내가 설득하마."

"바라던 바야."

힘을 보이라고? 누구에게 그런 말을 하는 거야?

계획을 수행하고 있는 사람들은 레벨 8이야. 이 트레저 헌터 황금시대에서 정점에 한없이 가까운 영역에 발을 내디딘 영웅이라고. 《파군천무》와 《야연제전》을 모르다니, 세상 물정을 모른다는 건 정말 무시무시하구나. 뭐, 감시를 고려해서 일부러 말하지 않은 건지도 모르겠지만……

자칼리 씨의 거점에서 하룻밤을 지내고 나서 다음 목적지로 출발했다.

오늘 목적지는 노라 씨가 있는 곳이다. 한번 구경하고 다녔고, 자자 일행 같은 내가 아는 사람도 있으니 무난할 것이다. 아마 공주님이라면 내가 별로 즐기지 못했던 투기장도 즐길 수 있을 게 틀림없다.

이번에는 크라히도 데리고 왔으니 노라 씨도 기분이 좋을 것이다.

겨우 하룻밤 만에 마음을 터놓게 된 건지, 공주님이 자칼리 씨의 동료들에게 둘러싸여 있다.

"공주님, 부디 몸조심 하시길."

"언제든 돌아오세요. 공주님께서 계시면 자칼리 전하께서도 자상한 모습을 보이시니까요."

그중에는 눈물을 머금고 공주님과 악수하는 사람들도 있었다. 그 표정은 마치 평생 이별하게 되는 것 같아서 공주님도 약간 곤란해하는 표정이었다.

　마지막으로 자칼리 씨가 공주님을 내려다보며 말했다. 처음 만났을 때는 눈에 핏줄이 서서 척 보기에도 깡패 같은 남자라는 인상이었지만, 지금은 분위기가 조금 부드러워진 것 같다.

　"아리샤. 지금 같은 입장이 싫어지면 언제든 와라. 숨겨줄 테니까."

　"감사합니다, 자칼리 오라버니. 하지만, 아리샤는 이래 봬도 왕족이에요. 입장을 내팽개치진 않아요."

　"…………그래. 이봐, 크라이. 내 여동생을…… 부탁한다."

　자칼리 씨가 나를 노려보며 말했다. 뭐라고 해야 하나, 그…… 자칼리 씨라면 '귀여운 여동생 아리샤'라고 부르게 만드는 것도 쉬울 것 같다. 나도 루시아가 여동생이 되었을 때는 귀여워해줬는데, 객관적으로 보면 이렇게 보이는 건가…… 새로운 지식을 얻어버렸다.

　그런데 그 아리샤는 루샤의 가르침 때문에 캐릭터가 바뀌었다고.

　건물 밖에서 불러낸 거미에 올라탔다. 이번에는 나와 공주님, 《비탄의 악령》의 멤버들까지 있기에 두 대를 불렀다.

　공주님은 다가온 거미를 보고 눈을 반짝였다. 어제 자칼리 씨네 건물로 올 때도 탔는데, 아무래도 지식으로 아는 것과 실제로 타는 건 다른 모양이다.

거미를 타서 창밖을 바라보고 있던 공주님이 물었다.

"크라이…… 오늘은 어디 가?"

"노라 씨가 있는 곳. 그 왜, 선물로 준 강화 장신구하고 영양제를 만든 사람이야."

"아…… 이거?"

아리샤가 앞머리를 올리고 이마를 만졌다. 딸깍, 소리가 들렸고 손을 떼자 펜던트 같은 물건——— 선물로 준 강화 장신구를 들고 있었다.

…………오~, 강화 장신구는 머리에 다는 거였구나. 생각만 하면 된다고 해서 그렇게 했더니 튕겨 나간 나하고는 아무런 상관도 없는 물건이지만…… 아니, 차고 있었어? 그거, 진짜 눈에 안 띄네.

"머리로 침투해서 온몸의 신체 능력을 향상시켜 주는 특수한 신경 회로를 펼쳐."

"…………그거, 위험하진 않아?"

"……위험할 경우에는 튕겨 나갈 거야. 코드의 기술은 안전성을 고려하니까."

그렇구나, 그렇구나, 튕겨 나가긴 했죠. 코드의 기술은 정말 대단하네~.

공주님이 다시 강화 장신구를 이마에 댔다. 다음에 손을 떼었을 때는 강화 장신구가 온데간데없었다. 망설임 없이 처음 보는 기술을 사용하는 공주님, 배짱이 너무 좋다.

"능력을 강화해주는 그 영양제도………… 만든 사람은 꽤 대단

한 사람 같아. 조금 무리해서 리소스를 너무 많이 쓰는 것 같긴
한데……."

그러고 보니까 너, 자칼리 씨네 거점에서도 영양제를 먹었지.
망가진 소형 거미도 신이 나서 만지작거렸고, 공주님은 뭘 받더
라도 기뻐하는 건지도 모르겠다.

"그런데에, 노라 왕녀가 있는 곳에, 오빠를 데리고 가도 정말로
괜찮은 건가요오? 저는 그 사람 꽤 껄끄러운 타입인데요오."

"그 사람도 우리를 별로 좋아하진 않을 것 같지만요."

같은 거미에 타고 있던 루샤와 쿨이 그렇게 말했다.

"그렇지 않아. 이러쿵저러쿵해도 이것저것 배려해주면서 융통
해줬고, 나쁜 사람은 아니야."

그리고 너희는 잊고 있는 것 같은데, 노라 씨는 내 보호 대상
중 한 명이라고. 의뢰는 카이저와 사야가 주로 해주겠지만, 일단
은 조금이나마 관계를 좋게 만들어야지.

"나는 만나보고 싶어. 노라 언니."

"그래도 그 사람한테는 제가 가르쳐준 게 역효과일 것 같은데
요오."

루샤, 너는 계산이 꽤 빠르구나. 하지만 나는 공주님 걱정은 별
로 하지 않는다.

계속 유폐당한 채 바깥 세계와의 커뮤니케이션을 거의 차단 당
했던 것치고 공주님은 열심히 하고 있다. 잘 풀리지 않을 경우를
걱정해봤자 소용없다. 긍정적으로 생각하자고.

"제3지하훈련장이 습격당했습니다! 습격자는 한 명, 훈련하던 기사들은 전부 끌려갔습니다!"

"앵거스 왕자의 에어리어에 있던 협력자가 보고를 하지 않습니다. 붙잡힌 모양입니다."

"강화인간 기술 후보생들의 숫자가 줄어들었습니다! 용병이 에어리어에 숨어든 흔적이———."

그 망할 자식, 이렇게 된 이상, 전면 전쟁이다. 왕위 쟁탈전이 시작되기 전에 쳐죽여주겠어.

차례차례 들어오는 보고를 듣고, 노라 코드는 곧바로 명령을 내렸다.

"보복이다! 그 녀석…… 자기 혼자 정보를 쥐고 있을 거라 생각하지 마라. 그 남자의 병기 공장을 폭파한다. 그 녀석을 후원해주고 있는 귀족들도 쳐죽여서 리소스를 줄여주지!"

"하, 하지만, 강화 기사단을 동원하면 규칙에 저촉되어 코드 왕의 분노를 살 우려가———."

이제 와서 그런 말을 꺼낸 부하에게 얼굴을 들이민 노라가 웃기 시작했다.

"그런 문제라면 일시적으로 기사단의 소유권을 바꾸면 돼. 그게 시스템의 허점이야. 그렇지?"

지금 노라 코드의 에어리어는 미지의 적으로부터 습격당하고 있다.

아니——— 미지는 아니다. 노라의 가장 큰 라이벌, 앵거스의 공격이다.

목적은 노라의 전력을 깎아내기 위해서일 것이다. 그리고 그 사실은 어떤 금기를 어겼다는 의미를 나타내고 있다.

지금까지 이렇게 대놓고 공격을 가한 적은 없었다. 코드 왕의 분노를 살 우려가 있었기에 앵거스도 노라를 공격하는 데 소극적이었던 것이다.

상황이 바뀐 것은 얼마 전에 코드 왕이 보낸 연락 내용 때문이리라.

아리샤 코드의 방문이 시스템의 허점으로 인해 열렸다. 왕이 잠근 문이 열렸다는 것 자체가 믿기 힘든 일이었지만, 더욱 믿을 수 없는 것은 그 사실을 코드 왕이 인정하고 허용했다는 것이다.

다시 말해, 지금까지 존재하던 시스템의 허점——— 한없이 범죄에 가까운 행위를 코드 왕이 인정했다는 뜻이다.

하지만 노라는 곧바로 그런 수단을 동원할 생각이 없었다. 코드 왕에게 벌칙을 받을 가능성이 아직 남아 있었기 때문이다.

하지만, 앵거스는 곧바로 그런 수단을 사용했다. 그 결과가 현재 노라에게 모여들고 있는 피해 보고다.

잘못 판단했다. 얕보고 있었다고밖에 할 수가 없다. 그렇게 신중하고 음침한 앵거스가 이렇게 대담하고 위험부담이 큰 책략을 곧바로 쓰다니———.

하지만, 현실도피를 하고 있을 때가 아니다. 피해는 막대하다.

노라가 보유하고 있는 기사단은 근위 기사단뿐만이 아니다. 근위는 시스템적으로 임명할 수 있는 숫자가 제한되어 있기에 남아도는 기사들로 구성한 기사단이 여럿 있다.

그들은 기사들의 능력이라는 의미로는 근위 기사단의 멤버들에 미치지 못하지만, 숫자라는 의미에서는 훨씬 우월한 노라 코드의 주력이다.

이번에 피해를 입은 것은 노라의 에어리어 곳곳에서 비밀리에 훈련하고 있던 그런 기사단이었다.

왕은 왕위 쟁탈전을 앞두고 왕족들끼리 싸우는 것을 금지했다. 더 구체적으로 말하자면, 상대방의 근위를 해치는 것을 금지했다. 다시 말해 근위 이외는 언급하지 않았다는 뜻이다.

하지만, 왕이 왕위 쟁탈전까지 왕족들끼리 싸우는 것을 금지한 것은 코드의 전력을 쓸데없이 소모하는 것을 피하기 위해서다. 그렇기에 근위 이외라면 공격해도 된다는 것은 너무 극단적인 주장이다. 지금까지 앵거스가 공격하지 않았던 것도 그 사실을 알고 있었기 때문일 것이다.

이번 건으로 왕에 진정을 올릴 생각은 없다. 진정을 올리고 그게 받아들여진다 하더라도 노라의 전력은 돌아오지 않을 것이다. 앵거스는 얼마 전에 코드 왕의 연락을 받고 착각한 것으로 간주하고 벌칙을 받지 않을 가능성이 크다. 그리고 앞으로 이런 기습을 인정하지 않는다고 하면 노라의 전력이 줄어들었다는 결과만 남는다. 그런 걸 인정할 수는 없다.

노라도 앵거스가 숨겨두고 있는 전력의 정보를 어느 정도 파악하고 있다. 애초에 도시 시스템을 이용한 감시가 가능한 이 도시에서 무언가를 완전히 숨기는 건 불가능에 가깝다.

하지만, 그런 것들을 파괴해봤자 기습으로 인해 벌어진 차이를 뒤엎을 수는 없을 것이다. 앵거스의 병기 공장 본거지는 앵거스의 거점인 요새 내부에 있다. 그곳에 손을 댈 수는 없는 노릇이고, 애초에 병기 공장은 다시 지으면 그만이다. 그와 달리 기사단의 소모는 간단히 메꿀 수가 없다.

그렇지 않아도 존재하던 차이가 더욱 벌어져 버렸다. 뭔가 만회할 수단을 고려해야———.

"설마, 방심하고 있었다고는 해도 기사들이 침입자 단 한 명에게 당할 줄이야. 그게 앵거스가 비장의 수로 내놓은 전사인가———."

침입자는 남자였으니 아마 카이일 것이다. 습격당한 기사들도 기장병과 맞먹는 힘을 지니고 있었을 텐데, 전혀 상대가 되지 않았다. 그것 또한 안 좋은 정보였다.

노라의 거점에서는 참모 귀족들이 앞으로 어떤 수를 써야 할지 생각하고 있다. 하지만, 아직 돌파구가 보이지 않는다.

왕에게 시간이 얼마나 남았는지는 모른다. 그때, 근위 중 한 명이 방으로 들어왔다.

"노라 님, 크라이 안드리히가 노라 님을 면회하고 싶다고 합니다. 《뇌제》와…… 저기………… 아리샤 왕녀를, 데리고 왔습니다."

"……………들여보내."

잠시 후, 크라이 안드리히 일행이 왔다. 이번에는 저번에 왔을 때와는 달리 일행이 많다.

크라이, 그리고 여전히 노라의 취향인 단정한 얼굴과 아우라를 지닌 《뇌제》와 그의 파티.

그리고 하얀 드레스 차림의 여자——— 도시 시스템을 통해 몇 번 본 적이 있는 예비. 아리샤 코드.

크라이는 여전히 왕족 앞이라는 사실을 전혀 느끼지 못하는 듯이 느긋한 목소리로 말했다.

"아, 노라 씨, 또 왔어. 오늘은 꽤 어수선하네."

"크라이, 예비——— 아리샤의 방문을 연 게 네놈이냐?"

모처럼 함께 온 《뇌제》에게 인사도 하지 않고 노라가 입을 열자마자 그렇게 묻자, 기사들 사이에 긴장감이 감돌았다. 크라이는 그 사실을 눈치채지도 못한 듯이 잠깐 생각하고는 아무렇지도 않게 대답했다.

"…………음, ……뭐, 그렇게 말할 수도 있지 않을까?"

이 녀석…… 설마, 역병신인가?

지금 생각해보니 최근에 노라의 계획은 항상 이 남자 때문에 어긋나기만 했다.

《뇌제》를 가로채였고, 협력을 얻기 위해 양보하려 했더니 노라의 연구 성과를 조잡하게 다루었고, 노라의 리소스를 잔뜩 사용해서 보구를 충전했다. 아리샤의 호칭을 둘러싸고 기사들이 시시한 진정을 올리기 시작했고, 이번에는 이 남자의 행동으로 인해 아직 붕어가 일어나지도 않았는데 전쟁의 막이 올랐다. 이제 무능하다는 말로는 해결될 문제가 아니다.

노라는 심호흡을 하면서 마음을 조금 가라앉히고는 물었다.

"이건 순수한 의문인데——— 왕이 잠근 문의 시스템 어디에 허점이 있었지?"

앵거스와 노라가 이용하려 하는 시스템의 허점과 크라이가 이용했다는 시스템의 허점에는 큰 차이가 있다. 전자는 그리 대단하지 않고 누구나 눈치챌 만한 규칙의 허점——— 말하자면 억지에 가까워서 별것 아니지만, 크라이가 연 문은 왕이 자신의 권한으로 잠근 문이다.

노라는 그 문을 열려고 시도한 적이 없긴 하다. 하지만, 보통은 상위 클래스가 잠근 문을 하위 클래스가 열 수는 없다. 문을 잠근다는 단순한 행위이기에 파고들 틈새는 없을 것이다.

크라이는 노라가 묻자 한동안 눈살을 찌푸리고 있다가 한숨을 쉬고 나서 말했다.

"음, 뭐가 뭔지는 모르겠지만 열렸어. 그건 그렇고, 공주님을 데리고 왔다고. 노라 씨를 만나고 싶다고 하길래."

뭐가 뭔지는 모르겠지만 열렸다니…… 이제 지적할 기운도 없다.

크라이가 한 말을 듣고 뒤에 있던 아리샤 코드가 앞으로 나섰다.

아리샤는 왠지 덧없는 분위기를 풍기는 여자였다. 머리카락 색이나 분위기까지 노라와는 전혀 달랐지만——— 분명히 왠지 신기한 아우라가 느껴졌다. 예비이긴 하지만 왕족인 건 틀림없다는 뜻인가?

아리샤는 노라를 보고 더듬거리는 말투로 말했다.

"처음 뵙겠습니다, 노라 언니. 아리샤 코드입니다. 만나 뵙게 되어 영광입니다. 크라이에게 이야기를 듣고…… 언니를 한번,

뵙고 싶었습니다."

계속 유폐당해 있었는데도 불구하고 나름대로 예의를 차려서 인사를 한 아리샤를 보고 노라의 기사들이 감탄했다. 하지만, 합격점 정도로는 흥미가 없다.

솔직히 힘이 없는 여동생에게는 흥미가 없다. 소동을 일으킨 책임을 물을 생각도 없지만, 노라는 바쁘다.

"호오……… 예절은 잘 알고 있는 모양이로구나, 아리샤 코드. 나는 노라 코드야. 그런데 거기 있는 남자에게 무슨 이야기를 들었지?"

노라가 묻자 아리샤는 자신의 이마에 손을 뻗으며 말했다.

"네. 크라이가 선물로 가지고 온 이 강화 장신구와 영양제를 연구한 사람이라고요."

"……크라이, 네놈, 내 연구 성과를 선물 취급한 거냐?!"

"아니, 그럴 수밖에 없어서……."

협력 관계를 맺기 위해 연구 성과를 주긴 했지만, 설마 선물로 줘버릴 줄이야, 경의가 부족하다는 수준이 아니다. 하지만, 무엇보다 믿기지 않는 것은———.

노라는 아리샤가 가리킨 강화 장신구를 보고는 눈살을 찌푸렸다.

"네놈, 강화 장신구가 튕겨 나가지 않은 거야?"

강화 장신구는 누구나 쓸 수 있는 편리한 장치가 아니다. 단련한 자를 더욱 높은 경지에 올라가게 만들어 주는 장치인 것이다. 날마다 기사를 목표로 단련하고 있는 노라의 시민들 중에도 강화 장신구에 거부당하는 사람들이 많을 것이다. 계속 유폐당해 있던 처지를 고려하면 이례적이다.

"네. 노라 언니, 저는, 바깥에 나온 적은 없지만, 왕족으로서 단련을 게을리한 적이, 없어서."

"도시 시스템의 교육 프로그램………… 흥미롭군. 단순한 예비가 아닌 모양이야."

강화 장신구는 강화인간 기술의 일부다. 그것을 다룰 수 있다는 건 다시 말해──── 봐줄 만한 구석이 있다는 뜻이다.

노라는 옥좌에서 일어난 다음, 자신의 이마에 손가락을 대고 강화 장신구를 떼어냈다.

강화인간 기술이란 더욱 강한 사람을 만들어내는 기술이다. 그리고 더욱 강인한 왕을 만들어내는 기술이기도 하다.

당연히 노라 자신도 그 은혜를 받았고, 자신에게 그 기술을 사용하고 있다.

왕위 쟁탈전, 왕탑에 도달하면 최종적으로 중요한 건 맨몸의 능력이다.

노라가 보기에 앵거스는 게으름을 무기로 속이고 있는, 왕이 되기에 적합하지 않은 남자다.

지금은 바쁘지만 더 이상 할 수 있는 일이 없는 것도 사실. 노라는 위협하듯이 입술을 핥으며 말했다.

"왕녀라고 해서 싸우지 않아도 되는 건 아니지. 예비, 기뻐해라. 이 노라가 몸소 네놈을 시험해주마."

"네, 노라 언니!"

노라의 말을 듣고 아리샤가 곧바로 대답했다. 노라의 말을 듣고도 전혀 위축되지 않았다.

노라의 말을 듣고 아무렇지도 않아 하는 사람은 별로 없다. 아무래도 아리샤는 외모나 성격, 그 모두가 노라와 다를 거라 생각했지만, 담력이라는 부분만은 비슷한 모양이었다. 만약 아리샤가 예비가 아니라 리소스를 지닌 왕족이었다면 협력 관계를 맺을 수 있었을지도 모르겠다.

금기가 깨지고 나서 불쾌한 보고만 들어서 짜증이 났지만, 오랜만에 즐거워질 것 같다.

그때, 조용히 주인과 노라의 대화를 지켜보고 있던 크라이가 인상을 쓰며 말했다.

"노라 씨, 호칭! 협력하는 대신 '정말 귀여운 여동생 아리샤'라고 부르기로 약속했잖아?"

"윽?! 아직 하지 않았다!"

분위기를 파악하지도 못하고 터무니없는 말을 꺼내는 남자다. 아리샤도 눈을 깜빡이며 그 단어를 중얼거리고 있다. 설마 자신의 근위가 멋대로 그런 약속을 했을 줄은 몰랐을 것이다.

그 순수한 눈이 왠지 부끄러워져서 크라이에게 소리를 질렀다.

"애초에, 내가 말했을 텐데! 네놈의 말도 안 되는 조건을 받아들이게 만들려면 능력을 보이라고. 감옥에서 봉인 지정을 회유해 보라고!"

그렇다…… 봉인 지정이다. 앵거스가 손을 댈 수 없다고 판단한 최악의 죄수. 그 가치는 앵거스가 가한 비열한 공격으로 인해 더욱 높아졌다. 노라는 봉인 지정의 힘을 실제로 본 적이 없지만, 기사회생의 한 수가 있다면 그것 말고는 생각나지 않는다.

노라의 말을 듣고 크라이는 살짝 한숨을 쉰 다음, 어쩔 수 없다는 듯이 말했다.

"……알았어. 봉인 지정, 봉인 지정 말이지. 일단 해보긴 할게."

"미리 말해두지만, 그건 나에게도 버거운 일이다. 어찌 됐든 그 녀석은 현재 그 힘으로 도시 시스템뿐만이 아니라 모든 간섭을 떨쳐내고 있으니까. 그 남자가 봉인 지정이 된 건 아직 써먹을 구석이 있기 때문이기도 하지만, 처분하지 못했다는 이유 때문이기도 하다."

"크라히, 너도 같이 가줘야겠어. 그러기 위해서 동행하라고 한 거니까."

"그래, 물론이지. 나보다 지하 깊은 곳에 수감되어 있는 마도사…… 기대되는군."

크라히가 시원스러우면서도 사나운, 매력적인 미소를 드리웠다. 그런 크라히의 실력도 그 봉인 지정과 비교하면 귀여운 수준이다. 《뇌제》의 힘과는 달리 그것의 힘은 해석조차 하지 못했으니까.

"감옥에는 연락을 해두마. 조심해서 가도록 해. 나는 그동안 아리샤와 놀고 있을 테니."

그 남자를 회유할 가능성은 만에 하나도 없다. 하지만, 만약에 회유할 수 있다면——— 인정해도 될 것이다. 크라이 안드리히가 노라에게 유용한 남자라는 것을.

"딱 잘라 말씀드리죠. 제 기억으로는 감옥에 이렇게 자주 찾아온 일반 시민은 당신이 처음입니다."

"응, 그래, 그럴지도 모르지…… 나도 사실 오고 싶지 않은데 부탁을 받아서……."

"게다가 두 번째에는 귀족이 되어 있었고, 세 번째인 지금은 노라 왕녀의 사자라니………… 순조롭게 지위가 올라가고 있는 거 아닌가요? 게다가 이번에는 그 《뇌제》까지 데리고 왔고…… 이런 상황에서도 저는 아직――― 당신이 그런 거물로 보이지 않는데요."

저번에도 봤던 감옥의 직원분에게 매서운 말을 들으며 내부의 안내를 받았다.

감옥의 건물은 여전히 인기척이 거의 없이 그저 조용하기만 했다. 저번에 왔을 때는 마지막으로 감옥 경비 대 크라히의 치열한 대결이 펼쳐졌었는데, 피해를 입은 흔적 같은 건 남아 있지 않았다.

"여기에 손님이 오기도 해?"

"숫자는 많지 않지만, 당신처럼 죄수 해방을 위해 오는 사람도 있고, 수감되는 사람도 있습니다. 물론 특별방에 수감되는 사람은 거의 없지만요. 마지막으로 수감된 것이 《뇌제》였고, 그 전에 수감된 사람이 이번에 당신이 만나러 온 상대입니다. 양쪽 모두 최대한 죄를 가볍게 해주려 하는 도시 시스템이 매우 위험하다고 판단한 자들이죠."

"나는…… 딱히 위험하지 않아. 뭐, 탈옥에 성공했다면 멤버들을 구해내기 위해 감옥을 부수긴 했겠지만……."

크라히의 말을 듣고 직원이 정색하는 듯이 바라보았다. 내 소꿉친구들도 그런 상황이 되면 똑같은 행동을 할 것 같아서 나도 할 말은 없지만…….

아무래도 저번과는 다른 곳으로 안내해주려는 모양이다. 깨끗한 복도, 안 좋게 말하자면 아무것도 없는 복도를 직원의 안내에 따라 걸어가 보니 분위기가 점점 살벌해졌다. 복도에 기장병이 보이기 시작했고, 벽에는 총탑이 늘어서 있는 데다 우리가 그 앞을 걸어가자 자동적으로 우리를 향했다. 크라히가 있던 층도 이렇게까지 경비가 엄중하지는 않았다.

도착한 곳은 커다란 검은색 문 앞이었다. 직원분이 설명해 주었다.

"이번에 만나러 오신 봉인 지정은 특수한 수감자입니다. 《뇌제》를 수감했을 때도 특별방을 마련했습니다만——— 이 수감자만을 위해서 저희가 층을 마련했습니다."

눈을 크게 뜬 내 앞에서 소리 없이 문이 열렸다. 그곳은 사방이 100미터 정도 될 것만큼 넓은 방이었다. 입구 근처가 유리벽으로 막혀 있어서 건너편의 모습을 볼 수가 있었다.

형태는 크라히가 갇혀 있던 감옥과 마찬가지였지만, 넓이가 보통이 아니었다.

아무것도 없이 넓기만 한 공간의 중심에 사람이 떠 있었다.

마름모꼴 유리 같은 것에 갇혀 있는 남자. 그것은 왠지 오싹해지는 광경이었다.

"저것이 최근에 들어온 코드 네임 《공(空)》——— 최악의 마도사입니다."

크라히처럼 사슬로 묶여 있는 게 아니다. 상처투성이가 된 것도 아니다. 저 남자가 갇혀 있는 마름모꼴이 뭔지는 모르겠지만, 일반적인 조치가 아니라는 것만은 금방 알 수 있었다.

"척 보기에는 경비가 어설퍼 보이죠? 《공》이 갇혀 있는 크리스탈은 물리적, 마술적으로도 경도가 극도로 높은 물건입니다. 그리고 방 전체에 강한 중력이 작용하고 있어서 《공》은 움직이더라도 아무것도 할 수 없습니다. 만약에 중력이 깨지더라도 곧바로 저격할 수 있게끔 설정되어 있습니다. 이렇게 대응하는 이유는 《공》의 주위가 미지의 힘으로 뒤덮여 있기 때문입니다."

그렇구나………… 뭐가 뭔지는 잘 모르겠지만, 코드의 감옥은 정말 무시무시한 곳이다.

유리벽으로 다가가서 《공》이라는 녀석을 멀리서 확인했다. 《공》은 척 보기에 평범한 인간이었다.

몸집이나 키도 중간 정도, 눈을 감고 있어서 그런 건지는 모르겠지만, 실력이 대단한 마도사 같지는 않았다.

그때, 옆에 서 있던 크라히가 눈살을 찌푸리고 있다는 걸 눈치챘다.

"이 기척——— 저건 설마………… 그런데 어째서 이런 곳에?

저 녀석은 국제 지명수배를 당하고 도주 중일 텐데. 아니, 코드와 거래하는 조직은 많지. 그 녀석들이 엮여 있을 가능성도 충분히 있나, 그래도…….”

“응? 왜 그래?”

중얼거리고 있길래 말을 걸어보니 크라히가 고개를 젓고는 평소 같은 표정으로 말했다.

“…………아니, 아무것도 아니야. 이번에 나는 따라온 것뿐이니까. 그래도 조심하는 게 좋을 거야. 저 술사의 실력이 어느 정도인지 알 수 없으니까. 나도 무제제에서 패배하고 나서 수행을 꽤 하긴 했지만, 그렇군…… 나 이상으로 엄중한 경계 태세를 보이는 것도 납득이 되는데.”

잘 모르겠지만, 그러니까, 크라히가 보기에도 확실히 위험한 건가? 보아하니 이번에도 내가 보는 눈이 없었던 것뿐인 모양이다. 같이 온 쿨도 깜짝 놀란 듯 《공》을 바라보고 있다.

“일단 방안에는 우리 목소리를 전달할 수 있습니다. 하지만 《공》은 지금까지 한 번도 반응을 보이지 않았기에 우리 목소리가 들리는지 알 수는 없습니다. 도시 시스템을 튕겨낼 정도니까요.”

그런 녀석을 용케도 붙잡았구나. 그런데 목소리가 들리는지 아닌지도 모르는 상대를 회유하라니, 노라 씨는 너무 터무니없는 요구를 하는 것 같은데? 이제 와서 주위에 있던 기사들이 떠들어 댄 이유를 알겠다.

애초에 저 사람을 정말로 바깥으로 내보내도 되는 건가?

“우선, 우리 모습하고 목소리를 전달해줄래? 일단 해볼 테니까.”

노라 씨도 분명 성공할 거라 생각하진 않을 것이다.

마음 편히 시험해보고, 안 되면 그때 가서 생각하자.

'아홉 꼬리 그림자 여우'의 전 보스, '공미'라 불리던 남자는 지금 어떻게 해볼 수 없는 상황에 처해 있다.

모든 것의 계기는 무제제에서 일어난 사건. 그 뒤로 조직의 배신자로서 계속 쫓기던 공미는 온 힘을 다해 추적자들을 해치웠지만, 기어코 동격의 보스——— 검미에게 따라잡혀서 패배했다.

아슬아슬하게 절대 불가침의 결계를 펼쳤지만, 그 상태로는 공미도 공격할 수가 없다. 한순간이나마 결계를 느슨하게 만들면 모든 힘을 검에 투자한 그 맛이 간 여자가 그 빈틈을 놓치지 않을 것이다.

하지만, 명색이 보스인 검미는 바쁘다. 계속 공미를 감시하고 있을 수는 없을 것이다. 승산은 거기에 있지만, 검미가 동원한 수단은 공미의 예상을 뛰어넘었다.

고기동 요새 도시 코드. 고도 물리 문명을 재현하는 그 도시의 감옥에 공미를 가둔 것이다.

『후후후…… 아무리 당신이라 해도 이 감옥을 빠져나가진 못하겠지? 그 결계를 해석하고 나서 느긋하게 요리해줄게.』

코드는 공미의 관할이 아니었기에 그렇게까지 자세히 알지는 못했지만, 검미가 말한 대로 코드의 감옥은 골치 아프기 짝이 없었다. 지니고 있는 도시 전력과 병기도 그렇지만, 특히 마도사에게 있어서 치명적인 것은 구축한 마술의 구성을 강제로 무너뜨리는 그 특이한 대마 필드다.

아직 공미가 결계를 유지할 수 있는 것은 결계를 펼친 것이 도시 바깥이었기 때문이다. 결계가 도시의 대마(對魔) 필드와 상충하고 있다. 한번 결계를 풀면 이 도시에서 이 정도의 결계를 펼치는 건 불가능할 것이다.

단순한 감옥이라면 마술 대책이 되어 있더라도 탈출할 수 있었겠지만, 예상이 빗나갔다. 아무래도 그 여자는 짜증 나게도 공미를 전혀 얕보지 않았던 모양이다. 그 여자가 코드 안에서 확고한 지위를 차지하고 도시의 전면적인 협력을 얻는다면 언젠가 공미의 결계도 해석해낼 것이다.

그러기 전에 어떻게 해서라도 이 독방에서 탈출해서, 무제제 때 《천변만화》를 이용하여 공미를 함정에 빠뜨리고 배신자로 만든 그 여자에게만은 한 방 먹여줘야 한다.

가능성은 있다. 코드도 결코 한데 뭉친 집단은 아니다. 이 도시에서는 지금 다가오는 왕위 쟁탈전을 앞두고 왕족들이 서로 경쟁하며 전력을 원하고 있다. 검미가 관여한 세력 말고도 왕족은 있다.

특별방 안에서 기회를 기다렸지만, 공미가 원하는 협력 상대는 좀처럼 오지 않았다. 감방에 온 자가 몇 명 있긴 했지만 척 보기에도 힘이 부족했다. 조직이 협력하고 검미가 관여한 세력은 아마 최대 파벌일 것이다. 그렇다면 최소한 그 파벌에 버금가는 파벌이어야만 손을 잡을 가치가 있다.

결계와 함께 크리스탈에 유폐당한 지 며칠이 지났을까. 왕위 쟁탈전이 드디어 코앞으로 다가온 건지, 요즘은 상태를 살펴보러 오는 자도 줄어들었다.

오랜만에 공미와 통신이 연결된 것은 반쯤 싫증이 나서 포기할 뻔한 순간이었다.

『아, 들려?《공》. 뭐, 안 들리면 딱히 상관없긴 한데…….』

그 목소리를 들은 공미는, 예전에 무제제 때 번개에 맞은 순간에 필적하는 충격을 느꼈다.

결계를 유지하기 위해 최소한만 남겨두고 잠들어 있던 의식이 단숨에 각성했다. 고개를 들고 유리 건너편을 노려보았다. 동요로 인해 술식 구축이 흐트러졌고, 크리스탈이 크게 흔들렸다.

철벽같은 정신력으로 한 달 이상이나 불가침 결계를 계속 펼쳤던 공미의 정신을 흔들어버린 목소리.

그것은 지금도 여전히 꾸는 악몽에 나오는 목소리———《천변만화》의 목소리였다.

말도 안 되는 짓으로 공미를 함정에 빠뜨리고 보구, 『대지의 열쇠』를 발동시켰다는 누명을 씌운 남자. 그 작전의 중요성을 따져봤을 때 검미 직속의 부하로 추정되는 남자는 검미 다음으로 공미의 원수다.

어째서 네놈이 여기 있는 거지?!

눈을 떴다. 이를 악물고 유리 쪽을 노려보았다. 심장이 두근,

크게 뛰었다.

통신 너머로 깜짝 놀란 기척이 느껴졌다. 그러나 《천변만화》는 여전히 느긋한, 안 좋게 말하자면 아무런 생각도 없는 듯한 목소리로 이해가 잘 되지 않는 말을 꺼냈다.

『혹시 생각이 있으면 말인데, 풀어줄 테니까 그 대신 협력해주지 않을래?』

……뭐? 저 남자가 지금 무슨 말을 하는 거지?

한순간 분노를 잊었다. 분노를 잊을 만큼 영문 모를 말이었다.

공미가 자신을 함정에 빠뜨린 검미의 부하에게 협력할 리가 없다는 건 굳이 따질 필요도 없이 명백한 사실이다. 보스 중 한 명이었던 공미가 검미에게 붙는다는 건 목숨을 잃는다 하더라도 있을 수 없는 일이다. 그리고 그 정도 사실을 신산귀모로 널리 알려진 《천변만화》가 모를 리가 없다.

분노를 억누르고 그 말의 진의를 생각했다. 《천변만화》는 검미의 명령으로 공미를 함정에 빠뜨려 실각시켰다. 검미는 공미를 붙잡았고, 코드의 감옥에 가두었다. 그런 공미에게 지금, 《천변만화》가 협력을 요청하고 있다.

다시 말해 이건——— 공미는 입술을 열고 오랜만에 목소리를 냈다.

"협력……이라고? 네놈 뒤에 있는 건………… '검미'냐?"

『어……? 검미? 그게 누군데?』

마치 진짜로 아무것도 모르는 듯한 목소리. 그 바보 같은 연기를 본 공미는 확신했다.

이 남자——— 이번에는 검미를 배신할 셈이다.

애초에 무제제에서 《천변만화》가 한 행동은 정신이 완전히 나간 짓이었다. 공미가 온 힘을 다해 막지 않았다면, 지금쯤 《천변만화》가 발동시킨 대지의 열쇠가 여러 나라를 붕괴시켰을 것이다.

검미는 강하긴 하지만 어차피 뼛속까지 전투원이기에 공미의 사고를 완전히 예측하고 치밀한 작전을 입안할 만한 능력은 없을 것이다. 애초에 그때 《천변만화》의 행동에는 망설임이 전혀 없었다. 아마 작전을 생각한 건 《천변만화》 본인일 터.

검미 녀석…… 보아하니 《천변만화》를 제대로 컨트롤하지 못하고 있구나?

보상이 부족했던 걸까, 아니면 다른 이유가 있는 걸까. 애초에 아무리 명령을 받았다 하더라도 보스를 함정에 빠뜨린 《천변만화》의 행위는 조직에게 들키면 틀림없이 처분당할 만한 짓이다.

그런 작전을 짜는 남자라면 상사를 배신하는 것 따위는 간단할 테고.

『협력해주지 않는다면 딱히 상관없거든? 어찌 됐든, 거역할 의도가 있다면 해방 신청이 통과되지 않을 테니까.』

이건——— 좋은 기회다. 지금 해방되지 않는다면 왕위 쟁탈전이 벌어지기 전에 다음 기회가 오진 않을 것이다.

《천변만화》는 분명히 원수지만, 그보다 우선해야 하는 건 검미다. 그리고 《천변만화》의 권모술수는 공미도 이해할 수 없을 만큼 무시무시했지만, 아군이 되면 강력한 무기가 될 것이다.

결론을 내리는 데는 시간이 오래 걸리지 않았다. 검미…… 네 놈에게 진정한 절망을 가르쳐주마.

　《천변만화》라는 맛이 간 남자를 이용해 공미를 함정에 빠뜨리고 남의 구역을 침범한 것을 후회하게 만들어 주겠다.

　『으………… 알겠다. 해방해라. 네 계획을 도와주마. 내가, 힘을 빌려주겠다.』

　얼어붙은 직원분. 굳은 표정을 지은 크라히 일행 앞에서 크리스탈이 사라졌다.

　그것은 최악의 마도사의 해방 허가가 통과되었다는 의미였다.

　"시스템에 의한 평가가, 통과되었습니다. 위험성은, 없습니다. 종합평가 12300, 《공》——— 있을 수 없는 일이야. 당신은 대체 어떻게———."

　그런 건 내가 물어보고 싶은데?

　왠지 모르겠지만 해방 신청은 아무런 문제도 없이 끝났다. 내가 말을 걸자마자 지금까지 아무런 반응도 보이지 않았던 남자가 대답했고, 게다가 딱히 교섭 같은 것도 하지 않았는데도 요구를 받아들인 것이다.

　실패하면 미안하다고 할 생각이었는데, 영문을 알 수가 없다.

　바닥에 내려선 《공》은 숨을 살짝 내쉬고는 팔을 툭툭 털었다.

"이게 대마 필드인가…… 원리는 모르겠지만, 그렇군, 그 여자가 나를 여기에 집어넣을 만도 하겠어."

《공》이 두르고 있던 도시 시스템의 간섭조차 차단하는 그 기묘한 힘은 지금 사라진 것 같았다.

아니, 그것이 도시 시스템이 그 남자를 해방하는 전제 조건이었던 것이다.

도시 시스템이 남자를 풀어준 걸 보니 지금 그 남자는 우리를 해칠 생각이 없을 것이다. 《공》이 유리 너머에서 이쪽으로 손바닥을 내밀었다. 다음 순간, 방을 가로막고 있던 유리에 금이 크게 갔다.

"……쳇. 마법을 제대로 쓸 수가 없군…… 뭐, 어쩔 수 없나."

"…………저거, 진짜로 안전한 거 맞아?"

"케케…… 희대의 대범죄자니까 말이야. 힘이 봉인되어 있더라도 저 정도는 가능하겠지."

즈리와 쿠트리도 정색하고 있다. 이번에는 나와 가치관이 똑같은 사람이 많아서 정말 좋다.

문이 쉽사리 열리고 《공》이 밖으로 나왔다. 옆에 서 있던 크라히가 호전적인 미소를 지으며 앞으로 나섰다. 보아하니 몸 상태가 원래대로 돌아왔는지 그 칠흑색 머리카락에 보랏빛 번개가 감돌았다.

"다시 얼굴을 마주하게 되다니, 기이한 운명이로군. 가면이 없는 것 정도로 내 눈은 속일 수 없어. …………하지만, 이번에는 환영하지. 너를 해방하기로 결정한 건 크라이니까. 하지만, 행동

에는 주의하도록 해. 내 힘을 무제제 때와 똑같을 거라 생각하면
곤란하다고."

"⋯⋯⋯⋯⋯너, 《뇌제》냐? ⋯⋯⋯⋯그렇군, 이곳에는 그때의 멤
버가 모두 모였다는 뜻이야. 악취미 같은 조합이다만, 이것도 나
름대로 재미있는데."

시선과 시선을 맞부딪히며 불꽃을 튀기는 두 사람. 혹시 아는
사이인가?

사이가 그렇게 좋아 보이지는 않지만, 귀찮은 일은 벌이지 않
았으면 좋겠다.

"자, 사이좋게 지내라고. 그런데 너를 뭐라고 불러야 할까?"

"마음대로 부르라고. 이제 보스가 아니니까."

남자가 번득이는 눈으로 이쪽을 노려보며 말했다.

이제 두 번 다시 오지 말아주세요. 직원분이 그렇게 말하는 걸
들으며 감옥을 나섰다.

이번에 해방시킨 남자─── 코드 네임 《공》, 공미는 다행히 곧
바로 날뛸 생각은 없는 것 같았다. 감옥의 경비를 보고는 마음에
들지 않는다는 듯이 말했다.

"그렇군, 위협적이긴 해. 마술을 쓰지 못한다면 말이지만───
내가 아니라 그 여자의 관할이 된 이유를 알겠어. 이 도시에서는
분명 그 여자 상대로는 1대1로도 고전하겠지."

"그 여자? 무슨 소리지?"

마치 감시라도 하는 것처럼 가까이 있던 크라히에게 공미가 대

답했다.

"칼 한 자루만으로 조직의 정점까지 올라간 검귀다. 이름은 '검미'라고 하지. 조심하도록 해, 그 여자의 검은 어지간한 마도사는 피할 수 없으니까. 틀림없이 이 도시에서 싸우게 될 테고."

"재미있군…… 검귀라. 재미있구나, 크라이!"

"난 딱히 싸우러 온 게 아닌데."

그 검미라는 녀석이 우리를 방해하지 않기만을 기원할 뿐이다.

거미를 타고 노라 씨의 에어리어로 가기 위해 건물과 건물 사이를 뛰어넘고 있자니 문득 아래쪽 도로에 많은 사람들이 모여서 시끄럽게 떠들고 있다는 걸 눈치챘다. 폭이 넓은 건물의 벽에 무언가가 비치고 있다.

여기는 이미 노라 씨의 에어리어다. 도로로 내려가 확인해 보았다.

건물 벽에 비치고 있던 것은――― 노라 씨와 공주님의 모습이었다.

인파 속에 있었는지, 자자 일행이 우리를 알아보고 뛰어왔다.

"크라이 씨! 저거 봐, 지금 노라 님이랑 아리샤 님이 경주하고 있어! 레이스라고!"

"어……."

"둘 다 엄청 빨라! 동경한다니까!"

루루가 흥분한 듯이 건물 벽을 손가락으로 가리켰다. 그럼, 저 많은 사람들은 관객인가…… 놀아주겠다고 하던데, 설마 진짜로 놀 줄은 몰랐네.

"우와………… 빠르네."

"케케케…… 즈리, 너보다 더 빠른 거 아니냐?"

"시끄러워! 애초에 나는 뛰지 않는 계열의 도적이니까!"

루샤 일행이 영상을 보며 말다툼을 벌이고 있다.

그 말대로 두 사람은 빨랐다. 고저 차가 있는 건물을 온몸으로 달리고, 점프하고, 기어 올라가는 그 모습은 확실히 볼만 했다. 선두는 노라 씨, 10미터 뒤에서 공주님이 쫓아가고 있다. 둘 다 운동 신경이 정말 좋다. 건물과 건물 사이를 뛰어넘을 때도 망설이지 않는다.

공주님은 날마다 체조도 했고 왠지 운동 신경이 좋을 것 같긴 했는데, 노라 씨는 더 뛰어나구나. 헌터인 나보다 신체 능력이 더 좋은데?

"저게 네 이번 고용주——— 노라 코드인가? 시험해 주지."

"좋은 훈련이 될 것 같은데."

공미가 아무것도 없는 공중을 툭툭 뛰어 올라갔고, 크라히가 도약해서 쫓아갔다.

자자와 루루가 깜짝 놀랐지만, 나는 그쪽에서 눈을 슬며시 피했다.

저 사람들 때문에 내 마도사에 대한 이미지가 망가질 것 같아…….

"…………그런데 아리샤 님도 대단하네. 설마 노라 님을 따라갈 수 있다니."

"노라 님은 말이지, 강화를 하셨거든? 위쪽에서부터 세는 게 더 빠를 정도로 강하다고!"

자자와 루루는 공미와 크라히에 대해 말하는 걸 포기했는지, 화제를 바꾸었다.

혹시 공주님은 스펙이 꽤 좋은 건가……?

"오, 슬슬 결승점이야!"

"역시 노라 님이 질 리가 없어. 아리샤 님도 열심히 하긴 했지만———."

몸을 앞으로 크게 기울여서 바람처럼 건물 옥상을 질주하는 노라 씨와, 똑같은 자세로 이를 악문 채 얼굴을 새빨갛게 물들이고 따라붙는 공주님. 건물과 건물 사이를 뛰어넘은 곳 너머에 빛의 아치가 있는 게 보인다. 저기가 결승점인가?

아무리 생각해도 노라 씨의 승리네요. 공주님의 몸놀림도 꽤 멋지지만, 초짜가 보기에도 분명히 차이가 있다. 공주님은 이미 한계에 가까운 것 같지만, 노라 씨의 표정은 괴로워 보이면서도 아직 여유가 조금 있는 것 같았다. 이제 몇 초면 결판이 날 것이다.

관객들의 분위기도 최고조에 달했다. 소리치며 응원하고 있다. 이곳 코드에서 이렇게 신이 난 사람들은 처음 본 걸지도.

나도 왠지 그 열광에 휩쓸려서 함께 손을 들고 소리쳤다.

"공주님, 힘내라아아아아아아아아!"

빠르게 뛰어가던 노라 씨 바로 위로 한 줄기 바람이 불어닥친 것은 그 순간이었다.

"뭐야?!"

아니——— 그것은 바람이 아니었다. 사람이다. 번개를 두른 남자, 그리고 그와 경쟁하며 미끄러지듯이 쫓아가는 남자. 크라히와 공미는 노라 씨를 단숨에 제치고는 곧바로 아치 직전에서 방향을 틀어서 건물 벽을 뛰어 내려갔다. 내려갈 때 말다툼을 하던 것 같은데, 대체 뭐야?

『고오오오오오오오오오오오오오올! 아리샤 왕녀의 승리이!!』

"아."

폭발적으로 열광하는 목소리를 듣고 다시 공주님 쪽을 보았다. 거기에는 결승점 너머에서 만족스러운 듯한 표정으로 엎드려 있는 공주님과 멍한 표정으로 그 모습을 보는 노라 씨가 있었다.

이제 자주 와서 익숙해진 노라 씨의 거점 건물.

그곳 옥좌의 방에서 기다리고 있자니 노라 씨가 공주님과 함께 투덜거리며 돌아왔다.

"정말…… 그 타이밍에 방해를 하다니……."

"크라이, 어서 와! 나, 이겼어!"

공주님이 피로한 기색도 없이 달려왔다.

샤워를 했는지 피부가 약간 붉게 달아올라 있었다.

"나도 봤어, 축하해! 그런데 공주님은 운동 신경이 좋네."

노라 씨의 기사들도 저마다 칭찬해주었다.

"역시 노라 님의 여동생분이시군요. 처음인데도 그렇게까지 잘 움직이는 사람은 거의 없습니다!"

"멋진 레이스였습니다. 관객들의 분위기도 정말 좋았고요! 아리샤 님의 이름은 에어리어 시민들 사이에서 계속 회자될 겁니다!"

"흥…… 사고만 없었다면 내 승리가 확실했을 텐데."

진심으로 분하다는 듯이 말하는 노라 씨에게 측근이 조심조심 말했다.

"하지만 노라 님, 외람된 말씀입니다만——— 레이스에는 사고가 항상 일어나는 법. 그것도 레이스의 묘미가 아닐까요."

"아~, 그런 건 굳이 말하지 않아도 알아! 아리샤!"

노라 씨가 공주님의 이름을 불렀다.

눈을 똑바로 바라보면서 인상을 쓰고 말했다.

"처음치고는 훌륭한 달리기였어. 역시 이 노라 코드의 여동생이야. 패왕의 정신은 패왕의 육체에 깃들지. 앞으로도 정진하도록."

"네, 네! 노라 언니! 지도해주셔서 감사합니다!"

꽃이 피어나는 듯한 미소를 지으며 고맙다는 인사를 한 공주님에게 노라 씨가 껄끄럽다는 듯이 말했다.

"흥…… 됐다. 봐줬다고 할 정도로 대충 뛴 것도 아니니까. 나에게 승리했다는 걸 자랑하도록 해. 그리고 내가 앞에서 뛰지 않았다면 길을 몰랐을 테고."

내가 자리를 비운 사이에 공주님도 노라 씨와 마음을 많이 터놓은 사이가 된 모양이다. 무사히 코드 바깥으로 보호해서 나가게 된다면 만날 기회도 늘어날 테고, 자매는 사이가 좋은 게 제일이다.

그때 공주님이 빛나는 듯한 미소를 지으며 말했다.

"그래서요…… 노라 언니. 약속 말인데요———."

"!! 크라이, 네놈, 《공》을 회유하는 건 성공했겠지?! 실패했다면 용서 못 한다!"

노라 씨는 공주님을 보고 있다가 갑자기 이쪽을 향해 소리쳤다.

"아~, 해방 신청은 확실하게 통과되었어. 좀 전에 크라히하고 같이 뛰어갔잖아. 이름은 공미래."

"역시 실패했나! 힘든 의뢰였다고는 해도 실패했으니 벌칙을━━━ 뭐라고?"

노라 씨가 정색하며 나를 빤히 바라보았다. 그렇게 빤히 보면 구멍이 뚫려버릴 것 같은데.

아니, 벌칙도 있었어? 위험했네.

공미에게 고마워해야겠다. 크라히랑 레이스를 벌이면서 어디론가 가버렸지만.

"……동의, 한 건가? 협력하겠다고? 애초에, 어떻게 그 녀석과 이야기를 나누었지?!"

그야 물론…… 뭐가 뭔지는 모르겠지만, 말을 걸었더니 대답을 해줬고, 교섭 같은 건 거의 안 했는데도 협력해주겠다고 말했다. 최종적으로 도시 시스템의 심사도 통과했으니 아무런 문제도 없을 것이다.

"그러니까 내가 말했잖아. 크라이라면 해낼 거야, 라고! 크라이는 마법사니까!"

"마법 같은 건 못 써. 나는 그저 내가 할 수 있는 일을 한 것뿐이야."

공주님의 신뢰가 너무 두터운데! 당당하게 하드보일드한 척하긴 했지만, 나도 왜 그렇게 잘 풀린 건지는 전혀 모른다.

"그래서요, 노라 언니! 아까 약속한 거 말인데요―――."

"약속⋯⋯?"

상황을 이해하지 못한 나에게 노라 씨의 기사 중 한 명이 가르쳐주었다.

"노라 님께서 승부를 벌이기 전에 아리샤 님께 선언하셨습니다. 레이스에서 지면 뭐든지 소원을 한 가지 들어주시겠다고요."

대체 어째서 그런 약속을⋯⋯ 노라 씨가 아까부터 얼버무리려고 하는 게 그건가?

아마 질 거라 생각하지 못했기 때문일 것이다. 부하가 다 털어놓기도 했고, 입은 재앙의 근원이구나.

"그러고 보니 나하고도 약속했었지. 공미를 해방시킬 수 있다면, 뭐였더라~."

"!! 그랬지요⋯⋯ 노라 님, 약속을 어기시면 체면을 망치시게 됩니다."

"큭⋯⋯⋯⋯ 끄윽⋯⋯ 으윽⋯⋯⋯⋯ 네놈, 대체 왜 호칭에 집착하는 거냐?!"

아니, 딱히 상관없긴 하지만 말이지⋯⋯ 호칭도 이제 제대로 바꾼 모양이고. 이래 봬도 나 또한 여동생이 있는 몸이라 그런 걸 보면 마음이 안 좋다. 그리고 내가 이제 괜찮다고 해도 주위 사람들은 그렇게 생각하지 않을 것이다.

주위에 있던 기사들이 '귀여운 아리샤'라고 부르는 것을 기대하자 노라 씨는 어쩔 줄 몰라했다.

그때, 행방불명이었던 크라히와 공미가 돌아왔다.

"큰일이야, 이 남자, 지는 걸 정말 싫어해서……."

"헛소리. 네놈이 계속 뛰어가니까 그렇지!"

특급 마도사 두 명이 말다툼을 벌이며 들어왔다.

공미를 본 노라의 안색이 진지하게 바뀌었다.

"크라이, 교섭은 분명히 성공한 모양이구나. 공미…… 네 얼굴은 감옥에서 본 적이 있다만?"

"음………… 네가 현재 《천변만화》의 주인인가."

공미가 팔짱을 끼고는 노라 씨를 예의 없게 빤히 바라보았다.

"뭐, 누구든 상관없다. 그 검미를 죽일 수 있다면 말이지. 얼마든지 협력해주마."

"검미——— 네놈을 데리고 왔던 그 여자 말인가………… 좋다. 그 여자는 앵거스와 손을 잡았다. 우리의 목적은 같은 것 같군. 그 앵거스도 봉인 지정이 내 진영에 올 줄은 몰랐겠지."

공미와 노라 씨는 시선과 시선을 맞부딪혔다. 좀 더 편하게 살아도 될 텐데…….

그때, 눈을 꾹 감은 공주님이 그 사이에 힘껏 끼어들었다. 그녀는 깜짝 놀란 노라 씨와 공미를 보고 볼을 부풀렸다.

"잠깐만 기다려! 크라이의 주인은 노라 언니가 아니야! 크라이의 주인은 나야! 크라이에게 용건이 있다면 우선 나에게 말해!"

"?! 무슨 말을 하는 거냐, 아리샤! 크라이가 네 근위이긴 하지만, 지금은 딱히 그런 걸 따지는 게———."

나는 주인 없는 야생 크라이야. 굳이 주인을 한 명 꼽자면……

에바려나.

내 주인이 되고 싶다면 에바만큼 나에게 헌신하고 나서 말해줬으면 좋겠네.

공미가 눈살을 찌푸리고는 공주님을 보며 말했다.

"그렇다면 너에게 내가 협력해줄 만한 힘이 있다는 건가?"

"윽…… 노라 언니는, 저라면, 왕이 될 수 있을지도 모른다고, 했어요!"

"……앵거스보다는 낮다고 했을 뿐이다. 하지만, 공교롭게도 너에게는 힘이 없지. 안심해라, 아리샤. 내가 왕위를 손에 넣으면 너를 자유롭게 해주마. 아니———나의 여동생으로서 대귀족 지위─── 클래스 7을 주마. 어떠냐?"

내 임무는 너희처럼 코드를 움직일 수 있는 왕과 그 일족을 보호해서 바깥으로 탈출시키는 건데?

눈을 깜빡이고 있자니 공주님이 내 팔을 붙잡고 소리쳤다.

"크라이는 내 근위야! 《뇌제》도, 공미도, 크라이가 찾아왔어! 그러니까 내 거야!"

갑자기 영문을 알 수 없이 떼를 쓰기 시작한 아리샤를 보고 노라 씨가 곤란하다는 듯이 말했다.

"알았다, 알았어, 아리샤. 네 말이 맞다. 그러면 내가 왕위를 이어받으면 크라이는 너에게 주마. 그러면 되겠지? 억지를 쓰지 마라."

"으~, 으…….."

아직 납득하지 못한 건지, 공주님이 끙끙대고 울상을 지으며 나와 노라 씨를 보았다.

그리고, 공주님은 뭔가 좋은 생각이 났다는 듯이 말했다.

"맞다, 노라 언니! 좀 전에 레이스에서 이겨서 들어준다는 소원! 저에게, 왕위를 주세요!"

"?! 그런 건 당연히 안 되지!"

당연히 안 되죠. 레이스에서 이겨서 들어주는 소원으로 왕위를 요구하다니, 대체 무슨 소리야?

"뭐든지 된다고 했는데……."

"그, 그렇게 말하긴 했다만………… 아리샤, 넌 왕이 되고 싶으냐? 왕위를 얻는다는 건 코드에 사는 모두의 목숨을 짊어지는 것이나 마찬가지다. 정말로 그럴 각오가 있어?"

노라 씨는 곤란하다는 듯이 차분히 타일렀다. 기사들이 대화를 듣고 눈을 동그랗게 뜨고 있다.

노라 씨가 설득하자 공주님은 한순간 침묵하다가, 갑자기 제자리에 쓰러졌다.

이건——— 설마……!

"싫어~! 아리샤, 왕위를 갖고 싶어! 부탁이야, 노라 언니! 왕위 줄 거지? 왕~위~가~지~고~싶~어~! 소~중~하~게~여~길~테~니~까~!"

"……크라이, 네놈, 명색이 왕족인데 터무니없는 걸 가르쳐서……."

노라 씨가 마치 쓰레기라도 보는 듯한 눈빛으로 발버둥 치는 공주님을 보았다.

어째서 내가 가르쳐줬다는 걸 들킨 거지…… 아니, 감시하고
있었나?

아무리 떼를 쓰던 무렵의 리즈도 왕위를 가지고 싶다며 떼를 쓰
지는 않았다. 그래도 그렇게까지 가지고 싶은 것도 아닌 것 같은
데 떼를 쓰는 구석은 어렸던 리즈가 생각난다.

"크라이는, 내 거야! 그러니까, 크라히랑 공미도 내 거고! 왕위
도 내 거야~!"

"어찌어찌 그럴듯하게 들리는 건 떼쓰기로써 실격이야. 떼쓰기
는 설득이 아니라고."

"그런 말을 하고 있을 때냐!"

노라 씨가 내 머리를 찰싹 때렸고, 세이프 링이 발동되었다.

"하, 하지만, 이치에 맞는 것도 사실이긴 합니다. 아리샤 님의
말씀에도 일리가 있는 것 같습니다."

"근위의 힘은 왕족의 힘이니까. 그래도 겨우 레이스 결과로 왕
위는————."

"노라 님께서는 아리샤 님을 인정하셨다. 비겁한 짓을 저지른
앵거스 왕자보다는 낫지."

"강화되지도 않았는데 그 움직임, 노라 님을 따라잡다니, 잠재
능력은 분명이 있다. 분명히 노력하시면 훌륭한 왕이 되실 거다."

"마음 편히 산책을 다니시다가 손을 흔들어주실지도 몰라. 지
금 코드 왕은 위대하시지만 왕탑에서 거의 나오지 않으시니까."

"노라 님과 역할을 분담하는 방법도…… 노라 님이 채찍을, 아
리샤 님이 당근을."

차례차례 이야기를 나누는 기사단 사람들. 이 사람들의 충성심은 대체 어떻게 된 걸까.

"마, 말도 안 되는 소리 하지 마라. 너희는 나와 아리샤 중에 누구 편이지?"

노라 씨네 기사단의 마음은 머리카락을 헝클어뜨리며 얼굴을 새빨갛게 물들인 채 발버둥 치는 공주님 쪽으로 완전히 기울어져 있었다. 자칼리 씨도 함락시켰고, 노라 씨도 태도가 꽤 부드러워진 것처럼 보인다.

공주님은 뭔가 그런 카리스마가 있을지도 모르겠다.

하지만, 이대로 내버려 두면 위험하다. 나는 노라 씨를 보고 말했다.

"노라 씨…… 떼쓰기에는 다음 단계가 있어. 슬슬 물러서는 게 좋을 거야."

"다음 단계………… 라고? 이 이상이 있단 말이야?!"

노라 씨의 볼이 움찔거리며 정색하고 있다. 공주님의 움직임이 한순간 멎었다. 나는 말했다.

"그래. 이렇게 떼를 쓰는데도 자기 말을 들어주지 않으면 다음에는——— 진흙탕 속에 드러누워서 떼를 쓸 거야."

"?! 진흙탕 속에서, 라고?! 그게 왕족으로서의 모습인가?!"

"그래도 자기 말을 안 들어주면…… 옷을 벗기 시작해."

"으………… 사람, 으로서의, 존엄이———."

"그, 그런 건 안 한다고!! 아무리 그래도!"

새파랗게 질린 채 깜짝 놀란 노라 씨와 기사들에게 공주님이 얼굴을 새빨갛게 물들인 채 소리쳤다.

아무래도 리즈급 떼쓰기는 불가능한 것 같지만, 노라 씨는 동요한 나머지 이야기를 듣지 않았다.

"아, 알겠다. 알겠다고, 아리샤………… 이렇게 하자. 이건 어때? 왕위는, 양보해줄 수도 있다. 하지만…… 조건이 있어."

바닥에 드러누운 채 굳은 공주님에게 노라 씨가 진지하고 심각해보이는 표정으로 말했다.

"다른 왕족을 설득하는 거야. 앵거스를 설득하라고 하진 않겠어. 토니, 모리스, 자칼리를 설득할 수 있다면 나도 기꺼이 왕위를 양보하마. 더 이상 물러서진 않겠어. 받아들이렴."

"아, 알겠어요, 노라 언니……."

최대한 양보한 노라 씨를 보고 공주님이 얼굴을 가리고는 제안을 받아들였다.

손가락 틈새로 보이는 그 얼굴은 빨갛게 물들어 있었다.

왕탑과 가장 가까운 앵거스 코드 에어리어. 그 거점의 지하 깊은 곳.

왕위 쟁탈전이 코앞까지 다가오자 온 힘을 다해 병기를 제조하고 있는 시설에서 제1왕자 앵거스 코드는 자신의 심복이자 참모이기도 한 진 고든을 노려보고 있었다.

"진, 네놈──── 노라에게 기습을 가했다면서?"

그 목소리를 듣고 진이 고개를 숙이고는 당당하게 대답했다.

"그렇습니다. 그럴 필요가 있었으니까요. 전하께 보고가 늦었던 것은 사죄드리겠습니다."

원래 앵거스는 노라를 기습할 생각이 없었다. 왕이 전달한 내용이 지금까지 쓰지 못했던 작전을 세우는 계기가 될 수도 있긴 하지만, 애초에 노라와 앵거스 사이의 차이는 지금 시점에서도 충분히 벌어져 있다.

외부에서 들어온 용병 중 대부분은 결국 앵거스 밑으로 모여들었다. 경험이 많은 반범죄자들과 연구한 병기가 있다면 노라의 기사단 상대로도 충분히 싸울 수 있는 군세가 된다. 그와 더불어 카이와 사아야라는 특출난 개인 전력이 있는 지금, 그는 왕위를 손에 넣은 거나 마찬가지다. 게다가 상황에 따라서는 검미도 써먹을 수 있다.

앵거스는 신중하다. 그리고, 필요 이상의 피해는 나오지 않게끔 하고 있다. 왜냐하면 노라의 군세는 왕위를 얻은 뒤에 앵거스의 것이 될 예정이기 때문이다. 그리고 왕이 되어서 압도적인 권한을 손에 넣더라도 사람들의 마음까지는 바꿀 수가 없다. 왕위 쟁탈전이란 수단을 가리지 않는 싸움인 것과 동시에 일종의 시합 같은 측면도 있다. 천박한 수단을 써서 승리하면 사람들의 마음이 떠날 테고, 왕의 권세에 영향을 끼칠지도 모른다.

이번 기습은 그런 문제와 더불어 노라의 분노를 사기까지 했다.

리턴보다 리스크가 더 크다. 특이한 수단은 원래 지고 있는 쪽이 동원하는 법이다.

"그럴 필요가 있었다. 그럴 필요가 있었단 말이지. 진, 네놈은 내가 노라에게 패배할지도 모른다는 거냐?"

"그게 아닙니다, 전하. 하지만, 변수가 발생했다는 건 사실이지요.《뇌제》가 노라 왕녀에게 협력하면 혹시나―――."

"있을 수 없는 일이야. 만약《뇌제》가 협력한다 해도 그럴 일은 있을 수 없다."

앵거스가 딱 잘라 말했다. 진의 움직임이 멎었다.

"거기에 추가로 노라가 봉인 지정―――《공》을 설득하는 데 성공하더라도 질 가능성은 낮다.《공》이 나오면 검미가 상대한다, 그렇게 계약했으니까. 네가 전력 확충에 온 힘을 다하고 있다는 건 알고 있다만, 너에게 권한을 준 건 그런 짓을 시키기 위해서가 아니다."

진 고든은 뛰어난 인재다. 뛰어난 인재지만, 가끔 너무 지나칠 때가 있다는 걸 앵거스는 알고 있었다. 아마 바깥 세계에서는 온갖 수단을 동원해야만 했겠지만, 이곳 코드는 다르다.

"이번 건은 용서하마. 하지만 내가 한 말을 명심해둬라. 붙잡은 노라의 병사들은 살아 있겠지?"

"물론입니다, 전하. 그들도 코드의 충실한 시민입니다. 상처를 입히는 짓은 결코 하지 않았습니다."

옆드린 진을 내려다보며 앵거스가 코웃음 쳤다.

"그렇다면 됐다. 이런 사소한 일 때문에 골치 아파하는 것도 이제 얼마 안 남았다고."

앵거스의 계산에 따르면 왕의 수명은 며칠 남지 않았다. 마지막 단계에서 예상하지 못했던 일들이 몇 가지 겹치긴 했지만, 앵거스와 필적하는 세력은 결국 나타나지 않았다. 이제 앵거스를 거역하는 세력을 물리치고 왕탑으로 가기만 하면 된다.

노라 씨의 거점에서 하룻밤 머물렀다. 노라 씨의 에어리어에서도 공주님은 정말 인기가 많았다. 어찌 됐든 공주님은 밝고 싹싹한 데다 노라 씨처럼 사람을 주눅 들게 하는 아우라도 없다. 어쩌면 내가 지금까지 만났던 왕녀들 중에서는 세렌 다음 정도로 인기가 많을지도 모르겠다.

그리고 공주님의 상태도 외부와 교류함으로써 한층 더 좋아진 것 같은 느낌이 든다. 역시 유폐당한 상태에서는 뭔가 부족한 것이 있었을 것이다.

떠나기 전에 노라 씨가 일부러 나와서 인사를 해주었다.

"또 마음이 내키면 오도록 해. 정 뭐하면 오랫동안 머물러도 상관없고. 좋은 자극이 될 테니까."

"감사합니다, 노라 언니!"

공주님이 눈물을 머금으며 감사 인사를 했다. 떼를 쓰기 시작했을 때는 어떻게 되나 싶었는데, 하룻밤 동안 회포를 풀어서(만난 건 어제가 처음이었던 모양이지만) 그런지 둘 다 좋은 관계를 맺은 것 같다.

"《뇌제》, 공미, 아리샤를 부탁하마. 토니의 에어리어에서 문제가 일어날 것 같지는 않다만…… 아리샤는 특수한 입장이다. 괘씸한 자가 없을 거라는 보장은 없으니 말이다."

"안심하라고, 노라. 우리 세 사람이 있잖아. 네 여동생은 이곳 코드에서 가장 안전해."

크라히가 의젓하게 웃었고, 공미가 코웃음 쳤다. 그때 노라 씨가 방금 생각났다는 듯이 나를 보았다.

"그러고 보니, 크라이. 네놈, 이 사람을 본 적 있나?"

노라 씨가 손가락을 딱 튕겨서 공중에 영상을 띄웠다. 거기에 비친 것은——— 기분 나쁜 가면을 쓴 덩치 큰 남자가 노라 씨의 기사들을 습격하는 모습이었다.

나도 모르게 그 모습에 시선을 빼앗겼다. 이상한 말이긴 하지만, 그 춤추는 듯한 독특한 발놀림에는 자연스럽게 시선이 가는 기묘한 매력이 있었다. 영상 안에서 노라 씨의 기사들이 거의 저항하지도 못하고 쓰러졌다.

아니, 이 사람은 아무리 봐도 저와 같이 코드에 들어온 카이저인데요.

"있어. 카이저야. 템페스트 댄싱으로 여러 나라를 구해낸 최강의 댄서지."

"댄……서……?"

되묻지 말아줬으면 좋겠다. 나도 약간 반신반의하긴 했는데, 이렇게 보니 확실히 춤이네.

"앵거스가 보낸 자객이다. 가면으로 조종당하고 있지. 설마 내가 단련시킨 강화 기사단이 저항하지 못하고 당할 줄이야. 아마 최대의 적이 될 거다."

가면에 조종당해…………? 그 말을 듣고 눈을 동그랗게 떴다. 영상을 보니 모두가 쓰러지자 그곳에 불량배들이 나타나서 쓰러진 기사들을 어디론가 데리고 갔다.

흐음, 흐음, 그렇구나. 이건———.

"걱정할 필요 없어, 노라 씨. 그는 조종당하지 않았으니까."

"뭐라고?!"

레벨 8 헌터는 영웅이다. 팬텀 중에는 사람을 조종하는 요마도 있으니 세뇌 내성은 완벽할 것이다.

"조종당하는 척하고 있을 뿐이야. 그 증거로, 봐, 한 명도 안 죽었잖아. 카이저가 온 힘을 다했다면 한 명도 살아남지 못했을 거야."

"으음………….."

노라 씨는 반신반의하는 표정으로 끙끙댔다. 나도 솔직히 카이저가 어떤 의도로 노라 씨의 기사단을 습격한 건지는 모르겠지만, 앵거스 왕자를 보호하는 데 있어서 필요한 행동이었을 것이다.

카이저와 사야는 나보다 백 배는 더 일을 잘할 테니 아무런 걱정도 할 필요가 없다.

"뭐, 전부 맡겨만 두라고. 일은 프로에게 맡겨야지."

"………….너는 대체, 정체가 뭐냐."

노라 씨가 한숨을 크게 쉬었다. 지금은 말할 수 없다. 하지만,

금방 알게 될 것이다. 이미 보호 완료까지는 얼마 안 남았다(대충 둘러대기). 모든 것의 결판이 나기 전에 다음 에어리어로 가자.

　토니 씨의 에어리어는 며칠 전에 갔을 때 보았던 광경과는 완전히 달라져 있었다. 건물 위, 거미 안에서 잠깐 보기만 했는데도 확실하게 알 수 있는 변화다.

　도로 양쪽에 전에는 없었던 건물이 생겨났다. 돌아다니는 사람들도 저번보다 훨씬 많다.

　공주님이 눈을 반짝이고 있다. 옆에서 내려다보고 있던 쿨이 눈을 크게 뜨고 말했다.

　"저거, 혹시 노점 아닌가요?"

　말도 안 돼…… 이 도시에 가게 같은 건 없었을 텐데. 노라 씨에게도 물어봤고, 토니 씨에게도 확인했고, 자자 일행에게도 물어보았다. 다들 그런 건 필요가 없다고 했는데…… 하지만 듣고 보니 노점하고 똑같이 생겼다. 몰려든 사람들도 무언가를 들고 바깥으로 나오고 있다.

　거미에게 지시를 내려서 건물 위에서 지상으로 내려갔다. 도로에 착지한 것을 노리고 있었던 것처럼 그 옆에 날렵하게 생긴 새파란 거미가 착지했다.

　토니 씨가 거미에서 내려서 손을 들고는 우리에게 친근하게 말을 걸었다.

　"여어, 크라이. 어때? 내 거리가? 대단하지?"

　"이거 어떻게 된 거야?"

"시험해 봤거든. 당신이 해줬던 이야기 말이야. 나름대로 나쁘진 않네."

토니가 씨익 웃었다. 그리고 보니 저번에 만났을 때 필요 없는 가게라도 해보면 의외로 재미있을지도 모른다고 말했던 것 같다. 조언 같은 건 아니었는데…….

그리고 겨우 사흘 정도밖에 지나지 않았는데 이 정도라니. 행동력이 대단하다.

나 다음으로 거미에서 내린 아리샤가 미소를 지으며 인사했다. 벌써 세 명째라서 익숙한 모양이다.

"처음 뵙겠습니다, 토니 오라버니. 아리샤 코드입니다."

"그래, 알고 있어. 보고 있었으니까. 그래도 노라의 거점이나 처음에 있던 건물 안은 방해를 받으니까 무슨 일이 있었는지는 모르겠지만…… 꽤 즐겁게 지낸 모양이던데."

"네! 토니 오라버니의 에어리어도 신경이 쓰였어요. 크라이가 작은 거미를 선물로 가져다줘서…… 토니 오라버니께서 만드신 물건이라는 말을 듣고━━━."

공주님, 내가 준 선물에 너무 흥미진진한 거 아니야? 왠지 미안해지는데.

그 말을 듣고 토니 씨가 씨익 웃었다.

"그래, 그래, 크라이, 당신도 고생이 많았어. 그런데 그 이후로 나도 왕에게 크게 혼났는데 말이야━━━ 아무리 그래도 왕의 에어리어에 돌진하는 건 아니지. 뭐, 앞으로 참고가 되겠어."

소형 거미를 탔을 때도 보고 있었던 모양이다. 나는 그것 때문에 죽을 뻔했는데, 참고라니, 대체 무슨…….

토니 씨가 손바닥에 얹어놓을 수 있을 만한 크기의 가죽 주머니를 꺼내서 공주님에게 건넸다. 안에 들어있던 반짝반짝 빛나는 금화를 보고 공주님의 눈이 빛났다.

"용돈을 줄게. 근처 가게에서 쓸 수 있어. 구경해 봐. 말은 이렇게 해도 상품은 시스템에서 꺼낼 수 있는 것들뿐이긴 하지만——— 어찌 됐든 시스템에서 꺼낼 수 있는 것들도 종류가 엄청 많으니까 본 적도 없는 물건도 있어."

"토니 오라버니!! 감사합니다!"

…………힐끔 보였는데, 토니 씨가 준 금화, 제블디아의 금화 아닌가? 이 사람, 다른 왕족들하고 비교해도 너무 자유로워.

"금화는 나만 만들 수 있게끔 해서 시민들에게 나누어줬어. 시민들 사이에서는 금화를 모으는 게 사회적 지위 같은 게 되었지. 오랫동안 이어질지는 모르겠지만, 다들 도시 시스템에 접속해서 더 잘 팔리는 상품을 찾고 있는 모양이야. 재미있지?"

"응, 그래, 그렇지. 활기도 있고 괜찮지 않나?"

나는 축제 같아서 좋아. 거리가 너무 단순하다는 생각도 들었으니까.

"다들 금화를 손에 넣을 생각만 하고 있어서 원래 하던 일을 소홀히 하고 있지만 말이지."

돈하고 일이 한데 엮이지 않으면 그렇게 되는 건가…….

금화 주머니를 들고 설레고 있던 공주님이 내 팔을 잡아당기며 말했다.

"크라이, 얼른 물건을 사러 가자! 토니 오라버니도 같이요!"

"어쩔 수 없군. 내가 직접 안내해주마."

토니 씨가 즐거운 듯한 미소를 지었다. 왕자와 왕녀가 둘이서 쇼핑을 하다니, 떠들썩해질 것 같은데.

나는 벌써 그 모습을 발견하고 웅성대는 사람들을 보며 머리를 긁었다.

그렇구나, 이것도 나름대로 나쁘지 않네.

그날은 토니가 기억하는 것들 중에서 가장 떠들썩한 날이었고, 가장 즐거운 날이 되었다.

이번에 토니가 한 것은 시민들에게 가게를 차리라고 전달하고, 금화를 나누어주고, 도로를 따라 건물을 지었을 뿐이다. 도시 시스템을 이용하면 금방 끝나는 일. 설마 그 정도 행동만으로 이렇게까지 활기찬 광경을 만들 수 있을 줄은 예상하지도 못했다. 가게는 만들 수 있지만, 손님을 만들 수는 없기 때문이다.

그리고 아무리 가게에 진열된 것이 시스템을 통해 간단히 손에 넣을 수 있는 것이라 해도 그것들을 구경하고 돌아다니는 건 의외로 즐거웠다. 어디에 고개를 내밀어도 시민들이 손을 흔들며 환영해 주었다.

토니의 에어리어는 평소에도 비교적 사람이 많지만, 이렇게 많은 사람들이 한곳에 모인 것은 이번이 처음이다. 다들 열기에 들뜬 것 같지만 가끔이라면 이런 것도 나쁘지 않을 것 같다.

가게를 차린 시민들은 다들 토니 일행을 환영해 주었다. 상품을 공짜로 주려고 한 사람도 있었고, 감격해서 기절한 사람까지 생겼을 정도다.

가게도 그렇고 사람을 모으는 것도 지금 시점에서는 딱히 의미가 없다.

하지만, 부하들이 아무런 불평을 하지 않는 건 아마 토니와 같은 생각을 하고 있기 때문일 것이다.

그 열광에는 가능성이, 미래가 있었다.

해가 지고 거점으로 돌아왔다. 하지만 아직 흥분은 가실 것 같지 않았다.

"아~, 설마 내 에어리어에 사람들이 그렇게 많았을 줄이야. 아니, 수치로는 알고 있었지만."

"바깥 세계에는 날마다 저런 광경을 볼 수 있는 도시도 있는데."

"진짜로?! 그거 한번 보고 싶은데."

그 광경을 만든 계기가 된 남자——— 크라이의 말을 듣고 진심으로 놀랐다. 오늘 토니의 에어리어는 아마 코드 사상 최고로 붐볐을 텐데, 그런 광경을 날마다 볼 수 있는 도시가 있을 줄이야.

그 말을 듣고 혼란스러워하면서도 처음부터 끝까지 미소를 지으며 에어리어를 돌아다녔던 아리샤가 눈을 반짝이며 말했다.

"크라이! 나한테 보여준다고 했지?"

"…………기회가 생기면."

"이봐, 이봐, 그렇게 쉽사리 받아들이지 말라고."

예상하지 못한 것으로 따지면, 아리샤도 예상에서 벗어났다.

아리샤 코드는 활발하고 밝은 아이였다. 최근에 도시 시스템을 통해 몇 번 모습을 보았는데, 실제로 보니 예전에 생각하던 이미지 그 이상이 느껴졌다. 계속 유폐당해 있었을 텐데도 그 표정에는 그늘이 없었고, 무엇보다——— 기록을 확인해 보니 최근 며칠 동안 분명히 성장했다.

외부의 자극을 받고 감정이 뒤흔들린 결과, 육체적으로도 정신적으로도 변화한 것이다. 예전의 아리샤는 예쁜 인형 같았지만, 지금 그녀를 보고 똑같은 인상을 느낄 사람은 없을 것이다.

문제는 이미 왕위 쟁탈전까지 시간이 얼마 남지 않았다는 것이다.

이미 왕위 쟁탈전의 결과는 뻔히 보인다.

예상대로 앵거스가 이길 것이다. 질 이유가 없다. 노라가 알고 있는지는 모르겠지만, 토니는 앵거스가 보유하고 있는 전력을 대충 짐작하고 있었다. 게다가 그 차이는 저번 기습으로 인해 더욱 벌어졌다.

지금까지는 딱히 앵거스가 이기더라도 상관이 없었지만, 상황이 조금 바뀌었다.

형이 목표로 삼고 있는 것은 더욱 강한 코드다. 그 신중하고 진지한 형은 아마 이번에 토니가 시행한 시책을 원하지 않을 것이고, 아리샤의 생존도 원하지 않을 것이다.

숨길 것도 없었기에 감시를 방해하지 않았던 게 문제였다.

앵거스는 틀림없이 오늘 토니 일행의 모습을 보고 있었을 것이다. 그리고 이렇게 생각했을 것이다.

아리샤는 위험하다고. 지금의 아리샤는 그냥 예비라고 단정 짓기에는 아우라가 너무 강하다.

오늘 쇼핑을 할 때도 토니와 비슷할 정도로 사람들을 떠들썩하게 만들었을 것이다. 아리샤에게는 사람의 마음을 움직이는 힘이 있다. 지금은 아직 대단한 힘이 아니지만, 내버려 두면 골치 아파질 힘이.

그리고 그 힘을 이끌어 낸 것이 크라이 안드리히다. 앵거스가 왕위에 오르면 아리샤와 크라이는 틀림없이 처형당할 것이다. 그리고 토니가 이번에 진행한 시책은 금지당할 것이다.

그건 너무나도 시시한 결과다.

뭔가 방법이 없을까…… 이런 상황이 조금만 더 일찍 왔다면 어떻게 해볼 수도 있었을 텐데…….

"앞으로 코드가 어떤 방침으로 움직일지는 다음 왕이 하기에 달렸으니까. 하지만 코드 바깥을 구경하는 건 절대로 용납되지 않을 테고, 이런 행동도 못 하게 되겠지."

"토니 오라버니께서 왕이 되시면 가게를 잔뜩 차리실 건가요?"

"그건 힘들 거야. 미리 말해두지만, 형님에게는 《뇌제》로도 뒤엎을 수 없을 정도로 강한 힘이 있어."

앵거스의 전력 확대는 토니가 원래 예상했던 것보다 훨씬 더 진행되어 있었다.

그걸 이루어낸 것이 외부에서 와서 참모가 된 진 고든이다. 그 남자는 몇 년 전에 코드에 와서 곧바로 앵거스의 부하 귀족들을 물리치고 참모 자리를 얻었다. 그 이후로 원래 강했던 앵거스의 전력이 굳건해질 때까지는 시간이 오래 걸리지 않았다. 아무리 계산해도 제대로 싸우면 승산이 없다. 숫자가 너무 다르다.

하지만, 토니가 한 말을 듣고도 크라이는 아무런 반응도 보이지 않았다. 그저 방긋방긋 웃으며 아리샤에게 말했다.

"뭐, 마음 푹 놓고 맡겨줘. 내게는 계획이 있어. 다 잘 되게끔 할게."

"!! 토니 오라버니, 크라이에게 맡겨요! 제 근위는 정말 실력이 좋거든요!"

아리샤가 눈을 반짝이며 토니의 팔을 잡고 흔들었다. 그 표정에는 깊은 신뢰가 있었다.

토니에게는 그가 그렇게까지 믿을 만한 남자로 보이지 않았다. 하는 말이 재미있긴 하고 이것저것 믿기지 않는 결과를 내놓기는 했지만, 어차피 종합 평가는 4다. 평가 기준은 알 수가 없지만, 평가에는 능력뿐만이 아니라 의욕까지 포함되어 있다는 가설이 높은 신빙성을 얻고 있다. 다시 말해 지금 눈앞에 있는 남자는 능력도 없고 의욕도 없다는 것이다.

하지만——— 맡기는 것도 나쁘진 않겠구나. 이제 와서 발버둥쳐봤자 소용없다.

크라이는 시스템의 허점을 이용해서 왕이 잠근 문을 열었다. 앵거스를 타도하려면 그 정도의 기적이 필요하다. 토니는 선글라스를 벗고 크라이의 얼굴을 빤히 보며 말했다.

"그렇구나…… 아리샤가 그렇게까지 말한다면 전부 맡겨볼까. 내가 할 수 있는 일이 있다면 말해줘."

그리고 아마 이 선택이 제일——— 재미있을 것이다.

크라이는 토니가 한 말을 듣고 잠깐 생각하다가 어설픈 미소를 지으며 말했다.

"지금은 딱히 없긴 한데——— 그럼 미안한데, 망가뜨려 버린 소형 거미를 수리해줄 수 있을까? 공주님이 타고 싶어 하거든."

공주님을 데리고 관광하는 계획은 대성공으로 끝났다. 자칼리 씨를 만나고, 노라 씨를 만나고, 토니 씨를 만났다. 공미를 동료로 삼거나, 공주님이 떼를 쓰거나 토니 씨의 에어리어에 가게가 생기기도 하는 등 예상하지 못한 일들이 많았지만, 공주님이 처음부터 끝까지 즐거워 보였으니 문제는 없을 것이다.

꽤 여기저기 돌아다니면서 많은 사람들과 이야기를 나누었는데도 공주님은 전혀 피곤한 기색을 보이지 않았다. 오히려 출발하기 전과 비교하면 에너지가 넘치는 것처럼 보인다.

"크라이, 즐거웠어!"

"응, 그래, 그렇지. 그거 잘됐네."

보아하니 스트레스도 해소한 것 같아 다행이다. 울던 애하고 동일 인물 같지가 않은데.

"그런데 내일은 어디 갈 거야? 돌아와 버린 것 같은데———."

"그건…… 그러게. 토니 씨가 수리해준 거미라도 타지 그래?"

"!!"

공주님이 고개를 연달아 끄덕였다. 엄청난 생명력에 주눅이 들 것 같다. 노라 씨와 토니 씨의 에어리어와는 달리 사람이 별로 없는 길을 지나 낯익은 공주님의 건물에 도착했다. 공주님이 안으로 들어갔고, 나도 따라가려 하자 쿨이 말을 걸었다.

"크라이 씨, 저기…… 이번 계획에 대해서 가르쳐주셨으면 하는데요. 저희가 할 일이 있다면 일찌감치 공유를…….

"아~, 계획 말이지. 괜찮아, 괜찮아. 공유 같은 건 할 필요 없어, 할 필요 없어."

"…………."

카이저와 사야가 앵거스 왕자를 확보해서 합류하면 다른 왕족들을 모두 데리고 도망치는 것뿐이니까.

구체적인 작전은 카이저와 사야가 세우고 있을 것이다. 능력이 좋은 동료가 있으니 편하네.

"나는 마음대로 움직이겠다, 《천변만화》. 무슨 생각을 하고 있는 건지는 모르겠다만, 사이좋게 소꿉장난을 하는 것에는 흥미가 없으니까. 계획이라는 게 시작되면 불러라."

공미가 그렇게 말하고는 떠나갔다. 자기가 죄인이라는 걸 자각하지 못하는 건가? 공주님을 안내해주는 동안에도 계속 인상만 쓰고 있었고———.

"그럼 크라이, 나도 돌아가도록 할게. 코드 병기에 맞설 훈련을 해야 해서."

《비탄의 악령》은 그렇게 살벌한 말을 남기고 떠나갔다. 다들 기운이 너무 넘치네.

이제 피곤하니까 오늘은 얼른 자야지. 나는 한숨을 쉬고 나서 공주님의 건물로 들어갔다.

———정신을 차리고 보니 나는 신기한 방에 누워 있었다.

반짝반짝 빛나며 높은 천장. 한없이 넓은 금속제 바닥과 투명한 벽.

아직 잠이 반쯤 덜 깬 머리를 몇 번 흔들고 일어났다. 어제는 분명히 관광을 마치고 공주님의 방 앞에서 침대를 꺼낸 다음에 잤을 텐데. 혼란스러워하고 있던 내 귀에 들어본 적이 있는 쉰 목소리가 들렸다.

"잘 왔다, 크라이 안드리히. 코드의 예상에서 벗어난 존재여."

목소리가 들린 곳을 보았다. 그때 나는 처음으로 이 방에 존재하는 유일한 물건을 눈치챘다.

옥좌다. 잘 닦인 옥좌 위에 한 노인이 앉아 있었다. 움푹 패인 눈에 나보다 말라서 뼈만 남은 팔. 몇 년이나 살았는지 알 수 없을 정도로 늙은 남자가 당황하는 기색을 감추지 못하고 있던 나에게 말했다.

"미안하다만, 나는 이제 움직일 수가 없다. 수명 때문에 이제 곧 이 목숨은 사라질 것이다. 오늘 너를 부른 건——— 고맙다는 인사를 하기 위해서다."

이 사람, 코드 왕이다. 목소리도 머릿속에 울려 퍼졌던 그 목소리와 거의 똑같다. 아무래도 이 사람은 진짜로 코드의 왕이었던 모양이다. 나는 그제야 상황을 이해하고는 천천히 코드 왕에게 다가갔다.

코드 왕의 눈은 이미 나를 보고 있지 않았다. 그저 위엄이 없는 목소리로 계속 말했다.

"너에게는 아리샤가 신세를 졌구나. 최근 며칠 동안 너를 관찰하고 있었다. 좋은 걸 보여주더군. 내게는 아이가 여럿 있다만, 그 성장을 실감한 건 오늘이 처음이다. 강한 왕을 만들어내기 위해서 계속 인생을 투자해 왔다만, 어쩌면 나는…… 정말 아까운 짓을 한 건지도 모른다."

왠지 만족스러운 듯한 목소리. 문외한이 보기에도 코드 왕은 오래 버티지 못할 것 같았다. 아니, 오히려 아직 이렇게 대화를 제대로 나누고 있는 게 신기할 정도다.

뭐, 죽는 건 어쩔 수 없을 것이다. 수명이라고 했고, 헌터는 항상 죽음과 밀접한 직업이니까 나도 이런 것에는 익숙하다. 그래서 나는 한숨을 쉬며 말했다.

"임금님, 그렇다면 당신은——— 내가 아니라 다른 사람을 불러야지. 후회가 남을 텐데."

"……그럴지도 모르겠군. 하지만 나는 면목이 없다. 어찌 됐든,

사정이 있다고는 해도———— 아이들에게 왕의 자리를 두고 경쟁하게끔 꾸몄으니까."

사정이라. 의뢰 내용에 있던 귀족들이 시키는 대로 행동한다는 그건가?

"이미 지나간 일은 어쩔 수 없지. 뭐, 결과만 놓고 보면 공주님은 물론이고 자칼리 씨나 노라 씨, 토니 씨도 다들 나쁜 사람은 아니었어. 임금님이 걱정할 만한 일이 되진 않을 거야."

"나는———— 다른 사람을 믿을 수가 없었다. 나는 예전에 배신당했다. 그리고 왕에게는 무거운 책임이 있었지. 나는 소인배다. 그래서 이런 방법으로만 문제를 해결하려 했고, 지금까지 잘못을 눈치채지 못했다. 그리고, 그 때문에———— 다른 누군가가 아니라 아무런 상관도 없는 너에게 이렇게 이야기하고 있는 것이다."

나는 우선 이야기를 듣기로 했다. 무슨 상황인지는 잘 모르겠지만 이건 혼잣말이나 마찬가지인 것 같고, 내가 이것저것 참견하면 왕의 체력이 다해서 죽을지도 모르니까.

"저번 왕위 쟁탈전. 그 혼란을 틈타 탐협이 쳐들어왔다는 이야기는 알고 있겠지? 코드에 대해 잘 아는 협력자가 있었던 것도. 그때, 코드에서 도망쳐서 탐협으로 간 건———— 내 연인이다. 아름답고 활발하고 무슨 짓을 할지 예상할 수가 없는, 그런 여자였지. 지금의 아리샤처럼———— 이건 지금은 그 누구도 모르는 이야기다. 계속 잊고 있었다만———— 아리샤가 그것과 **빼닮은** 건 아마 도시 시스템에는 내 마음이 그녀에게 남아 있다는 사실이 확실하게 존재하기 때문이겠지."

눈앞의 공간에 사진 한 장이 떴다. 금빛에 긴 머리카락, 녹색 눈에 공주님과 조금 닮은 여자 사진이다. 듣고 보니 의뢰를 받을 때 그런 이야기를 들은 것 같기도 하다.

나는 나중에 보고서를 쓰기 위해 머릿속에 제대로 메모하기로 했다.

"왕이 된 나는 연인이 보낸 헌터들을 쓰러뜨리는 데 필사적이었다. 분노에 몸을 맡긴 채 내가 실수하기를 바라는 형제자매들을 모조리 죽였고, 공포에 떤 나머지 한 번밖에 쓰지 못하는 '왕명'을 사용해서 마술의 구축을 저해하는 필드를 펼쳐버렸다. 그건 좀 더 효과적으로 활용했어야 했는데——— 그리고 나는 나 같은 비극이 두 번 다시 일어나지 않게끔 다양한 규칙을 정했다. 다음 왕을 더욱 강하게 만들기 위한 규칙을. 나는 아이들이 서로를 죽이더라도 어쩔 수 없다는 생각까지 했다."

그냥 위험한 사람이었다. 하지만, 어떤 의미로는 대단한 사람이다.

나였다면 설령 코드 왕이 되었다 해도 절대로 그런 짓은 못했을 것이다.

"그건 잘못이었다. 지금 생각해보니 나는 그 사실을 알고 있었기에 아이들이 성장하는 모습으로부터 눈을 돌리고 사명에 몰두했던 건지도 모르겠다. 그러지 않으면 결의가 흔들릴 것 같은 기분이 들어서——— 크라이 안드리히, 이곳 코드에는 사명이 있다. 왕밖에 모르는 사명이. 그것은 과거에 이곳 코드의 기동 키였던 왕장을 손에 넣은 자만이 이해할 수 있다."

코드 왕이 떨리는 팔을 들었다. 바닥이 열리고, 받침대에 꽂힌 지팡이 하나가 나타났다.

끄트머리에 커다랗고 둥근 보석이 떠 있는 특이한 지팡이다.

……잠깐만. 이 지팡이, 왠지 본 적이 있는 것 같은데?

잘 살펴보기도 전에 지팡이가 다시 바닥으로 사라졌다. 코드 왕은 아무 일도 없었다는 듯이 계속 말했다.

"크라이. 이곳 코드는── 고기동 요새 도시가 아니다. 이곳은 원래 코드의 사명에 대해 알게 된 초대 왕이 억지로 왕명을 사용해서 확장한 곳, 단순한 소규모 부유 도시에 불과하다. 아니── 그것도 아니지. 그냥 집이다. 개인용, 레저용 부유도시다. 군비도 그에 맞는 수준만 갖추고 있지. 과거에는 이것과는 비교도 되지 않을 정도로 거대한, 진짜 고기동 요새 도시가 존재했다."

왠지 열기에 들뜬 듯한 그 말은 쉽게 믿기지 않았다. 이렇게까지 거대하고 탐협조차 손대지 못했던 도시가 그냥 개인용, 레저용 부유 도시였다니…… 개인용 도시라는 건 뭔데?

"하지만 문제는 그게 아니다. 문제는─── 코드에는 싸울 상대가 있었다는 사실이다. 과거에 고도 물리 문명을 멸망시켰던 무시무시한 적이. 그리고 진짜 고기동 요새 도시가 존재하지 않는 지금, 이 도시는─── 이 도시의 왕은 조만간 구현될 그 괴물들과 싸울 사명이 있다."

마나 머티리얼의 구현에는 어느 정도 법칙이 있다. 고도 물리 문명 시대의 보물전에는 그 시대의 보구가 구현되기 쉽고, 칼과 칼집 같은 한 쌍의 보구는 세트로 구현되기 쉬우며, 마왕이 나타나는 보물전에 그 마왕을 죽일 수 있는 성검이 구현되었다는 기록도 있다.

괴물과 싸울 사명이 있는 요새도시의 구현이 괴물의 구현을 알리는 징조라는 건 완전히 잘못된 말이라 치부할 수 없을 것이다. 뭐, 나라면 아마 괜찮을 거라며 넘기겠지만.

"그 사명을 위해 선대 왕은 병기를 만들었고, 나라를 멸망시키고 흡수해서 도시의 힘을 키웠다. 나는 탐협의 습격으로 인한 소모를 회복시키는 데 힘썼고, 더욱 강한 왕을 만들기 위해 만반의 준비를 했다. 내가 죽으면 아이들은 왕의 자리를 두고 피로 피를 씻는 전쟁을 벌이기 시작할 거다. 허나 크라이, 나에게는 아이들을 말릴 권리가 없다."

그렇구나…… 왠지 이해되네. 그러니까, 다들 가끔 말했던 왕위 쟁탈전이라는 게 그건가?

왕이 죽기 때문에 왕위 쟁탈전이 시작된다는 거네. 오늘 나는 머리가 잘 돌아간다.

이 임금님은 명군 같지는 않다. 하지만 뭐, 여기까지 와버렸다면 어쩔 수 없다. 긍정적으로 생각하자고. 중요한 건 미래야. 나는 하드보일드하게 말했다.

"아무것도 걱정할 필요는 없어. 비극은 일어나지 않을 거야, 왜냐하면 우리가 있으니까. 안타깝게도 임금님의 죽음은 막을 수 없지만, 뒷일은 맡기도록 해."

"그런, 가………… 흐으윽…….."

임금님은 감격한 듯이 울음소리를 냈다. 어디서 굴러먹던 말뼈다귀인지도 모르는 남자의 말에 구원을 받다니, 보아하니 왕도 정말 고독한 인생을 살아온 모양이다. 괜찮아, 대처는 천하무적의 레벨 8 헌터 세 명이 해줄 거라고. 이렇게 사치스러운 멤버는 보기 힘들다니까.

왕이 죽는다면 보호 대상은 여섯 명, 시간이 되기 전까지 보호해야 하는데………… 시간?

"그러고 보니 확인해야만 하는 게 있었네. 도시의 기동 능력은 앞으로 얼마나 지나야 고쳐져?"

"기동…… 능력? 수복은 이미 끝났다. 다음 왕이 곧바로 움직일 수 있게끔. 이때를 위해서 예전부터 계산해서 계획을 세웠지. 그게 내 마지막 일이다."

쓸데없는 짓을…… 뭐, 됐어. 그러니까, 서둘러야 한다는 뜻이구나.

긴급 사태지만 괜찮아, 항상 그랬으니까……. 항상 긴급 사태라니, 너무 위험한 거 아닌가?

"마지막으로………… 모든 것이 끝나면 아이들에게 사과를 전해줬으면 좋겠다. 내가 틀렸었다고."

갑자기 가슴팍의 카드가 열기를 띠었다. 당황하며 확인해보니 카드의 표시가 바뀌어 있었다.

은빛 카드에 빛나는 금빛 별 하나에서──── 금빛 카드, 칠흑의 별 하나로. 지금까지 본 적 없는 그것은 아마도 클래스 7──── 상급 귀족의 증표일 것이다. 왕만 설정할 수 있는, 왕에게 인정받았다는 증거다.

바닥에서 상자가 얹힌 받침대가 올라왔다. 상자가 저절로 열렸고, 안에서 나온 것은 자주 보던 은빛 포장지에 감싸인 막대기——초코바였다.

　"그것을, 아리샤에게. 모두를 부탁하마."

　왕의 쉰 목소리. 그것을 마지막으로 왕은 움직이지 않게 되었다.

　왕이 앉은 옥좌가 소리도 없이 바닥으로 가라앉았고, 투명했던 벽이 까맣게 덧칠되었다. 초코바를 집어 들자, 강한 현기증과 함께 전송이 시작되었다.

제4장 왕위를 둘러싼 싸움

평온은 언제나 갑작스럽게 깨진다. 도시 시스템에서 붕어에 관한 연락이 온 것은 모리스 코드가 거점에서 평소와는 달리 공포와는 상관이 없는 고민 때문에 골치 아파하고 있을 때였다.

왕의 붕어는 도시 시스템을 통해 일제히 전달되었다. 하지만, 그 메시지를 보고도 모리스는 침착했다. 불과 얼마 전까지는 그것이 오는 악몽을 꿀 정도로 두려워하고 있었는데도. 누구 편을 들 것인지, 왕위를 노릴 것인지 말 것인지, 어떻게 하면 살해당하지 않을지. 계속 고민하고 있던 문제에 결론을 내린 것이다.

———모리스 코드는 아리샤 편을 든다.

그걸 정하게 된 계기는 굳이 말할 필요도 없이 며칠 전부터 이루어졌던 아리샤 코드의 관광이다.

동료들과 함께 도시를 돌아다니는 아리샤는 정말로 즐거워 보였다. 자신의 삶을 원망하지도 않고, 미래에 기다리고 있을 모리스보다 훨씬 더 비극적인 운명을 저주하지도 않고, 코드라는 도시를 구경하는 것을 진심으로 즐거워하고 있었다. 그 미소를 본 모리스는 왕위에 오르게 될 형을 겁내며 숨어 살고 있던 자신이 부끄러워진 것이다. 그리고 그와 동시에——— 아리샤의 힘이 되어주고 싶다고 생각했다.

그녀는 이대로 가면 왕위 쟁탈전이 시작된 직후에 처분당할 것이다. 유폐 상태가 해제되었다는 예측하지 못한 상황이 발생하긴 했지만, 여동생에게는 조금이나마 힘이 필요할 것이다. 그리고 모리스에게는 그 힘이 있다.

몰래 연구했고, 이미 제조가 최종 단계에 접어든 결전 병기.

그것은 사람이 조작할 수 있는 타입의 거대한 기장병이었다.

길이 총 10미터 이상. 왕족으로서 지닌 리소스를 거의 대부분 투자해서 겨우 한 대 만들어낸 그 병기는 파격적인 성능을 자랑한다. 철벽의 방패이자 최강의 검이며, 가장 빠른 날개. 그 병기를 이용하면 용의주도한 형의 경비망을 뚫고 제일 먼저 왕탑에 도달할 가능성이 있다.

모리스는 자신이 왕의 그릇이 아니라는 사실을 알고 있다. 그렇기에 그걸 쓰는 건 모리스가 아니다.

아리샤다. 그 여동생이 왕이 되면 아무도 처분당하지 않고 더 즐거운 코드가 될 것이다.

남은 문제——— 지금의 고민거리는 그 병기를 어떻게 아리샤에게 가지고 갈 것인지였다.

모리스는 아리샤와 직접 만난 적조차 없다. 검미가 크라이를 내쫓은 탓에 아리샤는 모리스의 에어리어에 관광하러 오지 않았다. 만약에 왔다고 하더라도 모리스의 에어리어에는 딱히 재미있는 게 없었겠지만.

지하의 비밀 공장에서 완성 직전인 병기를 올려다보며 어떻게 제안할 것인지 고민하고 있자니 검미——— 현재 모리스의 유일한 인간 근위이자 엄청난 실력을 지닌 여검사가 다가왔다.

"모리스 왕자…… 기어코 코드 왕이 죽었어."

"……그래, 물론 알고 있어. 각오도 다졌고."

저번과는 달리, 이번에는 왕위 계승의 규칙이 알려져 있다. 지금부터 왕의 에어리어는 닫히고. 붕어한 뒤 사흘이 지난 뒤에 다시 열린다. 왕탑 정상에 존재하는 지팡이를 손에 쥔 왕족이 다음 왕이 되는 것이다.

왕탑 주변에 에어리어를 지니고 있는 건 앵거스, 노라, 토니, 이 세 사람뿐이다. 가장 우세한 건 군이 말할 필요도 없이 제1왕자인 앵거스 코드다. 앵거스는 전력도 그렇지만 그 에어리어가 왕의 에어리어 정면에 넓게 인접해 있기에 가장 유리한 위치에 존재하고 있다. 아마 형은 대기 기간 동안 자신의 군세를 넓게 전개해서 다른 왕족이 왕탑으로 가지 못하게끔 방해함과 동시에 탑으로 진군할 준비를 할 것이다.

"나는…… 아리샤 편을 들기로 했어. 아직 동작 확인까지는 하지 못했지만, 마침 무기도 완성된 참이야."

모리스의 말을 듣고 검미가 눈썹을 움찔거리고는 거대한 기장병을 보았다.

아직 해야만 하는 일이 있긴 하지만, 대기 기간이 지나기 전에는 끝낼 수 있을 것이다.

"흐음…… 이 거대한 인형이 있으면 앵거스 왕자를 이길 수 있는 거야?"

"그건…… 모르겠어. 그래도 없는 것보다는 낫겠지."

모리스는 형이 모은 전력을 정확하게 파악하지 못했다. 하지만, 이 병기가 있으면 어중이떠중이들을 물리치는 것 정도는 할수 있을 것이다. 이 병기만으로 왕위에 오를 수는 없겠지만 아리샤에게는 《뇌제》가 있다.

검미는 모리스의 의지를 확인하려는 듯이 잠시 바라보고 있다가 어깨를 으쓱이고는 말했다.

"그래. 굳게 결심한 모양이구나…… 알겠어………… 시시한 남자."

"?!"

검미가 엄청난 실력을 지니고 있다는 건 알고 있었다. 수십 명이나 되는 모리스의 근위를 모조리 베어버리기도 했다. 하지만, 지금 눈앞에서 일어난 일은 모리스의 예상을 한참 뛰어넘었다.

모리스는 칼을 뽑은 순간조차 보지 못했다. 따악, 작은 소리가 울렸고, 실내가 흔들렸다.

인간 근위 대신 주위를 경계하고 있던 근위 기장병이 단숨에 산산조각 났고, 그리고———.

"윽?! 무, 무슨 짓을 하는 거야, 검미?! 너는 내 근위잖아?!"

모리스가 모든 리소스를 사용해서 만들어낸 거대 기장병이 소리를 내며 무너져 내렸다.

벤 것이다. 그것도 한 번이 아니다. 제자리에서, 10미터나 되는, 특수 합금으로 이루어진 결전 병기를 산산조각 냈다. 시스템으로 확인해 볼 필요도 없이 수복이 불가능한 상태라는 걸 알 수 있었다.

새파랗게 질린 입술을 떨고 있는 모리스를 보고 검미가 한숨을 쉬었다.

"후후…… 모리스 왕자. 미안하지만 나는 당신과는 달리 장난을 치려고 근위가 된 게 아니야. 뭐, 접근한 건 부탁을 받았기 때문이긴 한데─── 당신이 왕이 될 가능성이 크다면 진심으로 어울려 줄 수도 있었겠지만, 애초에 왕위를 노리지도 않는다면 말도 안 되지."

"윽………… 근위가 왕족을 해친다는 게 무슨 뜻인지, 아, 알기나───."

"후후………… 당신이야말로 모르고 있어. 내가 마음만 먹으면─── 이 나라의 왕족 따위는 모두 이미 죽었을 거라고. 이곳 코드의 힘은 분명히 막대하지만, 탁월한 개인을 쓰러뜨릴 수 있을 정도는 아니야. 나와 코드는 파괴의 질이 다르다고. 그래서 원하는 거지."

모리스의 위기를 감지하고 방위 시스템이 작동되었다. 하지만 돋아난 총탑과 나타난 소형 경비 로봇은 검미가 칼을 뽑기만 해도 모조리 산산조각 났다. 경비 시스템은 파괴되더라도 곧바로 다음 수단을 사용하지만, 검미가 말한 대로 마음만 먹었다면 모리스는 이미 죽었을 것이다.

검미는 무릎을 꿇은 모리스를 내려다보고는 칼을 집어넣고 싸늘한 목소리로 말했다.

"안녕. 리소스를 쏟아부은 병기는 파괴했으니까 내 역할은 끝났어. 이제 마음대로 하도록 해. 모리스 왕자."

뭔가 이상하게 되었네.

갑자기 왕이 불러서 마지막으로 한 말을 들은 뒤 하룻밤이 지났다. 나는 의자에 앉아서 팔짱을 낀 채 눈살을 찌푸리고 있었다.

나는 운이 안 좋다. 딱히 뭔가 하지도 않았는데 지금까지 많은 사건에 휘말렸다. 이번에 의뢰를 받은 것도 반쯤 휘말린 거나 마찬가지지만, 상황이 더욱 꼬인 것 같은 느낌이 든다.

애초에 우리에게 들어온 의뢰는 귀족들이 억지로 도시 시스템을 억지로 악용하게 만들고 있다는 나라의 중추——— 왕족들을 모두 보호해서 도시 밖으로 데리고 나가는 것이었다.

그런데 지금 왕은 수명이 다해서 쓰러졌고, 왕위 쟁탈전이라는 알 수 없는 이벤트가 시작되려 하고 있다.

언제 이런 이야기가 나온 거지? 그리고 왕족에게 악행을 강요하고 있다는 귀족들의 모습도 지금까지 본 적이 없다. 아니, 이 나라의 왕족들은 매우 자유로운 것처럼 보였다. 그 이야기는 대체 뭐였던 거지?

아니………… 내가 기억하지 못하는 것뿐이고 뭔가 설명을 해 준 적이 있나…… 왠지 그럴 수도 있을 것 같다.

자, 왕위 쟁탈전이라는 게 시작되는 모양인데, 나는 과연 뭘 해야 할까?

대답은 이미 정해져 있다. 나에게 이런저런 것들을 신경 쓸 능력은 없다. 무슨 일이 일어날지는 제쳐두고 생각해야 할 건 단 하나뿐이다. 보호다. 왕족 모두를 보호해서 얼른 이 도시에서 철수한다. 단순하다. 그리고, 그러기 위해서 해야 할 일은———— 대기다. 카이저와 사야가 행동할 때까지 기다리는 것이다.

카이저와 사야의 동향은 지금까지 눈에 거의 띄지 않았지만, 어젯밤에 왕은 저번 왕위 쟁탈전 때 바깥으로 도망친 사람이 있었다고 말했다. 다시 말해 왕위 쟁탈전 때는 빈틈이 생긴다는 뜻이다. 실력이 뛰어난 레벨 8인 그들이라면 그 빈틈을 노리고 행동에 나서는 계획을 세웠을 가능성이 크다.

내가 제대로 처음에 약속했던 장소에 갔다면 이렇게 추측만으로 움직일 필요도 없었겠지만 말이죠.

나 자신의 무능함을 떠올리며 자기혐오에 빠져 있자니 올리비아 씨와 쟝 씨가 뛰어왔다.

"큰일입니다. 왕이———— 크로스 왕이 붕어했습니다!"

"응, 그래, 그렇지. 알고 있어."

알고 있기만 한 게 아니라 세상을 뜨기 직전에 불려가기도 했다. 그리고 꽤 심각한 이야기도 들어버렸다. 내게는 책임감이 별로 없지만, 그래도 마지막 소원 정도는 최대한 들어주고 싶다.

올리비아 씨의 눈이 내 가슴팍에 달려 있는 카드를 보고는 튀어나올 것처럼 커졌다.

"앗…… 클래스………… 7?! 말도 안 돼, 그건 왕만 내려줄 수 있는 클래스일 텐데!! 있을 수 없는 일이야…… 무, 무슨 일이, 일어난 거죠?!"

"……틀림없이 역사에 남겠군요. 앵거스 왕자가 눈엣가시로 여기고 있는

당신이 사흘 후 왕위 쟁탈전이 시작되고 나서도 살아있다면 말이죠. 클래스 7은 선왕이 눈여겨보고 있었다는 증거이지만, 전권을 손에 넣는 것은 차기 왕. 당신은 뒤를 봐주는 사람도 존재하지 않아요. 당신에게 있어서 그 높은 클래스는 독이 될 수도 있습니다."

매우 당황한 올리비아 씨와는 대조적으로 쟝 씨는 조용히 말했다.

"독, 이라…… 상관없어. 나에게는 나의 계획이 있으니까."

도망치는 것뿐이다. 왕위 쟁탈전이 사흘 뒤에 시작된다면, 그전에 도망쳐버리면 된다.

자신을 타이르는 듯이 최근 며칠 동안 몇 번이나 했던 말을 반복하고 있자니 공주님이 새파랗게 질린 얼굴로 비틀비틀 뛰어와서 나에게 달라붙었다.

"크, 크라이, 큰일이야………… 아버님께서……!"

"그래, 알고 있어. 전언도 부탁받았고."

"…………어?"

나는 왕에게 마지막으로 받은 초코바를 꺼냈다. 은박지로 포장된 초코바는 내가 가지고 왔던 것과 완전히 똑같은 것처럼 보였다.

"지금까지 미안하다. 모두를 부탁하마, 라네."

초코바를 받은 공주님은 한순간 눈을 동그랗게 뜨더니 곧바로

표정이 무너졌다. 그리고 내 몸에 달라붙은 채 얼굴을 들이밀고 목소리를 억누르며 울기 시작했다. 나는 아무런 말도 할 수가 없었다.

나는 왕과는 상관이 없는 그냥 남이다. 내가 할 수 있는 건 왕의 유언을 지켜주는 것뿐이다.

올리비아 씨가 울고 있는 공주님으로부터 눈을 돌리고는 물었다.

"……크라이, 슬슬 계획에 대해서 말해라. 제가 파악한 정보에 따르면 노라 님 같은 클래스 8인 분들은 회의를 개최할 겁니다. 차기 왕을 어떻게 할 것인지, 우선은 이야기를 나누기 위해서. 그리고 틀림없이 결론을 내리지 못하고 싸움이 시작되겠죠."

"앵거스 님의 전력은 완전히 갖춰진 상태입니다. 노라 님의 전력은 현재 줄어든 상황입니다만, 노라 님께서도 그 정도로 물러나실 분은 아니시죠. 왕위 쟁탈전은 시민과는 별로 관계가 없습니다만, 지금 내린 선택이 우리의 앞날에 큰 영향을 줄 겁니다. 앵거스 님께서 당신을 좋게 여기진 않으시겠지만, 지금 그쪽에 협력하면 목숨은 건질 수 있을 테고요."

"홋…… 뭐, 지켜보라고. 너희 생각대로 되진 않을 거야. 나에게는 나의 계획이 있어."

앵거스 씨 곁에는 카이저가 있다. 앵거스 씨는 카이저가 보호해줄 테니 왕도 되지 않을 테고, 내 목숨을 걱정할 필요도 없다. 아니, 누구도 다음 왕이 되지 않을 것이다. 모두 보호할 테니까.

"노라 씨네가 회의?를 마치면 우리도 움직이자. 자, 공주님. 왕이 일부러 만들어줬으니까 초코바를 먹고 기운 내."

앵거스 씨 쪽은 카이저와 사야에게 맡겨버려도 문제는 없을 것이다.

이제 문제는…… 노라 씨와 다른 사람들이 순순히 보호를 받아줄지 여부인데.

왕위 쟁탈전. 이때가 오기를 앵거스 코드는 오랫동안 기다리고 있었다.

앵거스는 크로스 코드의 첫째 아이로 태어나서 철이 들었을 때부터 항상 차기 왕이 되라는 요구를 받아왔다. 가장 넓은 에어리어와 가장 긴 시간. 지지를 표명한 귀족들의 숫자는 앵거스에 대한 기대를 나타내주고 있었고, 목표로 삼은 것은 당대 왕을 뛰어넘어 코드를 더욱 발전시킬 강력한 왕이었다.

그걸 위해 온 힘을 다했다. 무력을 비축하고, 지지자를 끌어모으고, 외부와 정보를 교환하고, 왕위에 오른 이후까지 대비했다. 동생들이 다른 왕 후보로도 태어난 뒤에도 앵거스는 흔들림이 없었다.

가장 강한 자가 왕이 된다. 그 원칙은 바뀌지 않았기 때문이다.

그저 우세한 것만으로는 부족하다. 먼저 태어난 이상, 우세한 건 당연하다. 필요한 것은 코드 왕에게, 그리고 시민들에게 왕이 되기에 어울리는 힘을, 미래를 보여주는 것이다.

아버지는 기동 능력의 수복을 아슬아슬한 시기까지 진행시키지 않고 힘을 축적하는 데 주력했다.

다시 말해, 도시를 움직여서 세계로 진출하는 꿈을 차기 왕에게, 앵거스에게 맡긴 것이다.

아버지는 죽었다. 위대한 왕이었다고 생각한다. 마지막 순간까지 일반적인 부자 관계가 되지는 못했지만, 막대한 힘을 지니면서도 도시를 움직이지 않고 다음 대에 물려준다는 것은 말처럼 쉬운 일이 아니다.

왕이 되기 위해서는 동생들을 굴복시켜야만 한다.

노라는 강하다. 그 여동생은 자신의 감정에 충실하지만, 다른 사람들을 움직이는 힘이 있다. 왕도 될 수 있을 것이다.

토니는 똑똑하다. 지지자의 숫자는 앵거스에 필적한다. 의욕이 없다는 게 옥에 티지만, 왕은 충분히 될 수 있다.

모리스와 자칼리는 아직 미숙한 부분이 눈에 띄긴 하지만, 그래도 몇 년만 지나면 성장할 것이다.

그 동생들에게 힘을 보여주기 위해 앵거스는 오랫동안 준비해 왔다. 장기말로 삼은 고레벨 헌터와 외부에서 초빙한 많은 용병들. 연구한 대량의 병기와 최악의 상황을 고려해서 모리스에게 파견한 검미.

그리고 이제 곧 시련의 때가 온다.

앵거스의 거점 꼭대기층. 앵거스는 도시 시스템에 접속해서 동생들을 호출했다.

통신은 금방 이어졌다. 아무도 없는 공간에 아리샤를 제외한 왕족들의 입체 영상이 나타났다.

선왕 정도는 아니지만, 동생들과 얼굴을 마주 보는 것도 오랜만이다.

기습에 대한 보복을 하기 전에 때가 와서 짜증 난 기색을 감추지 못하는 노라와, 여전히 무슨 생각인지 모를 미소를 드리우고 있는 토니. 검미가 병기를 파괴했는데도 생각보다 태연한 모리스와 무슨 일이 일어난 건지 저번에 보았을 때보다 위험한 분위기가 꽤 많이 가라앉은 자칼리.

"다들 오랜만이구나. 드디어 때가 왔다. 네놈들도 알고 있겠지만——— 지금부터 사흘 뒤, 왕탑의 봉인이 풀리고 다음 코드 왕이 정해진다. 우리는 이때를 위해 준비를 해왔으니까."

『정말, 감개가 무량하군그래. 오라버니. 설마 아슬아슬한 시기에 네놈이 암묵적인 규칙을 어길 줄은 몰랐다만…… 역시 차기 코드 왕을 목표로 삼고 모든 것을 건 남자야.』

아픈 곳을 찔리자 앵거스는 한순간 표정을 일그러뜨렸다.

결과적으로 보복은 이루어지지 않았다. 유리해지긴 했지만, 그걸로 끝나는 게 아니다.

그 기습은 모리스에게 검미를 보내서 완성된 타이밍에 연구 결과를 파괴하게 만든 것과는 다르다.

후자는 모리스가 무능한 잘못이지만, 전자는 금기를 어긴 앵거스에게 잘못이 있다.

"그건 근위가 멋대로 한 짓이다만——— 변명은 하지 않으마. 사과하는 의미로 지금 왕위를 포기하고 나에게 협력한다면 내 치세에서도 살아가는 걸 허락해주마, 노라."

『…………뭐라고?』

노라의 성격은 살려두기에는 너무나도 위험하지만, 어쩔 수 없다. 일단은 이익도 존재한다. 그리고 교섭을 통해 노라와의 싸움을 피할 수 있다면 장래의 전력에 손상을 입을 일도 없다.

"이게 마지막 통보다. 다른 자들도——— 투항하도록 해라. 우리 진영의 힘은 압도적이다. 지금 투항하면 너희에게 협력한 자들은 내가 잘 봐주겠다고 약속하마. 저번 왕위 쟁탈전 때 일어난 비극을 생각하면 나쁘기만 한 이야기는 아니겠지. 무엇보다, 코드 내부에서 전력을 소모할 필요는 없을 테니."

이런 말을 해봤자 포기할 성격이 아니라는 건 알고 있다. 여기에서 앵거스의 편을 들 가능성이 있는 건 토니뿐이다. 모리스가 넘어올 가능성도 있었지만, 표정을 보니 힘들 것 같다.

한순간, 주위에 침묵이 가득 찼다. 처음으로 입을 연 것은 자칼리였다.

『그런 이야기를 받아들일 리가 없잖아! 이미 이겼다고 생각하는 거냐? 응? 네놈이 이기면 아리샤는 어떻게 되는데!』

어리석군…… 힘의 차이도 이해하지 못하는 광견 녀석——— 응? 아리……샤…………?

전혀 예상하지 못했던 이름을 듣고 눈을 크게 뜬 앵거스에게 자칼리가 소리쳤다.

『나는 아리샤에게 붙겠어, 앵거스. 네놈이 여동생을 죽이게 두진 않아!』

이 남자가 무슨 말을 하고 있는 거지? 아리샤 코드는 단순한 예비다. 유폐된 상태에서 해방되더라도 그 원칙엔 변함이 없다. 일단 왕족인 이상 시스템적으로 왕이 될 권리는 가지고 있겠지만——애초에 어째서 모든 왕족과 귀족에게 원한을 품고 있던 이 남자가 예비의 편을 드는 거지?

하급 백성들과 놀고 있던 자칼리가 붙어봤자 아리샤의 승산은 없다. 그러나 당황한 앵거스 앞에서 마찬가지로 자칼리의 말을 듣고 눈을 크게 뜨고 있던 모리스가 입을 열었다.

『…………나도 아리샤에게 붙겠어. 자칼리 편을 드는 건 아니지만, 이대로 아리샤가 죽는 걸 내버려 둘 수는 없어. 이건 내가 정한 일이야.』

검미에게 아리샤 편을 들겠다는 말을 했다고 보고를 받았는데, 사실이었던 건가?

웃기고 있군. 아리샤는 리소스가 없는 왕녀다. 자칼리는 준비가 부족하고, 모리스도 연구 성과가 파괴되어서 전력이라는 의미에서는 위협적이지 못하다. 세 사람이 힘을 합치더라도 앵거스의 적이 되지는 못한다.

눈을 동그랗게 뜬 채 그 말을 듣고 있던 토니가 마치 기묘한 걸 본 것처럼 웃었다.

『크큭…… 설마 아리샤에게 붙으려는 사람이 두 명이나 있다니, 불과 얼마 전까지는 그 이름을 떠올리는 사람이 아무도 없었는데, 정말 신기한 일이 있군그래? 형님.』

대체 언제 그런 흐름이 된 걸까. 감시하고 있던 범위 안에서는 그러한 보고가 없었을 텐데.

　예상하지 못했던 사태로 인해 말문이 막힌 앵거스에게 토니가
말했다.

　『나는 아리샤에게는 붙지 않아. 내가 붙는 건—— 크라이 안
드리히야.』

　"무, 무슨 말을 하는 거냐?! 토니!"

　많은 귀족들이 토니를 따르고 있다. 토니가 그 귀족들을 위험
하게 만드는 짓을 할 리가 없다.

　그렇게 믿고 있던 앵거스에게 있어서 그 말은 마른하늘에 날벼
락이었다. 토니가 입술을 핥으며 말했다.

　『그 남자는 재미있어. 이미 거의 결판이 난 싸움을 휘저어놓았
다고. 미안해, 형님.』

　"큭………… 바보 같은 녀석. 나중에 후회해도 이미 늦었다."

　그 4점짜리 남자에게 붙겠다고?! 그건 다시 말해, 그 남자가 모
시고 있는 아리샤에게 붙는 거나 마찬가지다.

　지금까지 뭐든 무난하게만 움직였던 동생의 선택 같지 않았다.
설마 외부에서 흘러들어 온 가장 약한 남자의 이름이 지금 나올
줄이야—— 하지만, 아직이다. 아직 노라가 남아 있다.

　노라를 보자 그녀는 왠지 모르겠지만 질색하는 표정이었다.

　노라와 앵거스의 진영은 다른 진영들과는 차원이 다른 전력을
지니고 있다. 싸울 준비를 한 시간이 다르다.

　만약 앵거스, 노라, 기타 세력의 삼파전이 벌어진다해도 토니
와 기타 세력 쪽이 이길 수는 없다.

그런데 그 남자, 그냥 무능한 건가 싶었더니 코드에게 있어서
는 터무니없는 독이구나. 왕이 되면 제일 먼저 처형해주마. 그렇
게 결심을 새롭게 다지고 있자니 노라가 한숨을 크게 쉬고는 말
했다.

『아, 젠장…… 어쩔 수 없지. 알겠다, 나도 아리샤에게 붙으마.
약속이니까.』

"?! 뭐, 라고?! 그게 무슨 소리냐?!"

앵거스는 자기도 모르게 일어섰다.

약속? 무슨 말을, 하는 거지?

노라의 에어리어는 감시를 방해하고 있다. 그렇기 때문에 내가
모르는 곳에서 밀약이 이루어졌을 수도 있겠지만, 승리에 집착하
던 노라가 다른 사람에게 붙는다는 게 믿기지 않는다.

"알았다, 알겠다고, 노라. 자기가 왕이 된 이후에 아리샤를 살
려주겠다는 뜻이겠지?"

『흥…… 아니야, 오라버니. 왕위를 아리샤에게 양보해주겠다는
뜻이다. 비겁한 자에게 주는 것보다는 훨씬 나은 나라가 될 테니.』

"마…… 말도 안 돼…… 지금 무슨 소리를 하고 있는 건지, 알
기나 하나?!"

믿기지 않는 말이었다. 앵거스와 다른 왕족들은 단순히 왕위를
목표로 삼은 것이 아니다. 각자 진영이 있고, 그 기대를 짊어지고
있다. 그 사실을 뼈아플 정도로 잘 알고 있을 노라가 포기한다고?

『크크큭, 이거 뜻밖이네. 설마 노라까지 포기할 줄이야…… 나
도 이건 예상하지 못했어. 이거 걸작인데.』

"큭…………."

그 말이 진실이라면, 토니는 노라가 했다는 약속이라는 것을 몰랐다는 뜻이다.

아니, 그 이외의 멤버들도 다들 다른 사람이 아리샤에게 붙겠다고 말한 순간에 동요했다. 다시 말해 이건——— 미리 짜고 행동한 게 아니라는 의미.

하지만 틀림없이 단순히 우연은 아닐 것이다. 앵거스는 전율했다.

도시 시스템이 지배하고 있는 이 도시에서, 그 누구도 모르게? 이건——— 누가 그린 그림이지?

『이봐, 형님. 그래서 어떻게 할 거야? 형님 말고 다른 멤버들은 모두 아리샤에게 가담하려는 것 같은데———.』

"…………큭."

아리샤 코드에게는 리소스가 없다. 그러니 이건 실질적으로 1 대 4 승부다. 물론, 승산이 전혀 없다고 할 정도는 아니다. 문제는 고군분투하게 되었다는 사실이다.

누군가가 다른 사람과 손을 잡을 거라는 건 충분히 예상하고 있었지만, 자신을 제외한 모두가 한데 뭉칠 거라고는 예상하지 못했다. 그리고 각 에어리어에는 각각 시민이——— 지지자들이 있다.

과연 한데 뭉친 다른 왕족들 모두를 적으로 돌려서 승리한다고 해도, 그런 남자가 과연 왕이 되기에 어울릴까? 시민들에게 인정을 받을 수 있을까?

아무것도 알지 못했던 저번 왕위 쟁탈전과는 상황이 다르다. 그저 이기기만 해서 되는 게 아니다.

이기고 왕으로서 어울리는 모습을 보여주어야만 한다. 물론 '왕장'만 손에 넣으면 권한을 쓸 수는 있지만, 그 상태에서 왕으로서 책무를 다할 수 있을까?

침을 삼켰다. 식은땀이 볼을 타고 흘러내렸다.

시험해 볼 필요도 없다. 아무리 생각해도 불가능하다. 그것은 앵거스가 원하는 왕의 모습과 거리가 멀다.

앵거스의 성격을 누구보다 잘 이해하고 있을 노라가 미소를 드리우며 물었다.

『사흘 동안 고민할 셈인가? 오라버니.』

모두의 눈은 도저히 앵거스를 속이고 있는 것처럼 보이지 않았다. 앵거스는 아리샤와 직접 만난 적이 없다. 하지만, 노라도 그렇고 토니 또한 적당한 상대에게 왕위를 양보하려 하지는 않았을 것이다.

그만큼 그 왕녀에게 코드의 미래를 맡길 만한 재능이 있다는 건가?

"큭………… 계속 유폐당해 있던 예비가 이 나라를 이끌 수 있다는 거냐?"

『그건 우리가 도와주게 되겠지. 그리고, 아무래도 아리샤의 잠재능력은 꽤 대단한 것 같아. 아리샤도 성격상 우리의 도움을 거절하지 않을 테고.』

『아리샤는 내가 보고 있었다는 걸 눈치채고 있었어. 도시 시스템의 숙련도도 대단한 수준이야. 도시 시스템을 통한 감시를 알아차리려면 정통한 수준이어야 하지. 그렇잖아?』

토니가 한 말을 믿을 수 없었다. 감시를 감지하려면 도시 시스템의 깊은 부분에 접속해서 감시 시스템을 작동시키는 데 사용되는 리소스 소비를 간파할 필요가 있다. 그건 앵거스도 쉽사리 할 수 있는 일이 아니다. 그게 사실이라면, 아리샤는 왕족으로서의 힘을 충분히 갖추고 있다는 뜻이다.

선택의 여지는 없었다. 온 힘을 다해 다른 모두를 쓰러뜨리고 왕이 될 바에는, 차라리 함께 아리샤를 받쳐주는 게 훨씬 코드가 강해지는 길일 것이다. 전력도 줄어들지 않는다.

간단히 이길 수 있을 거라 생각했다. 설마 최후의 순간에 이렇게 터무니없이 뒤엎어질 줄이야.

"크윽………… 어쩔 수 없지………… 아무래도 다른 방법은 없는 것 같군."

수치스러운 마음으로 결단을 내린 순간, 뒤에서 목소리가 들렸다.

"잠깐만 기다려 주십시오, 앵거스 님. 왕위를 포기하실 생각이십니까?"

"진이냐…………."

말을 건 사람은 앵거스의 오른팔이자 전력 취합을 비롯하여 다양한 분야에서 실력을 발휘한 근위, 진 고든이었다.

왕족들이 대화를 나누는 도중에 끼어든다는 건 말도 안 되는 일이지만, 현재 앵거스가 지닌 군사력이 이렇게까지 커진 것이 이 남자의 힘 덕분이라는 것도 사실이다.

　이렇게까지 세력을 키우고 포기하다니, 이 남자도 당연히 따지고 싶을 것이다.

　"나로서도 유감이다만…… 포기할 수밖에 없겠지. 애초에 싸우지 않고 왕을 정할 수 있다면 그게 제일이니까. 선왕의 의향을 거역하는 건지도 모르겠다만."

　하지만 선왕은 죽었다. 왕의 권한으로 인해 정해졌던 많은 규칙들도 권한을 지닌 자가 죽음으로써 문제가 발생하고 있다. 최대한 빠르게 다잡는 게 좋을 것이다.

　어떻게 설득할 건지 생각하던 앵거스를 진이 그 보랏빛 눈으로 바라보며 말했다.

　"혹시나 하는 마음에 다시 묻겠습니다. 앵거스 님께서는, 왕위를, 포기하시는 거지요?"

　엄포를 놓는 듯한 강한 말투. 비아냥인가? 몇 번이나 똑같은 말을 하게 하면서 상처를 후벼파려는 건가?

　"포기하겠다고, 하잖아! 지금 내가 왕이 되더라도 이 도시에는 좋은 영향을 끼칠 수 없을 테니까!"

　"………………에휴. 당신은――― 아니, 이 도시의 사람들은 너무 어설프군."

　"…………뭐라고?"

　진이 한숨을 쉬자, 그의 분위기가 바뀌었다.

　지금까지 앵거스의 오른팔로 일해왔던 남자에서 거만하게 앵거스를 내려다보는 듯한 분위기로.

"앵거스, 너는 왕위 계승권을 포기했다. 그 리소스는 근위장인 내가 물려받는다."

"?!"

"권리에는 책임이 따른다. 왕위를 거부한 너에게는 왕족의 권리가 없다. 이건 이 도시의 규칙이다."

앵거스도 들어본 적이 없는 규칙이다. 급하게 도시 시스템을 띄워서 자신의 정보를 확인했다.

"말도 안 돼…… 내가, 클래스 1, 이라고?! 아니, 포기라니, 그런 규칙이…….."

"그리고 아무도 필요 없다면——— 옥좌는 내가 가져가도록 하지. 이런, 이런, 사실은 아슬아슬하게 가로챌 생각이었다만, 이렇게 될 줄이야."

진은 한숨을 쉬었다. 깜짝 놀라고 있던 노라가 일어서서 진을 노려보았다.

『말도 안 돼…… 왕이 될 수 있는 건 왕족뿐이다. 외부에서 온 네놈이 될 수 있을 것 같으냐!』

"맞는 말이야. 왕이 될 수 있는 건 도시를 기동시킨 초대 왕의 직계뿐——— 리소스를 물려받더라도 왕위 계승권까지 물려받는 건 아니지, 하지만———."

진 고든은 미소를 짓고는 쓰고 있던 후드를 내렸다.

앵거스와 마찬가지로 새빨간 머리카락과 보라색 눈이 드러났다.

지금까지 딱히 신경 쓰지 않았던 특징. 진은 일그러진 미소를

드리운 채 즐겁다는 듯이 말했다.

"나는, 틀림없이, 크로스 코드의 아이다. 앵거스, 아니―― 내 동생아. 몰랐나? 크로스가 왕이 되기 전에 함께 지냈던―― 한 여자의 이야기를."

그 말과 동시에 진 고든의 정보가 바뀌었다. 앵거스가 준 클래스 6, 귀족 진 고든에서 클래스 8―― 왕족 진 코드로.

그것은 시스템이 눈앞에 있는 이 남자를 크로스 코드의 직계라고 인정했다는 증거였다.

왕이 되기 전에 있었던 여자 이야기. 한참 전에 한 번 들은 적이 있긴 했다. 왕의 연인이자―― 왕위 쟁탈전 직전에 코드를 탈출해서 탐색자 협회의 습격을 선동한 여자.

습격을 선동한 건 최악의 죄다. 그 범인이 왕의 연인이었다면 그 존재에 대해 언급하는 것조차 금기가 된다.

그런데 설마―― 아이까지 있을 줄은 몰랐다.

진은 하늘을 올려다보며 감격한 듯이 말했다.

"이제야, 시간이 꽤 걸리긴 했지만, 때가 되었다. 어머니를 죽인 코드를 빼앗고, 그 코드의 힘으로 경솔한 작전을 세워 어머니가 죽게 되는 계기를 만든 탐색자 협회를 철저하게 뭉개주마."

목적은 복수인가? 습격을 선동한 배신자는 습격자인 헌터와 함께 숙청당했다고 들었다.

앵거스는 자신보다 훨씬 높은 클래스가 된 진을 노려보았다.

"그런 말도 안 되는 짓을, 할 수 있을 거라, 생각하나?"

"할 수 있지. 동생아, 나는 이 순간을 위해 네가 준비하는 데 들인 시간보다 훨씬 오랫동안 고도 물리 문명에 대해 조사했다. 예상하지 못했던 건——— 탐색자 협회가 보낸 트레저 헌터뿐이지."

진이 코웃음 치고는 굳은 표정을 짓고 있는 노라와 다른 왕족들을 둘러보며 말했다.

"신산귀모의 《천변만화》. 탁월한 두뇌로 힘든 의뢰를 모두 달성하고 어떠한 장애물도 파괴하는 제블디아의 신진기예. 설마 내가 코드에서 움직이는 동안에 그런 헌터가 나타날 줄이야. 게다가 그런 두뇌 특화 헌터를 이곳 코드로 보내다니, 탐협도 정말 골치 아픈 짓을 해줬어. 어떻게 시스템 평가를 속인 건지는 모르겠지만, 그 때문에 계획이 엉망진창이 되었다. 뭐, 아무리 《천변만화》라 해도 내 존재까지는 예상하지 못했던 모양이다만———."

신산귀모의 《천변만화》………… 설마, 세 번째 헌터인가?

진이 세운 고레벨 헌터를 장기말로 삼는 계획에서 들여보낼 예정이었던 헌터는 세 명. 그럴싸한 인물이 두 명밖에 없었기에 두명만 온 줄 알았는데———.

"뭐, 됐다. 너희들은 《천변만화》에게——— 크라이 안드리히에게 전하도록 해라. 나를, 코드의 모든 것을 파악하고 있는 나를 막을 수 있다면 막아보라고 말이야. 나는 이 도시 시스템에 안주하고 있는 어설픈 인간들과는 다르다. 중요한 건 승리지. 모두를 박살 내고 왕이 될 거다."

세계가 크게 흔들렸다가 금방 멈췄다. 하늘을 나는 이 도시에 지진은 없다.

이것은——— 코드가 움직이고 있는 것이다.

"방금 코드를 움직였다. 왕이 된 순간 탐협 본부에 공격을 가하고, 그것을 진격의 봉화로 삼겠다. 막을 수 있다면 막아 보거라."

"네놈은 아무것도 알지 못해! 그런 만행으로 코드를 다스릴 수 있을 거라 생각하지 마라!"

그렇게 소리친 앵거스에게 진은 씨익 웃으며 무례함이 느껴지는 말투로 말했다.

"당신이야말로 아무것도 모르는군요, 앵거스 님. 저도 그렇고 용병들도 코드를 다스릴 생각은 없거든요. 이곳 코드는 그냥 무기니까. 애초에 잘난 척하고 있긴 하지만, 당신들도 범죄자의 자손일 텐데요."

"큭!!"

"저는 바쁘니 슬슬 물러가 주시죠. 안심하십시오, 아직 죽이진 않을 겁니다. 제 코드를 본 당신의 표정이 궁금하니까요. 이봐, 전 왕자님을 내 에어리어 밖으로 안내해라."

방의 경비를 담당하고 있던 기장병이 앵거스의 팔을 잡고 억지로 일으켜 세웠다.

클래스 1은 저항할 방법이 없다. 앵거스도 나름대로 몸을 단련했지만, 저항이 무의미하다는 건 알고 있었다. 도시 시스템을 누구보다 잘 알고 있는 건 바로 나다.

앵거스는 자신의 몸을 지켜주고 있던 기장병에게 질질 끌려간 뒤 에어리어에서 추방당했다.

노라 씨 일행이 온 것은 공주님이 겨우 붕어의 슬픔을 가라앉히고 감격하며 초코바를 천천히 먹고 있었을 때였다.

　우리는 여기저기 다른 에어리어에 갔었지만, 다른 에어리어에서 사람이 온 것은 이번이 처음이었다. 게다가 온 건 노라 씨뿐만이 아니었고, 그 뒤에는 자칼리 씨와 토니 씨, 그리고 본 적이 없는 사람도 있었다.

　앞장서서 안내해준 올리비아 씨는 당장에라도 죽을 것 같은 표정이었다.

　노라 씨는 초코바를 입에 넣은 채 멍하니 있던 공주님을 힐끔 보고는 말했다.

　"아리샤, 크라이, 예상하지 못했던 사태가 발생했다. 이대로 가다가는 위험할 거다."

　너무 갑작스러운 상황에 당황한 나에게 노라 씨가 사정을 설명해 주었다. 정통 왕위 계승권을 지닌 남자가 근위 사이에 숨어 있었고, 앵거스의 왕자의 권력을 빼앗았다는 것, 노라 씨와 다른 모든 왕족에게 선전포고를 했다는 것.

　그 목적은 코드, 그리고 탐색자 협회에 대한 복수이며, 탐협 본부를 습격하려 하고 있다는 것.

　애초에 왕위 쟁탈전의 존재를 이제야 알게 된 나에게는 정말 놀라운 이야기였다.

그러니까…… 왕족이 늘어났다면 보호 대상도 늘어났다는 뜻인가?

감이 오지 않은 나와는 달리, 공주님이 초코바 포장지를 쥐어서 구기며 말했다.

"이곳 코드를 사욕을 위해 가로채다니…… 용서 못 해. 크라이, 막아야 해!"

"아, 네……."

아무래도 막아야만 하는 모양이네요. 뭐, 코드를 막는 건 내 원래 목적이니까 상관없긴 한데, 공주님은 나보다 더 믿음직한 동료를 얻었으면 좋겠다.

노라 씨 뒤에 있던 금발 청년이 앞으로 나서서 긴장한 듯이 공주님에게 말했다.

"처, 처음 만나는구나, 아리샤. 나는 모리스 코드야. 나도 너에게 붙을게."

"감사합니다, 모리스 오라버니. 관광 중에 저를 보고 계셨던 분이시죠?"

미소를 지은 공주님에게 모리스 씨가 조금 쑥스러운 듯이 말했다.

"으, 응. 맞아. 그리고, 이대로는 안 될 것 같아. 내 가장 강한 전력은 검미에게 파괴당해버렸지만, 그 여자는 눈치채지 못했어. 아마 검에만 흥미가 있었기 때문이겠지——— 그 녀석이 벤건 껍질뿐이야. 바깥도 중요하긴 하지만, 더 중요한 건 내용물이거든."

모리스 씨가 손을 들어 올리자 바닥이 열리고 받침대가 올라왔다. 거기에 얹혀 있던 것은 자그마한 금 펜던트였다. 신기한 빛을 띠고 있는 동그란 금속 조각이 달려 있다.

"이게, 코어야. 갑주에 접속해서 컨트롤할 때 쓰는 건데, 만능 유닛이기도 하지. 아리샤, 너에게 줄게. 힘으로 삼아줘."

"!! 감사합니다. 모리스 오라버니."

활짝 웃으며 만능 유닛이라는 걸 목에 걸고 기뻐하는 공주님. 그걸 본 모리스 씨가 숨을 내쉬었다. 모리스 씨라면 그 여검사가 말했던 이름인데. 다시 말해 그 여검사가 공미가 말했던 검미인가?

이제야 관계가 이해된다. 이미 왠지 최종 결전 같은 분위기가 느껴지긴 하지만.

노라 씨가 고개를 크게 끄덕이고는 말했다.

"문제는…… 어떻게 진보다 먼저 왕장을 손에 넣는가인데. 물론 우리는 모두 네 편을 들겠지만, 그걸 감안해도 그 녀석은 버거운 상대다. 애초에 용의주도하고 신중하면서도 가장 큰 힘을 지니고 있던 이 바보의 기반을 통째로 물려받았으니까."

노라 씨가 싸늘한 눈으로 그렇게 말하고는 뒤에 있던 남자를 턱으로 가리켰다. 몸집이 큰 장년 남자다.

토니 씨, 자칼리 씨와 같은 붉은 머리카락에 보라색 눈동자. 초췌한 얼굴이긴 했지만, 그 행동에서는 왠지 여유가 느껴졌다. 그 남자가 나와 아리샤를 보고는 혀를 차며 말했다.

"으………… 마주 보고 이야기하는 건 이번이 처음이구나. 나는 앵거스 코드. 왕의 자리에 가장 가까웠던 남자다."

"처음 뵙겠습니다, 앵거스 오라버니. 아리샤예요."

짤막하게 인사를 하고 관찰하는 듯이 바라보는 공주님에게 앵거스가 이어서 말했다.

"내 모든 것을 물려받은 그 남자는 병력 같은 주요 정보를 전부 파악하고 있는 나를 죽이지 않고 풀어줬다. 다시 말해서 풀어줘도 문제가 없을 거라 판단했다는 뜻이지. 그리고 그 판단은 옳아――― 크크…… 내 군세는 압도적이니까."

이 사람이 카이저와 사야가 보호하려던 사람인가? 그렇구나, 만만치 않을 것 같은 사람이네.

그런데 이 사람은 왜 잘난 척하는 거지? 노라 씨가 머리를 긁으며 말했다.

"안타깝게도 이 바보 말이 맞아. 이 남자를 데리고 오는 도중에 물어보았는데, 믿기지 않게도――― 단순히 숫자만으로 내 군세의 다섯 배는 돼. 토니와 자칼리의 병력을 긁어모아도 부족하다고."

"애초에 내 군세는 하급 백성이니까. 숫자만이 장점인데 숫자로 밀려버리면 방법이 없다고."

"게다가 문제는 비장의 수지. 카이와 사아야, 그리고 검미. 이 세 사람에게는 어중이떠중이들로 맞설 수가 없어. 아마 그 녀석은 그 전력 세 명을 왕탑 전면에 배치할 거다. 왕탑에는 입구가 하나밖에 없고 거기만 막으면 왕위를 차지할 수가 없으니까. 그 세 사람에게는 《뇌제》와 공미를 내세울 수밖에 없다."

"카이랑 사아야는 아직 그쪽 진영에 남아 있어?"

뜻밖의 정보를 듣고 눈을 크게 떴다. 앵거스 씨가 분하다는 듯이 말했다.

"……그래. 그렇다. 그 녀석, 지배권을 조작한 모양이다. 나는 병력 관리를 그 남자에게 완전히 맡겼으니까…… 젠장."

뭐야, 그렇다면 전부 해결되었네.

카이저와 사야는 레벨 8. 그렇게 간단히 조종당하지 않는다. 그렇다면 둘 다 상황을 지켜보다가 새로 나타난 왕족을 보호하기 위해서 그쪽 진영에 남았을 것이다.

그렇다면 실질적으로 상대 쪽 비장의 수는 검미 한 명. 카이저는 다수를 상대하는 게 특기라고 했고, 사야도 무시무시한 전투 지속 능력을 자랑했다. 검미를 크라히, 공미, 카이저, 사야로 둘러싸고 바로 두들겨 패준 뒤엔 병력 차이 같은 건 간단히 뒤집을 수 있을 것이다.

아마 카이저와 사야가 아직 진을 보호하지 않은 이유는 검미가 방해하기 때문일 것이다. 하지만, 검미가 아무리 강하다 해도 4 대 1이라면 어쩔 수가 없겠지.

이제 흑막을 붙잡고 모두를 코드에서 탈출시켜서 탐색자 협회로 돌아가기만 하면 의뢰가 끝난다. 스마트폰은 손에 넣지 못했지만, 뭐 대단원이라고 해도 문제는 없을 것이다.

나는 하드보일드한 미소를 지으며 말했다.

"그렇구나. 알겠어. 아무런 문제도 없다는 걸 말이야."

"?!"

"병력 차이만 놓고 본다면 꽤 크긴 하지. 하지만 공교롭게도 이

정도 수라장은────── 몇 번이나 넘어왔어. 아니, 불과 얼마 전에
도 그랬고."

유그드라에서의 병력 차이도, 단위는 전혀 다르긴 하지만 지금
과 상황은 같았을 것이다. 나는 도망쳐 다녔을 뿐이지만.

"크라이 안드리히…… 너………… 대체 정체가 뭐지?"

"나에게는…… 나의 계획이 있어."

"……당신, 그거 말버릇이 된 것 같은데?"

폼을 잡은 나에게 자칼리 씨가 태클을 걸었다. 그 왜, 이것저것
설명이나 변명을 하기가 귀찮으니까.

나는 그저 미소를 지으며 둘러댄 다음, 곧바로 계획을 설명하
기 시작했다.

내 완벽한 계획을 듣고도 노라 씨 일행의 표정은 전혀 밝아지
지 않았다.

"……단순한 작전이군. 뭔가 기책이 있을 줄 알았는데…… 이
래선 정면돌파잖아? 우리는 병력 차이를 뒤엎어야만 하는데."

"정말, 군사적 책략이라는 걸 모르고 있군. 완전히 《뇌제》와 공
미에게만 맡기려 하다니."

"애초에 정작 중요한 부분이 비밀이라니, 그게 무슨 소리야?"

내 계획은 이렇다. 카이저, 사야, 공미가 모일 거라 예상되는
곳에 크라히와 공미를 보낸다. 그곳을 제압하면 나머지 대군을
제압해달라고 한다.

그 이후에는 비밀이라고 해두었지만, 그 정도 단계라면 검미가

방해하지 않게 될 것이기에 카이저와 사야가 곧바로 진을 붙잡아줄 것이다. 완벽히 남에게 떠넘기는 계획이다.

그때, 계획을 듣고 있었던 토니가 씨익 웃으며 말했다.

"그렇군. 《뇌제》로 그 녀석들의 병력을 잡아두고, 그 틈에 크라이와 아리샤가 왕탑에 침입해서 진을 막겠다는 건가? 아리샤가 지팡이를 손에 넣어서 왕이 되기만 하면 수적 차이 같은 건 상관이 없긴 하지………… 그래도 그건 상대방이 제일 잘 알고 있을 텐데."

"왕탑 내부에서는 파괴 병기의 사용이 제한되지만, 내가 아리샤에게 준 유닛은 문제없이 움직일 거야. 안으로 들어가기만 하면 따라잡을 수 있겠지."

"그래도 아리샤가 탑에 침입했다는 걸 알면 진이 군세의 일부를 왕탑으로 돌입시켜서 추격할 텐데. 왕족인 우리라면 도시 시스템을 이용해서 견제할 수도 있겠지만——— 어찌 됐든 숫자가 너무 많으니 모두 막진 못할 거다."

노라 씨 일행은 이것저것 의논하기 시작했다. 참고로 나는…… 공주님과 내가 왕탑에 돌입하겠다고 말한 적이 없는 것 같은데, 아무래도 그렇게 되어버린 모양이다.

"가장 큰 문제는 왕탑 안으로 아리샤를 들여보낼 수 있을지의 여부겠지. 입지적으로 그 녀석들이 수비에 나서기 전에 탑으로 돌입하는 건 불가능해. 아리샤와 크라이가 탑에 도착했을 땐, 카이 일행이 입구를 지키고 있겠지. 경비를 뚫어야 하는 것뿐만이 아니라 아리샤와 크라이가 침입한 뒤에 추격하지 못하게끔 입구를 지켜야만 해."

왠지 힘들 것 같네. 가능하면 작전이 시작되기 전에 카이저와 사야가 빈틈을 노려서 진을 붙잡아줬으면 좋겠는데——— 그렇게 생각하고 있자니 토니 씨와 눈이 마주쳤다.

토니 씨가 씨익 웃고는 다른 사람들에게 말했다.

"있다고………… 왕탑에는 정면 말고도 다른 입구가 있어. 위쪽이야."

그 말을 듣고 노라 씨가 한순간 눈을 크게 뜨고는 곧바로 눈살을 찌푸렸다.

"……비행형 경비 기장병의 출구 말인가? 당일에는 경비가 날지 않긴 하겠지만, 왕탑 주변의 에어리어는 특별해. 탈것도, 기장병도 일정 범위 이내에는 들어가지 못하고, 들어가더라도 강제로 멈춘다는 건 알고 있을 텐데? 딱히 난간도 없는 탑을 신체 능력만으로 올라가는 건 말도 안 되는 소리고."

"크크큭…… 에어리어에 들어가더라도 멈추지 않는 거미가 있다면 어떨까?"

"뭐라고…………?"

앵거스가 콰당, 소리를 냈다. 그러고 보니…… 토니 씨에게 받은 소형 거미는 왕의 에어리어에 들어갔는데도 멈추지 않아서 자자와 루루가 놀랐었지.

"도움닫기를 위한 발판도 준비해 두었어. 시험 주행도 했고. 그게 내 연구야. 안 그래? 크라이."

"…………응, 그래, 그렇지."

그 묘하게 대각선으로 서 있던 건물이 도움닫기용 발판이었구나! 게다가 시험 주행이라니…… 의도적으로 한 게 아닌데…… 하지만 이제 와서 태클을 걸 생각은 없다.

"토니, 이 자식, 방심할 수 없는 남자로군. 설마 나 몰래 그렇게 말도 안 되는 걸 연구하고 있었을 줄이야. 설마 허를 찔러서 왕위를 가로챌 생각이었던 건 아니겠지?"

"너무 압승해버리면 재미가 없잖아, 형님."

놀란 기색을 보이는 앵거스 씨에게 토니 씨가 놀리는 듯이 말했다. 그때, 노라 씨가 초코바를 한 손에 들고 잠자코 앉아 있던 공주님을 보며 말했다.

"다른 입구가 있다면 위험부담을 크게 줄일 수 있겠군. 이제…… 아리샤, 네 뜻만 남았다. 이건 코드의 미래를 결정하게 될 중대한 임무다. 전부 잘 풀린다 해도 왕탑 안에서는 진과 싸우게 될 거다. 어쩌면 죽게 될지도 모르지. 지금이라면 다른 누군가와 교대할 수도———."

"노라 언니………… 저는, 도망칠 생각이 없어요."

공주님이 일어서서 당당한 태도로 모두를 보았다. 그 모습은 가련했고, 용감했으며, 선택받은 사람에게만 감도는 빛이 보이는 것 같았다.

"쓰러뜨린다. 위대한 코드를 위협하는 녀석을 쓰러뜨리고 왕이 된다. 그리고, 모두 함께 세계를 구경하고 다닌다, 그게 제 사명이에요. 그렇지? 크라이!"

"으…… 응응, 그래, 그렇지."

왜 다들 나에게 의견을 물어보는 거야? 혹시 나에겐 동의를 구하고 싶어지는 무언가가 있는 건가?

아무래도 다들 의욕이 넘치는 것 같다. 나는 어쩔 수 없이 자신만만하게 미소를 지으면서도 마음속으로는 카이저와 사야가 얼른 일을 끝내기를 기도하기로 했다.

드디어 이날이 왔다. 이 진 코드가 고기동 요새 코드의 정점에 서는 날이.

앵거스 코드의 것이었던 거성. 사흘 동안의 준비 기간. 해야 할 것들을 전부 해둔 진 코드는 옥좌에서 쉬고 있었다.

애초에 앵거스의 군세는 진이 직접 마련하고 단련시켰다. 앵거스가 담당한 것은 주로 병기의 연구 개발 쪽이었고, 특히 외부에서 용병을 끌어들이는 작전은 진이 선두에 서서 맡아왔다. 그 때문에 리더의 교대도, 군세의 장악도 손쉬웠다. 만약 코드의 시민들을 기사로 삼았던 노라의 군세였다면 이렇게 손쉽게 진행하진 못했을 것이다.

앵거스는 신중한 남자였다. 배신은 예상하지 못했지만, 이기기 위해서 최선을 다했다.

노라를 가볍게 박살 낼 수 있을 만한 전력을 손에 넣은 뒤에도 연구를 멈추지 않았고, 예상되는 상대의 모든 공격에 효과적인 대책을 세워두었다. 연구한 병기로 무장한 다수의 용병들과 극비리에 진행하던 연구 중 하나로 노라의 기사단에게 수적 우위를 점하기 위해 만들어낸 모조병. 그리고 비장의 수인 특급 전력 세 명. 설령 5 대 1이 된다 하더라도 이길 수 있었을 텐데 포기하다니, 바보 같은 남자다.

그때, 뒤에서 앵거스가 준비한 비장의 수 세 명 중 한 명——검미가 말을 걸었다.

"후후후…… 정말로, 괜찮겠어? 그런 선전포고를 하고."

"지금까지 참았단 말이다, 상관없어. 그건 그렇고, 그쪽이야말로 괜찮겠나? 나 같은 녀석에게 붙다니."

"조직이 원하는 건 코드의 힘뿐이야. 나는 이기는 쪽에 붙는 것뿐이지. 하지만 《천변만화》가 있는 한, 아리샤 왕녀에게만은 붙을 수가 없었으니까 진 왕자가 나타나 줘서 다행이야."

무시무시한 여자다. 불과 얼마 전까지 이름조차 알려지지 않았던 거대 조직, '아홉 꼬리 그림자 여우'의 보스와 비교하면 진 따위는 잔챙이일 것이다.

하지만 거래 상대로는 매력적이다. '여우'의 영향력과 코드의 군사력이 있으면 뭐든지 할 수 있다.

기념비적인 첫 전투는 이기는 게 당연한 승부였다. 특히 기밀 중의 기밀, 외부에서 고용한 용병과 똑같은 병사들을 제조하는 모조병 기술은 노라도 예상하지 못했을 것이다. 앵거스가 그 존재를 알려준다면 승부를 포기하더라도 이상할 게 없다.

우려되는 건 《천변만화》뿐이다. 그 남자만은 무슨 짓을 할지 전혀 상상할 수가 없다.

"검미, 《뇌제》는 틀림없이 쓰러뜨릴 수 있겠지? 상대는 죽을힘을 다해 '왕장'을 노릴 거다. 승산은 그것뿐이니까. '문지기'인 네가 패배하면 모든 걸 망치게 될 거다."

문제는 그것뿐이다. 아무리 병사들로 두터운 벽을 세우더라도 일기당천은 막을 수가 없다. 일기당천에는 일기당천을 내세워야만 한다. 전투에도 자신이 있는 진이라 해도 《뇌제》가 쫓아온다면 따돌릴 수 없을 것이다.

"누구에게 그런 말을 하는 거야? 그리고 이번에는 《파군천무》와 《야연제전》까지 있는데."

검미는 어이가 없다는 듯이 그렇게 말했다. 그렇다, 검미를 동료로 삼아서 얻은 이익 중에는 '여우'의 정보 능력이 있다.

'여우'는 정체를 알 수 없었던 두 사람의 이름도 알고 있었다. 이건 큰 성과다. 영웅이라고 하는 레벨 8을 두 명이나 손에 넣었는데 레벨 8 한 명을 두려워할 이유가 있을까?

하지만, 그 '여우'도 《야연제전》의 능력은 알지 못했다.

알아낸 것은 그 능력이 무시무시하게 강하고, 혼자서 이레 밤낮을 계속 싸웠다는 일화가 있다는 것. 서식하고 있는 마물이 흉폭한 것으로 유명한 곳에서 불패를 자랑했다는 것.

써볼 수밖에 없을 것이다. 새로운 데이터가 없다면 도시 시스템을 통해 해석할 수도 없다.

"크라이가 해방시킨 봉인 지정을 상대하는 것도 문제없겠지?"

"문제없어."

검미는 슬쩍 미소지으며 곧바로 대답했다. 그 말을 믿을 수밖에 없다. 최소한 진이 왕장을 손에 넣기 전까지는 발목을 잡아달라고 해야 한다.

"《야연제전》의 능력 사용을 허가하마. 가면으로 조종하고 있으니 위험하진 않을 거다. 하는 김에 시험해 봐라. 앞으로 필요하게 될지도 모르니까."

"알겠어, 임금님."

자,《천변만화》. 어떠한 수단으로 검미를, 그리고 네 동료 중 나머지 두 명을 돌파할 생각이지?

임무도 이제야 끝인가? 기나긴 임무였어.

사흘 동안의 준비 기간을 거치고, 닫혀 있던 왕탑의 문이 열렸다.

검미는 그 모습을 주변에서 가장 높은 건물 옥상에서 보고 있었다.

지금부터 왕의 에어리어에 출입이 허가된다. 이제부터는 제일 먼저 왕탑의 정상에 있는 '왕장'을 손에 넣은 자가 차기 왕이 되는 것이다. 고도의 기술을 자랑하는 도시치고는 규칙이 단순하다.

진은 이미 전군을 전개해두었다. 전 앵거스군의 기반을 물려받은 진의 병력은 압도적이다. 그리고 진의 지배 에어리어는 왕탑 입구에 인접한 넓은 범위——— 가장 유리한 입지 조건을 가지고 있다.

아득히 멀리서 땅울림이 들렸다. 진은 유리한 초기 위치를 이용해서 에어리어 해방과 동시에 전군을 움직여 왕탑을 둘러싸고 아리샤 일행의 움직임을 방해할 생각인 것이다. 물론, 상대도 그 사실은 알고 있을 것이다.

여기저기에서 총을 쏘는 소리가 들리기 시작했다. 거리가 꿈틀댔고, 비명이 울려 퍼졌다. 왕족 중 누군가가 도시 시스템을 통해 거리를 움직여서 진의 군세를 방해하고 있는 모양이다.

시민들은 다들 전쟁에 휘말리는 걸 두려워하며 숨을 죽이고 있다. 전쟁의 분위기는 언제 느껴도 최고다.

그때, 그 기분에 찬물을 끼얹은 통신이 들어왔다.

『검미, 어디 있지? 싸울 시간이다.』

"지금 갈게, 임금님."

정말, 걱정도 많은 왕이다. 검미는 한숨을 쉬고는 옥상을 박차고 왕탑을 향해 뛰어올랐다.

검미는 진과 함께 왕탑으로 갔다. 왕탑 주변——— 왕의 에어리어에는 아무도 없었다. 아마 다른 왕족들도 에어리어 해방과 동시에 진군하고 있을 것이다…… 이렇게 방해를 받지 않고 나아갈 수 있다는 것이 전력 차이를 나타내고 있다.

진의 주위를 둘러싸고 있는 험상궂은 사람들을 보며 일단 물어보았다.

"임금님, 데리고 온 병사들이 많아. 상대의 군세를 막는 데 쓸 예정 아니었어?"

"만에 하나를 대비한 거다. 신경 쓰지 마라. 그리고 노라의 기사단은 기습으로 숫자를 줄였으니까."

앵거스군을 그대로 물려받은 진의 군세 구성원은 거의 모두가 용병이다. 용병, 그리고 그들을 본떠 만든 모조병. 옆에서 걸어가던 몸집 작은 남자가 마치 위협하는 듯이 말했다.

"우리도, 그 남자를, 《천변만화》를, 쳐죽이고 싶다고! 여기에는 우리 돈턴 패밀리처럼, 《천변만화》에게 원한을 품은 녀석들이 잔뜩 있어. 그렇지?"

"우오오오오오오오오오오오오오!"

몸집이 작은 남자가 그렇게 말하자 군세가 소리 질렀다. 그렇구나, 개인적인 원한인가⋯⋯ 《천변만화》도 원한을 많이 산 모양이다. 그리고 다수가 모여서 그를 칠 수 있는 이번 기회를 놓치지 않겠다는 건가.

소인배도 정도가 있지만, 뭐, 총알받이 정도는 되려나.

코드의 중심, 왕탑이 보이기 시작했다. 지금까지 보았던 어떤 탑보다 거대한 탑이다. 색은 왕의 장례를 치르는 듯 칠흑색이었고, 올려다봐도 꼭대기가 보이지 않을 정도로 높았다.

예상대로 왕탑 입구에는 아직 아무도 도착하지 않았다. 정면의 문이 활짝 열려 있다.

문 안에는 아무것도 없이 그저 넓기만 한 공간이었다. 진이 안을 확인하고는 검미에게 말했다.

"입구를 봉쇄해라. 왕탑의 입구는 이곳뿐이야. 쥐새끼 한 마리도 들이지 마라."

"알겠어. 호위는 필요 없고?"

"필요 없다. 이 탑에 들어가도 되는 건 차기 왕뿐이야."

그게 왕의 의향이라면 검미가 할 말은 없다.

그때, 검미는 칼을 뽑아 들었다. 그리고 지면을 따라 이쪽으로 다가온 '번개'를 베었다. 주위에 모여 있던 군세 중 이부가 그 여파를 맞고 날아가 버렸다. 굳어 있던 진에게 검미가 말했다.

"가도록 해. 다음 만났을 때는 임금님이겠지, 진 왕자."

진이 튀어 오르듯이 왕탑 안으로 뛰어들었다. 이제 침입자들을 막으면 검미의 일은 끝난다.

"이런, 이런, 꽤 일찍 왔네."

"이래 봬도 모두의 기대를 짊어지고 있어서 말이야."

탑 주변에 깔린 도로. 진의 군세가 양쪽에 늘어서 있는 가운데 그 한복판을 유유히 걸어온 것은——— 단련된 육체를 지닌 흑발 청년이었다. 보랏빛 번개를 두른 그 몸에서는 엄청난 에너지가 느껴졌다. 에너지의 총량으로만 따지면 공미보다 더 많다.

솟구치는 빛. 마술 중에서도 난도가 특히 높은——— 하늘의 분노를 체현하는 번개의 술법을 다루는 자.

《뇌제》 크라히 안드릿히. 뒤에는 별것 아닌 동료들도 따라와 있다.

"마술은 이 도시에서 못 쓰는 거 아니었어?"

"———이미 익숙해졌지."

———발광. 에너지가 수축되더니 금속제 도로를 통해 지면으로 퍼졌다. 그것만으로도 경계하고 있던 군세가 날아가 버렸다. 엄청난 위력이다. 일단 그들도 번개 대책은 세우고 있었을 텐데.

"나의 번개는 누구도 막을 수 없다!!"

《뇌제》가 번개를 두른 채 단숨에 거리를 좁혔다. 신체 능력을 강화하기라도 한 건지, 마도사인 것 같지 않은 속도다. 게다가 칼을 들고 있는 검미와는 달리 맨손. 솔직히 엄청나다.

두 동강 나고 싶은 건가?

하지만 검미는 움직이지 않았고, 그 대신 동상처럼 서 있던 카이——— 카이저에게 말했다.

"저건 맡길게. 나는 《천변만화》를 경계해야만 하니까."

카이저가 대답도 없이 지면을 박찼다.

그 움직임은 《뇌제》의 움직임보다 완만해 보였지만, 사실 속도는 《뇌제》 못지않았다.

번개를 두르고 달리는 《뇌제》와 카이저가 교차했다. 그리고——— 《뇌제》가 세차게 날아가 버렸다.

《뇌제》가 공중에서 회전하며 지면에 착지했다. 하지만 그 표정은 경악을 드러내고 있었다. 번개를 두른 《뇌제》와 맞붙었는데도 불구하고 카이저는 멀쩡하다. 척 보기에는 호각 같지만, 아니다.

어차피 아무리 재능이 넘쳐난다 해도 《뇌제》는 마도사. 근접전으로 카이저를 당해낼 수 있을 리가 없다.

"그렇군…… 네가, 크라이가 말했던, 카이저구나?!"

카이저가 한쪽 다리로 일어서서 천천히 흔들렸다. 그것은 매혹

적이고 기묘한 발놀림이었다.

뒤늦게 도착한 《뇌제》의 동료들이 미처 준비하기도 전에 카이저가 덤벼들었다. 마치 어른과 아이 같았다. 필사적으로 자세를 취하던 도적이, 마도사가, 아무것도 할 틈도 없이 날아가 버렸다. 동료들 중에서도 가장 실력이 좋아 보이던 방패를 든 여자조차 카이저의 일격을 막아내지도 못했다. 《뇌제》가 그 틈을 노리고 번개를 날렸지만, 카이저는 마치 그게 보이는 듯이 뛰어올라 피했다.

검미처럼 막아내는 거라면 모를까, 번개를 피하다니——— 역시 레벨 8, 맛이 갔다.

"크라이, 이 녀석, 문제가 없다니, 말은 잘한다니까. 템페스트 댄싱………… 골치 아프군. 하지만, 상대로서 부족함이 없다!!"

《뇌제》가 두른 번개가 더욱 빛나기 시작했다. 그 막대한 에너지에 이쪽에서 모은 군세가 겁을 먹었다. 뭐, 끼어들더라도 방해만 될 테니까 딱히 상관없긴 하지만——— 그때, 《뇌제》가 소리쳤다.

"공미, 예정대로 검미는 맡기마! 이쪽은 내가 맡겠다!"

그와 동시에 그때까지 전혀 움직이지 않았던 눈매가 사나운 남자가 검미 앞에 섰다.

곤두선 머리카락에 까만 로브. 그리고 그 몸에서 느껴지는 공허한 마력.

과거에 조직의 보스 중 한 명으로 군림했던 특이한 마도사. '공'을 자유자재로 다루는 공미.

검미가 고생해서 붙잡았고, 직접 감옥의 최하층에 감금했던 남자가 거기 서 있었다.

"후후후…… 오랜만이야, 공미. 조금 살이 빠졌나?"

"헛소리."

검미가 공미를 간신히 붙잡을 수 있었던 이유는 조직의 힘을 이용해서 전력으로 몰아붙였기 때문이다.

그 마도사는 아무리 검미라 해도 일대일로 싸우기는 위험한 상대였다.

공미의 몸속에 마력이 소용돌이치더니 왼손에 에너지 덩어리가 생겨났다. 마도사가 이곳 코드에서 싸울 수 있는 건가라는 생각도 들었지만, 아무래도 《뇌제》나 공미 정도쯤 되면 익숙해진 뒤에는 문제가 없는 수준인 모양이다.

물론 발동 속도나 위력이 줄어든 모양이지만——— 공미가 팔을 들어 올리고는 손바닥을 뻗었다.

그 너머에 있던 것은 카이저와 맞서고 있던 《뇌제》였다.

"윽?!"

감이 좋은 건지, 《뇌제》가 멀찍이 뛰었다. 그와 동시에 강한 바람이 불었다.

아니, 바람이 아니다. 그것은——— 충격이다. '공'이란 공간을 다루는 술법. 도로에 금이 갔고, 둘러싸고 있던 진의 군세 중 일부에 말 그대로 구멍이 뚫렸다. 하늘로 높게 솟구친 용병들이 땅바닥에 내팽겨쳐지는 소리가 들렸다.

"…………공미?! 대체 무슨 속셈이냐?!"

"이상하다는 생각이 들긴 했다. 《천변만화》는 검미가 부하로 들일 만한 인간이 아니니까. 그 까불대는 행동을 볼 때마다 의문은 확신으로 바뀌었다."

공미가 손바닥을 하늘로 뻗고는 그렇게 이야기를 늘어놓았다. 검미는 미소를 드리웠다.

공미가 갑작스럽게 연락을 받은 건 어제였다.

내용은——— 공미의 천적, 《천변만화》에 대한 것. 아무래도 공미는 《천변만화》가 검미의 부하였고, 공미를 그 지위에서 끌어내리기 위해 무제제에 보낸 거라고 생각했던 모양이다. 그 근거는 《천변만화》가 너무나도 내부 정보를 잘 알고 있었고, 상당한 지위에 있는 사람이 관계되어 있어야 그 움직임이 가능했다는 것이었지만, 말도 안 되는 소리다. 검미는 공미와는 달리 모략 따위에는 흥미가 없다.

그리고 검미는 공미와 이야기를 나눈 결과, 알게 되었다.

무제제 때 대지의 열쇠를 발동시키려 한 것이 《천변만화》였다는 충격적인 진실을.

어이없는 책략이다. 관객도, 나라도, 조직도, 모두가 속았다. 누구든지 그 상황을 보았다면 영웅 《천변만화》가 대지의 열쇠의 발동을 막아낸 거라 생각했을 것이다. 사실은 그 반대였다니, 누가 그렇게 생각할까.

그리고, 결과적으로——— 검미와 공미는 화해했다. 검미는 진실을 조직에 보고하기로 맹세했고, 공미는 지금까지 있었던 일을 잊고 검미에게 협력하기로 했다. 양쪽 다 이익이 있는 거래다.

공미의 전력을 믿고 있던《천변만화》에게 있어서는 마른하늘에 날벼락일 것이다. 하지만 애초에 공미와 검미는 같은 조직의 보스이고, 자신이 모든 악의 근원이라는 건《천변만화》가 가장 잘 알고 있을 것이다.

신산귀모도 끝장이다. 단숨에 궁지에 처한《뇌제》가 한 발짝 뒤로 물러섰다.

"큭………… 말도 안 돼……《천변만화》…… 이게, '천 개의 시련'인가?!"

"그런 말을 할 상황인가요, 크라히 씨!! 도, 도망쳐야…….."

카이저에게 한 번 날아가 버렸던《뇌제》의 동료들이 진형을 이루었다. 하지만 그래봤자《뇌제》말고는 오합지졸이다. 약자가 모여봐야 아무런 의미도 없다.

절대적으로 유리하다는 사실을 깨달은 진의 군세가 죽이라며 외쳐대고 있다. 약한 녀석들일수록 잘 짖는 법이다.

그때, 검미는 신경 쓰이던 것에 대해 물었다.

"《천변만화》는?"

"다른 루트로 안에 들어갔다. 여기를 정리하면 바로 쫓아가서 나를 얕본 걸 후회하게 만들어주지."

다른 루트…… 그런 말은, 못 들었는데?

아마 공미는 일부러 말하지 않았을 것이다. 그 사실을 알려주면 검미가《천변만화》를 죽이러 갈 거라고 생각하고. 공미의 안 좋은 버릇이다. 하지만, 검미는 곧바로 생각을 바꾸었다.

각개격파로《뇌제》를 확실하게 정리할 수 있다는 건 나쁘지 않은 생각이다.

선두에 서서 커다란 방패를 들고 있는 명해 보이는 여자. 겁을 먹었으면서도 맨손으로 자세를 취한 도적, 식은땀을 흘리며 이쪽을 노려보는 핑크 블론드 연금술사. 전부 《뇌제》와는 어울리지 않지만, 조직의 무서움을 깨닫게 해주기에는 딱 좋은 먹잇감이다.

단칼에 산산조각 내주마. 그렇게 생각하며 칼을 들어 올린 순간, 검미는 진이 했던 말이 생각났다.

"능력을 확인하라고 했던 걸 깜빡 잊었네. 사아야—— 아니, 사야. 능력을 써서 저 녀석들을 죽이렴."

검미의 말을 듣고 옆에서 가만히 서 있던 사야가 몸을 움찔거리며 떨었다.

하지만, 그 이상 움직일 낌새는 없었다. 그 눈구멍 너머에 있는 까만 눈동자는 당황한 듯이 깜빡이고 있었다.

"다시 한번 말할게. 능력으로, 저 녀석들을 죽이렴."

못 들은 건가? 다시 한번 명령을 내렸다. 하지만 사야는 여전히 움직이지 않았다.

공미는 흥미로운 듯이 검미를 보았다. 카이저가 동상처럼 꿈쩍도 하지 않으며 검미의 명령을 기다리고 있었다.

사야와 카이저의 정신을 속박하고 있는 가면——『화이트 클로즈(징벌의 백면)』는 절대적이라고 했는데—— 실제로 카이저는 명령에 따르고 있다. 검미는 다시 한번 강한 말투로 사야에게 명령했다.

"《야연제전》, 다시 한번 명령하겠어. 능력을 발동시켜서 저 녀석들을 해치워! 이건, 명령이야!"

그 말을 들은 사야의 반응은 예상하지 못했던 것이었다. 이쪽을 보고 있던 사야의 자그마한 눈구멍 너머로 보이던 두 눈이 꽈악, 감겼다. 그녀가 팔을 들고, 그 손이 눈구멍을 가렸다.

혹시 포기한 건가? 죽이지 못한다는 건가?

써먹지 못한다면 처분할 수밖에 없다. 소리치려고 한 그 순간이었다.

———어디선가 사락사락, 기묘한 소리가 들렸다.

마치 모래가 흘러내리는 것처럼, 마치 천이 스친 것처럼———.

"?? 뭐야, 그 여자는——— 어떻게, 된 거지?"

"큭?!"

자기도 모르게 한 발짝 뒤로 물러섰다. 사야의 눈구멍에서 뭔가 까만 연기 같은 것이 새어나오고 있었다.

그을음 같은 검정이 아니다. 어둠처럼 까만 그것은 순식간에 하늘 전체를 뒤덮었다.

마술이 아니었다. 사야에게서는 마술이 발동될 때 특유의 기척이 느껴지지 않는다. 크라히 일행도 얼어붙어 있었다.

그 순간, 군세 중 일부——— 좀 전에 돈턴 패밀리라고 자칭하던 남자가 공포에 질린 듯이 소리쳤다.

"이, 이, 소리는——— 사락사락하는, 이 소리ㄴㅇㅇㅇㅇㅇㅇㅇㅇㅇㅇㅇㅇㅇㅇㅇㅇ은?!"

적도, 아군도, 군세도, 그곳에 있던 모두가 그 상황에 삼켜져버렸다. 유일하게 반응을 보이지 않은 것은 가면에 지배당하고 있는 카이저뿐이었다.

그리고 세계가 어둑어둑한 것에——— 밤에, 감싸였다. 사락사락 하는 소리는 더더욱 커지기만 했다.

기분 나쁜 예감이 들었다. 이 능력은 뭔가 이상하다.

그 눈에서 새어 나오고 있던 어둠이 멈췄다. 사야의 손이 가면에서 떨어졌다. 눈구멍 너머로 보인 그 눈동자는 좀 전과는 달리——— 피처럼 붉은색이었다. 급하게 다시 한번 명령했다.

"저 녀석들을, 죽여!!"

감각이 뒤틀렸다. 이상하다. 기척이 느껴진다. 좀 전까지는 없었던, 무언가의 기척이.

어느새 도로에는 수많은 발자국이 생겨나 있었다. 새빨간 맨발로 낸 발자국. 그것은 도로 건너편에서 시작되어 사야 바로 앞에서 사라졌다.

그리고 사야가 쓰고 있던 화이트 클로즈에 피처럼 붉은 손바닥 자국이 묻었다.

마치——— 누군가가 만진 것처럼. 공미가 소리쳤다.

"이건——— 이능이다, 위험하다고! 검미!"

"나도 알아!"

분명 이상하다. 사야의 사고는 속박당한 상태다. 하지만, 명령을 실행하지 않는다.

발도. 사야의 목을 날린다. 사정거리 이내. 검미의 실력이라면 찰나의 시간도 걸리지 않는다.

"윽?! 이, 건———."

사락사락, 소리가 들린다. 왠지 그 소리는 근원적인 공포를 부추기고 있었다.

목을 날리려 했던 칼은 뽑지조차 못했다. '무언가'가 팔을 잡고 있었다.

압착기 같은 힘으로——— 손목에 기묘한 자국이 남아 있다. 하지만, 투명한 생물 같은 것이 아니다.

"공미!"

"크윽…… 젠장……."

공미의 몸은 어느새 공중에 매달려 있었다. 목에 손자국이 남아 있다. 무언가가 공미의 목을 쥐고 들어 올린 것이다. 절대적인 '공'을 만들어내 간섭을 튕겨내는 힘이 전혀 통하지 않고 있다.

아니——— 그게 아니다. 검미는 직감했다. 검미의 팔을 잡고 있는 이것은 갑작스럽게 생겨났다.

아마 공미의 목을 조르고 있는 저것도 결계 '안쪽'에서 생겨났을 것이다.

사야의 화이트 클로즈가 소리를 내며 일그러졌다. 무언가가 사야의 가면을 억지로 떼어내려 하고 있다. 사야 본인은 비명을 지르고 있지만, 그것은 자비심이 없었다.

기어코 억지로 뜯어낸 가면이 땅바닥에 떨어졌다.

위험하다. 거리를 벌렸지만, 검미의 팔을 잡고 있는 힘은 전혀 느슨해지지 않았다.

사야의 얼굴이 가면으로부터 해방되었다. 칠흑색 긴 머리카락과 왠지 핏기가 없는 생김새.

그리고——— 피처럼 붉게 빛나는 두 눈. 사락사락 소리가 더욱 많아졌다.

레벨 8 헌터. 《야연제전》 사야 크로미즈.

검미와 공미는 고레벨 헌터를 능가하는 힘을 지니고 있지만, 눈앞에 있는 소녀의 힘은 일반적인 레벨 8과는 다르다. 너무나도 이질적이다. 그리고 사야는 살짝 숨을 쉰 다음, 처음으로 목소리를 냈다.

"휴우…… 시원하네. 다들, 고마워."

갈채. 마치 폭발하는 듯한 갈채가 주위에서 일어났다. 하지만, 보이지 않는다. 아무것도 보이지 않는다.

여기에는 아무것도 없다. 적어도 검미의 시야 안에는.

그때 사야가 한숨을 살짝 쉬었다.

"카이저, 마지막 정도는 일을 하자."

명령을 기다리고 있던 카이저가 제자리에 쓰러졌다. 위에서 무언가에게 억눌리고 있다.

뭉개질 것 같은 카이저가 쓰고 있던 가면에 수많은 손바닥이 떠올랐다. 사야는 눈을 빛내며 말했다.

"초면이지? 나는 사야 크로미즈. 《야연제전》 사야. 그리고 이게——— 내 '사락사락'. 안 보이지? 내 눈에는 또렷하게 보여, 이 아이들이. 그리고 이 아이들은, 눈치채줘서 정말 기뻐하고 있어."

마녀는 소환한 악마와의 계약을 통해 힘을 얻는다고 한다. 하지만 이것은 무언가를 소환한 것이 아니다.

이것은——— 마안이다. 자율적으로 사고하는 끔찍한 무언가를 인식하고 사역하는 능력!

이 힘으로 이 여자는 이레 밤낮 동안 '싸우게 만든' 것이다.

착각했다. 실패했다. 능력을 쓰게 해선 안 됐다. 곧바로 죽여야만 했다. 팔을 봉인당하기 전에. 이건———— '여우'였다면 틀림없이 보스도 될 수 있는 능력이다.

전투에 특화된 레벨 8. 설마 기습이라고는 해도 공미와 검미, 두 사람을 한꺼번에 붙잡을 줄이야!

카이저의 가면이 파괴되었다. 카이저는 비틀거리며 일어선 다음, 거세게 혀를 찼다.

"빌어먹을, 이런, 이런, 엄청난 실수를 저질러 버렸군. 설마 레벨 9 시험에서, 이 카이저 지구르드가, 아무것도 못 할 줄이야. 정말, 사야 군이 없었다면 내 빛나는 인생에서 최악의 추태를 보였을 거야. 아니면, 이 상황……《천변만화》는 이것까지 예상하고 있었던 건가?"

이런 이질적인 상황을 아랑곳하지도 않고 당당하게 말한 카이저를 보고 사야가 어이없다는 듯이 입을 열었다.

"아직, 뒷정리 정도는 남아 있어."

"맞아! 정말, 맞는 말이라고, 사야 군! 이《파군천무》에게 부끄러워할 시간 따위 없지! 그리고 사실——— 뒷정리도 내 특기란 말이야. 열다섯 나라의 전쟁 뒷정리도 했었으니까. 진짜배기는《천변만화》에게 맡기고, 마지막 정도는 춤을 춰보실까?"

아리샤 코드는 분명, 평생 오늘이라는 날을 잊지 못할 것이다.

지금이 터무니없이 위험에 가득 찬 상황이라는 사실은 알고

있다. 코드의 왕좌는 가볍지 않다는 것도. 하지만 아리샤는 지금, 확실히 만족하고 있다.

요즘은 정말 이런저런 일들이 많았다. 흥미로운 근위가 새롭게 등장한 것. 미지의 음식과의 조우. 믿기지 않을 만큼 꼴사납게 떼를 쓰는 법을 배웠고, 방에서 해방되었다. 코드라는 도시를 관광하고, 지금까지 만난 적 없던 형제자매들을 만났다. 그리고 왕이 죽었고, 왕좌를 노리는 적이 나타났다.

최근에 한 경험들의 밀도는 그전까지의 생활에서 얻은 모든 것을 뛰어넘었다.

그리고 지금, 마지막으로 아리샤는——— 싸우려 하고 있다.

마치 마법사처럼 아리샤의 생활을 바꾸어버린 근위와 함께.

아리샤는 생각했다.

어떠한 결과가 되더라도, 최소한 코드의 왕족으로서 부끄럽지 않은 모험으로 만들자고.

그리고 운명의 시간이 다가왔다. 이미 노라 언니와 다른 왕족들은 진의 군세를 방해하기 위해 출진했다.

크라히 일행도 지금쯤 왕탑 입구에서 싸우고 있을 것이다. 전부 크라이의 작전대로.

그리고 아리샤와 크라이가 할 일은 진의 진영의 눈길이 그쪽으로 쏠린 동안 왕탑에 있는 또 하나의 입구로 들어가 '왕장'을 손에 넣는 것이다.

지팡이를 손에 넣으면 아리샤의 승리. 패배하면 모든 것을 잃게 된다. 아리샤도, 자상한 형제자매들도.

토니 오라버니가 수리해준 소형 거미에 올라타고 토니 오라버니가 비밀리에 만들어두었던 왕탑 돌입용 길에 세웠다. 이제 최고 속도로 거미를 움직여서 점프하기만 하면 된다. 잘만 하면 왕탑의 상층에 있는 비행용 경비 기장병의 출구에 착지할 수 있을 것이다. 계산상으로는.

이미 운전은 익혔다. 앞에 아리샤, 뒤에 크라이가 탔다. 원래는 근위가 앞에 타야겠지만, 이번에는 내가 운전하기로 결심했다. 왕위는——— 자신의 손으로 거머쥐어야 하니까.

배에 팔을 두르고 꽉 달라붙은 채, 크라이가 말했다.

"공주님, 저, 정말로 갈 거야? 무서우면 기다려도 되는데? 다른 누군가가 진을 붙잡아 올지도 모르고…………."

정말, 이 근위는 진짜 걱정이 많다. 아리샤는 이미 각오를 다졌다. 지금 아리샤는 처음 만났을 때와는 다르다. 그리고 아리샤를 그렇게 성장시켜준 것은 다름 아닌 그인데.

"괜찮아. 나에게는——— 모두가 있으니까!"

그리고 아리샤는 보다 나은 미래를 향해 힘껏 소형 거미를 발진시켰다.

도움닫기용 발판으로 만든 건물을 달리고 나서 오랫동안 공중에 떠있던 아리샤는 무사히 목적지인 상층에 착륙했다.

토니 오라버니가 만든 소형 거미의 속도는 엄청났다. 제대로 도착할 수 있었던 이유는 아리샤가 운전과 동시에 도시 시스템에 접속해서 계산을 하며 속도를 조정했기 때문이다.

엄청난 금속음. 브레이크 같은 게 통할 리도 없기에 거미가 바닥을 미끄러졌고, 벽에 부딪히기 전에 탈출했다. 크게 회전하며 충격을 완화한 뒤 마지막에는 모리스 오라버니에게 받은 만능 유닛을 기동시켰다.

아리샤의 등에 돋아난 관절이 달린 금속 촉수가 벽을 붙잡고 충격을 완전히 없앴다. 역시 도시 시스템이 만들 수 있는 병기 중에서도 최고의 병기다. 손발처럼 마음대로 다룰 수 있는 그 병기는 원래 대형 갑주에 접속해서 마음대로 조종하는 데 사용하는 물건이지만, 그 이외의 용도로도 충분히 편리했다.

그때, 함께 타고 있던 사람이 떠올랐기에 급하게 바닥에 쓰러진 크라이에게 말을 걸었다.

"앗!! 크라이!"

"아, 아…… 괜찮아. 죽는 줄 알았지만…… 공주님은 괜찮아?"

바람 때문에 마구 헝클어진 머리카락을 드러내며 크라이가 천천히 일어섰다. 이 근위는 정말 대단하다.

아리샤는 몸놀림과 만능 유닛으로 겨우 충격을 없앨 수 있었는데.

왕탑 안은 지극히 단순했고, 그저 칠흑의 통로가 펼쳐져 있을 뿐이었다. 왕탑은 왕을 위한 탑. 왕이 사라진 지금, 이 탑에는 아무것도 없다. 새로운 왕이 내부를 처음부터 다시 바꿀 것이다.

그리고 왕좌를 원하는 자는 이 넓은 왕탑을 끝까지 올라가야만 한다.

왕탑에는 근위 기장병을 데리고 올 수가 없다. 도시 시스템으로 병기를 불러낼 수도 없다.

지금 쓸 수 있는 것은 자신의 몸과 데리고 온 사람, 신뢰할 수 있는 인간 근위뿐이다.

아리샤는 크라이와 함께 이곳에 발을 내디뎠다는 기쁨을 약간 느끼다가 곧바로 억눌렀다.

이러는 동안에도 언니와 다른 사람들이 싸우고 있다. 놀고 있을 때가 아니다.

왕탑의 지도를 확인했다. 보아하니 진은 아직 왕탑의 꼭대기층에 도착하지 못한 것 같았다. 왕탑은 각 층을 경유해야만 꼭대기에 갈 수 있는 구조이기에 애를 먹고 있을 것이다.

이 정도면 따라잡을 수 있다. 아리샤는 심호흡을 크게 하고 나서 만능 유닛을 기동시켰다.

아리샤의 등에 아담한 날개가 돋아났다. 저공비행으로 고속 이동을 가능하게 해주는 유닛이다.

"크라이, 나를 업어. 내가 날 테니까."

"………공주님, 너, 정말 어느새 이렇게 강해진 거야?"

"으……."

별것 아닌 말. 갑자기 칭찬을 받으니 가슴이 두근거린다. 지금 아리샤는 고속 이동 유닛보다 더 대단한 것을 꺼낼 수도 있다. 도시 시스템을 이용하는 것과 비슷할 만큼 쉬운 일이다.

왕의 붕어로 인해 아리샤의 권한을 동결하던 조치도 해제되었다. 지금의 아리샤는 뭐든지 할 수 있는 것이다.

도시 시스템으로 지도를 확인하며 넓은 복도를 미끄러지듯이 내달렸다. 진도 뛰어가고 있는 것 같지만, 우리가 훨씬 더 빠르다. 점점 차이가 줄어들었고, 모퉁이만 돌면 금방 따라잡는 곳까지 왔다.

벽을 박차며 미끄러지듯이 돌았다. 아리샤의 눈에 들어온 것은—— 이쪽을 향하고 있는 총구였다. 증오로 가득 찬 진의 눈. 들이대고 있는 총은 휴대용 소각총이다. 앵거스 오라버니가 연구한 병기일 것이다. 왕탑 안에서는 도시 시스템의 병기를 불러낼 수가 없지만, 휴대용 무기라면 가지고 올 수 있다.

무언가 생각할 틈도 없이 총구가 눈 부신 빛을 뿜어냈다. 하지만, 넓은 범위를 불태울 거라 생각했던 그 병기는 아리샤에게 아무런 열기도 느끼지 못하게 만들었다. 진이 소리쳤다.

"뭐라고?!"

"위험하네………… 아, 당신이 진 씨야?"

어떻게 된 건지는 모르겠지만, 내가 끌어안고 있던 크라이가 소각포를 막은 것이다.

이대로 제치면 진은 정상까지 따라오지 못한다. 그렇게 생각한 순간, 아리샤의 다리에 무언가가 달라붙었다. 그것이 몸을 잡아당기자 나는 재빨리 몸을 틀고, 떨쳐내고, 바닥에 착지했다.

"그렇게 간단히, 보낼 것 같으냐? 예비."

"진 오라버니……."

금속 채찍 같은 것을 든 진이 웃었다. 예전 왕과 똑같은 색의 머리카락과 눈. 거뭇거뭇하게 그을린 그 육체는 날씬하면서도 단련되어 있어서 다른 왕족들과는 조금 달랐다. 직접적인 적의를 느끼자 몸이 떨렸다.

"이야기는 들었어. 이제 그만해! 다 같이 사이좋게 지내면 되잖아!"

"다 같이 사이좋게? 물러터진 소리를 지껄이지 마라! 내가 코드에 도착할 때까지 얼마나 많은 시간을 들였는지——— 네가 죽으면 전부 계획대로 된단 말이다!"

안 되겠다. 진 오라버니는 아리샤와 이야기를 나눌 생각이 없다.

눈앞에 있는 상대는 적이다. 이곳 코드를 사욕을 위해 이용하려 하고 있는 적. 진짜 왕의 아이라 하더라도 용납할 수 없다는 건 마찬가지다. 여기서 쓰러뜨려야만 한다.

아리샤는 각오를 다지고 자세를 취했다. 진이 소각총의 방아쇠를 당기고는 혀를 찼다.

"그 총은 무력화시켰어. 소용없어요, 진 오라버니."

모리스 오라버니가 만들어 낸 만능 유닛은 원래 병기에 접속해서 조종하는 데 쓰는 물건. 마주 보는 상태로 총을 무력화시키는 건 식은 죽 먹기다. 진이 총을 버리고는 허리에 차고 있던 검을 뽑아 들었다.

"……쳇. 얕보지 마라. 계속 방에 틀어박혀 있기만 했던 여자가!"

"크라이………… 먼저 가, 왕장을 부탁할게. 진 오라버니는 내가 쓰러뜨리겠어."

"어?! 그래도———."

크라이가 아리샤의 말을 듣고 동요했다. 근위가 남는 게 정답이라고 말하고 싶을 것이다. 하지만, 진은 아리샤가 쓰러뜨려야만 한다. 왕위 쟁탈전이란 그런 것이다.

"바보 같은 녀석. 꼭대기층에는 왕이 인정한 자만 들어갈 수 있다! 지팡이가 있다 해도 왕은 왕족만 될 수 있어!"

맞는 말이다. 하지만, 크라이는 꼭대기층에 들어갈 수 있다. 클래스 7은 왕에게 직접 인정받았다는 증거다.

크라이는 왕이 될 수 없긴 하지만, 만에 하나 아리샤가 패배했을 때의 보험이 될 수 있을 것이다.

걱정이 많은 근위를 납득시키기 위해, 아리샤는 진에게 소리쳤다.

"진 오라버니, 나는 왕 같은 게 될 생각이 없었어. 하지만, 지금은 아니야."

노라 언니에게 왕위를 달라고 말한 것은 반쯤 자신의 근위를 멋대로 이용하려던 언니에게 괜한 트집을 잡은 거나 마찬가지였다. 그런데, 다음 왕을 정해지는 이날 어떻게 된 건지, 아리샤는 여기에 있다.

아리샤는 훌륭한 왕이 될 수 있을 거라는 자신이 없다. 하지만, 많은 동료들이 생겼다. 무엇보다 크라이가 있다. 그가 협력해준다면 분명 언젠가 위대한 코드 왕이 될 수 있을 것이다. 아리샤는 자신의 의지를 담아 외쳤다.

"나는 모두의 기대를 짊어지고 있어. 모두가 협력해주고 있어. 그리고, 크라이도 있어! 모두가 있으면 훌륭한 왕이 되어서, 초대 코드 왕의 야망이었던 세계 정복도 해낼 수 있을 거야! 비켜라!

반역자!"

"···············어라?"

크라이가 상황에 어울리지 않게 맥이 빠지는 목소리를 냈다. 하지만 그런 건 상관없다.

아리샤는 이긴다. 이겨서, 코드의 모든 왕족의 염원이었던 세계 정복을 이루어내고, 최강의 코드를 만들 것이다. 그리고 위대한 코드의 왕이 되어서, 크라이에게 칭찬을 받을 것이다.

아리샤는 숨을 들이마신 다음, 용기를 쥐어 짜내 자신의 근위에게 말했다.

"크라이, 세계를 손에 넣으면, 그때는——— 절반을 당신에게 줄게."

"············아, 네."

이상하네······ 아리샤가 상상했던 반응하고는 전혀 다르다. 프로포즈니까 크라이도 좀 더 기뻐해야 할 텐데——— 고민할 틈도 없이 반역자가 바닥을 박찼다.

"까불지 마라! 네놈처럼 바깥 세계도 모르는 여자가 세계를 정복할 수 있을 것 같으냐! 왕이 되는 건 바로 나다!!"

"세계 정복, 할 거라고! 크라이, 어서 가!"

"아, 네."

그제야 아리샤가 한 말을 받아들인 건지, 진 코드의 움직임은 꽤 빨랐다. 그러나 아리샤도 요 사흘 동안 놀고 있었던 것은 아니다. 노라 언니의 기사단과 계속 모의전을 벌였던 것이다.

강화 장신구를 착용하고, 노라 언니의 영양제를 먹고, 기사가 되기 위한 훈련을 받았다. 시술은 미처 받지 못했지만, 지금 아리샤는 강화인간에 한없이 가깝다.

만능 유닛을 검으로 바꾸며 도시 시스템과 사고를 연결하고, 시스템의 연산 능력을 이용해서 사고를 가속시켰다. 검과 검이 맞부딪히자 진이 경악하며 눈을 크게 떴다.

"윽?! 뭐라고?!"

진 오라버니는ㅡㅡㅡ 도시 시스템을 쓰는 법을 전혀 이해하지 못하고 있다.

도시 시스템은 도구가 아니다. 왕족에게 있어서 시스템은 자신의 육체나 마찬가지다.

시스템과 혼연일체가 되면 잠시 후의 미래조차 볼 수 있다. 단련을 꽤 한 모양이기에 진의 능력은 아리샤에 비해 약간 더 강하고 전투에도 익숙한 모양이었지만, 그런 건 간단히 뒤엎을 수 있는 정도의 차이에 불과했다. 움직임의 자유도 또한 모리스 오라버니의 유닛이 있는 아리샤가 더 뛰어나다.

"윽! 빌어먹을, 말도 안 돼!!"

던져진 낡은 나이프를 탄도 예측으로 피하고, 예리한 발차기를 암으로 바꾼 유닛으로 막아냈다.

어차피 이 정도에 불과하다. 진은 꽤 강하긴 하지만, 공미나《뇌제》처럼 특출나게 강한 것은 아니다. 왕장을 손에 넣기 전에 아리샤에게 따라잡힌 시점에서 진은 끝장이었다.

일격을 주고받을 때마다 진의 표정에서 여유가 사라졌다. 열세에 처했다는 사실을 깨달았을 것이다.

"젠장! 검미! 검미만 와 있었다면!"

입구에서 벌어진 전투가 어떻게 되었는지 확인할 여유는 없다. 하지만, 아직 증원이 오지 않은 걸 보니 분명 크라히 일행이 검미 일행을 잡아두는 데 성공했을 것이다.

아리샤가 조종하는 유닛의 암에 얻어맞은 진이 벽에 부딪혔다.

이제 결판은 났다. 아리샤는 몸을 웅크린 진 앞에 섰다.

"이제 끝났어. 패배를 인정해, 진 오라버니."

"큭………… 아직, 멀었다!"

진이 품속에서 구체 형태의 기계를 꺼냈다. 폭탄이다. 하지만 그걸 예측하고 있던 아리샤는 곧바로 암을 끼워 넣어 그것을 무력화시켰다. 그리고 멍해진 진 오라버니에게 미소를 지었다.

"아직 뭔가, 남았어?"

"…………빌어먹을."

진의 처우는 아마 노라 언니와 다른 왕족들이 의논해서 정하게 될 것이다.

함께 왕탑에 들어온 동료가 없었던 것이 진의 패인이다.

앵거스 오라버니의 원수는 갚았다. 싸움은 끝났다. 이제 왕장을 손에 넣고 왕위에 오르기만 하면 된다.

그리고 아리샤의 새롭고 즐거운 생활이 시작되는 것이다.

그렇게 생각한 순간, 갑자기 건물 전체에 경보가 울려 퍼졌다.

"어?!"

"?! 뭐, 뭐야?!"

붉은 경고등이 넓은 복도를 비추었다. 진도 굳은 표정으로 주위를 둘러보고 있었다.

아리샤는 상황을 확인하기 위해 도시 시스템에 접속했다. 그리고── 얼어붙었다.

"크라이?! 뭐 하고 있는 거야?!"

공주님의 지시에 따라 아무것도 없는 왕탑 복도를 빠른 걸음으로 나아갔다.

나는 이해가 잘 안 되는 상황에 거의 포기하는 경지에 이르렀다. 나는 계속 왕족을 보호하는 것만 목표로 삼고 움직였을 텐데, 어째서 왕탑을 뛰어가고 있는 걸까.

게다가 왠지 모르겠지만 공주님이…… 세계를 정복하겠다고 하는데?

나는 귀족들에게 붙잡혀 있다는 왕족을 구하러 왔다고. 도와주러 온 것뿐이라고. 그렇지 않아도 상황이 이상해졌는데, 공주님까지 이상한 말을 하다니──.

아무튼, 마지막 왕족인 진 씨도 찾아냈으니 이제 보호하기만 하면 되는데── 왕장을 부탁한단 말이지. 부탁을 받아버렸으니 어쩔 수 없지. 그리고 나에게는 조금 신경 쓰이는 것도 있다.

아무 일도 없이 커다랗고 까만 문 앞에 도착했다.

그 앞에 서자, 가지고 있던 카드가 약간 열기를 띠며 문이 열렸다.

탑의 꼭대기층은 예상했던 대로 왕이 죽기 직전에 나를 불렀던 그 방이었다. 넓은 공간은 그때와 마찬가지였지만, 옥좌가 있던 곳에는 받침대가 있었고 그 위에 지팡이가 하나 떠 있었다.

그때 왕이 보여주었던 지팡이다.

소리가 아예 들리지 않는 왕좌의 방을 걸어가서 공중에 떠 있던 지팡이 앞에 섰다.

신기한 광택의 금속으로 이루어진 기묘한 지팡이였다.

지팡이 끄트머리에는 어떻게 된 건지 동그랗고 커다란 보석——— 보옥이 떠 있다.

그리고 역시 이렇게 가까이에서 보니——— 나는 이 지팡이를 본 적이 있다. 아니, 가지고 있다.

"이거, 『라운드 월드(둥근 세계)』잖아."

틀림없다. 상대가 하는 말을 통역해주는 지팡이형 보구다. 희귀한 물건이라 좀처럼 발견되지 않고, 다른 지팡이형 보구들과는 달리 장비한 사람의 마술 행사를 보조해주지도 않는 기묘한 지팡이.

지금까지는 고도 마도 문명의 아이템으로 추측되었는데, 여기 있는 걸 보니 라운드 월드는 고도 물리 문명의 보구였던 모양이다. 이건 새로운 발견이다. 헌터의 묘미지.

손을 뻗자, 공중에 떠 있던 '왕장'이 내려와서 내 손에 들어왔다. 차가운 감촉과 지팡이치고는 묵직한 무게. 틀림없이 라운드 월드다. 생김새도 똑같다.

임금님은 이 지팡이가 코드의 기동 키였다고 했다. 그렇다면 내가 가지고 있는 지팡이도 어딘가에 있는 코드를 기동시킬 수 있으려나? 뭐, 일단 찾아낼 수도 없겠지만 로망이 있는 이야기 같다.

자, 이 지팡이를………… 어떻게 하지?

공주님에게 가져다주면 될까, 아니면———.

내 시선은 눈앞에 있는 받침대에 고정되어 있었다. 받침대에는 마치 이 지팡이를 꽂으라는 듯이 구멍이 뚫려 있다. 아니, 왕에게 불려왔을 때는 꽂혀 있었지.

음………… 공주님이 지팡이를 부탁한다고 했으니까 말이야.

하지만, 고민하고 있어봤자 소용이 없다. 이러고 있는 동안에도 크라히 같은 사람들은 싸우고 있다. 나는 자신을 납득시킨 다음, 지팡이를 들어 올리고 받침대에 꽂았다.

딱딱한 손맛. 갑자기 시끄러운 경보가 울려 퍼졌고, 천장이 붉게 빛났다.

어?! 어?! 이게 뭐지? 나도 모르게 손을 떼고는 주위를 확인했다.

받침대 앞에 기묘한 글자가 나타나 있었다. 뭐라고 적혀 있는지는 전혀 읽을 수가 없지만, 경보와 빛은 멈출 낌새를 보이지 않았다. 뭔가 잘못한 건가? 이건, 그러니까———.

받침대에 꽂혀 있는 지팡이를 보았다. 임금님이 보여주었을 때는 좀 더 깊게 꽂혀 있었던 것 같다.

보구 마스터의 감이 말해주고 있다. 나는 손가락을 튕기고 나서 지팡이를 쥐었다.

이건, 그러니까——— 아마 좀 더 꽉 꽂아야 하는 거겠지. 오늘 나는 머리가 잘 돌아간다.

있는 힘껏 몸무게를 실어서 지팡이를 깊게 꽂았다. 지팡이 끄트머리의 보석이 깜빡이고 있다.

그리고 덜컹, 딱딱한 손맛과 함께 경보와 빛이 멈췄다.

봐, 역시 안쪽까지 제대로 꽂아야 하는 거였다고.

지팡이를 잡은 채로 숨을 돌리고 있던 나는 눈앞에 뜬 글자를 읽을 수 있다는 사실을 눈치챘다.

『비(非)왕위 계승자에 의한 침략을 확인. 도시법에 따라 도시 기능 셧다운. 기능 완전 정지까지 앞으로——— 4:35.』

깜짝 놀라 나도 모르게 지팡이를 놓았다. 떠 있는 글자를 다시 읽지 못하게 되었다. 아…….

지면이 크게 흔들렸다. 까맣게 변색되어 있던 벽이 투명하게 바뀌었다.

도시가, 가라앉고 있었다. 왕탑 정상이란 다시 말해 이 도시에서 가장 높은 곳이다. 창문 근처로 다가가자 수없이 돋아나 있던 건물들이 무너지고 가라앉는 모습이 잘 보였다.

그것은 초짜가 보기에도 분명히 코드라는 도시의 종언이었다.

저………… 저질러버렸다. 아니, 코드는 공중 도시잖아?

제4장 왕위를 둘러싼 싸움 417

혹시…… 떨어지나?

"크라이?! 무슨 짓을 한 거야?!"

"말도 안 돼………… 나의, 도시가———."

공주님과 진이 달려왔다. 공주님은 단말기를 띄우고 필사적인 표정으로 확인을 하고는 받침대에 꽂혀 있던 지팡이에 손을 댔다.

하지만, 붕괴는 멈출 낌새를 보이지 않았다. 공주님이 굳은 표정으로 다가왔다. 나는 변명을 했다.

"아무것도 안 했는데 고장났어!"

"이, 이게…… 크라이의, 계획이야? 세계를 구경하고 다니자던 말은, 거짓말이었어?!"

당장에라도 무너져 내릴 것 같은 공주님의 표정. 지금이 바로 내가 온 힘을 다해 엎드려서 빌 때인 건지도 모르겠다.

나는 울음을 터뜨릴 듯한 공주님의 두 어깨에 손을 얹고, 일단 마음을 담아 말했다.

"공주님…… 코드가 없어도, 세계를 구경하고 다닐 수는 있어. 너는 이제 자유야."

"윽!!"

공주님이 뭔가 눈치챈 듯이 눈을 크게 떴다. 냉정하게 생각해 보니 의뢰는 왕족의 보호였다.

코드를 부수지 말라는 말은 딱히 못 들었으니까, 부숴버려도 괜찮지 않을까?

"이 망할 놈아아아아아아아아아아아아아아! 대체 무슨 짓을 저지른 거냐! 무능하다, 무능하다 싶긴 했다만, 이렇게까지 무

능할 줄이야! 어째서 지금 왕장을 받침대에 꽂은 거야! 바보냐?!"

"윽…… 진 오라버니, 시끄러워."

"끄엑."

쓰러진 채 통곡하고 있던 진이 평소와는 달리 매서운 공주님에게 걷어차여서 바닥을 굴렀다.

공주님이 급하게 지팡이를 붙들고는 나를 보며 말했다.

"크라이, 뭘 가지고 싶어?"

"어? 뭐, 뭐라고———."

"가지고 싶은 게 있지? 어서!"

공주님이 재촉하자 얼떨결에 대답했다.

"스마트폰! 스마트폰을 가지고 싶어!"

내가 예전부터 가지고 싶어 하던 보구다. 내가 대답하자 공주님이 가상 단말기를 잔뜩 띄우고는 굳은 표정으로 조작했다. 그리고 잠시 후, 눈앞의 바닥이 열리고 받침대가 올라왔다.

받침대 위에 있던 것은 내가 원하던 새 스마트폰이었다. 저번에 쓰던 것과는 달리 메탈릭한 모스 그린 컬러가 정말 멋지다. 뜻밖의 행운에 굳어 있던 나에게 공주님이 말했다.

"그거면 돼?"

"……갖고 싶은 건 더 있긴 한데."

"……시간이 다 됐어."

'왕장'에 금이 가더니 산산조각 났다. 지팡이 끝에 떠 있던 보옥만이 남아 바닥에 떨어졌다.

진동은 서서히 강해지고 있었다. 왕탑도 다른 건물처럼 무너질지도 모른다. 서둘러야 한다.

공주님은 보옥을 줍고는 약간 쓸쓸한 듯한 미소를 지으며 말했다.

"코드는 이제 끝이야. 크라이, 돌아가자."

그날은 좋든 나쁘든 탐색자 협회에 있어서 역사에 새겨지는 날이 되었다.

기동 능력을 되찾고 급속도로 탐색자 협회를 향해 접근하던 고기동 요새 코드는 혼란스러워하던 사람들 앞에서 급속도로 감속하고는 대지에 떨어졌다. 도시에서 5킬로미터 밖에 떨어지지 않은 바로 근처에.

추락한 코드에서 탈출한 많은 시민들은 도시로 몰려들었고, 공전절후의 대소동이 벌어졌다. 많은 나라들이 이번 사건에 헌터가 밀접하게 관련되어 있을 거라 예상했지만, 탐협에서 내놓은 정식 발표는 없었다.

Epilogue 비탄의 망령은 은퇴하고 싶다 ⑫

　탐색자 협회 본부. 저번에 왔을 때보다 훨씬 소란스러워진 백아의 건물 카페테리아에서 우리는 같은 테이블에 앉아 있었다. 카이저가 커피잔을 들고 말했다.

　"이런, 이런, 그 솜씨, 잘 보았어. 역시 소문으로 듣던 《천변만화》로군. 하는 행동도 정신이 나갔어. 설마 난공불락의 공중 도시를 물리적으로 떨어뜨려 버리다니."

　"게다가 탐색자 협회 본부 근처까지 배달시키다니, 정말 친절해."

　진심인지 비꼬는 건지, 사야가 진지한 표정으로 맞장구를 쳤다.

　레벨 9 인정 시험은 결국 혼란 속에서 막을 내렸다.

　코드의 추락과 그곳에서 피난 온 시민들의 처리, 진에게 고용되어 있다가 카이저와 사야에게 붙잡힌 범죄자 용병들(보아하니 두 사람은 노라 씨 일행이 진의 군세와 접전을 벌이던 와중에 끼어들어서 노라 씨 일행을 도와주며 마구 날뛴 모양이다. 역시 레벨 8이다)까지. 탐색자 협회 본부는 일시적으로 기능이 정지되는 상황에 처했다. 각 나라에서 협력해주기도 했기에 지금은 어느 정도 정리가 된 모양이지만, 원래대로 돌아가려면 시간이 좀 더 필요할 것이다.

　코드가 떨어진 원인에 대해서는 혼란스러운 상황 속에서 어물쩍 넘어가게 되었다. 이번에 의뢰를 받은 세 사람 중에서 가장 내부 평가가 높았던 것 같은 나는 본부에 불려가서 이것저것 조서를 쓰게 되었지만, 애초에 나는 원래 의뢰 내용이었던 코드의 왕족 보호는 완수했다. 보호한 사람들이 좀 늘어나 버린 건 인정하지만, 이제 개인이 신경 쓸 영역이 아니다. 탐색자 협회가 할 일이다.

아무리 나라도 이번만큼은 좀 위험하다고 생각했다. 아니, 항상 위험하다고 생각하긴 하지만, 부유 도시를 떨어뜨린 건 이번이 처음이다. 왕탑을 탈출하고 나서 도시가 깔끔하게 소멸하는 모습을 보는 동안에도 죽는 건가 싶었고, 낙하 지점 코앞에서 눈에 익은 탐협 본부 건물을 발견했을 때는 악몽을 꾸고 있는 듯한 기분이었다. 불행 중 다행이었던 건 코드의 추락이 상상했던 것보다 완만했고, 추락했는데도 불구하고 죽은 사람이 없었던 것이다. 아무래도 그 도시는 무너져내리는 그 순간까지 인명을 배려해준 것 같다.

떨어져 버린 코드와 관련된 여러 가지 문제는 탐색자 협회와 각 나라들이 결론을 내릴 때까지 기다려야 한다. 하지만, 분명 그렇게까지 지독한 결론을 내리지는 않을 것이다. 코드가 다른 나라들을 멸망시킨 건 벌써 200년 정도 전 일이고, 멸망시킨 나라 사람들의 자손들은 시민으로 살아가고 있다. 그리고 최근에는 딱히 피해를 입히지도 않았으니 누구를 악당으로 만들어야 할지 애매할 것이다. 아무리 그래도 보호한 왕족을 악당으로 만들지는 않겠지만.

"…………그러고 보니까 평화주의자인 왕족들에게 억지로 나쁜 짓을 시켰다는 귀족들은———."

"?? 자네는 대체 무슨 소릴 하는 거지?"

"?"

의아해하는 카이저와 사야의 표정을 보고 나는 진상 규명을 포
기하기로 했다.

어찌 됐든 일은 끝났다, 호기심은 고양이를 죽인다는 말도 있다.
더 이상 캐내봤자 소용없을 것이다.

그리고 중요한 레벨 9 인정 시험 결과 말인데——— 아직 나오
지 않았다. 목표였던 왕족의 보호는 무사히 달성했지만, 일이 너
무 커져 버렸기 때문이다. 레벨 인정 시험의 경우, 목표 달성은 전
제일 뿐이고 기타 여러 가지 사항을 고려해서 결과를 발표한다.

나는 레벨 9에 흥미가 없지만, 카이저와 사야는 합격 여부가 신
경 쓰일 것이다.

"그건 그렇고, 이번에는 나 자신이 얼마나 좁은 세계에서 활동
하고 있었는지를 깨닫게 되었어. 혼자서 코드를 떨어뜨린 《천변
만화》의 솜씨도 그렇지만, 《야연제전》의 힘도 놀라웠다고."

"딱히…… 그리고, 크라이가 승강장에서 조언을 해주지 않았다
면 아침에 능력을 발동시킬 수는 없었을 거야."

"어……? 뭐, 도움이 되었다면 다행이고."

보아하니 뭐가 뭔지는 모르겠지만, 내 조언이 도움이 된 모양
이다. 조언을 해준 기억조차 없지만 그런 말은 하지 않는 게 좋을
것 같다. 어찌 됐든, 두 사람만 일하게 만들고 나는 만나기로 한
장소를 잊지 않나, 나도 모르게 코드를 떨어뜨려버리지 않나, 제

대로 한 게 없다.

저번에는 먹지 못했던 특대 파르페를 스푼으로 떠서 입안에 넣었다. 코드에서는 체험하지 못했던 찌릿찌릿한 단맛이 정수리까지 치솟았고, 나는 무심코 눈을 가늘게 떴다.

과연 공주님은 이 강렬한 단맛을 마음에 들어 할까? 코드의 왕족들은 지금 탐색자 협회에서 보호하고 있지만, 바깥을 돌아다닐 수 있게 되면 제도를 안내해주는 것도 좋을지 모르겠다. 아마 그 호기심이 왕성한 공주님이라면 제도 제블디아도 마음에 들어할 것이다.

감격하고 있자니 카이저가 물었다.

"그러고 보니까, 나는 레벨 9 인정 시험의 결과가 나올 때까지 여기 있을 생각인데 크라이는 어떻게 할 거지? 아니, 당연히 내가 합격할 만하다는 건 아닌데, 그래도 결과를 알아야 돌아갈 수 있을 테니까."

"아…… 나는 제도로 돌아갈 거야. 꽤 오랫동안 자리를 비웠으니 선물도 가져가야 하는데——— 그리고 레벨 9 인정은………… 어찌 됐든, 사양할 생각이야. 마지막 순간에 큰 실수를 해버렸으니까."

"……크라이, 당신이 사양하면, 우리 입장이 곤란해져."

아니, 그렇진 않을 텐데. 결과적으로 우리는 왕족을 모두 구해낸 데다 각 나라의 감옥을 가득 채울 만큼 많은 범죄자들을 붙잡을 수 있었다. 거물도 여러 명 있었던 모양이고, 들자 하니 무제제 때 암약하던 조직——— '여우'의 보스를 두 명이나 붙잡은 모

양이다. 그런 무시무시한 녀석들이 숨어 있었을 줄이야. 진짜로
마주치지 않아서 다행이라며 가슴을 쓸어내렸다.

오랜만에 해방된 기분으로 느긋하게 시간을 보내고 있자니 문
득 오랜만에 귀에 익은 목소리가 들렸다.

"저기 있다. 크라이~. 데리러 왔어!"

잘못 들을 리가 없는 그 기운 넘치는 목소리. 눈을 크게 뜨고
목소리가 들린 쪽을 보았다.

어라? 리즈잖아. 다들 유그드라를 탐색하고 있었을 텐데. 벌써
질렸나? ……아니, 코드에 있는 동안 시간이 의외로 빨리 지나갔
을 뿐인가?

혼자서 활동하는 것도 마음이 편해서 나쁘진 않았지만, 슬슬
《비탄의 망령》의 리더로 돌아가야겠네.

"그럼, 동료들이 와버렸으니까 오늘은 이만…… 또 보자."

나는 코드에서 손에 넣은 선물──노라 씨에게 받은 영양제
와 강화 장신구, 토니 씨에게 받은 소형 거미, 클래스 7까지 올라
간 증거인 시민 카드 같은 기념품──이 든 주머니를 들어 올
리고는 굳이 이런 곳까지 쫓아와 버린 소꿉친구들에게 다가갔다.

정말, 설마 나 같은 헌터가 이런 소동에 휘말리다니.

탐색자 협회 본부. 그 근처에 존재하는 여관방에서 쿨은 벌써

몇 번째일지 모를 한숨을 쉬었다.

코드의 추락으로부터 일주일. 이제야 기분도 어느 정도 정리가 되었지만, 아직도 그날 있었던 일은 악몽이다.

레벨 8 헌터 카이저와의 싸움. 《공미》의 배신과 범죄 조직의 보스를 두 명이나 한꺼번에 붙잡았던 그 무시무시한 '사락사락'. 그리고 레벨 8 헌터 두 명이 해방된 뒤에 진의 군세와 싸우던 동료들에게 가세한 와중에 일어난 코드의 추락. 그 모든 것이 쿨의 허용량을 넘어서 있었다.

돌이켜보면 그 모든 것이 《천변만화》의 계획대로였을 것이다. 《공미》의 배신도, 조종당하고 있는 줄 알았던 《야연제전》이 그를 붙잡은 것도, 그리고 그렇게 거대한 코드의 기능을 정지시키는 것까지——— 하지만, 소동의 한복판에 있었을 때는 그런 걸 생각할 여유가 없었다. 그저 필사적이었던 것이다.

이렇게 모두 무사히 살아남을 수 있었다는 것이 기적 같기만 하다. 그리고 지금도 이런 생각이 든다.

그런 계획을 누가 예상할 수 있었을까. 전부 사실이라면 항의감이다. 단추를 하나라도 잘못 채웠다면 쿨 일행은 전멸했을 것이다. 《천변만화》가 고집스럽게 계획의 내용을 말하지 않았던 것도 아마 말했다면 말릴 거라는 사실을 알고 있었기 때문일 것이다. 쿨이라면 말렸을 테고.

《천변만화》의 신산귀모를 직접 눈으로 볼 수 있었던 것은 얻기 힘든 경험이지만, 이제 두 번 다시 만나고 싶지 않다. 참고가 아예 되지 않는다. 쿨은 절대로 흉내 낼 수가 없다.

오랜만에 지상에서 도시 시스템이 없는 생활을 하다 보니 조금 불편하게 느껴졌다. 지상에서는 코드처럼 버튼 하나로 뭐든지 해결할 수가 없다. 하지만, 쿨은 그 불편함이 마음에 들었다. 엘리제도 지상으로 돌아온 뒤로는 계속 에너지 절약 모드에 들어간 상태로 방구석에서 웅크리고 앉아 있다.

　"케케…… 본부는 대혼란에 빠졌어. 돈 냄새가 나는데."

　"당신, 그런 꼴을 당하고도 용케 그런 말을 하는구나."

　"즈리, 그러는 너도 코드에서 슬쩍해온 게 있잖아?"

　"물건 같은 게 없더라도 코드 내부에 대해 슬쩍 말해주는 것만으로도 평생 놀고 먹을 수 있어. 우리는 코드의 왕족하고도 알고 지내는 사이고. 안 그래? 루샤."

　"……저, 공주님에게 안 좋은 걸 좀 가르쳐줘버린 것 같아서…… 목이 날아가진 않겠죠오? 진짜 씨가 부탁해서 그랬던 것뿐이라고요오, 저는."

　"그렇게 원시적으로 처형하진 않겠지. 요즘은 약이라고, 약. 고통 없이 잠드는 것처럼 저세상에 갈 수 있어."

　"당신의 목이 날아간다면《천변만화》는 어떻게 되는데. 그 녀석이 제일 불경했잖아?"

　쿠트리와 즈리, 루샤가 창문 너머로 본부를 바라보며 느긋하게 이야기를 나누고 있다. 아무래도 이 세 사람은 소동에 익숙해진 모양이다. 무제제 사건을 통해《비탄의 악령》이 크게 성장하긴 했지만, 코드에서 지내면서 또 바뀌어버린 것 같다. '천 개의 시련'이라는 걸 고마워할 생각은 없지만———.

그때, 문이 세차게 열리고 리더가 신이 나서 돌아왔다. 그가 쿨 일행을 보며 말했다.

"다들, 정말 좋은 일을 받아왔어! 공미와 검미의 호송 의뢰야. 우리의 힘을 꼭 좀 빌리고 싶다는데."

"??! 그, 그걸, 받아들인 건가요?!"

"오빠, 그건 위험하다고요오, 루샤도 알아요!"

"크크큭………… 이봐, 누가 우리 리더 좀 말려."

"왜 당신은 그렇게 위험한 의뢰만 하려는 건데!"

"…………난 이제 이 파티에서 나갈 거야."

제각각 불평하는 동료들을 보고 크라히는 눈을 동그랗게 떴다.

왜 이런 꼴이 된 거지? 탐협 본부 직원 중 한 명, 햇은 지금 상황 때문에 매우 질색하고 있다.

"뭐어?! 대체 무슨 권리로 아리샤를 이렇게 불편한 곳에 계속 가둬두는 건데?!"

"지, 진정해 주십시오, 자칼리 전하. 코드 관련 문제는 여러모로 복잡해서——— 그리고 이곳은 바깥 세계의 기준으로 딱히 불편한 곳도 아닙니다."

코드의 왕족 중 한 명, 자칼리 코드가 짜증 난다는 듯이 직원에게 소리를 지르고 있었다. 코드 추락으로부터 일주일 동안 처리가 전혀 진행되지 않자 스트레스가 쌓인 모양이다. 하지만, 스트레스가 쌓인 건 코드 관련 처리를 떠맡은 햇 같은 탐색자 협회의 직원들도 마찬가지다.

사건의 발단은 얼마 전에 발생한 고기동 요새 도시 코드의 추락이었다. 그 사건으로 인해 탐색자 협회 본부는 만 명이 넘는 시민과 500명 이상의 범죄자 헌터, 다양한 코드산 아이템과 추락한 코드라는 답도 없는 폭탄의 처리를 떠안게 되었다.

원래 코드에는 왕족을 보호하기 위해 레벨 8 헌터를 세 명 보냈지만, 그건 많아 봐야 열 명 정도인 코드의 왕족을 보호하기 위해서였다. 탐색자 협회는 거대한 조직이지만 단숨에 그 숫자는 완전히 허용량을 넘어선 수준이었다. 그렇지 않아도 유그드라에 지부를 만드는 이야기가 나와서 소동이 일어났던 상황. 이미 최전선에서 싸우고 있는 직원들은 사흘 동안 잠을 자지도 못했다.

게다가 더 큰 문제는 코드가 보물덩어리라는 점이다.

도시 기능을 잃은 코드에는 아직 다양한 아이템이 남아 있다. 그리고 그중에는 코드가 정지함으로 인해 완전히 작동되지 않게 된 것과 아직 작동되는 것들이 있다. 작동되지 않게 된 것은 도시 시스템에 접속할 필요가 있는 것들이고, 작동되는 것들은 시스템과 접속할 필요가 없는 것들. 코드의 시민들이 하는 말에 따르면 매우 원시적인 것들이다. 게다가 후자는 대부분――― 무기였다. 그것도 일반적인 무기와 비교하면 훨씬 성능이 뛰어나고 소형인 무기. 아무래도 자칼리 왕자가 하급 백성들에게 들려주기 위해 대량으로 생산한 물건인 모양이다.

탐색자 협회에 협력해주고 있는 나라들은 모두 코드의 기술을 원했다. 그것도 보다 유용하고 뛰어난 기술을. 그리고 성과의 배분을 둘러싸고 토론이 시작되었지만, 시간이 아무리 지나도 결론은 나오지 않았다. 근처에 떨어진 거대한 코드를 어떻게 할 것인지도 정하지 못했고, 도망쳐온 시민들을 어떻게 할지도 정하지 못했다. 그리고, 가장 큰 문제인 코드의 왕족들에 대한 처우도 당연히 정해지지 않았다.

결론이 난 것은 카이저 일행이 붙잡은 그 많은 범죄자들의 처우 정도밖에 없다. 그쪽도 터무니없는 거물까지 포함되어 있어서 대소동이 벌어졌지만———.

시민들의 생활을 보장해주는 데도, 코드의 잔해를 지키기 위해 헌터를 파견하는데도 돈이 든다. 하지만, 다른 조직에게 의존하면 자신의 몫을 요구할 것이다. 상부의 결정은 어떻게든 하라는 것이었다.

진흙처럼 진한 커피를 마셨지만, 그것도 이미 햇의 졸음에는 효과가 없었다.

"그렇군, 알겠다. 이래 봬도 나는 바깥의 문화를 잘 알지. 바깥 사람들은 뭐든지 돈으로 해결한다면서? 금화를 만들면 안 된다고 했지…… 좋아, 어쩔 수 없지. 누군가에게 거미를 팔겠어. 내 거미는 특별하니까. 도시 시스템이 없어도 작동되거든. 게다가 모두 합쳐서 50대는 있으니 한 대 정도는 팔 수도 있어."

"토니, 왕탑에 돌진할 수 있는 거미를 그렇게 많이 가지고 있다니, 네가 왕위에 그렇게 욕심이 많은 줄은 몰랐네. 이봐, 나는 어디든지 가마. 얼른 여기서 내보내라. 우리에게 오퍼가 들어왔다는 건 알고 있다. 어떤 나라든 상관없다. 내 강화 기사단이 바깥 세계에서 얼마나 통할지 시험하고 싶다."

"노라, 토니, 멋대로 그런 말을 하지 마라. 코드는 이제 없단 말이다. 다 함께 협력해서 움직여야지. 방침은 내가 정한다. 일단 왕위는 없지만 진을 제외하면 맏이니까."

"크큭………… 형님의 연구는 전부 도시 시스템을 전제로 하고 있으니까. 바깥 세계에서는 소용이 없어. 리소스도 아무런 의미가 없고. 입장이 역전될 줄이야."

"시끄럽다! 이봐, 내가 지시를 내리면 시민들은 모두 따를 거다. 무슨 일이 생기면 나에게 말해라, 알겠지?"

"내 연구 성과가 만능 유닛이라 다행이야. 그건 도시 시스템이 없어도 작동되니까 헛수고가 아니었지. 아리샤…… 아리샤는 어디 있어?"

코드의 왕족들이 이것저것 마음대로 떠들며 모두를 곤란하게 만들고 있다. 저렇게 보여도 코드 안에서는 서로 싸우던 관계인 것 같은데——— 너무 혼란스러워서 눈이 돌아갈 것 같다.

그때, 방울을 굴리는 듯한 아름다운 목소리가 들렸다.

"어?! 크라이가 돌아가 버렸어?! 나에게 바깥 세계를 보여주겠다고 약속했는데!"

아리샤 코드. 도시가 떨어지지 않았다면 차기 왕이 되었을 거라는 소녀가 뜻밖이라는 듯이 소리쳤다.

척 보기에는 가련한 소녀지만, 실제로는 왕족 제일의 슈퍼 걸이다. 헌터도 아닌데 튼튼하고 유연한 육체를 지니고 있으며, 뛰어난 연산 능력을 자랑하고, 아직 작동되는 뭔가 위험한 장치를 가지고 있는 데다 덤으로 오빠, 언니, 시민들로부터 사랑을 받고 있다. 아무래도 그녀는 붙잡혀 있던 것을 《천변만화》가 구해주었는지 틈만 나면 《천변만화》의 이름을 꺼냈고, 그 행동이 사태를 더욱 복잡하게 만들고 있었다.

아리샤가 근처에 있던 직원에게 고개를 들이밀고는 말했다.

"저기, 아리샤, 크라이를 만나고 싶어요. 부탁해요! 안 돼요?"

"이봐, 아리샤! 떼를 쓰지는 마라! 그 남자가 쓸데없는 걸 가르쳐줘서."

"엎드려 비는 것도 안 된다. 그건 차마 봐줄 수가 없었으니까. 코드 왕족의 품격을 해칠 거다."

"케……켁."

노라와 앵거스가 급하게 말리러 나섰다. 자칼리가 따분한 듯한 표정을 지은 순간, 아리샤가 좋은 생각이 났다는 듯이 선언했다.

"알겠어! 저, 트레저 헌터가 될게요!"

"?!"

"여섯 명이니까 파티에 딱 맞는 것 같지 않아요? 노라 언니!"

이제 안 되겠다. 전부 내팽개치고 은퇴하고 싶다. 하지만 트레저 헌터는 범죄 이력만 없으면 거의 무조건으로 될 수 있었지…….

햇은 터무니없는 말을 꺼낸 공주님을 보고 딱딱한 미소를 지었다.

Interlude　괴이

　원하는 보구를 손에 넣을 수 있는 보물전이 있는 모양이다.

　그런 기묘한 소문이 제블디아 제국 마술의 최고봉, 제블디아 마술학원에서 돌게 되었다. 제도를 뒤흔들었던 저주 소동으로 인해 반쯤 무너진 건물이 겨우 복구되어, 기능을 회복하고 학생들도 원래 생활을 되찾은 시기였다.
　언제 누가 그런 이야기를 하기 시작한 건지 정확히는 모른다. 하지만 헛소리에 가까운 그 소문은 조금씩, 마치 병마처럼 학생들 사이에 만연하기 시작했다.

　그 보물전은 선택받은 자의 눈앞에만 입구가 나타나는 특별한 보물전인 모양이다.
　그 보물전은 의지를 지니고 있고, 탐색을 시도하는 용감한 헌터에게 원하는 보물을 주는 모양이다.
　그 보물전이 시험하는 것은 힘이 아니라 마음이며, 다른 보물전과는 달리 확실하게 살아 돌아올 수 있는 모양이다.

　───저기, 그거 알아? 최근에 이웃 나라에서 발견된 새로운 보물전 소문! 지팡이 계열 보구가 잘 나온다고 해서 선배가 시험

삼아 가봤는데 진짜로 지팡이 보구를 가지고 왔대.

　제블디아 마술학원에 존재하는 여섯 개의 탑. 그중 한 곳의 꼭대기층에 존재하는 연구실에서 교수 중 한 명, 《불멸》이라는 별명을 지닌 반정령인(하프 노블) 세이지 클러스터가 인상을 찌푸리며 말했다.

　"학원 상층부가 사태를 인식한 건 굴욕적이게도 일주일 정도 전이었다. 그때까지 우리는 그런 말도 안 되는 이야기가 학생들 사이에 퍼져나갔다는 것조차 파악하지 못했지. 저주의 예언으로 인한 소동과 유그드라의 해방 때문에 바쁘기도 했지만——— 루시아, 너는 그 소문을 알고 있나?"

　"……아뇨. 저는 최근에 학원에 거의 오지 않아서———."

　스승이 갑자기 불러내서 해준 이야기를 듣고, 루시아는 잠깐 생각하다가 고개를 저었다.

　"그래도 보물전에 관련된 소문 같은 건 얼마든지 있을 텐데요. 신경 쓸 필요 없지 않나요? 원하는 보구를 손에 넣을 수 있다니, 그렇게 형편 좋은 보물전이 있을 리가 없잖아요."

　【길 잃은 여관】처럼 그냥 소문이 아닌 것도 있긴 하지만, 그건 예외다. 헌터도, 마도사도, 호기심이 왕성하기에 잠깐 생각을 해보기만 해도 거짓말이라는 걸 알 수 있는 그런 소문은 얼마든지 있다.

　물론, 보구를 좋아하는 루시아의 의붓오빠가 그 소문을 알게 되면 달려들지도 모르겠지만———.

그러나 세이지는 루시아의 대답을 듣고 팔짱을 끼며 말했다.

"모두가 너처럼 똑똑하다면 안심이겠다만——— 아니다. 루시아, 그냥 소문인 것뿐이라면 문제가 없겠지. 그걸 믿고 실제로 찾기 시작한 자가 있으니 문제다."

세이지가 명부를 한 권 꺼내서 펼쳤다. 그 안에는 학생들의 이름이 나열되어 있다.

세이지 클러스터는 루시아를 투명한 느낌이 드는 금빛 눈동자로 빤히 바라보며 말했다.

"아직 전부 파악하지는 못했지만, 학생들이 이미 100명 넘게 사라졌다."

루시아는 그 숫자를 듣고 자기도 모르게 눈을 크게 떴다.

제블디아 마술학원의 학생들은 엘리트뿐이다. 귀족의 자제나 외국에서 유학 온 자들도 있다. 무엇보다, 그렇게 많이 사라졌는데도 소동이 일어나지 않았다는 게 이상하다.

선생님은 루시아의 의문을 뒷받침해주려는 듯이 말했다.

"그리고, 불과 얼마 전까지——— 그래. 마침 네 오빠가 유그드라에서 일어난 문제를 해결하고 귀환할 때까지 우리는 아무도 그 사실을 눈치채지 못했다. 학생들의 가족이나 친구들까지 포함해서. 루시아 로제, 이건 이상 사태다. 사라지기만 한 것이라면 모를까, 인식까지 저해했다면 이건 마술이나 그런 부류가 아니다. 이건…… 일부 보물전이 지닌 규칙의 개변 효과다."

"이미 탐색자 협회에는 연락을 했다만——— 소문의 근원은 알 수가 없고, 막을 수도 없다. 보구를 원하는 마도사는 얼마든지 있으니까. 《만상자재》, 네가 헌터로서 이번 사건을 조사해줬으면 한다."

비탄의 망령은   은퇴하고 싶다

외전   신참 상인 그렉의 출세

전 레벨 4 트레저 헌터, 지금은 신참 상인으로 활동하기 시작한 그렉 잔기프의 아침은 신문을 읽는 것부터 시작된다.

아직 가게가 없는 그렉이 하는 일은 용역 상인이나 마찬가지다.

손님에게 요청 사항을 듣고, 지인이나 헌터들과의 연줄을 이용해서 손에 넣은 다음 보수를 받는다. 나름대로 신용과 실적이 있어야만 가능한 일이지만, 어쩌다 보니 시작한 일은 생각보다 잘 풀리지 않았다.

그렉은 상인으로서의 실적은 없지만, 오랫동안 헌터 활동을 하면서 쌓아온 실적과 연줄이 있었다. 특히 제도의 헌터 중에는 아는 사람이 많고, 제도에 있는 가게에 대해서도 잘 알고 있다.

벌이는 헌터 시절보다 조금 줄어든 정도였지만, 목숨이 위험하지도 않고 새로 시작한 일에는 헌터 활동에는 없는 재미가 있었다. 언젠가 자금이 모이면 가게를 차리는 것도 나쁘지 않을 것 같다.

"그런데 요즘 제도는 정말 소란스럽군. 경기가 참 좋아."

그렉은 자신의 집 거실에서 커피를 홀짝이며 혼잣말을 했다.

요즘 제도에서는 연달아 큰 사건이 일어났다. 점성신비술원이 저주에 대한 예언을 했을 때는 제도를 떠나는 자가 많았고, 사건이 해결되고 유그드라의 왕녀가 오자 이번에는 외국에서 그 모습을 한 번이라도 보기 위해 관광객들이 몰려들었다. 탐색자 협회에 들어오는 의뢰의 숫자도 그에 비례해서 늘어났다.

그렉은 세렌 황녀가 제도에 왔을 때 가장 먼저 움직였던 상인들 중 한 명이다.

연줄을 이용해서 일찌감치 세렌 인형을 만들었고, 《시작의 발자국》을 통해 세렌을 데리고 온 《천변만화》에게 허가를 받았다. 결국 인형은 이런저런 문제로 인해 나라에 몰수당해버렸지만, 전부 사들여주는 형태였기에 큰 이익이 되었다.

그렉이 상인이 된 계기도 옥션에서 《천변만화》 대신 골렘을 낙찰받아서 상인들에게 이름이 알려진 것이었으니, 그것만 놓고 보면 《천변만화》 만만세라고 할 수 있다.

그렉은 상인으로서 아직 신출내기다. 종업원도 없고, 신뢰도 없다. 규모가 큰 일은 할 수가 없지만, 그걸로 충분하다. 갑작스러운 약진은 질투를 유발하고, 그렉도 상인으로 대성하기를 바랄 정도로 젊진 않다.

이대로 연줄을 늘리고 예전 동료들을 도우며 상인으로 계속 활동할 수 있다면 만족한다.

느긋하게 트레저 헌터 관련 정보지를 확인하다가 눈을 크게 떴다.

"음…………《시작의 발자국》의 클랜 레벨이 올라간 건가? 이거 꽃이라도 보내는 게 좋겠군."

그러고 보니 슬슬 레벨 9 인정 시험 시기가 다가올 텐데. 레벨 9 인정 시험 같은 건 전성기에도 레벨 4였던 그렉이 보기에 그림의 떡이었지만, 이번은 다르다. 《천변만화》의 최근 실적이나 새로운 레벨 9가 오랫동안 나타나지 않은 제블디아의 현재 상황으로 예상할 때, 탐색자 협회 제도 지부의 거크 지부장이 《천변만화》를 레벨 9로 추천할 가능성은 충분히 있을 것이다.

"……유그드라에서 귀환한 이후로 《천변만화》의 소문이 들리지 않는데. 혹시———."

겨우 스무 살 나이에 레벨 9에 손이 닿다니 정말 무시무시한 이야기지만, 지금까지 봐 온 그 청년이라면 불가능한 것만은 아니다. 그리고 트레저 헌터의 성지라 불리는 제블디아에 새로운 레벨 9가 나타난다면 축제 분위기가 될 것이다. 그렇지 않아도 유그드라와 교류하기 시작하면서 활기가 넘치고 있는데, 대체 얼마나 많은 사람들이 올지 상상도 되지 않는다.

다시 말해——— 돈을 벌 때다. 그렉에게는 《천변만화》와 아는 사이라는 강점도 있다.

실제로 움직일지는 제쳐두더라도 일단 《발자국》 클랜 하우스에 들러야 할 것 같다.

그렉은 이제 헌터가 아니다. 주위에 시련을 뿌려대는 《천변만화》를 두려워할 이유도 없다.

그렉은 심호흡을 크게 하며 마음을 다잡고는 의자에서 일어섰다.

"여전히 커다란 건물이군……."

클랜 본거지는 클랜의 힘을 나타내는 요소 중 하나다. 제도의 중심지에 우뚝 선《시작의 발자국》클랜 하우스는 그 클랜이 제도에서도 손꼽히는 실력을 자랑한다는 의미를 지니고 있다. 하얀 벽은 아직 새것 같았고, 클랜의 상징이기도 한 발자국 마크가 큼직하게 새겨져 있었다.

세렌이 찾아오고,《천변만화》가 그녀를 데리고 제도를 돌아다녔을 때는 클랜 하우스 앞에 기사단이 출동할 정도로 많은 사람들이 몰려들었다던데. 지금은 조용하다.

이 클랜에 가입하기 위해 멤버 모집회에 갔던 게 엊그제처럼 느껴진다. 아직 그 이후로 1년도 지나지 않았는데, 정말 이런저런 일들이 있었던 것 같다.

감상에 젖어 있던 그때, 뒤에서 누군가가 말을 걸었다.

"안녕하세요, 그렉 씨. 그런 곳에 계시다니······《발자국》에 무슨 용건이 있으신가요?"

말을 건 사람은《시작의 발자국》의 운영을 맡고 있는 실력파 클랜 부마스터. 원래는 제국에서도 손꼽히는 대상회, 웰즈 상회에 소속되어 있었다는 에바 렌피드였다.

얇은 붉은 테 안경과 이지적인 눈빛. 장래가 유망한 젊은이 헌터들이 모인《시작의 발자국》을 꾸려나가는 것은 혼자 상인 일을 시작한 그렉보다 훨씬 힘들 것이다.

그렉이 에바와 알고 지내게 된 것은 굳이 말할 필요도 없이《천변만화》를 통해서다. 그런 게 아니었다면 그렉처럼 어중간한 헌터 따위는 문 앞에서 쫓겨나더라도 이상할 게 없다.

"오, 클랜 부마스터. 클랜의 레벨이 올랐다는 이야기를 들어서 말이야. 겨우 몇 년만에 레벨 7 클랜이 되다니, 정말 경사스러운 일이야. 나중에 꽃이라도 보내도록 하지. 그런데………… 클랜 마스터는 있나?"

에바가 그렉을 빤히 보더니 고개를 저었다.

"아뇨, 마스터는 부재중입니다. 언제 돌아올지도 모르고요."

부재중. 언제 돌아올지도 모른다.

그렉은 그 말을 듣고 표정에 드러내지 않으면서도 자신의 상상이 맞았다는 것을 확신했다. 다른 용건으로 부재중일 가능성도 있지만, 이 시기는 레벨 9 인정 시험 시기다. 유그드라와 관계를 맺게 해준 공적을 고려하면 이번 시험을 치르는 게 가장 좋은 타이밍이다.

그렇다면 《천변만화》가 시험에 합격했을 때를 고려해서 움직여야 할 것이다. 천 개의 시련은 솔직히 사양하고 싶지만, 모처럼 생긴 인연을 버리는 건 너무 아깝다.

자, 어떻게 해야 할까. 생각에 잠겨있던 그렉에게 에바가 안경을 반짝이며 말했다.

"저도 알아요. 그러니까…… 그렉 씨께서는 이렇게 말씀하고 싶으신 거죠? 뭔가 곤란한 일은 없냐고."

"…………마, 맞아. 뭐, 그런 느낌이지……."

아무런 말도 하지 않았는데………… 당황하면서 그 말에 고개를 끄덕이자.

"마침 잘됐네요. 일이 있거든요. 들어오세요."

"그…… 그래. 그런데 상인이 된 지 얼마 안 되어서———."

너무나도 형편 좋은 전개였기에 경계심이 생겼다. 하지만 에바는 상인으로서 너무나도 한심한 말을 듣고도 전혀 동요하지 않았다.

 "헌터로서 위험한 상황을 많이 헤쳐나온 당신이 가장 적합해요."

 "그, 그래도, 《발자국》이라면 큰 상회에 연줄 정도는 있을 텐데. 헌터가 필요하다면 소속 멤버를 써먹는 게 더 좋을 거고."

 "……곤란한 일이 있는지 물어본 건 당신이잖아요?"

 아니, 안 물어봤는데?

 곧바로 클랜 하우스로 들어가 버린 에바를 쫓아갔다. 사무원용 방은 위쪽에 있을 텐데, 에바가 간 곳은 지하였다.

 지하로 내려가는 계단은 밝게 비춰져 있어서 딱히 무언가를 숨겨둔 분위기는 아니었다.

 《발자국》의 클랜 하우스 지하에는 훈련장이 설치되어 있어 많은 헌터들이 열심히 단련하고 있었다. 그중에는 헌터 시절에 알고 지내던 사람도 있었다.

 에바는 그렉 같은 신참 상인에게 대체 무슨 부탁을 하려는 걸까?

 계단을 다 내려와서 최하층에 도착했다. 기분 나쁜 긴장감으로 인해 눈살을 찌푸리고 있자니 문득 앞쪽에서 커다란 문이 열리고 몸집이 커다란 무언가가 고개를 슬쩍 내밀었다.

 "?!"

 그것은 인간이 아니었다. 몸집이 큰 그렉보다 훨씬 커다란 회색 거구와 촉수처럼 꿈틀대는 머리카락. 요즘 제도에 나타난 아인—— 언더맨이 에바를 보고는 거리낌 없이 그 머리카락을 들어

올렸다.

"류류류류류류류~류류류류류류."

"류류류류류류류~."

굵은 류류류류라는 목소리에 에바가 류류류~라고 대답했다.

그러고 보니 언더맨을 데리고 온 것도 《천변만화》였지.

그렉은 함께 가지 않았지만, 길베르트와 루다에게 험한 꼴을 당했다는 이야기는 들었다.

그런데 언더맨은 지금 제도 전체가 주목하는 노동력이다. 튼튼한 육체와 체력은 주로 건축 관련 분야에서 도움이 되고 있다. 유일한 문제는 말이 통하지 않는다는 것이고, 여러 상회가 손을 잡으려다 실패한 것 같았다.

"언더맨의 말을 알아듣는 거야?"

"알아들을 리가 없잖아요. 시트리 씨나 크라이 씨도 아니고……그래도 괜찮아요. 저들은 제가 알아듣지 못한다는 걸 아니까요."

"그, 그렇군………… 힘들겠어…….."

류류라고 대답했던 건 그냥 적당히 대답한 건가?

《시작의 발자국》 클랜 부마스터의 예상하지 못한 일면에 당황한 그렉에게 에바가 말했다.

"지금부터는 다른 사람에게 이야기하시면 안 됩니다."

진지한 눈빛. 침을 꿀꺽 삼킨 그렉 앞에서 에바가 언더맨에게 지시를 내려 커다란 문을 열게 했다.

──그 안에는 언더맨들이 잔뜩 있었다.

원래는 창고 같은 곳이었던 모양이다. 하지만, 지금 이 방은 언더맨들의 대기실이다.

몸집이 큰 수컷 언더맨과 인간 크기인 암컷 언더맨들이 각자 편히 지내고 있다. 원래 있던 방만으로는 공간이 부족했는지 벽의 일부를 깔끔하게 부수고 방을 확장해 놓았다. 건축 쪽으로 유명해지기 시작한 그 실력을 발휘한 건가?

하지만, 무엇보다 눈길을 끄는 것은 벽에 뚫린 커다란 구멍이었다.

굳어 있는 그렉을 보고 에바가 한숨을 쉬었다.

"크라이 씨를 따라서 구멍을 파고 여기까지 왔어요. 밖에 나간 자들은 극히 일부에 불과하죠. 소동을 일으키지 말라고 해두긴 했는데…… 교대로 일을 하러 가는 모양이에요."

"…………날마다 일하면서도 체력이 바닥나지 않는다는 말은 들었는데, 그 비밀이 이건가?"

아인의 생김새를 인간이 구별하기는 힘들다. 이야기도 나눌 수가 없으니 들킬 우려는 별로 없겠지만………… 왜 이런 걸 보여주는 거지?

아니, 이렇게 많은 아인들을 숨겨두는 건 제국의 법률에 저촉되지 않나? 애초에 구멍을 파고 왔다면 정식 수속을 밟고 입국하지 않았다는 뜻인데.

동요한 기색을 숨기지 못하던 그렉에게 에바가 무표정하게 말했다.

"이것뿐만이 아니에요. 이쪽으로 와주세요."

또 뭔가 있는 건가…… 언더맨들 사이를 지나 안쪽으로 나아가는 에바를 급하게 쫓아갔다.

가까이에서 보니 언더맨들의 육체는 꽤 대단했다. 종족적인 잠재능력이 인간보다 더 뛰어난 것 같다. 이렇게 많은 언더맨들이 날뛰기 시작한다면 제도의 기사단도 제압에 애를 먹을 게 틀림없다.

절대로 허가를 받을 수 없겠는데, 이거…… 이런 녀석들을 숨겨두다니, 《천변만화》는 대체 무슨 생각을 하고 있는 거지?

에바가 멈춰선 곳은 언더맨들이 파낸 것 같은 벽 안쪽. 커다란 목제 문 앞이었다.

그곳 앞에서 에바가 심호흡을 한 번 크게 하고는 문을 열었다.

그곳에 펼쳐져 있던 것은——— 바깥이었다. 숲속이다.

내리쬐는 햇빛과 신선한 공기. 주위에 울창하게 우거진 풀과 나무를 보고 멍해졌다.

"뭐……? 이, 이게, 뭐야…………."

있을 수 없는 일이다. 이곳은 지하였을 텐데.

아니——— 만약에 지상이었다고 해도 제도 근처에는 숲 같은 게 없다.

애초에 제도 근처에서 볼 수 있는 식물들이 아니다.

혼란스러워하는 그렉에게 에바가 한숨을 크게 쉬며 말했다.

"세렌 황녀가, 말이죠………… 저기………… 오갈 때마다 일부러 전이 마법을 쓰는 게 귀찮다고 하면서………… 물론, 저도 모르고 있었는데, 정신을 차리고 보니 이렇게 되었네요."

"그…… 그래……."

다시 말해서, 이게…… 뭐지? 여기가, 그 아무도 가보지 못했다는 곳, 유그드라라는 건가?

유그드라는 뛰어난 마도 기술을 자랑한다는 전설을 들어보긴 했지만…… 이런 게 가능한 건가? 아니, 가능하다 하더라도, 이래도 되는 건가? 될 리가 없다.

이건 나라에 들키면 틀림없이 클랜이 통째로 박살 날 수도 있는 폭탄이다.

이제 완전히 마음대로 하는구나. 현재, 제국에는 유그드라와 교역할 기회를 노리며 많은 상회가 모여들었다. 아직 자세한 게 정해지진 않은 모양이지만, 이 입구가 알려지면 엄청난 문제가 될 것이다.

그렉도 짐작이 된다. 에바가 그 사실을 이해하지 못할 리가 없다.

레벨 8 헌터를 보조해준다는 건 이런 건가…….

그리고, 감탄해야 할지, 가엾어해야 할지 미묘한 표정을 짓고 있던 그렉에게 에바가 터무니없는 말을 꺼냈다.

"그리고 세렌 황녀가, 이번에는 언더맨들하고 손을 잡고 유그드라에 이것저것 만들 계획을 세우고 있는 모양이라………… 언더맨 쪽도 의욕이 있는 것 같고요. 그래서 그렉 씨께서는 건축 자재 같은 것들을 이것저것 준비해주셨으면 합니다. 누구에게도 들키지 않게끔 몰래요."

"코, 콜라보레이션이라고?!"

"규모가 큰 상회는 이용하지 못하겠죠. 이걸 들키면 모두 끝장이에요."

"이봐, 이봐, 나도 못 하거든?! 건축 자재 같은 건 유그드라에 얼마든지 있잖아?! 주위가 숲이니까!"

"세렌 황녀의 요청이에요. 애초에 언더맨들은 목재를 잘 가공하지 못하는 것 같고…… 그리고 말이죠. 언더맨들의 식량도 부탁드리고 싶어요. 숲의 음식이 입에 잘 맞지 않은 것 같아서…… 언더맨의 여왕 류란은 굶어죽을 것 같으면 뭐든지 먹으니까 문제가 없다고 했지만요———."

"?! 자, 잠깐만. 언더맨의 말을 못 알아듣는다면서?!"

너무 많은 정보량에 혼란스러워하다가 그렇게 묻자 에바가 심각한 표정으로 말했다.

"말은 알아듣지 못하지만, 류란 여왕은 저희 글자를 읽을 수 있어요. 학습 능력이 뛰어나니까요…… 크라이 씨에게 푹 빠져서요."

완전히 엉망진창이다. 에바가 무슨 말을 하는 건지는 알겠다. 이런 걸 규모가 큰 상회에 부탁하진 못할 것이다.

하지만, 그렇다고 해서 잘 알지도 못하는 신참 상인인 그렉에게 이걸 어떻게든 하라는 건 너무하다. 애초에 그렉이 정보를 누설할 거라는 생각은 하지도 않는 건가?

"보수는 보석으로 지불한다고 하니 문제는 없어요. 정 뭐하면 저희 쪽에서 대신 내드릴 수도 있고, 수수료는 확실하게 챙기셔도 괜찮습니다. 잘만 하면 유그드라에서 어느 정도 지위도 얻으실 수 있겠죠. 물건을 옮길 때는 언더맨을 이용할 수 있고요. 하실 수 있겠죠?"

그 눈동자에서 엄청난 압력이 느껴졌다. 할 수 있느냐를 따지자면 해봐야 알 수 있다는 대답이 될 것이다. 제도에는 물자가 넘쳐나고, 남몰래 건축 자재나 다른 물자를 모으는 것도 가능하긴 할 것 같다. 그렉 혼자서는 힘들더라도 모으기만 하는 거라면 알고 지내는 헌터에게 부탁하는 방법도 쓸 수 있다. 하지만, 의문이 한 가지 있다.

"……유그드라로 이어지는 이 통로는 분명 법에 저촉될 거야. 어째서 《시작의 발자국》이 그런 짓을 도와주면서 위험부담을 떠안는 거지? 들키면 위험하잖아?! 세렌 황녀가 멋대로 한 짓이라면 바로 보고해도 죄를 묻지는 않을 텐데."

에바 렌피드는 탐욕스럽지도 않고 법을 어기고 아무렇지도 않아 하는 타입 같지도 않다.

그러나 에바는 그렉의 말을 듣고 노려보는 것 같기도, 절박한 것 같기도 한 표정을 지으며 말했다.

"그렉 씨. 보고했다가 제가 고삐를 쥐지 못하는 상태가 되면 어떻게 될 것 같나요? 세렌 황녀나 언더맨들이 얌전히 있을 것 같아요? 그 사람들은 인간계의 규칙을 제대로 이해하지 못하거든요? 애초에 그녀들의 세계에서는 그녀들이 규칙이에요."

아…… 그렇구나. 역시 이건 천 개의 시련이구나. 에바에게 내려진 천 개의 시련.

"……그, 그래도………… 아직 이해가 안 되는데. 나에게 부탁할 거라면 당신이 해도 되잖아. 당신이라면 얼마든지 방법이 있을 텐데."

이런 상황에서도 아직 도망칠 곳을 찾는 그렉을 보고 에바가 입술만 치켜올리며 미소를 지었다.

"단순한 이유죠. 제 일은 이게 전부가 아니라서요. 크라이 씨가 어떤 사람인지는 알고 계시죠? 아니면 혹시 그쪽을 대신 해주시겠다는 건가요?"

신참 상인 그렉 잔기프, 35세. 그 순간, 파란만장한 상인 인생의 막이 올랐다.

비탄의 망령은 　　　　　　은퇴하고 싶다

작가 후기

10월부터, 애니메이션이, 시작됩니다!!

안녕하세요, 오랜만에 뵙습니다. 츠키카게입니다.

이번에는 애니메이션 방영 개시와 시기를 맞춰서 간행하게 되었습니다. 『비탄의 망령은 은퇴하고 싶다』 12권, 무사히 보내드릴 수 있어서 안심했습니다.

이번은 코드편의 후편, 주제는…… 슬로 라이프입니다!

담당 편집자분께는 계속 다음 권은 슬로 라이프로 간다고 말씀드렸는데, 어떻게 슬로 라이프로 된 건지 부디 즐겁게 봐주셨으면 합니다!

그리고, 드디어 애니메이션 『비탄의 망령은 은퇴하고 싶다』도 방영이 시작됩니다.

처음 이야기를 들었던 게 2년 전이었기에 드디어 이때가 왔구나 하는 마음이 듭니다.

길었던 것 같기도 하고, 짧았던 것 같기도 하고, 힘들었던 것 같기도 하고, 즐거웠던 것 같기도 하고.

거센 물결처럼 밀려드는 확인 작업. 작품을 잘 이해하고 계신 각본 담당자분과의 회의. 설정 체크, 원고 체크, 기타 체크. 오디션 데모 테이프를 듣고 나서 성우분들을 선정하고 애프터 레코딩 견학. 여러모로 움직였습니다!

이것저것 관여하면서 우선 느낀 것은 애니메이션 제작에는 정말 많은 분들께서 관여하시고, 그 모두가 프로 중의 프로라는 것이었습니다. 애프터 레코딩이나 시나리오 회의를 할 때도 저와는 다른 시점에서 지적이 팍팍 나와서 자극을 정말 많이 받았습니다.

8월에 애니메이션 PV를 발표한 생방송에서 애프터 레코딩 중계를 들으신 분들께서는 성우분의 프로다운 연기에 감격하셨을 것 같은데요. 그런 중계하는 자리를 마련하기 위해서도 정말 많은 분들께서 힘을 써주셨습니다. 원작자로서는 협력해주신 분들 모두에게 정말 감사드립니다. 모두의 이름을 적어드리고 싶네요!

인터넷에 연재를 처음 시작했을 때, 작품에 관여한 건 저 혼자였습니다. 그런데 인연이 생겨서 서적이 간행되었고, 코미컬라이즈도 되었고, 애니화도 되면서 협력해 주시는 분들도 그에 비례해서 늘어났습니다.

여기까지 오게 되니 이제 저만의 작품이 아닙니다.

애니메이션 『비탄의 망령은 은퇴하고 싶다』는 분명히 원작보다 더 파워풀하고 열량이 넘쳐나는 작품이 될 것 같습니다. 부디 봐주세요! 저도 아마 중계하면서 볼 것 같습니다!

자, 마지막은 항상 그랬듯이 감사의 말씀을 드리겠습니다. 분량도 얼마 없으니 간단하게요!

일러스트레이터이신 치코 님, 이번 권도 멋진 일러스트를 그려주셔서 감사합니다. 담당 편집자이신 카와구치 님, 타카하시 님, 나가후지 님, 이번에도 아슬아슬해서 죄송합니다. 앞으로도 잘 부탁드립니다!

그리고 누구보다 애니화가 될 때까지 함께 해주신 독자 여러분께 깊은 감사의 말씀을 드립니다.

2024년 8월 츠키카게

NAGEKI NO BOUREI HA INTAI SHITAI Vol.12
© 2024 by Tsukikage / Chyko
All rights reserved.
First published in Japan in 2024 by MICRO MAGAZINE, INC.
Korean translation rights reserved by Somy Media, Inc.

비탄의 망령은 은퇴하고 싶다 12

2025년 1월 1일 1판 1쇄 발행

저   자 츠키카게
일 러 스 트 치코
옮 긴 이 천선필
발 행 인 유재옥
총 괄 이 사 조병권
출판본부장 박광운
담 당 편 집 박치우
편 집 1 팀 박광운
편 집 2 팀 정영길 조찬희 박치우
편 집 3 팀 오준영 이소의 권진영 정지원
디자인랩팀 김보라 이민서
디지털사업팀 김경태 김지연 윤희진
라이츠사업팀 김정미 이윤서
콘텐츠기획팀 박상섭 강선화
영업마케팅팀 최원석 윤아림 이다은
물 류 팀 허석용 백철기
경영지원팀 최정연
인쇄제작처 ㈜코리아피앤피
발 행 처 ㈜소미미디어
등   록 제2015-000008호
주   소 서울시 마포구 토정로222, 502호 (신수동, 한국출판콘텐츠센터)
판매 및 마케팅 (070) 8822-2301

ISBN 979-11-384-8515-9
ISBN 979-11-6507-865-2 (세트)